MAX BENTOW

ENGELSMÄDCHEN

MAX BENTOW
ENGELSMÄDCHEN

PSYCHOTHRILLER

GOLDMANN

Originalausgabe

Sollte diese Publikation Links auf Webseiten Dritter enthalten,
so übernehmen wir für deren Inhalte keine Haftung,
da wir uns diese nicht zu eigen machen, sondern lediglich auf
deren Stand zum Zeitpunkt der Erstveröffentlichung verweisen.

Penguin Random House Verlagsgruppe FSC® N001967

1. Auflage
Copyright © der Originalausgabe September 2023
by Wilhelm Goldmann Verlag, München,
in der Penguin Random House Verlagsgruppe GmbH,
Neumarkter Str. 28, 81673 München
Dieses Werk wurde vermittelt
durch die Literarische Agentur Michael Gaeb
Umschlaggestaltung: Uno Werbeagentur, München
Umschlagmotiv: FinePic®
CN · Herstellung: ik
Satz: Uhl+Massopust, Aalen
Druck und Bindung: GGP Media GmbH, Pößneck
Printed in Germany
ISBN 978-3-442-20641-4

www.goldmann-verlag.de

ERSTER TEIL

Es ist spät geworden, doch der Puls dieser hektischen Stadt treibt mich voran. Passanten, Lichter, Häuserreihen ziehen an mir vorbei, während ich durch die nächtlichen Straßen fahre, voller Unruhe, denn ich weiß, wenn ich ankomme, wird es geschehen.

Noch kann ich es hinauszögern, doch letztlich gibt es kein Zurück. Ein spezieller Bereich in meinem Gehirn hat das Kommando übernommen. Meine Hand wird ausführen, was der Kopf befiehlt.

Lange Zeit gab es in meinem Leben nur Flucht oder Erstarrung. Doch nun feuern andere Neuronen in meinem Hirn. Sie steuern mich, verlangen nach Angriff. Mein Innerstes dürstet nach Blut.

Ich setze den Blinker, fädle mich auf der Autobahn ein und schere auf die Überholspur aus. Der Motor dröhnt, während ich das Gaspedal durchdrücke. Leitplanken, Schilder, Bodenmarkierungen leuchten warnend in meinem Blickfeld auf, doch das kümmert mich nicht. Ab heute nehme ich keine Rücksicht. Nichts wird mich abhalten, kein Weg in die Irre führen.

Ich umfasse das Lenkrad und beschleunige weiter. Folge dem Plan, der elektrischen Ladung in meinen Nervenzellen. Auch wenn ich mich stets nach Liebe gesehnt habe, herrscht von nun an bloß der Hass.

Die Stadt zerfasert an den Rändern, nicht einbetonierte Flächen, Landschaftsreste, Waldstücke, die noch nicht abgeholzt wurden, all das rauscht an mir vorbei. Ich schließe für einen Moment die Augen, halte dennoch die Spur.

Heute Nacht bin ich unverwundbar. Die Stimme in meinem Kopf hat es mir eingeflüstert. Sie macht mir Mut. Nur so kann ich überleben.

Kilometer um Kilometer lege ich zurück. Schließlich nehme ich den Fuß vom Gas und biege an der nächsten Ausfahrt ab.

Die Scheinwerferkegel gleiten durch die Nacht. Je weiter ich mich von der Stadt entferne, desto einsamer wird die Gegend. Dies war einmal ein Ort des Friedens für mich, hier kam ich zeitweilig zur Ruhe.

Allmählich fahre ich langsamer.

Auf einem Feldweg geht es im Schritttempo weiter. Ich passiere Bäume, vereinzelte Sträucher, und plötzlich taucht die Silhouette eines Hauses vor mir auf.

Nun bin ich am Ziel.

Ich schalte den Motor aus, danach die Lichter. Finsternis umgibt mich. Ich bleibe noch eine Weile sitzen, versuche, meine Atmung zu kontrollieren, den Herzschlag, das pochende Drängen meines Instinkts.

Nichts wird mehr so sein wie zuvor.

Schließlich gebe ich mir einen Ruck und verlasse den Wagen.

Kurz darauf bin ich im Inneren des Hauses.

Stille. Zwielicht. Nur ein blasser Schimmer vom Mond, der durch die Fenster hereinfällt. Nachdem ich die Schuhe abgestreift habe, schleiche ich mich ins Bad. Ich werfe einen letzten Blick in den Spiegel. Diese Person im Halbdunkel, bin das ich? Werde ich jemals wieder in diese Augen schauen können, ohne zu erschrecken?

Für Skrupel ist es zu spät. Ein Zögern darf nicht sein.

Leise gehe ich in das Zimmer, in dem du schläfst. Der Mondschein dringt durch einen Spalt im Vorhang. Ein leichtes Frösteln, und ich schlüpfe zu dir unter die Bettdecke.

Dein Atem ist ruhig. Ich passe mich dir an, bis wir im Gleichtakt die Luft einziehen und wieder ausstoßen.

Auf einmal bin ich erstaunlich gefasst.

Langsam drehe ich mich auf die Seite und betrachte dein Gesicht. Wie friedlich du aussiehst. Unschuldig wie ein Kind liegst du da.

Wovon handeln deine Träume? Welche Bilder irrlichtern durch dein Gehirn? Kommt der Tod in deinen Kopffilmen vor?

Ich stütze mich auf. Mit der Fingerspitze berühre ich deine Stirn. Keine Reaktion, du bist im Tiefschlaf. Ich streiche dein Haar zurück. Dann wandern meine Finger hinab zu deinem Hals. Es pulsiert unter der Haut. Ich spüre das Blut in deinen Adern.

Plötzlich drehst du dich um.

Ein Seufzer im Schlaf.

Draußen geht ein sachter Wind, er säuselt im Laub der Bäume, streicht durch die Lupinen im Garten. Am Feldrand wachsen Kornblumen, die mich an meine Kindheit erinnern.

Wie schön es in dieser Gegend ist. Ein idyllischer Flecken Erde.

Auf einmal schlägst du die Augen auf. Traumverloren schaust du mich an. Bist du wach oder noch im Dämmer?

Schlaf ruhig weiter, den Rest übernimmt das wütende Funkeln in meinem Hirn.

Ich halte etwas Kaltes, Schweres für dich bereit. Meine Hände tasten danach.

Glaub mir, dies ist erst der Beginn einer langen, düsteren Reise.

Diesmal werde ich mich nicht verschließen. Ich bin nicht mehr die Person, die sich tot stellt, nicht länger das Wachs in den Händen anderer.

Heute Nacht vollzieht sich der Wandel. Fortan bin ich die Klinge und nicht die Wunde.

Ich ziehe die Waffe hervor.

Ein Blitzen im Mondlicht, dein Aufschrei.

Schon trifft mich dein Blut in einem tröstend warmen Strahl.

EINS

Sonntag, 18. September, nachts

Sie war auf der Tanzfläche und rührte sich nicht. Die Menge um sie herum im flimmernden Licht, ein Wogen, ein Zucken, schwitzend in stickiger Luft. Wummernde Bässe, ekstatische Loops. Doch Carlotta stand völlig still. Sie war allein, in Gedanken weit weg. Sah hinauf zu den Scheinwerfern und blinzelte.

Sie wollte dazugehören, ein Teil des Ganzen sein. Nicht mehr ausgeschlossen, fern vom Spaß der anderen. Es versuchen, innerlich loslassen, sich den Beats hingeben. Für wenigstens eine Nacht so wild und selbstvergessen sein wie die tanzende Meute. Normalerweise hielt sie Abstand, doch für heute hatte sie vor, sich mitten hineinzubegeben.

Sie begann mit einer leisen Bewegung in der Hüfte, danach erlaubte sie ihren Schultern zu kreisen. Sie hob die Arme, ihre Hände bewegten sich langsam vor ihrem Gesicht. Es war wie ein Streicheln, ein zartes Gleiten, als wollte sie den hochtönenden Gesang anlocken, der sich hymnisch über die Basslinie legte.

Allmählich gewann sie Zutrauen. Sie warf einen Blick hinauf zum DJ, der hoch oben über seinen Turntables thronte. Er peitschte die Menge an. Das rhythmisch stampfende Volk jubelte ihm zu.

Kaskaden aus farbigem Licht strömten auf Carlotta herab. Sie traute sich nun mehr zu. Sie konnte es auch. Ihr Hüftschwung noch zaghaft, aber das Spiel ihrer Hände ausufernd.

Sie umarmte die Melodie, den hohen Klang einer Sirenenstimme und umfing den tiefen Bass der Drums, der sich durch ihr Rückenmark zu schlängeln schien.

Etwas löste sich in ihr, eine alte abgekaute Traurigkeit, die sie vielleicht für immer ablegen konnte. Mehr tanzen, dachte sie, mehr singen, womöglich war das ein Neustart in dieser Nacht. Sie beobachtete ihre Hände, die über ihr flatterten wie zwei kleine Vögel, endlich in die Freiheit entlassen. Verzückt, nahezu begeistert sah sie ihnen zu. Sie waren hübsch, dabei hatte Carlotta noch nie etwas an sich schön gefunden.

Die Loops endeten, und der DJ blendete zum nächsten Track über, begleitet vom Johlen der Masse. Die Lichtstimmung wechselte, noch mehr Menschen drängten auf die Tanzfläche. Carlotta wurde angerempelt und kam aus dem Rhythmus. Schon meldeten sich störende Gedanken. War sie etwa doch fehl am Platz?

Sie wollte weitertanzen, doch die Magie war dahin. Sie rettete sich an die Bar, versuchte dem Mann hinterm Tresen, ein Zeichen zu geben, jedoch vergeblich. Es war entschieden zu voll, die Luft zum Schneiden. Plötzlich stand ein Typ dicht neben ihr und grinste sie an. Carlotta wusste nicht, wie sie reagieren sollte. Zurücklächeln wäre wohl angebracht, aber sie zögerte.

Der Kerl rief ihr etwas zu, doch es war extrem laut in diesem Club.

Er beugte sich zu ihr, kam ihr zu nah, sie konnte sein Rasierwasser riechen, holzig, mit einer Spur Zitrusfrucht. Er war recht attraktiv, feine Gesichtszüge, blitzende Augen.

Sie spürte seinen Atem im Ohr. »Darf ich dich zu einem Drink einladen?«

»Okay.« Sie antwortete, ohne nachzudenken.

»Und was möchtest du?«

Sie überlegte noch, da drückte er ihr schon ein Glas in die Hand.

»Cheers«, sagte er.

»Cheers.« Sie tranken beide.

Carlotta ahnte, dass er nun ein lockeres Gespräch anfangen würde, gezielter Auftakt zu einem Flirt, und sie beschloss mitzuspielen.

»Ich bin übrigens Victor.« Sein Haar war dunkel, sein Lächeln charmant, aber ein Tick zu selbstverliebt.

»Carlotta.«

»Schöner Name.«

Nur eine Schmeichelei, doch sie ließ es sich gefallen. Sie tranken aus, und er bestellte erneut. Der Barkeeper reagierte schnell. Carlotta hatte schon lange keinen Alkohol mehr getrunken. Eigentlich machte sie sich nicht viel daraus. Der Wodka Lemon, oder was immer das war, brannte in ihrer Kehle.

Victor berührte sie am Oberarm, und nun hatte sie seinen Atem im Gesicht. »Warum ziehst du deine Jacke nicht aus, ist dir nicht heiß?«

Es war unmöglich. Sie brauchte die Jacke zum Schutz, feines Nappaleder, mehr eine dünne Haut als ein Kleidungsstück, aber sie erfüllte ihren Zweck. Carlotta wollte kein Aufsehen erregen mit dem, was sie darunter trug, und der Türsteher hätte sie erst gar nicht reingelassen.

Victor schien ihr Stirnrunzeln bemerkt zu haben. Er nahm die Hand wieder weg.

Carlottas Gesichtszüge entspannten sich. Das Gürtelholster, darin die Waffe, Marke Sig Sauer, kalt und schwer, blieb unter dem Leder verborgen. Kleiner Verstoß gegen die Dienstvorschrift. Immerhin war sie aus privatem Anlass hier. Doch mit der Pistole fühlte sie sich sicherer.

Ihr Gegenüber gab nicht auf, er feuerte eine Reihe von Komplimenten ab, die sie mit einem Lächeln quittierte. Er prahlte mit seinem Job, irgendetwas mit Immobilien, und zeigte ihr seine makellosen Zähne. Sie antwortete das Nötigste, wenn er ihr Fragen stellte, und ließ sich zu einem dritten Getränk überreden.

Ihr war ein wenig schummrig, als er sie fragte, ob sie tanzen wolle.

Sie willigte ein. Schon war sie mit ihm unter den wabernden Lichtern, und der DJ versorgte sie mit vibrierenden Tracks, die in ihrem Bauch kitzelten. Sie versuchte, die Bewegungen ihrer Hände zu wiederholen, den Freiheitsflug der kleinen Vögel, sich geheimnisvoll, unnahbar und dennoch gegen ein Abenteuer nicht abgeneigt zu geben. Warum auch nicht? Sie war hier, um sich zu amüsieren, ihr Plan war es, den einfachen Freuden der Allgemeinheit zu folgen, eine durchtanzte Nacht, Alkohol, vielleicht auch Sex.

Victor tänzelte um sie herum, sein Auftreten männlich, unterkühlt, mit einer Prise Ironie. Sie schätzte ihn auf ungefähr ihr Alter, Mitte dreißig, noch nicht verloren, auch wenn einige Träume längst geplatzt waren.

Plötzlich schob er sich an sie heran. Seine Hände wanderten unter das Nappaleder, strichen an ihren Rippenbögen entlang. Dann hinunter zu ihren Hüften, als wollte er sie abtasten. Hatte er ihre Waffe bemerkt?

Sie versuchte, sich von ihm zu lösen, doch in dem Gedränge war es kaum möglich.

Schlagartig wollte sie allein sein. Zu Hause. Isoliert, aber in Sicherheit.

Er zog die Hände wieder weg, doch gleich darauf waren sie in ihrem Nacken.

»Lust, von hier zu verschwinden?«, schrie er ihr ins Ohr.

Ihre Beine waren auf einmal weich wie heißes Wachs. Die Musik schien sich zu verändern, verlangsamte sich. Ihr war, als habe sie Wasser in den Ohren. Ein dumpfer Hall, Misstöne, Disharmonien. Alles um sie herum entfernte sich. Victors Hände glitten wieder unter ihre Jacke, während er sich an sie presste.

Sie bekam keine Luft mehr.

Sie stieß ihn weg, bahnte sich einen Weg durch die Menge.

Erst als sie es zu den Waschräumen geschafft und die Tür hinter sich zugeworfen hatte, kam sie wieder zu Atem. Sie stützte sich an einem der Becken ab, erschrak vor ihrem Spiegelbild. Wie bleich sie war. Sie spritzte sich Wasser ins Gesicht und trocknete sich mit einem Papiertuch ab.

Nach einer Weile traute sie sich wieder hinaus. Sie versuchte, sich zu orientieren. Wo war der Ausgang? Unsicher ging sie an der Tanzfläche vorbei. Das Set des DJs wirkte noch immer merkwürdig gedämpft, die Leute schienen sich wie in Zeitlupe zu bewegen, die Lichtstrahlen trafen mit einer eigenartigen Verzögerung auf ihre Netzhaut, dafür umso greller, schmerzlich wie Messerspitzen.

Endlich entdeckte sie ein rettendes Schild: Notausgang. Sie wankte darauf zu. Doch nur wenig später griffen erneut Hände nach ihr.

»Carlotta.«

Der Mann namens Victor sah sie an, als sei nichts weiter vorgefallen.

»Ich muss gehen«, murmelte sie.

»Ich rufe uns ein Taxi.«

»Nein.«

Er schob einen Arm unter ihre Achsel und führte sie hinaus. Die Nachtluft schlug ihr entgegen, kalt und brutal, sie öffnete den Mund, einen metallischen Geschmack auf der Zunge.

Schon hatte Victor mit seinem Handy den Wagen bestellt.

»Müsste gleich hier sein.«

»Lass mich los.«

Er lächelte nur.

Abermals wollte sie sich von ihm losreißen, doch es gelang ihr nicht. Ihre Glieder waren noch immer weich, fühlten sich beinahe flüssig an. Sie sackte leicht zusammen, und er zerrte sie hoch.

»Hoppla«, sagte er mit einem Grinsen.

Das Taxi hielt vor ihnen. Er stützte sie, führte sie hin.

Auf einmal hörte sie sich schreien. »Loslassen!«

Unter größter Mühe entwand sie sich seinem Griff. Sie wollte in die andere Richtung laufen, doch ihre Beine gehorchten ihr nicht.

Er griff nach ihr. Sie fuhr herum.

»Komm schon«, sagte er, »du bist zu schwach, um allein nach Hause zu gehen.«

»Hau ab.«

Sein Lächeln war selbstüberzeugt, fies, dominant. Er zog sie an sich heran wie eine willenlose Beute. »Gib mir wenigstens deine Nummer.«

»Nein.«

»Dann gebe ich dir meine.«

Auf einmal hatte er einen Stift in der Hand und schrieb etwas auf ihr Handgelenk.

»Was soll das?«, brachte sie hervor.

Sein Grinsen wurde breiter. »Damit du mich nicht vergisst, Kleine. Niemals.«

Sie spürte das Gewicht der Sig Sauer an ihrer Hüfte, den harten Lauf der Waffe. Sie sah die geöffneten Lippen des Mannes und seine blitzenden Augen.

Der Taxifahrer hupte.

Sie tastete nach dem Holster, spürte den Pistolengriff in ihrer Hand.

Ihr war schwindlig, Lichtblasen explodierten in ihrem Kopf.

Plötzlich war Victor weg. Sie kniete vorm Rinnstein. Sie hatte die Orientierung verloren, auch jegliches Zeitgefühl.

Der Scheißkerl hat mir was in den Drink geschüttet, durchfuhr es sie. Ihr Kopf näherte sich dem Boden.

Dann gingen die Lichter aus.

ZWEI

Montag, 19. September

Das Mädchen ohne Schuhe rannte. Der Asphalt war rissig und übersät mit Dreck. Sie bog um die Ecke und beschleunigte. Am Himmel dämmerte der Morgen heran.

Ihre Fußsohlen schmerzten. Die Kälte kroch unter ihre Haut. Sie trug nichts weiter als ein Tanktop und ihren Slip. Sie wagte es nicht, sich umzudrehen. Ihr Atem jagte, das Herz schlug dumpf und hart in ihrer Brust.

Müde Gestalten kamen ihr entgegen, Menschen, die zur Frühschicht mussten. Manch einer gaffte ihr nach. Halb bekleidet, wie sie war, verängstigt und verschwitzt sorgte sie für Aufsehen in der tristen Frühe, morgens um halb sieben.

Schon hetzte sie um die nächste Häuserecke, doch auch in den Seitenstraßen war sie vor fremden Blicken nicht geschützt. Sie wollte schneller laufen, doch ihre Kräfte schwanden, und eine Glasscherbe bohrte sich in ihren nackten Fuß.

Sie hinkte, strauchelte, der Schmerz war heftig.

Ein Mann versperrte ihr den Weg.

»He, Süße, wo willst du denn hin?«

Er taxierte sie. Sein Blick war gierig.

Das Mädchen stürmte auf die Straße. Schneller, dachte sie, nur weg von hier.

Auf dem gegenüberliegenden Gehsteig eilte sie weiter. Noch einmal bog sie ab.

Vor ihren Augen war ein Flimmern, das Haar hing ihr in Strähnen im Gesicht, und ihre Lunge bebte.

Schließlich sah sie das Ende der Straße.
Wohin jetzt?
Sie musste verschnaufen, hatte einfach keine Kraft mehr.
Weiter, durchfuhr es sie, nur weiter, nicht stehen bleiben.
Da erkannte sie das Gerüst an einem der Häuser. Es war sehr hoch.
Das Mädchen ohne Schuhe hob den Blick zum Himmel.
Die Wolkendecke riss auf, und ein Sonnenstrahl blitzte hervor. Dort oben war so viel Weite, so viel Licht.
Mit einem Mal meinte sie, eine leise Stimme zu vernehmen.
Komm, sagte die Stimme, *komm zu mir. Hier ist der Ausweg.*

Carlotta schlug die Augen auf. Ihr Blick irrte umher. Wo war sie? Eine gallige Übelkeit kroch in ihrer Kehle hoch.

Vorsichtig richtete sie sich auf. Das Zimmer drehte sich um sie herum. Erst nach einer Weile wich der Schwindel in ihrem Kopf, und sie konnte schärfer sehen.

Die abgebeizte Kommode mit den bunten Griffen kannte sie, auch das Bild an der Wand war ihr vertraut. Es zeigte eine große, schäumende Welle, eine Reproduktion des berühmten Farbholzschnitts von Hokusai. Ihre Mutter hatte dieses Bild geliebt.

Sie war also zu Hause, saß auf ihrem Bett.

Doch kein Gefühl der Sicherheit stellte sich ein. Dafür verspürte sie ein leises Unbehagen.

Was war in der letzten Nacht vorgefallen?

Carlotta blickte an sich herab, und ihr Atem stockte.

Zwei kleine Augen starrten sie an.

Es war so verstörend, dass sie mehrmals zusammenzuckte.

Sie war unbekleidet, und um ihren Hals hing etwas. Sie schrie auf, und das Ding an ihrem nackten Körper baumelte hin und her.

Entsetzt griff sie danach.

Es war weich, flauschig und überaus grotesk.

Ein Stoffäffchen an einer Nylonschnur, ungefähr faustgroß, Knopfaugen, die Nase und die Gliedmaßen von der Schnur zerquetscht, das Nylon um sie herumgewunden. An manchen Stellen war das Tier aufgerissen, und watteartiges Füllmaterial quoll hervor.

Carlotta versuchte, sich den Stoffaffen vom Hals zu ziehen, doch die Schnur verhedderte sich. Das Nylon schnitt in ihre Haut.

Sie keuchte.

Nach einer Weile schaffte sie es, sich zu befreien. Sie zog die Schnur über ihren Kopf und warf das Äffchen auf den Boden.

Unsicher stand sie auf und ging ins Bad. Für einen Moment war ihr, als müsste sie sich übergeben.

Sie stand vorm Spiegel und traute ihren Augen nicht. Denn da war noch etwas. Es war krustig und verklebt. Es bewegte sich, wenn sie atmete. Eine gelbliche Masse auf ihrem nackten Bauch, die in einer zittrigen Spur überkreuz hinauf zu ihren Brüsten und hinunter zur Scham führte.

Es schauderte sie.

Sie betastete das Zeug.

Es roch leicht süßlich. Wie Honig.

Und dann verstand sie. Es war Wachs. Bienenwachs. Jemand hatte ihr offenbar mit einer brennenden Kerze ein großes X auf den nackten Körper geträufelt.

Was um alles in der Welt war passiert? Was hatte sich in der Nacht in ihrer Wohnung abgespielt?

Angestrengt dachte sie nach. Doch in ihrem Kopf war nur Leere.

Da vernahm sie einen verhaltenen Brummton aus ihrem Schlafzimmer.

Es brauchte eine Weile, bis sie begriff. Es war ihr Handy, das auf dem Nachttisch vibrierte.

Sie zog sich einen Bademantel über und ging nachsehen. Auf dem Display wurde eine ihr unbekannte Nummer angezeigt.

Carlotta hob nicht ab. Endlich verstummte das Telefon.

Denk nach, denk nach, durchfuhr es sie, was ist gestern passiert?

Erschöpft setzte sie sich auf den Bettrand. Das verschnürte Äffchen grinste sie vom Boden an. Angewidert rieb sie über die Wachsspur auf ihrem Bauch. Das Zeug klebte fest, bröckelte nur leicht ab.

In diesem Moment bemerkte sie die Ziffern auf ihrem Handgelenk. Jemand schien sie mit einem schwarzen Stift auf ihre Haut geschrieben zu haben.

0172 99 66 33

Daneben drei Großbuchstaben.

VIC

Victor, dachte sie. Der Club. Der Typ, mit dem sie getanzt hatte.

Da schoss ihr das Blut in den Kopf. Wo war ihre Waffe?

Sie eilte in den Flur. Am Garderobenhaken hing ihre Lederjacke, und auf dem Sideboard lag das Holster mit der Sig Sauer.

Plötzlich erinnerte sie sich an eine gepresste Stimme:

Hol noch einmal tief Luft. Vielleicht ist das dein letzter Atemzug.

Es war *ihre* Stimme. *Sie* hatte das gesagt.

Sie nahm das Magazin aus der Pistole und zählte nach. Eine Patrone fehlte.

Wieder erinnerte sie sich an ihre eigene Stimme:

Dein letzter Atemzug.

Hatte sie geschossen? Ein Erinnerungsfetzen tauchte vor ihr auf. Die Straße vorm Club. Das Taxi. Der Streit. Wie sie dieser Mann namens Victor bedrängt hatte. Ihre weichen Glieder. Er schien sie betäubt zu haben.

Und danach? Nichts. Keine Erinnerung mehr.

Wer hatte ihr den Stoffaffen um den Hals gehängt? Und das Bienenwachs auf ihrer Haut? Was war passiert?

Hol noch einmal tief Luft. Vielleicht ist das dein letzter Atemzug.

Verdammt, hatte sie auf ihn geschossen?

Aber so etwas würde sie niemals tun. Nur in äußerster Notwehr. Und war das Magazin wirklich voll gewesen? Fehlte tatsächlich eine Kugel? Plötzlich war sie sich nicht mehr sicher.

»Ruhig«, sprach sie zu sich selbst, »ganz ruhig. Nur ein kleiner Filmriss.« Sie schob das Magazin in die Sig Sauer und legte sie weg.

Sie kontrollierte die Eingangstür. Nicht verriegelt. Ein Griff in ihre Jackentasche, und sie hatte den Wohnungsschlüssel in der Hand. Sie schloss von innen ab und ließ den Schlüssel stecken.

Dann ging sie ins Bad, öffnete den Duschvorhang, drehte den Hahn auf, warf den Bademantel ab und duschte lange. Mit einer Bürste schrubbte sie sich das Wachs vom Körper. Auch die drei Buchstaben und die Ziffern wusch sie ab.

Offenbar eine Telefonnummer. Sie prägte sie sich ein.

Als sie fertig angezogen war, vibrierte ihr Handy erneut. Diesmal hob sie ab.

»Hallo?«

Atmen am anderen Ende. Dann eine männliche Stimme: »Spreche ich mit Carlotta Weiss?«

»Wer will das wissen?«

»Die Kriminalpsychologin Carlotta Weiss?«

»Noch einmal: Wer will das wissen?«

»Luis Werner mein Name. Ich bin vom Polizeiabschnitt in Berlin-Mitte. Wir brauchen Ihre Unterstützung.«

»Worum geht es?«

»Hilflose Person auf einem Baugerüst.«

»Dafür bin ich nicht zuständig.«

»Ich kann im Moment keinen Psychologen erreichen, der sich da rauftraut.«

»Wie hoch ist das Gerüst?«

»Ziemlich hoch. Ein Kollege hat es versucht. Aber sobald er sich nähert, fängt das Mädchen an zu schreien.«

»Ein Mädchen?«

»Offenbar noch ein Teenager. Ist nur spärlich bekleidet. Sie ist kurz davor, sich hinunterzustürzen.«

Pause.

»Könnten Sie uns helfen? Man hat mir gesagt, Sie seien in Extremsituationen sehr belastbar.«

Das ist überhaupt nicht wahr, dachte Carlotta und starrte auf das Stofffäffchen am Boden.

Dann sagte sie: »Schicken Sie mir einen Wagen.«

»Wo sind Sie gerade?«

Sie nannte ihre Privatadresse.

DREI

Es war ein Hochhaus zwischen Karl-Marx-Allee und Alexanderstraße. Einer dieser Betonklötze, die von Bauunternehmern schnell hochgezogen wurden, um rasch Profit zu machen. Das Gerüst ragte vor der rohen Fassade auf.

Eine Menge von Schaulustigen hinter einer Absperrung aus Flatterbändern. Polizeifahrzeuge standen quer auf der Fahrbahn, die Straße war abgeriegelt.

Carlotta stieg aus dem Dienstfahrzeug, mit dem man sie abgeholt hatte.

Ein uniformierter Beamter trat auf sie zu. »Sind Sie die Kriminalpsychologin?«

»Ja.«

»Wir haben soeben miteinander telefoniert.« Er legte den Kopf in den Nacken und sah in die Höhe.

Carlotta folgte seinem Blick. Sie erkannte eine Person auf der Oberkante des Gerüsts, an eine der Eisenstreben geklammert.

»Das sind über dreißig Meter«, sagte der Uniformierte. »Soll Sie jemand begleiten?«

»Ich schaffe das allein.«

Er blickte sie ernst an. »Viel Glück.«

Carlotta näherte sich dem Gerüst. Sie überstieg die Baustellensicherung und kletterte die Leiter bis zur ersten Etage hinauf. Sie überquerte die Holzbohlen bis zur nächsten Leiter.

Zielstrebig arbeitete sie sich Etage um Etage vor. Je höher sie stieg, desto kälter wurde es. Es blies ein starker Wind, der sie frösteln ließ.

Sie vermied es, in die Tiefe zu schauen. Obwohl sie relativ schwindelfrei war, rumorte es in ihrem Magen, eine leise Angst, wie eine böse Vorahnung.

Sie zählte nicht die Stockwerke, doch schließlich hatte sie die Dachkante erreicht. Nun gab es nur noch eine einzige Leiter.

Sie stieg sie halb hinauf.

Vorsichtig spähte sie über den Rand des Holzbodens. Hier oben gab es keine Querstreben mehr, bloß jeweils zwei senkrechte Eisenrohre an den beiden Stirnkanten der Gerüstböden. An einem davon stand das Mädchen, dicht am Abgrund.

Carlotta schätzte sie auf siebzehn. Außer einer dunklen Unterhose mit feinen Spitzen an den Rändern trug sie nur ein weißes Tanktop, das die Schultern freiließ. Carlotta erkannte Tattoos auf den Schulterblättern. Es waren Flügel, weite Schwingen, kunstvoll ausgearbeitet.

Engelsflügel, dachte sie.

Das Mädchen blickte sie an.

»Ich heiße Carlotta. Ich bin hier, um dir zu helfen. Möchtest du mit mir sprechen?«

Keine Antwort.

Carlotta verharrte. »Ist es okay, wenn ich zu dir raufkomme?«

Keine Reaktion.

Nach einer Weile nahm Carlotta die letzten Stufen und richtete sich vorsichtig auf den Holzbohlen auf. Sie waren nicht besonders breit, schwankten leicht, und da die Querstreben fehlten, wurde das Unbehagen stärker. Carlottas Magen rebellierte, instinktiv wollte sie die Arme ausbreiten, um sich irgendwo abzustützen, aber zu ihrer Linken war nichts als der Abgrund und zu ihrer Rechten eine Lücke zwischen Fassade und Gerüst, die ebenso schwindelerregend war.

Nur nicht nach unten schauen, dachte sie.

Entschlossen richtete sie den Blick auf das Mädchen.

Nach einer Weile sagte sie: »Ich kann dich an einen sicheren Ort bringen. An einen Ort zum Ausruhen. Wo du Frieden hast.«

Das Mädchen schüttelte bloß den Kopf.

»Ist es in Ordnung, wenn ich einen Schritt näher komme?«

Wieder keine Antwort.

»Du könntest mir deine Hand reichen. Möchtest du?«

Erneutes Kopfschütteln.

Carlotta setzte einen Schritt vor. Die Bretter vibrierten. Das Mädchen fuhr zusammen.

»Schon gut. Ganz ruhig.« Sie hielt inne. »Ich weiß, es gibt Tage, an denen man völlig verzweifelt ist. Das geht mir auch so. Ziemlich oft sogar. Glaub mir, du bist nicht allein damit. Wir können reden. Verrätst du mir deinen Namen?«

Nichts.

Auf einmal ließ das Mädchen die Eisenstange los.

Nun stand sie freihändig am Abgrund, barfuß, zitternd vor Kälte.

Ein Ruck ging durch die Menge unten auf der Straße.

Die Anspannung war spürbar. Carlotta ahnte, dass die Menschen hier waren, um ein Spektakel zu erleben. Sie versuchte, es auszublenden.

»Ich mache dir einen Vorschlag«, sagte sie. »Du kommst zu mir und reichst mir die Hand. Danach setzen wir uns eine Etage tiefer auf das Baugerüst und reden. Wir müssen nicht runtergehen. Nicht zurück in die grausame Welt dort unten. Wir bleiben hier oben. Und reden einfach.«

Die Gesichtszüge des Mädchens veränderten sich. Offenbar hatte Carlotta sie erreicht.

»Komm. Ich kann dir meine Jacke geben. Du kannst dich darin aufwärmen. Nur ein paar Schritte zu mir, ja?« Sie öffnete einladend die Hand. »Ich kenne das. Man braucht eine Hülle um sich herum, einen Schutz.«

Erneut registrierte Carlotta eine leichte Veränderung, wie ein winziges Nachgeben. Wärme anbieten, dachte sie. Geborgenheit. Behutsam eine Verbindung aufbauen.

Nur sechs oder sieben Meter waren sie voneinander entfernt. Doch sie wusste, eine falsche Bewegung, und sie hätte das Mädchen verloren.

Vorsichtig streckte sie die Hand nach ihr aus.

Wieder eine winzige Reaktion im Gesicht des Mädchens. Immerhin hielt sie sich wieder an der Eisenstrebe fest.

Doch in diesem Moment war von unten eine Feuerwehrsirene zu vernehmen. Schrill. Penetrant. Wie ein Schlag, vor dem sie zurückwich.

Die Bodenbretter schwankten, und das Mädchen blickte nach unten.

»Es ist zu laut«, sagte Carlotta. »Dort unten ist es entschieden zu laut. Und die vielen Menschen. Sie machen dir Angst. Ich kann das verstehen. Hör zu, wir sind allein. Bloß wir beide. Ich sorge dafür, dass niemand an dich herankommt. Nur ich werde mich um dich kümmern. Möchtest du das?«

Das Mädchen rührte sich nicht.

»Willst du mir wirklich nicht deinen Namen verraten?«

Ein Schwarm Tauben flatterte vom gegenüberliegenden Dach auf, und das Mädchen folgte ihm mit Blicken. Die Vögel zogen einen Halbkreis am Himmel, rötlich angestrahlt vom Morgenlicht.

Carlotta betrachtete die Tätowierungen auf den nackten Schulterblättern des Mädchens.

Sie möchte fliegen, dachte sie. Weit wegfliegen.

»Es ist besser, in die Ferne zu schauen, nicht wahr? Und hinauf zum Himmel. Da ist mehr Weite, mehr Licht.«

Sie wagte sich näher heran. Nur noch fünf Schritte trennten sie voneinander.

Da rief jemand aus der Menge zu ihnen herauf. Ein anderer fiel mit ein. Es klang höhnisch. Als wollten die Schaulustigen endlich ihr Spektakel haben.

Und wieder ertönte eine Sirene.

Das Mädchen zuckte, die Holzbretter schaukelten.

»Keine Angst«, murmelte Carlotta. »Die beruhigen sich wieder. Und wir scheren uns einfach nicht um sie. Es gibt nur uns beide.«

Sie setzte einen weiteren Schritt vor. Sie wusste, sie durfte ihr nicht zu nahe kommen. Zum einen wollte sie das Mädchen nicht bedrängen, zum anderen musste sie aufpassen, nicht mit in die Tiefe gerissen zu werden, sollte es denn zum Schlimmsten kommen.

Doch es gab Hoffnung. Das Mädchen reagierte auf bestimmte Stichwörter. Ihr war kalt. Und sie brauchte jemanden zum Reden. Sie wollte nicht zurück zu den Menschen, aber sehnte sich vage nach einem Schutzraum mit einer Person, der sie vertraute.

Wenn Carlotta wenigstens ihren Namen wüsste.

Abermals fragte sie danach.

Zunächst kam keine Antwort.

Doch auf einmal warf ihr das Mädchen einen verzweifelten Blick zu.

»Annabel«, raunte sie.

»Gut, Annabel, ich bin für dich da.«

Das Mädchen kniff die Augen zusammen.

»Annabel Lund.«

Der Tonfall war irritierend. Mit einer merkwürdigen Dringlichkeit.

Carlotta wollte etwas sagen.

Doch dazu kam es nicht mehr.

Das Mädchen breitete die Arme aus. Die Flügel-Tattoos auf ihren Schulterblättern strafften sich.

Und dann war sie plötzlich weg.

Es geschah überraschend schnell. Schreie von unten. Carlotta wurde schwindlig. Sie sank auf die Knie. Klammerte sich an den Brettern fest.

Entsetzt starrte sie hinunter.

Das Mädchen mit den Engelsflügeln stürzte in die Tiefe.

VIER

Nils Trojan trat auf den Balkon seiner Wohnung in der Forster Straße hinaus und sog die frische Abendluft ein. Er setzte sich auf den Teakholzstuhl an der Brüstung und versuchte, sich nach einem langen Arbeitstag zu entspannen.

An der Fassade vom Haus gegenüber turnte ein Eichhörnchen über die Stuckverzierungen, auf den Dächern gurrten Tauben. In der Ferne rauschte der 29er Bus über das Kopfsteinpflaster an der Ecke Reichenberger Straße. Unten riefen sich spielende Kinder etwas zu. Vom Landwehrkanal drang der Flügelschlag eines Schwans zu ihm herüber, der sich schwerfällig aus dem Wasser erhob und in die Lüfte glitt.

Das Laub der Bäume färbte sich zum Teil schon gelb. Auf dem Wipfel einer Linde sang eine Amsel ihr Lied, wehmütig klang es, wie ein ungewollter Abschied vom Spätsommer. Der Wind trug einen erdigen Hauch von Herbst heran. Es war zu kühl für diese Jahreszeit.

Nur langsam beruhigten sich Trojans Gedanken. Schon seit heute Morgen war er leicht in Sorge wegen Stefanie. Er wartete auf einen Rückruf von ihr.

Erst gestern hatte er ihr auf die Mailbox gesprochen. Im Kommissariat schien sie ihm neuerdings aus dem Weg zu gehen. Schon seit einiger Zeit ignorierte sie seine Anrufe.

Vier Monate waren vergangen, seitdem sie ihn um eine Auszeit gebeten hatte, und noch immer gab es keine Klärung zwischen ihnen.

War das nun das Ende ihrer Beziehung? Er wusste es nicht. Sein Handy läutete. Er zog es aus der Hosentasche, doch es war nicht Stefanie, sondern Dr. Carsten Semmler.

»Nils?«

»Was gibt es?«

»Kannst du in die Rechtsmedizin kommen?«

»Worum geht es?«

»Um die Obduktion eines weiblichen Teenagers. Sie ist heute Morgen von einem Baugerüst gesprungen.«

»Du rufst mich wegen eines Selbstmords an?«

»Die Umstände sind noch nicht genau geklärt. Eine Kriminalpsychologin war bei ihr, hat vergeblich versucht, sie von dem Todessprung abzuhalten. Das Einzige, was sie aus ihr herausbringen konnte, war der Name: Annabel Lund.«

Der Rechtsmediziner setzte eine Pause. Trojan holte tief Luft. Der Name kam ihm vage bekannt vor.

»Klingelt es bei dir, Nils?«

»Hilf mir mal auf die Sprünge.«

»Ein alter Vermisstenfall, geisterte damals durch die Presse.«

»Jetzt erinnere ich mich. Annabel verschwand im Alter von vierzehn Jahren auf dem Rückweg von der Schule.«

»Ja. Eine andere Dienststelle war mit dem Fall betraut.«

»Die Kollegen hatten nicht viel Erfolg. Alles wies darauf hin, dass Annabel Lund gekidnappt wurde. Doch der Täter konnte nicht geschnappt werden.«

»Richtig. Seitdem sind fünf Jahre vergangen. Nun liegt das Mädchen auf meinem Obduktionstisch. Landsberg hat uns gerade die Akte geschickt. Wir sollen uns der Sache annehmen. Anordnung von oben. Der Staatsanwaltschaft missfällt es, dass damals nicht gründlich genug gearbeitet wurde. Nun sind wir an der Reihe.«

Trojan stand auf. »Sind die Angehörigen informiert worden?«

»Die Eltern müssten jeden Moment hier eintreffen. Du solltest mit ihnen sprechen.«

»Ich bin schon unterwegs.«

Trojan fuhr in seinem Dienstwagen über die Gitschiner Straße und das Hallesche Ufer, passierte das Technikmuseum und den Mendelssohn-Bartholdy-Park. Er bog am Reichpietschufer in den Tunnel ab, unterquerte den Potsdamer Platz und den Tiergarten. Am Hauptbahnhof endete die unterirdische Strecke. Er fädelte sich links ein und bog in die Invalidenstraße.

Er verbat sich jeglichen Gedanken daran, was wohl in den Köpfen der Eltern dieser Jugendlichen vorging. Jahrelang waren sie in Ungewissheit über das Schicksal ihrer Tochter geblieben. Und nun diese Horrornachricht.

Über Alt-Moabit und die Rathenower Straße erreichte er die Turmstraße. Er bog auf das Institutsgelände ein und hielt vor dem Haus L, in dem die Forensische Pathologie untergebracht war.

Semmler empfing ihn in einem steril wirkenden Untersuchungsraum.

Auf dem Metalltisch lag das Mädchen.

Nach einer kurzen Begrüßung reichte ihm der Rechtsmediziner die Akte des Vermisstenfalls.

Nils blätterte sie durch. Er besah sich das Foto von Annabel, einer zaghaft in die Kamera lächelnden Vierzehnjährigen. Dann verglich er es mit dem Gesicht der Toten. Es war bleich und durch den Aufprall merkwürdig verzerrt.

»Aus welcher Höhe ist sie gesprungen?«, fragte er.

»Es waren mehr als dreißig Meter.«

»Wo steht dieses Baugerüst?«

»In der Schillingstraße, sagte mir der Chef. Für Einzelheiten musst du dich an ihn wenden.«

»Gut. Ich rufe ihn gleich an. Was hast du bisher herausgefunden?«

»Außer den tödlichen Verletzungen, die durch den Sturz entstanden sind, gibt es ein paar marginale Verwundungen im Genitalbereich.«

»Wurde sie sexuell missbraucht?«

»Das ist nicht ganz auszuschließen. Auf jeden Fall hat sie ihre Jungfräulichkeit verloren.«

Trojan atmete tief durch. »Da sie fünf Jahre lang als vermisst galt, müsste sie inzwischen neunzehn sein. Die Tote sieht jünger aus, findest du nicht?«

»Das kann täuschen. Auffällig sind jedenfalls diese Tätowierungen.«

Semmler drehte den Leichnam des Mädchens auf die Seite. Trojan erkannte die eintätowierten Flügel, die sich von den Schultern bis hinab zum Lendenwirbelbereich erstreckten.

Er sah in der Akte nach. »Die Tattoos sind hier nicht vermerkt.«

Semmler legte die Tote wieder auf den Rücken. »Das stimmt. Die Eltern haben damals nicht angegeben, dass sich ihre Tochter hat tätowieren lassen.«

»Es wäre für eine Vierzehnjährige auch höchst ungewöhnlich gewesen.«

Sie blickten sich an.

»Sind die Angehörigen mittlerweile eingetroffen?«, fragte Trojan.

Der Rechtsmediziner nickte. »Sie warten draußen.«

Resa und Heiner Lund saßen aufrecht auf den weißen Plastikstühlen im Vorraum. Ihnen war der Schock anzumerken. Sie waren blass, ihre Gesichtszüge wie erstarrt. Der Mann, angegrautes Haar, hängende Schultern, stand sofort auf, als Nils zu ihnen trat. Die Frau blieb zusammengesunken sitzen.

Trojan stellte sich vor und murmelte ein paar Worte der Anteilnahme, doch Heiner Lund unterbrach ihn barsch. »Können wir endlich zu ihr?«

»Wenn Sie sich dazu in der Lage fühlen, ja.«

»Bringen wir es hinter uns.«

Frau Lund erhob sich langsam von ihrem Stuhl. Ihre Stimme war mehr ein Flüstern. »Ich wüsste nicht, warum sich unsere Tochter das Leben nehmen sollte. Sie hätte doch zu uns kommen können.«

»Noch kennen wir nicht die genauen Umstände«, entgegnete Trojan. »Bisher wissen wir nur, dass sie auf diesem Gerüst als Namen Annabel Lund angab.« Er machte eine Geste hin zur Tür. »Kommen Sie bitte mit.«

Er führte sie in den Obduktionsraum. Semmler hatte das Mädchen inzwischen mit einem weißen Tuch bedeckt.

Erst als Trojan mit dem Ehepaar Lund bereitstand und ihm ein Zeichen gab, hob er es an, sodass das Gesicht der Toten erkennbar wurde.

Trojan behielt die beiden Zeugen fest im Blick. Sie verzogen keine Miene.

Dann sagte die Mutter: »Das ist nicht unsere Tochter. Niemals.«

FÜNF

Wenn sie die Augen schloss, war sie wieder auf dem Gerüst. Der Blick in die Tiefe. Das Schwindelgefühl in ihrem Kopf. Das zerschmetterte Mädchen unten auf dem Asphalt.

Carlotta erhob sich vom Bett. Auf dem Boden lag noch immer das Stoffäffchen. Sie hatte es nicht fertiggebracht, es anzurühren. Noch zögerte sie. Eigentlich war sie gewillt, es in den Müll zu werfen. Andererseits war es ein Beweisstück. Vielleicht half ihr der Anblick ja, ihre Erinnerung an die letzte Nacht wieder in Gang zu setzen.

Was war nur passiert?

Auf einmal empfand sie beinahe Mitleid mit dem Stofftier, so eingezwängt und halb zerquetscht von der Nylonschnur.

Sie sollte es vorerst nicht wegschmeißen.

Schließlich hob sie es auf, öffnete ihren Kleiderschrank, nahm eine Schachtel heraus, in der sie Perlen, Halsketten und anderen Schmuck von ihrer Mutter aufbewahrte. Sie schüttete den Inhalt aufs Bett, legte das Äffchen in die Schachtel, stülpte den Deckel darauf und verstaute sie in der hintersten Ecke im Schrank.

Geschafft. Nun musste sie das bizarr zugerichtete Schmusetier wenigstens nicht mehr anstarren.

Carlotta sammelte den Schmuck auf und legte ihn lose in ihre Nachttischschublade. Unruhig ging sie durch ihre Wohnung. Abermals kontrollierte sie das Türschloss.

War jemand bei ihr gewesen, während sie geschlafen hatte? Die Betäubung, die ihr offenkundig verabreicht worden war, schien von heftiger Wirkung gewesen zu sein. Noch immer war sie ein bisschen schwach auf den Beinen.

Plötzlich läutete ihr Handy. Sie sah auf das Display. Die ihr angezeigte Nummer kannte sie nicht.

Sie hob ab. »Hallo?«

Am anderen Ende meldet sich eine männliche Stimme. »Mein Name ist Nils Trojan, LKA Berlin. Bitte entschuldigen Sie die späte Störung. Ich bin leitender Ermittler der fünften Mordkommission. Spreche ich mit Carlotta Weiss?«

»Ja.«

»Mein Chef Hilmar Landsberg hat mir Ihre Telefonnummer gegeben.«

»Worum geht es?«

»Mir wurde gesagt, Sie haben heute Morgen versucht, einen weiblichen Teenager von einem Suizid auf einem Baugerüst in der Schillingstraße abzuhalten.«

»Das ist richtig.«

»Das Mädchen gab sich Ihnen gegenüber als Annabel Lund aus. Ist das korrekt?«

»Ja.«

»Ich befinde mich gerade in der Rechtsmedizin. Die Tote wurde obduziert. Es gibt eine überraschende Unstimmigkeit.«

»Und die wäre?«

»Könnten Sie vorbeikommen? Dann erzähle ich Ihnen mehr.«

»Jetzt gleich?«

»Ja, es ist dringend.«

Carlotta dachte kurz nach. »Ich bin in einer halben Stunde bei Ihnen.«

»Danke.«

Sie legte auf.

Nils Trojan. Der Name war ihr ein Begriff.

Sie ging in den Flur und zog sich Jacke und Schuhe an. Doch kaum hatte sie ihre Wohnungstür geöffnet, verkrampfte sie sich.

Das Treppenhaus war dunkel. Sie tastete nach dem Lichtschalter. Mach schon, dachte sie, gib dir einen Ruck.

Doch sie traute sich nicht hinaus.

Rasch zog sie die Tür wieder hinter sich zu und lehnte sich von innen dagegen.

Wieder sah sie das Mädchen mit den Engelsflügeln vor sich. Abermals musste sie miterleben, wie die Jugendliche vor ihr in die Tiefe stürzte.

Die Bilder überlagerten sich in ihrem Kopf. Ein Wirbel aus Licht. Die Enge auf der Tanzfläche. Der Mann, der sie bedrängte. Seine Hände auf ihrem Körper. Und erneut hörte sie, wie sie ihm zuraunte:

Hol noch einmal tief Luft. Vielleicht ist das dein letzter Atemzug.

Sie griff nach dem Holster mit der Waffe und schnallte es sich um. Danach öffnete sie erneut die Wohnungstür.

Sie trat hinaus und schloss von außen ab. Ihre Schritte waren zögernd, unsicher, aber immerhin gelang es ihr, ihre Atmung unter Kontrolle zu halten.

Sie ging hinaus auf die Straße. Ihren VW-Bus hatte sie um die Ecke geparkt. Es war ein alter Bulli T2, das Modell »Helsinki«, eines der beliebtesten Campingfahrzeuge der Siebzigerjahre, hellblau mit rostigen Stellen und einer verbeulten Stoßstange.

Sie schloss auf, setzte sich ans Steuer und startete den Motor.

Carlotta liebte dieses Auto. Hier drin war sie in Sicherheit.

Nils Trojan und Dr. Carsten Semmler wandten sich der brünetten Frau in den Dreißigern zu, die den Untersuchungsraum der Rechtsmedizin betrat.

Sie war ein wenig außer Atem und hob die Schultern.

»Guten Abend«, sagte sie leise.

»Hallo«, erwiderte Nils. »Sind Sie Frau Weiss?«

»Ja.«

Er trat auf sie. »Ich bin Hauptkommissar Nils Trojan.«

Sie reichte ihm die Hand. »Sehr erfreut.«

Auch Semmler begrüßte sie mit einem Händedruck und stellte sich vor.

Die Kriminalpsychologin warf einen kurzen Blick auf das tote Mädchen, das auf dem Metalltisch lag.

»Danke, dass Sie so schnell herkommen konnten«, sagte Trojan.

»Das ist doch wohl selbstverständlich«, entgegnete sie.

Er schaute sie an. Ihr rotbraunes Haar, die grünblauen Augen, ihr fein geschnittenes Gesicht. Sie war von zierlicher Statur. Hatte etwas Zerbrechliches an sich, und doch spürte Trojan instinktiv, dass tief in ihr eine große Kraft war.

Ein aufmerksamer Blick, klug und scharfsinnig. Dazu eine leichte Unsicherheit, die sie zu kompensieren schien, indem sie das Kinn hob und die Schultern straffte.

Sie atmete durch. »Ich habe alles versucht, um das Mädchen von ihrem Suizid abzuhalten, doch leider ist es mir nicht geglückt.«

Trojan mochte ihre Art zu sprechen, verhalten, die Stimme ein wenig rau, aber sanft.

»Bitte machen Sie sich deswegen keine Vorwürfe«, sagte er.

»Ich versuche, es professionell anzugehen.«

»Das ist wohl das Beste.«

Er erahnte neben ihrer Präsenz und Energie zudem etwas

Dunkles an ihr. Als habe sich vor langer Zeit einmal ein Schatten auf ihre Seele gelegt.

In diesem Moment lächelte sie ihn zögerlich an, und ihm war, als würde Licht einen dichten Nebelschleier durchdringen.

Eine ernsthafte, kluge Frau, dachte er, attraktiv, ein wenig scheu und vermutlich hochsensibel.

»Können Sie mir die Vorfälle von heute Morgen schildern?«, fragte er.

Sie gab ihm einen knappen, aber dennoch detaillierten Bericht.

»Es ist nicht Annabel Lund«, sagte er.

Sie war überrascht. »Nicht?«

»Annabels Eltern haben es ausgeschlossen.«

»Definitiv?«

»Ja.« Er reichte ihr eine Akte. »Annabel Lund verschwand vor fünf Jahren als Vierzehnjährige. Seitdem ist sie nicht mehr aufgetaucht.«

Carlotta Weiss überflog die Seiten. Sie las schnell und hoch konzentriert. Offenbar hatte sie die Gabe, Informationen in kürzester Zeit in sich aufzunehmen. Im Nu schien sie mit den wesentlichen Einzelheiten des Vermisstenfalls vertraut zu sein.

»Nun erinnere ich mich wieder«, sagte sie. »Ich habe damals von dem Fall gehört.« Sie schaute zu der Toten hin. »Konnte ihre wahre Identität festgestellt werden?«

»Bisher noch nicht«, antwortete Trojan.

»Warum gab sich das Mädchen als Annabel Lund aus?«

»Es ist rätselhaft.«

»Sie könnte Annabel gekannt haben. Vielleicht ist sie von demselben Täter gekidnappt worden.«

»Das wäre denkbar.«

»Nehmen wir mal an, sie konnte sich befreien …«

Trojan blickte sie an. »Sie flieht, rettet sich auf dieses Baugerüst.«

»Sie ist verzweifelt. Obwohl sie in Freiheit ist. Sie weiß nicht, wohin.«

»Demnach könnte Annabel Lund noch am Leben sein.«

»Ja«, murmelte Carlotta. »Vielleicht wollte mir das unbekannte Mädchen einen Hinweis geben, kurz bevor sie sprang. Es war wie ein Hilferuf. Wir sollen wenigstens Annabel retten. Für sie selbst bestand offensichtlich keine Hoffnung mehr. Wer weiß, was sie alles erlebt hat. Durch welche Hölle sie ging.«

Stille im Raum. Die Anwesenheit des Mädchens war noch immer spürbar, als schwebte ihre Seele über dem lädierten, nackten Körper, dem sie entwichen war.

Carlotta näherte sich dem Untersuchungstisch. Sie streifte sich ein paar Latexhandschuhe über.

»Darf ich?«, fragte sie.

Semmler wirkte nicht erfreut. »Eigentlich lasse ich niemanden in meinem Kompetenzbereich …« Er brach ab.

Sie wartete.

Schließlich trat er einen Schritt zurück und verschränkte die Arme vor der Brust.

Carlotta machte ein paar Handyfotos von der Toten. Dann schob sie den Leichnam auf die Seite und betrachtete die Flügel-Tattoos auf dem Rücken. Abermals zückte sie ihr Handy und fotografierte die Tätowierungen. Danach bettete sie die Leiche wieder so auf den Metalltisch, wie sie zuvor gelegen hatte.

»Sie arbeiten als Profilerin?«, fragte Trojan.

»Ich mag das Wort nicht besonders«, entgegnete sie. »Klingt nach Zauberei. Polizeiarbeit hat nichts mit Magie zu tun.«

»Da stimme ich Ihnen zu.« Er lächelte. »Ich habe schon viel von Ihnen gehört.«

»Ach ja?«

»Man erzählt sich, Sie seien hochbegabt. Und in der Wahl Ihrer Methoden sehr speziell.«

Sie musterte ihn. »Auch Ihnen eilt ein gewisser Ruf voraus, Herr Trojan.«

Er lächelte. »Tatsächlich?«

»Mir kam zu Ohren, dass Sie eine beachtliche Aufklärungsquote haben.«

Er trat einen Schritt auf sie zu. Ihm war ein interessanter Gedanke gekommen. Natürlich müsste er vorher mit seinem Chef darüber sprechen. Doch je länger er darüber nachdachte, desto reizvoller erschien ihm die Idee.

Er räusperte sich. »Wie wäre es eigentlich, wenn wir im Fall Annabel Lund zusammenarbeiten würden? Mein Team, die fünfte Mordkommission, ist chronisch unterbesetzt. Wir sind noch mit anderen Fällen beschäftigt, das führt zu Überlastungen. Ich könnte Verstärkung gebrauchen.«

»Ich arbeite nicht gern im Team. Mittlerweile darf ich mir einige Freiheiten herausnehmen.«

»Eine Einzelgängerin, ja?«

»Das trifft es ziemlich gut.«

»Teamarbeit wäre auch nicht erforderlich. Kooperieren Sie lediglich mit mir. Helfen Sie mir herauszufinden, wer dieses unbekannte Mädchen ist und warum sie sich als Annabel Lund ausgab.«

»Und was ist, wenn ich nein sage?«

»Das wäre schade.«

»Wieso?«

Abermals lächelte er. »Sie sind an dem Fall interessiert. Das sehe ich Ihnen an.«

Sie überlegte. Nach einer Pause sagte sie: »Bitte lassen Sie mich mit der Toten einen Moment allein.«

Semmler räusperte sich: »Hören Sie mal, das ist mein persönlicher Arbeitsbereich.«

»Tun Sie es dennoch. Bitte.«

Trojan nickte dem Rechtsmediziner zu. Dieser verzog den Mund. Danach verließen sie beide den Raum.

Carlotta dachte über Trojans Angebot nach.

Sie hatte tatsächlich schon viel von seiner Arbeit gehört. Und nun, nach ihrer ersten persönlichen Begegnung, schätzte sie ihn als ein Mann mit hervorragender Menschenkenntnis ein. Standhaft, dennoch äußerst sensibel, ungewöhnlich in diesem Job, aber auch sehr hilfreich.

Sie vermutete, dass seine ausgeprägte Feinsinnigkeit zu gelegentlicher Überforderung führte. Er war wohl stressanfällig, leicht verletzbar.

Er trug keinen Ehering, wie sie bemerkt hatte. Offenbar ein Typ, bei dem sich Frauen rasch geborgen fühlten, dennoch kein ganz einfacher Charakter.

Eine interessante, herausfordernde Mischung.

Sollte sie zustimmen?

Schließlich beugte sie sich über das leblose Mädchen. Sie atmete den Geruch des Todes ein.

»Du wolltest fliegen«, murmelte sie, »weit weg.«

Sacht strich sie dem Mädchen das Haar aus der Stirn.

»Ich werde deinen Peiniger finden«, sagte sie leise.

SECHS

Sie traten auf den Parkplatz vorm Institutsgebäude hinaus. Es war bereits spät am Abend. Der Wind frischte auf. Trojan schlug den Kragen seiner Jacke hoch.

»Also«, fragte er die Kriminalpsychologin, »was halten Sie von meinem Vorschlag?«

Carlotta blickte ihn an. »Wir können es ja mal zusammen versuchen.«

»Sie sind also dabei?«

»Wenn Ihr Chef zustimmt, ja.«

»Schön. Ich werde gleich morgen mit ihm darüber reden.«

»Aber die Zeit drängt.«

»Dann lassen Sie uns am besten gleich ins Kommissariat fahren und schon mal die Liste der vermisst gemeldeten Personen durchgehen, um herauszufinden, um wen es sich bei der unbekannten Toten handelt.«

»Auch ohne seine Einwilligung?«

»Vorerst, ja.«

»Einverstanden.« Carlotta blieb stehen. »Ich arbeite aber lieber in meinem Bus.«

Er zog die Augenbrauen hoch. »In Ihrem Bus?«

»Kommen Sie.«

Sie führte ihn zu einem angerosteten VW-Bulli, drehte den Schlüssel im Schloss herum und schob die Seitentür auf. »Normalerweise empfange ich hier drin keinen Besuch. Aber für Sie mache ich eine Ausnahme.«

Stirnrunzelnd stieg Trojan in den Camper. Sie folgte ihm, zog die Tür zu und schaltete das Innenlicht ein.

»Setzen Sie sich.«

Trojan nahm vor einem fest installierten Tisch auf der Rückbank Platz. Der Bus war gemütlich eingerichtet. Die Armaturen waren komplett mit Flokati ausgelegt, von der Decke hing eine kleine Discokugel. Die Vorhänge waren bunt gemustert und mit Troddeln versehen. Ein Aufstelldach, darunter eine Schlafkoje. Ein Kühlschrank, eine Kaffeemaschine und ein Wasserkocher vervollständigten die Ausstattung.

»Sehr komfortabel«, murmelte Trojan.

»Mein Büro für unterwegs. Und ein Rückzugsort, wenn ich es zu Hause nicht mehr aushalte. Schlafzimmer, Küche und Wohnraum in einem. Mehr brauche ich nicht.«

Sie setzte sich neben ihn.

»Und wieso arbeiten Sie nicht gern im Dienstgebäude?«

»Hier kann ich besser nachdenken.«

»Aha.« Er blickte sich staunend um.

»Wir sollten anfangen«, sagte sie, zog eine Schublade unter der Rückbank auf, nahm einen Laptop heraus, stellte ihn auf den Tisch und fuhr ihn hoch. »Wir kommen von hier aus in die Datenbank vom LKA. Haben Sie ein mobiles Gerät dabei?«

»Mein Handy.«

»Das reicht nicht aus.« Abermals öffnete sie die Schublade. »Nehmen Sie den hier.« Sie reichte ihm einen zweiten Laptop. »Wir teilen uns auf. Ich übernehme die Vermisstenanzeigen der letzten fünf Jahre, Sie die Jahrgänge davor.«

Trojan klappte den Computer auf. »Und wie lautet das Passwort?«

Carlotta zog das Gerät zu sich heran und klapperte auf der Tastatur. »So, bitte. Nun brauchen Sie sich nur noch mit Ihren eigenen Zugangsdaten ins System einzuloggen.«

Sie öffnete auf ihrem Handy ein Foto der Toten, das frontal ihr Gesicht zeigte, und legte es auf den Tisch.

Trojan beobachtete, wie sie konzentriert die Fotos und Einträge vermisster Jugendlicher auf ihrem Laptop mit dem Handyfoto verglich. Sie arbeitete rasend schnell, die Abbildungen flimmerten in rascher Abfolge über den Monitor.

Für ihn waren Recherchen in dieser Umgebung ungewohnt, schließlich aber loggte er sich ein und begann ebenfalls mit der Arbeit.

Etwa fünfzehn Minuten später sah ihn Carlotta fragend an: »Haben Sie schon etwas entdeckt?«

»Nein.«

»Ich habe meine Hälfte bereits gecheckt und keine Ähnlichkeiten mit der Toten feststellen können.«

»Wie schaffen Sie das in diesem Tempo?«

Sie wirkte irritiert. »Ich habe kein Detail ausgelassen, falls Sie das meinen.«

»Das ist erstaunlich.«

»Haben Sie etwas dagegen, wenn ich Ihre Hälfte mit übernehme?«

Trojan stieß die Luft aus. »Nur zu.«

Sie scrollte sich durch weitere Einträge. In Windeseile hatte sie sämtliche Fotos von vermissten jugendlichen Mädchen aus den vergangenen zehn Jahren angeschaut. Wie machte sie das nur? Sie schien einen Scannerblick zu haben.

»Ich kann keine Übereinstimmung entdecken«, sagte sie schließlich.

»Haben Sie auch wirklich nichts übersehen?«

»Bei den weit zurückliegenden Vermisstenmeldungen ist es natürlich schwieriger. Die Tote hat schätzungsweise ein Alter von siebzehn bis neunzehn Jahren erreicht. Hier sind zum Beispiel Kinder dabei, die mit acht oder neun verschwanden.

Ich müsste die Bilder noch durch ein spezielles Programm laufen lassen, um zu erkennen, wie sie jetzt als Teenager aussehen würden, aber das raubt uns nur Zeit. Ich habe einen anderen Verdacht.«

»Ach ja?«

»Fahren wir los«, sagte sie und klappte den Laptop zu.

»Wohin?«

»Gehen wir mal nicht von dem Normalfall aus.«

»Wie meinen Sie das?«

»Das Mädchen wirkte sehr ausgezehrt auf mich. Beinahe verhärmt. Mir kam der Gedanke, sie könnte längere Zeit auf der Straße gelebt haben. Zumindest könnten wir diesem Ansatz einmal nachgehen. Es gibt spezielle Orte in der Stadt, wo sich obdachlose Jugendliche treffen. Wir sollten uns dort umschauen.«

»Sie meinen also, sie wurde nicht vermisst gemeldet, weil sie …«

»… ihrem familiären Umfeld gleichgültig ist. Unter Umständen hatte sie nicht einmal eine Familie. Vielleicht ist sie eine Ausreißerin. Sie ist zu oft von dort weggelaufen, wo sie herkommt. Niemand interessiert sich mehr für ihr Verschwinden. Ein Straßenkind, sich selbst überlassen, hoffnungslos verloren in dieser Stadt.«

»Das wäre eine Möglichkeit.«

Carlotta klappte auch den zweiten Laptop zu und verstaute ihn neben dem anderen unter der Rückbank. Sie steckte ihr Handy ein, schaltete das Innenlicht aus und setzte sich vorne ans Steuer. Trojan nahm auf dem Beifahrersitz Platz.

Schon startete sie den Motor, schaltete die Scheinwerfer ein und fuhr los.

»Die bekanntesten Plätze für jugendliche Obdachlose sind der Bahnhof Zoo, der Alexanderplatz und die Jannowitzbrücke«, sagte sie. »Beginnen wir am Zoo.«

Der Bulli fuhr nicht besonders schnell, doch Carlotta Weiss hatte eine effiziente Art, sich durch die Gänge zu schalten. Der Motor ratterte wie eine altersschwache Nähmaschine.

»Für welche Dienststelle haben Sie zuletzt gearbeitet?«, fragte Nils.

»Spielt keine Rolle.«

»Wieso nicht?«

»Es tut mir leid, Herr Trojan, aber ...«, sie warf ihm einen kurzen Seitenblick zu, »... ich mag keinen Small Talk.« Sie richtete ihre Augen wieder auf die Straße. »Das sollte nicht schroff klingen. Ich hoffe, ich habe Sie nicht verstimmt.«

»Wir können auch schweigen.«

»Sie könnten die Zeit nutzen, indem Sie einen öffentlichen Aufruf in den Medien starten.« Sie hielt das Lenkrad mit der einen Hand und griff mit der anderen nach ihrem Mobiltelefon in der Jackentasche. Sie zog es heraus. »Wie lautet Ihre E-Mail-Adresse?«

Er nannte sie ihr.

Als sie an einer roten Ampel anhalten musste, tippte und wischte sie auf dem Display. »Ich habe Ihnen die Fotos der Toten geschickt. Wie wäre es, wenn Sie die Aufnahme vom Gesicht und die Abbildung der Tattoos sofort an die Presse rausgeben? Wir brauchen Hinweise aus der Bevölkerung.«

»Ich soll mit meinem Handy ...?«

Die Ampel sprang auf Grün, und sie fuhr weiter. »Nehmen Sie sich den Laptop von hinten, wenn Ihnen das lieber ist.«

»So etwas erledige ich grundsätzlich in meinem Büro. Außerdem habe ich Mitarbeiter dafür.«

Carlotta zuckte mit den Schultern. »Ganz wie Sie wollen.« Sie steckte ihr Telefon wieder ein, während sie den VW-Bus sicher durch den Verkehr steuerte.

»Dieser alte Camper ...«, sagte er nach einer Weile.

»Ja?«

»… ist komplett für Ihre Polizeiarbeit eingerichtet?«

»Ich habe alles hier, was ich brauche.« Wieder ein flüchtiger Seitenblick. »Verwundert Sie das?«

»Ein wenig, ja.«

»Ich sagte doch vorhin, ich arbeite nicht gern im Team.« Mit leiser Stimme fügte sie hinzu: »Im Dienstgebäude in der Karthagostraße sind so viele Menschen. Das schüchtert mich ein.«

Trojan strich mit der Hand über den Flokati auf dem Armaturenbrett. »Sie haben sich Ihren Rückzugsort hübsch eingerichtet.«

»Danke.«

Er registrierte ein leichtes Erröten auf ihren Wangen. Eine bemerkenswerte Frau, dachte er. Soweit er informiert war, hatte sie ihr Studium der Psychologie und Kriminalistik mit Auszeichnung abgeschlossen. Nebenbei hatte sie die Polizeiakademie absolviert. Hinzu kam eine langjährige Berufserfahrung in einer Mordkommission. Eine beachtliche Karriere, und das im Alter von gerade mal vierunddreißig Jahren.

Schweigend fuhren sie über die Straße des 17. Juni. Hinter der Charlottenburger Brücke bog Carlotta links ab. Bald darauf hatten sie die Fasanenstraße erreicht. Über die Hardenbergstraße gelangten sie zu ihrem Ziel.

Carlotta parkte vor dem Bahnhof Zoo, und sie stiegen aus. Während sie die Ausgänge am Hardenbergplatz übernahm, sah sich Trojan an denen Richtung Jebensstraße um.

In der Eingangshalle selbst fiel ihm nichts Ungewöhnliches auf. Erst auf der Straße, in der Nähe der Bahnhofsmission, traf er auf ein paar Jugendliche. Sie hockten auf dem Gehweg, gegen die Gebäudemauer gelehnt, ausgezehrt und müde, ihre Gesichter waren bleich. Einige von ihnen hatten Schlaf- und

Rucksäcke dabei, doch keiner von ihnen wirkte wie ein typischer Backpacker.

Kaum näherte sich ihnen Trojan, waren sie in Habtachtstellung. Er zeigte die Fotos der Toten auf seinem Handy herum. Erst die Gesichtsaufnahme, dann die von den Tattoos.

»Bist du von Polizei?«, fragte ein schlaksiger Junge, offenbar nicht älter als fünfzehn, osteuropäischer Akzent.

»Ich möchte nur wissen, ob ihr das Mädchen kennt.«

»Wir reden nicht mit Polizei.«

Trojan versuchte es weiter, doch ohne Erfolg.

Einige Zeit später traf er Carlotta vorm VW-Bus wieder.

»Konnten Sie etwas herausfinden?«

»Nein.«

Sie stiegen ein und fuhren weiter.

Carlotta war schweigsam, wohl tief in Gedanken versunken. Fiel der Schein der Straßenlaternen von draußen auf die kleine Discokugel an der Wagendecke, zuckten Lichtreflexe durch das Innere.

Trojan registrierte ein altertümliches Kassettendeck an der Armatur. Der Deckel des Handschuhfachs klapperte.

Nach einer Weile sagte sie: »Ich schlage vor, dass ich Sie am Alex absetze. Dort können Sie sich umhören, während ich die Befragungen an der Jannowitzbrücke übernehme. Sind Sie damit einverstanden?«

Trojan war es nicht gewohnt, dass jemand die Arbeit für ihn einteilte. Auch sein Chef Hilmar Landsberg kannte diese Eigenheit von ihm. Bei Carlotta Weiss jedoch hielt er sich mit Bedacht zurück. Schließlich war der Vorschlag der Zusammenarbeit von ihm gekommen.

»In Ordnung«, murmelte er.

Doch allmählich wurde er ungeduldig. Normalerweise heizte er mit seinem Dienstwagen durch die Stadt, wenn es um eilige Ermittlungen ging. Darum fragte er: »Könnten Sie vielleicht etwas schneller fahren?«

»Tut mir leid, das gibt der Motor nicht her. Er ist zwar generalüberholt, hat aber seine Schwächen.«

»Welches Baujahr?«

»77.«

»Hmm. Vor meiner Haustür in Kreuzberg steht ein Golf aus den Neunzigern. Letztlich auch ein Oldtimer. Ich benutze ihn nur noch selten. Könnte ihn eigentlich auch abstoßen.«

Sie antwortete nicht. Natürlich, dachte er, Small Talk ist nichts für sie.

Endlich hatten sie die Kreuzung Karl-Liebknecht-Straße und Karl-Marx-Allee erreicht.

Sie fuhr rechts heran.

Er stieg aus, kam gerade noch dazu, die Beifahrertür zu schließen, da fuhr Carlotta bereits weiter.

Am Alexanderplatz bot sich ihm ein ähnliches Bild wie am Bahnhof Zoo. Kaum näherte er sich einer Ansammlung von Teenagern, die auf ihn den Eindruck machten, als hätten sie kein festes Zuhause, stieß er auf Misstrauen und Ablehnung.

Er zeigte die Fotos herum, doch keiner der Befragten machte sich die Mühe, die Ablichtungen genauer anzuschauen.

Schließlich wandte sich Trojan an eine Jugendliche mit blau gefärbten Haaren. Er schätzte sie auf sechzehn oder siebzehn Jahre. In ihren Gesichtszügen erkannte er eine Mischung aus Verletzlichkeit und Aggression.

»Nils Trojan, LKA Berlin. Hast du dieses Mädchen schon mal gesehen?« Er hielt ihr das Foto hin, auf dem ihr Gesicht zu sehen war.

»Ich spreche nicht mit Bullen.«

Er ließ nicht locker. »Sie ist heute Morgen von einem Baugerüst gesprungen. Hier ganz in der Nähe. Sie ist tot. Ich versuche, ihre Identität zu klären. Offenbar hat sie niemand vermisst gemeldet.«

»Ich sagte doch, ich spreche nicht mit Bullen.«

»Wirf wenigstens mal einen Blick auf das Foto. Diese Tätowierungen sind sehr auffällig.« Er zeigte ihr die entsprechende Aufnahme.

Die Jugendliche schaute kaum hin. »Nie gesehen.«

»Kannst du mir sagen, wer mir eventuell weiterhelfen könnte?«

»Verpiss dich.«

Sie wandte sich von ihm ab. Ratlos überquerte Trojan den Platz.

Nur wenig später rief ihn Carlotta auf dem Handy an.

»Herr Trojan?«

»Ja?«

»Ich brauche Sie hier.«

»Was gibt's?«

»Erkläre ich Ihnen später.«

»Wo sind Sie?«

»Luisa steht an der Ecke Holzmarktstraße und Alexanderstraße. Dort finden Sie mich.«

»Wer ist Luisa?«

»So heißt mein Bus.«

Er atmete tief durch. »Können Sie mich nicht abholen?«

»Sie müssten zu Fuß gehen.«

»Wieso?«

»Ich kann hier nicht weg.«

»Also schön, bis gleich.«

Trojan unterbrach die Verbindung. Der Bulli hatte einen Namen? Sie war wirklich sonderbar.

SIEBEN

Carlotta war aufgeregt. Sie saß hinten in ihrem Camper und behielt das Mädchen auf der anderen Straßenseite im Auge. Ihr Haar war kurz geschoren, umschattete Augen, Nasenring, nicht älter als siebzehn, klein und durchtrainiert. Abgewetzter Anorak, darunter ein Hoodie, Cargopants mit Camouflagemuster, grobe Stiefel. Da waren noch andere Mädchen und Jungen in ihrer Nähe, sie aber hielt sich bewusst abseits. Ihr Blick war lauernd, ihre Haltung aufrecht und gespannt. Carlotta schien es, als würde sie auf die anderen achtgeben. Sie wurde von ihnen Ruby genannt.

Noch vor ein paar Minuten hatte Carlotta mit ihr gesprochen und ihr die Fotos gezeigt. Angeblich wusste Ruby nicht, wer die Unbekannte war.

Doch Carlotta hatte etwas an ihr bemerkt.

Abwarten, dachte sie, und wenn es die ganze Nacht dauert. Schon komisch, dass sie Trojan dabeihaben wollte. Eigentlich könnte sie das hier auch alleine durchziehen. Nur fühlte sie sich in seiner Gegenwart erstaunlich wohl. Verwirrend für sie als Einzelgängerin.

Da kam er. Sie sah, wie er sich von der Straße näherte und auf den Bus zueilte.

Carlotta öffnete die Seitentür und ließ ihn herein. Er nahm neben ihr auf der Rückbank Platz.

»Worum geht es?«, fragte er.

Sie deutete diskret auf Ruby. »Das Mädchen dort drüben.

Ich hab ihr die Fotos gezeigt. Sie weiß etwas. Auch wenn sie es nicht zugeben will.«

»Was hat sie gesagt?«

»Erst hat sie mich beschimpft. Dann hat sie auf die Fotos geschaut. Nur kurz. Ich frage: ›Kennst du sie?‹ Sie sagt: ›Nein.‹ Ich sage: ›Schau genau hin.‹ Und sie beschimpft mich wieder.«

»Ja und?«

»Sie lügt.«

»Wie können Sie sich so sicher sein?«

»Wegen ihrer Mikroexpressionen.«

»Wie bitte?«

»Mikroexpressionen, auch Mikromimik genannt. Flüchtige Gesichtsausdrücke, die nur Sekundenbruchteile dauern. Sie gehören zum angeborenen Verhaltensrepertoire der Menschen. Da jeder von uns ganz unwillkürlich die gleichen sieben Gesichtsausdrücke annimmt, können wir sie studieren, erkennen und entschlüsseln.«

»Und welchen Gesichtsausdruck hatte Ruby?«

»Den Ausdruck der Angst.«

Trojan blickte sie überrascht an. »Wie äußerte sich das?«

»Sie zog die Augenbrauen hoch, ihre Lippen waren leicht geöffnet. Falten in der Stirnmitte. Augenlider angespannt.«

»Und das alles innerhalb einer Sekunde?«

»Weniger als eine Sekunde. In dem Moment, als sie auf das Foto schaute.«

»Das klingt aber schon nach Zauberei.«

»Es ist wissenschaftlich erwiesen. Es kann nur nicht jeder in der Kürze der Zeit erkennen. Manche Menschen haben eine besondere Gabe dafür.«

»Und was haben Sie nun vor?«

»Ich möchte hier mit Ihnen warten. Ruby wird zu uns

rüberkommen. Davon bin ich überzeugt. Sie sind übrigens ein Sozialarbeiter. Mein Kollege.«

»Was?«

»Ich hab ihr nicht gesagt, dass ich von der Polizei bin. Unsere Geschichte geht so: Wir beide haben das Mädchen mit den Tattoos eine Weile betreut. Sie hat uns aber nicht ihren Namen verraten. Dann ereignete sich der Vorfall auf dem Baugerüst, und nun wollen wir ihre Angehörigen benachrichtigen.«

»Ist das eine Undercoveraktion?«

»So in der Art.«

»Und wie heißt die soziale Einrichtung, die Sie erfunden haben?«

»Das spielt keine Rolle. Es ist dieser Bus. Nennen wir ihn einen Wärmebus. Hier haben wir der Unbekannten Kaffee und heiße Suppe angeboten. Spielen Sie einfach mit, Herr Trojan. Sie sind ein Streetworker, kein Bulle.«

»Und Sie glauben, das kauft man uns ab?«

»Wenn Sie überzeugend auftreten, ja.«

»Machen Sie so etwas öfter?«

»Gelegentlich.«

Er schwieg.

Carlotta blickte wieder zum Fenster hinaus. Ruby schaute zu ihnen herüber. Es schien in dem Mädchen zu arbeiten. Ihre Körpersprache war ambivalent. Die Arme hielt sie vor der Brust verschränkt, doch mit der Stiefelspitze scharrte sie über den Asphalt. Als sie Carlottas Blick bemerkte, sah sie demonstrativ weg.

Carlotta wandte sich wieder an Trojan. »Möchten Sie Musik hören?«

»Meinetwegen.«

Sie schob eine Kassette in den Rekorder. Danach setzte sie sich wieder zu ihm auf die Bank. »Our House« von Crosby,

Stills, Nash & Young erklang. Sie mochte die Musik, sie war warmherzig und schön.

Trojan aber runzelte die Stirn. »›Our House‹? Ist das nicht dieses Lied, das Nash für Joni Mitchell geschrieben hat?«

»Ja. Und der Text ist von ihr. Ein einfacher Song über ihr Leben in einem gemütlichen Haus, zwei Katzen im Hof, Blumen in einer Vase vom Trödelmarkt und ein Kaminfeuer.«

»Hmm.«

Sie registrierte an ihm eine leichte Irritation. »Stimmt etwas nicht?«

»Nein.«

»Zu sentimental?«

»Überhaupt nicht.«

»Zu altmodisch?«

»Machen Sie sich deswegen keine Sorgen. Es ist schöne Musik.«

»Meine Mutter hat den Song gerne gehört.« Ihr war bewusst, dass ihre Stimme brüchig wurde. »Ich hab den Bus nach ihr benannt. Luisa. So hieß meine Mutter.«

Trojan sah sie an. »Wollen Sie mehr von ihr erzählen?«

Carlotta schwieg verlegen.

»Aber Sie mögen ja keinen Small Talk«, sagte er.

»Das wäre kein Small Talk, Herr Trojan. Sondern ein ernsthaftes Gespräch.«

»Ich wollte Ihnen nicht zu nahe treten.«

»Sind Sie nicht. Ich habe meine Mutter sehr geliebt. Sie ist nur leider früh gestorben.«

»Das tut mir sehr leid.« Nach einer Pause sagte er: »Ich habe meine Mutter übrigens auch früh verloren.«

»Ach ja?«

»Hmm.«

»Das prägt einen, nicht wahr?«

»Ich denke schon.«

Carlotta studierte seinen Blick, als könnten seine Augen mehr über ihn verraten.

Doch in diesem Moment kam Ruby zu ihnen herüber. Energisch klopfte sie gegen die Fensterscheibe. Carlotta zog die Seitentür auf.

»Hallo«, sagte sie.

»Wann verpisst ihr euch endlich?«, stieß das Mädchen mit den kurz geschorenen Haaren hervor.

»Komm doch zu uns rein.«

»Ihr dürft hier nicht parken.«

»Warum nicht?«

»Weil das unser Platz ist.«

Carlotta wartete ab.

Ruby blickte zu Trojan hin. »Ist das der Kollege, von dem du gesprochen hast?«

»Ja.«

Dieser begann augenblicklich mitzuspielen. »Hi. Ich bin Nils.«

»Er ist ein Bulle, das sehe ich ihm an.«

»Nein, ich bin Streetworker«, sagte er.

»Blödsinn.«

»Ich kann dir einen Kaffee machen, wenn du magst«, sagte Carlotta.

Kopfschütteln.

»Oder möchtest du lieber einen Tee?«

Sie schnitt eine angewiderte Grimasse.

»Willst du dich nicht ein bisschen bei uns aufwärmen?«

Sie schien nachzudenken. Ein letztes Zögern, dann stieg sie ein.

Carlotta schloss die Tür. Trojan erhob sich und nahm vorne auf dem Beifahrersitz Platz.

»Komischer Bus«, sagte Ruby. »Und schreckliche Musik.«
»Soll ich sie ausmachen?«, fragte Trojan.
Achselzucken.
Er drückte die Stopptaste. Stille im Wagen.
Carlotta öffnete die beiden Fotos auf ihrem Handy. »Willst du sie dir noch mal anschauen?«
Ruby setzte sich zu ihr auf die Bank. Sie musterte die Abbildungen. Dann sagte sie leise: »Die Tattoos sind schön.«
»Sehen aus wie Engelsflügel, nicht wahr?«
»Warum ist sie gesprungen?«
»Das wissen wir nicht.«
Pause.
Behutsam fragte sie nach: »Kennst du sie?«
Als hätte sie gemerkt, dass Carlotta erneut in ihrem Gesicht zu lesen versuchte, wandte sie sich von ihr ab. »Fahrt die Scheißkarre von hier weg.«
Schon riss sie die Tür auf und wandte sich zum Gehen.
»Warte mal«, rief Carlotta.
Ruby blieb stehen. »Was?«
»Ich schreib dir meine Nummer auf. Du kannst mich jederzeit anrufen.« Eilig kramte sie Stift und Papier aus einer Schublade und notierte ein paar Ziffern. Sie reichte dem Mädchen den Zettel.
Ruby nahm ihn, zerknüllte ihn und warf ihn mit einer verächtlichen Geste in den Rinnstein. Danach ging sie auf die andere Straßenseite.
Trojan schloss die Tür. »Sie verschweigt uns definitiv etwas.«
»Das denke ich auch.«
»Und nun?«
»Heute kommen wir hier nicht weiter. Aber wir sollten an Ruby dranbleiben.« Carlotta nahm ihren Laptop hervor. »Übrigens habe ich noch etwas herausgefunden.«

Er setzte sich wieder zu ihr. Sie öffnete ein spezielles Programm auf dem Rechner.

Es waren Videoaufnahmen. Oben war eine Zeitleiste eingeblendet. Straßenszenen vom 19. September, dem heutigen Datum, frühmorgens.

Trojan war perplex. »Sagen Sie bloß, Sie haben von hier aus Zugang zu den Überwachungskameras in der Stadt?«

Sie lächelte ihn an. »Es ist eben mein mobiles Büro.«

»Meine Dienststelle muss dafür erst um Erlaubnis bitten.«

»Zugegeben, ich hab mich in die Systeme eingehackt.«

»Ist das Ihr Ernst?«

»So sparen wir Zeit. Mein VW-Bus mag zwar langsam sein, aber mein Rechner arbeitet schnell. Sie müssen es ja niemandem verraten.«

Er holte Luft.

»Schauen Sie. Das habe ich vorhin entdeckt.« Sie klickte sich durch die Videosequenzen. Dann stoppte sie das Bild.

Sie zoomte heran.

Das unbekannte Mädchen war zu erkennen.

Die Aufnahme zeigte, wie sie, nur mit Tanktop und Slip bekleidet, den Eingang zum U-Bahnhof Schillingstraße passierte.

»Gibt es noch andere Videos?«, fragte Trojan.

»Dieses hier. Es wurde fünf Minuten früher aufgezeichnet.« Sie zeigte ihm die Sequenz. »Das Mädchen kam an einem Parkhaus in der Berolinastraße vorbei. Noch ein paar Minuten zuvor wurde sie von einer Überwachungskamera an der Mollstraße Ecke Otto-Braun-Straße aufgenommen. Ich habe inzwischen eine interaktive Karte erstellt.« Sie öffnete ein neues Fenster auf dem Monitor. »Das ist der Weg, den das Mädchen mit den Engelsflügeln heute Morgen zwischen 6:35 Uhr und 6:52 Uhr gegangen ist.«

Trojan atmete hörbar aus. »Respekt, Frau Weiss. Wir sollten diese Strecke sofort gemeinsam abgehen.«

»Wäre es okay, wenn ich das allein übernehme?«

»Wieso?«

»Das Mädchen war ja auch allein. Ich möchte mich ganz in ihre Rolle begeben.«

Abermals schien er überrascht zu sein. »Sind Sie nun eine Schauspielerin oder eine Profilerin?«

»Beides«, antwortete sie.

ACHT

Sie brachte Trojan in die Turmstraße, wo er seinen Dienstwagen stehen gelassen hatte. Dort stieg er aus und verabschiedete sich von ihr. Danach fuhr sie erneut in Richtung Stadtmitte, nahm die Invalidenstraße und die Torstraße, bis sie sich wieder in der Nähe vom Alexanderplatz befand.

Sie parkte ihren Bulli in einer Seitenstraße und begann mit den Vorbereitungen. Es kostete sie einige Überwindung, denn was sie vorhatte, war recht ungewöhnlich.

Schließlich trat sie hinaus, warf die Wagentür hinter sich zu und schloss ab. Zu Fuß erreichte sie die Otto-Braun-Straße. Ein Autofahrer hupte sie an. Ein anderer betätigte die Lichthupe. Jemand ließ das Seitenfenster herunter und rief ihr etwas Unflätiges zu.

Carlotta ging weiter. Ihre Fußsohlen schmerzten.

Sie zog Blicke auf sich. Trotz der späten Stunde waren in dieser Gegend noch immer viele Passanten unterwegs.

Besonders die Männer gafften sie unverhohlen an. Frauen reagierten eher mitleidig.

Carlotta war barfuß, trug nichts weiter als T-Shirt und Slip. Der einzige Unterschied zu dem unbekannten Mädchen war, dass sie ihr Mobiltelefon und die Wagenschlüssel in den Händen hielt.

Nach etwa fünfzig Metern meldeten sich Zweifel. Sie war kurz davor aufzugeben. Abrupt blieb sie stehen. Der kalte Nachtwind griff unter ihr dünnes Shirt. Sie schauderte.

Doch dann gab sie sich einen Ruck und setzte ihren Weg fort.

Sie prägte sich jede Einzelheit ein, registrierte genau, an welchen Gebäuden das Mädchen mit den Engelsflügeln in den frühen Morgenstunden vorbeigegangen war.

Fragen geisterten durch ihren Kopf. Warum diese Richtung? Von wo war sie ursprünglich gekommen? Hatte sie jemand verfolgt?

Carlotta hatte ihre interaktive Karte im Kopf. Sie bog in die Mollstraße ein, dann in die Berolinastraße. Schon passierte sie die Überwachungskamera vor dem Parkhaus. Ein Wagen schoss aus der Einfahrt. Sie wurde von den Scheinwerferkegeln erfasst.

Der Fahrer hielt dicht vor ihr. Er streckte den Kopf zum Seitenfenster heraus. »Hey, ist dir nicht kalt?«

Sie war seinen Blicken schutzlos ausgeliefert.

»Los, steig ein. Hier drin ist es warm.«

Sein Lachen klang wie ein Bellen. Er ließ den Motor aufheulen. Dann preschte das Fahrzeug vor, und sie musste zur Seite springen. Beinahe hätte es sie erwischt.

Weitergehen, dachte sie, einfach weitergehen. Spitze Steine bohrten sich in ihre Fußsohlen.

Plötzlich endete die Straße. Das Mädchen aber war kurze Zeit später von einer Kamera am U-Bahnhof Schillingstraße gesichtet worden, am Eingang an der Karl-Marx-Allee.

Carlotta blickte sich um. Am Horizont ragte der Fernsehturm auf, rechts von ihr das Haus der Gesundheit. Links standen ein paar verkümmerte Bäume, offenbar eine winzige Grünanlage. Dahinter war rauschender Verkehr zu vernehmen.

Also dort entlang.

Kurz darauf hatte sie die mehrspurige Straße erreicht, sie wandte sich nach links, ihrer inneren Karte folgend. Ein breiter Gehweg. Nur wenig später passierte sie die Überwachungskamera am Eingang zum U-Bahnhof.

Eine Gruppe junger Männer kam ihr entgegen. Gejohle, Pfiffe.

»Eine Verrückte.«

»Wohl völlig durchgeknallt.«

Sie erreichte das Kino International, gegenüber befand sich das Café Moskau. Dort mündete die Schillingstraße in die Karl-Marx-Allee. Also hatte das Mädchen mit den Engelsflügeln an dieser Stelle die Straße überquert.

Hier gab es eine Ampel. Hatte sie gewartet, bis das Licht auf Grün sprang? Wahrscheinlich nicht. Sie war einfach hinübergerannt.

Und auch Carlotta stürmte los. Passanten blieben kopfschüttelnd stehen. Sie eilte zum Mittelstreifen, direkt in den Verkehr hinein. Hatte nur noch ein Ziel vor Augen. Die andere Straßenseite. Dröhnendes Hupen. Bremsen quietschten. Fahrzeuge hielten an.

Dann hatte sie es geschafft.

Jemand rief ihr nach, sie beschleunigte, hetzte die Schillingstraße hinunter.

Ihre Beine wurden schwer. Allmählich verlangsamten sich ihre Schritte. Schließlich drückte sie sich in einen Hauseingang und verschnaufte. Vor Kälte zitternd schlang sie die Arme um sich.

War das Mädchen mit den Engelsflügeln vielleicht auch hier gewesen? Hatte sie vor dieser Tür Schutz gesucht?

Carlotta scannte die Umgebung mit Blicken.

Schließlich lief sie weiter. Kurze Zeit später hatte sie das Baugerüst erreicht.

Vermutlich war das Mädchen am Ende ihrer Kräfte gewesen. Carlotta schaute zum Nachthimmel hinauf.

Es gab nur noch einen einzigen Ausweg, um den Blicken fremder Männer zu entkommen.

Sie näherte sich der Absperrung und kletterte hinauf.

Etage um Etage arbeitete sie sich vor. Sie erklomm die Leitern, schritt auf den Holzbohlen entlang und stieg höher und höher.

Doch kaum hatte sie die Dachkante erreicht, stockte ihr der Atem.

Dort hing etwas. An einer der Eisenstreben.

Carlotta war wie erstarrt.

Kurz nach Mitternacht. Endlich war Trojan im Dienstgebäude in der Karthagostraße angelangt.

In seinem Büro druckte er die Fotos der unbekannten Jugendlichen aus und heftete sie ans Whiteboard. Auch Fotos der verschwundenen Annabel Lund brachte er dort an. Er studierte erneut die Akte des alten Vermisstenfalls, dann veranlasste er den Aufruf in den Medien mit einer Aufnahme vom Gesicht der unbekannten Toten und einem Foto ihrer Tätowierungen.

Sein Handy läutete.

Er hob ab. »Ja?«

»Herr Trojan?«

Es war Carlotta Weiss.

»Sie schon wieder«, sagte er halb im Scherz.

Pause. Er vernahm ihre unruhigen Atemgeräusche am anderen Ende.

»Was ist denn los?«

Ihre Stimme klang rau. »Ich bin auf dem Gerüst in der Schillingstraße. Ich hab hier was entdeckt. Das sollten Sie sich ansehen.«

Etwa zwanzig Minuten später hielt Trojan vor der Baustelle. Er sprang aus seinem Dienstwagen und eilte auf das Gerüst zu. Er überwand die Absperrung und kletterte bis zur ersten Etage hinauf.

Vor der nächsten Leiter zögerte er. War die Kriminalpsychologin etwa erneut bis ganz nach oben geklettert?

Er zückte sein Handy und rief sie an.

Das Freizeichen ertönte.

Von weiter oben meinte er schwach das Läuten eines Mobiltelefons zu vernehmen.

Dann schaltete sich die Mailbox ein.

»Frau Weiss?«, rief er.

Keine Antwort.

Er nahm die nächste Leiter. Stieg auf die Bohlen und richtete sich auf.

Was jetzt? Noch höher? Er war absolut nicht schwindelfrei. Sollte er lieber Verstärkung rufen?

Nein, er musste sich überwinden.

Trojan stieg höher und höher. Er wagte es nicht, in die Tiefe zu schauen. Schließlich hatte er die vorletzte Etage erreicht.

»Frau Weiss?«

Es kam keine Antwort.

Er kletterte die nächsten Eisensprossen hinauf. Nun befand er sich an der Dachkante. Vor ihm gab es nur noch eine einzige Leiter. Sie führte zu der Stelle, von der das unbekannte Mädchen in den Tod gesprungen war.

Unsicher blickte er hinauf. Dort oben gab es kein Geländer mehr.

Plötzlich hörte er ein leises Geräusch in seinem Rücken.

Er fuhr herum.

Am Ende des Gerüsts kauerte eine halb nackte Gestalt. Über ihr baumelte etwas im Wind.

Schritt für Schritt näherte sich Trojan.

War sie das?

Aber warum rührte sie sich denn nicht? Hatte sie ihn in der Dunkelheit nicht bemerkt?

Oder war das jemand anderes?

Erst als er sich auf etwa fünf Meter genähert hatte, erkannte er sie.

»Frau Weiss!«

Langsam blickte sie zu ihm auf. Sie wirkte völlig verändert. Ihr Gesicht war aschfahl.

Mit der Hand deutete sie zu dem schaukelnden Etwas an einer Nylonschnur.

Trojan setzte einen weiteren Schritt vor.

Es war zu dunkel.

Er knipste seine Maglite an und richtete den Lichtstrahl auf den Gegenstand.

Verwundert zuckte er zurück.

Es war ein kleines Stoffäffchen. Der Kopf war mit der Schnur mehrmals umwickelt worden. Die Nase war eingequetscht. Die winzigen Knopfaugen starrten ihn an.

Er ließ das Licht über die Holzbohlen wandern. Unterhalb des Affen prangte ein großes X auf dem Boden. Es sah aus wie aufgeträufelt und bestand aus einer gelblichen Substanz.

Trojan ging in die Hocke. Er streifte Latexhandschuhe über und betastete das Material.

»Es ist aus Wachs«, murmelte sie. »Bienenwachs.«

Er leuchtete in ihre Richtung. »Können Sie mir erklären, was das zu bedeuten hat? Warum haben Sie kaum etwas an?«

»Ich sagte doch, ich wollte mich in die Rolle des Mädchens hineinbegeben.«

»Aber doch nicht so. Sie holen sich noch den Tod.«

Er zog seine Jacke aus und legte sie ihr um die Schultern. Sein Blick fiel in die Tiefe. Kurzzeitig kämpfte er gegen das Schwindelgefühl an.

Dann musterte er sie. »Warum haben Sie auf meinen Anruf nicht reagiert?«

»Tut mir leid. Ich war für einen Moment geistesabwesend.«

»Sie wirken verstört.«

»Mir ist nur entsetzlich kalt.«

»Ist da noch etwas?«

Sie schwieg. Dann sagte sie leise: »Dieses Äffchen.«

»Ja?«

»Es hing heute Morgen noch nicht hier. Und auch das X aus Wachs ist mir nicht aufgefallen.«

»Es hat mit dem Tod des unbekannten Mädchens zu tun.«

»Davon gehe ich aus.«

»Jemand steigt hier rauf, um uns ein Zeichen zu hinterlassen.«

»Und das verheißt nichts Gutes.«

Ich schleiche mich nachts in ihrem Garten herum. Sie haben ein großes Trampolin für ihr Kind aufgestellt. Das gefällt mir. Ich klettere hinauf und lege mich auf das weiche Sprungtuch. Wenn ich nur leicht das Becken bewege, federt mein ganzer Körper. Sofort fühle ich mich frei und gelöst wie lange nicht mehr.

Schließlich stehe ich auf und wage ein paar Sprünge. Das Trampolin ist weit genug vom Haus entfernt, und ich bin leise, um niemanden zu wecken. Wie befreiend das ist, ich springe höher und höher. Für einen Moment vergesse ich alles um mich herum. Mir ist, als könnte ich meine Pläne aufgeben. Alles loslassen. Den Zorn besänftigen. Auf diesem Turngerät herumtoben, bis sich der Hass verflüchtigt hat.

Noch ein Luftsprung, und ich lasse mich rücklings fallen. Der Aufprall ist weich, das Tuch federt nach. Über mir der Himmel. Sterne funkeln. Die Nacht ist klar. Eine beinahe beglückende Stille. Nichts deutet darauf hin, was noch geschehen soll. Keine Vorzeichen des Schreckens. Nur Frieden.

Ob man mich bemerkt hat? Steht jemand am Fenster und schaut auf mich herab? Aber nein, die Hausbewohner haben sicher einen tiefen Schlaf. Wahrscheinlich sind sie sich keiner Schuld bewusst. Noch ahnen sie nicht, was ihnen bevorsteht.

Ich hingegen habe in meinem Bett schon lange nicht mehr ruhig geschlafen. Kaum schließe ich die Augen, melden sich die Dämonen. Sie kratzen mit langen Fingernägeln an der Zimmertür. Ich will sie nicht hören, also stopfe ich mir Wachs in die Ohren. Ich knete das Wachs und versenke es im Gehörgang.

Meine Dämonen drücken die Türklinke herunter, es knarrt in den Scharnieren, doch davon bekomme ich nichts mit. Sie treten ein, wispern mir liebliche Worte zu, sagen, sie wollen gut zu mir sein, aber ich höre sie nicht.

Dafür vernehme ich meinen pochenden Herzschlag, das Rauschen meines Bluts, all die gedämpften Geräusche im Innern meines Körpers. Ich krümme mich, drehe mich auf die Seite. Sie sind mir so nah. Ich kann ihre Hände spüren. Gierig greifen sie nach mir.

Die Dämonen wollen, dass ich sie anschaue, sie locken mich mit ihren scheinbar sanften Berührungen. Ich wünschte, ich könnte mir das Wachs in die Augenhöhlen drücken, um blind für sie zu sein.

Ihre lächelnden Gesichter sind in Wahrheit hässliche Fratzen. Sie verstellen sich, umschmeicheln und umgarnen mich. Ich spüre ihren Atem auf der Haut. Ich rieche ihren Schweiß. Wie gern würde ich mir das Wachs auch in die Nasenlöcher stopfen.

Sie möchten, dass ich zu ihnen spreche, liebreizend und nett. Also sollte ich mir mit dem Wachs ebenso den Mund verschließen.

Nichts hören, nichts sehen, kein Wort sprechen. Und auch nichts spüren. Den Atem anhalten. Und unter einer schützenden Wachsschicht verschwinden. Mich in mir selbst verkriechen. So tun, als sei ich tot.

Die Sterne glitzern über mir. Das Sprungtuch ist kalt.

Noch kann ich fliehen. Das Vorhaben aufgeben. Niemand hat mich hier draußen bemerkt.

Doch der dunkle Bereich in meinem Gehirn hat längst eine Entscheidung gefällt. Es ist an der Zeit, zum Angriff überzugehen.

Ich stehe auf und klettere vom Trampolin herab. Ich greife nach meinem Rucksack. Er ist schwer. Ich habe den Hausbewohnern ein paar Überraschungen mitgebracht.

Lautlos wende ich mich einem der Kellerfenster zu. Es ist defekt, wie ich ein paar Nächte zuvor herausgefunden habe, zudem ungesichert. Hier steige ich ein.

Langsam gehe ich die Treppe hinauf. Ich schaue mich im Erdgeschoss um. Niemand hört meine Schritte. Ich stehle mich hinauf ins Obergeschoss, lausche an der geschlossenen Schlafzimmertür.

Nebenan ist das Zimmer für das Kind. Gut, dass es nicht da ist. Was heute Nacht geschehen soll, wird es ohnehin nur schwer verkraften.

Einige Zeit verharre ich.

Wieder melden sich die Zweifel. Sie nagen an mir. Soll ich nicht die Flucht ergreifen?

Nein, es gibt kein Zurück. Was einmal begonnen wurde, muss vollendet werden.

Ich schleiche mich hinunter in die Küche. Dort wende ich mich den Vorbereitungen zu.

Ich möchte es schön haben in diesem fremden Haus. Jeden Augenblick genießen.

Die Mordnacht auskosten, voll und ganz.

NEUN

Dienstag, 20. September, nachts

Martin Schild hatte einen sonderbaren Traum.
Ein Engel stand vor ihm, sanft und schön, in helles Licht getaucht. Das weibliche Wesen breitete seine Flügel aus und trat gemächlich auf ihn zu. Seine Bewegungen waren von großer Anmut. Allmählich führte es einen Tanz vor ihm auf. Drehte sich erst zögernd im Kreis, dann immer schneller und schneller, bis daraus ein wilder Wirbel wurde.

Dann aber färbten sich die weißen Schwingen schwarz, es erklang ein krächzendes Geschrei, und plötzlich stieß aus dem Engelsgesicht ein Krähenschnabel hervor.

Das so veränderte Wesen sprang auf seine Brust und schlug mit eisernen Krallen auf ihn ein.

Abrupt war Martin wach.

Er rang nach Atem.

Nur ein Traum, versuchte er sich zu beruhigen. Doch sein Puls schlug hart und schnell.

Seine Frau Rita lag neben ihm und schnarchte leise. Eine Tatsache, an die er sich in all den Jahren seiner Ehe leidlich gewöhnt hatte.

Da horchte Martin auf.

Außer dem Schnarchen vernahm er noch ein Geräusch. Es klang wie ein verhaltenes Türenklappen. Kam das etwa aus dem Zimmer seiner Tochter? Das wäre merkwürdig. Naomi war doch gar nicht zu Hause.

Schon erinnerte er sich an die Einzelheiten ihres Streits.

Rita und er waren strikt dagegen gewesen, dass ihre Tochter heute bei einer Freundin übernachtete. Die Woche über sollte sie sich mehr auf die Schule konzentrieren. Ihr Freundeskreis lenkte sie nur ab. Schlimm genug, dass sie sich an den Wochenenden kaum blicken ließ. Schließlich hatten sie nachgegeben, doch Naomi war wohl noch immer wütend auf sie.

Martin lauschte.

Nun war es still. Vielleicht hatte er sich getäuscht.

Rita drehte sich im Schlaf auf die Seite. Im Halbdunkel erkannte er, dass ihr der Mund halb offen stand. Es war kein schöner Anblick.

Kurz darauf vernahm er ein weiteres Geräusch. Ein leises Klappern. Es kam von unten. Hörte sich an, als würde jemand Geschirr aus dem Schrank nehmen. War Naomi zurückgekommen? Mitten in der Nacht? Frustriert und heißhungrig? Ein später Snack in der Küche? Die Launen seiner pubertierenden Tochter waren kaum zu übertreffen.

Es half nichts. Er musste nachsehen.

Martin Schild schwang sich aus dem Bett, verließ das Schlafzimmer und ging die Treppe hinunter.

Im Untergeschoss war alles dunkel. Nur aus der Küche drang ein matter Lichtschein.

»Naomi? Bist du das?«

Keine Antwort.

Er durchquerte das weiträumige Wohnzimmer und ging hinüber zum Essbereich mit der amerikanischen Küche.

Verblüfft blieb er stehen.

Das Licht über dem Herd war eingeschaltet.

Was zum Teufel war hier los?

Da bemerkte er einen Luftzug in seinem Nacken. Martin wirbelte herum. Schon verspürte er einen heftigen Schlag.

Er war am Kopf getroffen. Blut spritzte auf den Boden. Martin brach zusammen.

Als er wieder zu sich kam, wurde ihm etwas in die Nasenlöcher gestoßen. Erst in das linke, dann in das rechte.

Verzweifelt sog er Luft in seine Lunge. In seinem Gehirn platzten Lichtblasen, gleißend hell.

Rita Schild hatte einen tiefen Schlaf.

Als sie im Haus ein gedämpftes Poltern vernahm, öffnete sie nur kurz die Augen, dann war sie im Begriff weiterzuschlafen.

Beiläufig tastete sie nach der Bettseite ihres Mannes. Da erst registrierte sie, dass er nicht im Zimmer war.

Vielleicht war er in die Küche gegangen, um ein Glas Wasser zu trinken. Womöglich hatte er unten etwas umgestoßen.

Sie knautschte ihr Kissen zurecht und wälzte sich herum.

Schließlich hörte sie Schritte auf der Treppe. Alles in Ordnung, dachte sie, er kommt zurück.

Doch plötzlich war sie hellwach. Die Schritte waren ungewöhnlich schleichend. Auch ein verhaltenes Schnaufen war vernehmbar.

Sie sah zur angelehnten Tür. »Martin? Ist dir nicht gut?«

Stille.

Nur wenig später schien er sich keuchend die nächsten Stufen hochzuschleppen.

Ein unheimliches Schlurfen, dazu gepresstes Atmen.

Erschrocken setzte sie sich auf.

Sie lauschte.

»Brauchst du Hilfe?«

Sie hörte, wie nackte Fußsohlen über den Holzboden strichen.

Schließlich wurde die Tür aufgestoßen, und jemand kam im Zwielicht herein. Wirres Haar, hängende Schultern.

Rita knipste die Nachttischlampe an.

Es brauchte einen Moment, bis sie in der gebückten Gestalt im Pyjama ihren Mann wiedererkannte. Er war bleich, sein Blick nach unten gerichtet.

»Martin?«

Er rührte sich nicht.

»Was ist denn los?«

Endlich hob er den Kopf und stierte sie an.

»Rita …«, stieß er tonlos hervor, doch dann brach er ab.

Offenbar hatte er vergessen, was er ihr sagen wollte. Mit glasigen Augen sah er sie an.

Jetzt erkannte sie, dass er etwas in der Hand hielt. Was war das nur?

Nach einer Weile trat er langsam näher, jeder Schritt kostete ihn anscheinend große Mühe.

Er setzte sich zu ihr auf den Bettrand.

Sein Atem ging stoßweise.

»Bist du krank?«, fragte sie.

Er reagierte nicht.

»Martin. Du machst mir Angst.«

Nichts geschah.

Dann sagte er, vernuschelt und mit belegter Stimme: »Ich soll dir das hier geben.«

Er hielt ihr den Gegenstand hin. Umklammerte ihn aber so fest mit seinen Fingern, dass sie nicht genau erkennen konnte, was es war. Offenbar ein fellbesetztes Ding, mit einer Nylonschnur umwickelt.

»Was ist das?«

»Nimm es einfach.«

»Du sollst es mir geben? Von wem denn?«

Zur Antwort kam bloß ein Keuchen.

Es gab nur eine Erklärung für sein merkwürdiges Verhalten. Er schlafwandelte, war überhaupt nicht bei sich.

Verunsichert berührte sie ihn an der Schulter. »Was ist nur mit dir?«

»Mir ist nicht gut.«

»Bist du krank? Hast du Fieber?«

Sie wollte seine Stirn befühlen. Er aber wich zurück.

Seine Hand öffnete sich ein wenig. »Nimm es. Mach schon. Es ist für dich.«

Rita erkannte ein kleines flauschiges Ding mit Knopfaugen darin. Ihr Herzschlag beschleunigte sich. Was war nur in ihn gefahren? Abermals wollte sie nach seiner Stirn tasten, um zu überprüfen, ob er fieberte.

Auf einmal wandte er den Kopf zu ihr, und sie sah das Blut an seiner Schläfe.

Ihre Stimme überschlug sich. »Du bist ja verletzt!«

»Schsch«, machte er. »Sei leise.«

»Aber warum denn?«

Er lehnte sich zu ihr. Seine Pupillen waren ungewöhnlich geweitet. »Es ist etwas passiert.«

»Was?«

»Ich war unten. Du hast geschlafen.«

»Ja und?«

»In der Küche …«, brachte er hervor.

»Um Himmels willen … Martin … was ist los?«

Er ließ das kleine fellbesetzte Ding fallen, eingequetscht in eine Nylonschnur. Sie starrte auf den Boden.

»Nimm es doch endlich. Warum nimmst du es nicht?«, wisperte er.

Rita Schild war entsetzt. Träumte sie etwa? Was um alles in der Welt war mit ihrem Mann passiert?

Sie wollte aufstehen, doch er hielt sie zurück.

»Wir müssen leise sein«, raunte er.

»Warum?«

»Es ist jemand im Haus.«

Das Blut wich aus ihrem Gesicht.

Da hörte sie erneut Schritte auf der Treppe. Sie näherten sich rasch.

Martin aber rührte sich nicht. Warum unternahm er denn nichts? Wieso konnte er ihr nicht helfen?

Etwas Metallisches scharrte draußen im Flur über den Boden.

Kurz darauf erschien noch jemand im Schlafzimmer.

Rita schrie gellend auf.

ZEHN

Mittwoch, 21. September, vormittags

Naomi konnte sich nicht konzentrieren. Ihr Mathelehrer hatte eine Funktion an die Tafel geschrieben und sie nach der ersten Ableitung gefragt.

Doch in ihrem Kopf war nur Leere.

Unangenehme Stille im Klassenraum. Der Lehrer schien sie mit Blicken zu durchbohren. »Mal ganz allgemein gefragt, Naomi: Bildet man eine Ableitung von einer Funktion beziehungsweise Gleichung, dann interessiert man sich in den meisten Fällen für …?«

Ihr Herz klopfte. Sie musste etwas sagen, und zwar schnell. »Die Wahrscheinlichkeit?«, murmelte sie.

»Falsch.«

Ihre Sitznachbarin wurde aufgerufen. »Die Steigung natürlich.«

»Richtig.«

Naomi schluckte. Sie hatte in der Nacht überhaupt nicht geschlafen. Alles war anders abgelaufen, als sie es sich gewünscht hatte. Ihr Bauch tat weh. Im Klassenzimmer war es stickig. Sie wollte endlich von hier weg.

Auch im Deutschunterricht war es nicht besser. Normalerweise liebte sie das Fach. Sie lasen *Unterm Rad* von Hermann Hesse. Sie mochte das Buch, aber heute verschwamm der Text vor ihren Augen.

Nach der dritten Stunde beschloss Naomi, sich krankzumelden. Sie entschuldigte sich bei ihrer Klassenlehrerin wegen ihrer Bauchschmerzen und verließ das Schulgelände.

Auf dem Weg zur S-Bahn spulten sich unablässig die Szenen der vergangenen Nacht vor ihrem inneren Auge ab. Sie war gar nicht bei ihrer Freundin Lisa gewesen. Zumindest nicht die ganze Zeit. Eine Lüge, die ihr leidtat.

Die komplette vergangene Nacht bereute sie. Es war ein Fehler gewesen, was sie getan hatte.

Am S-Bahnhof Steglitz stieg sie ein und fuhr zwei Stationen bis Lichterfelde West. Dort nahm sie den Bus M11. Zwei weitere Haltestellen, und sie hatte es fast geschafft. Sie stieg aus, bog von der Drakestraße in die Holbeinstraße ein. Um diese Zeit war es in dieser Gegend sehr ruhig. In den Gärten mit altem Baumbestand zwitscherten Vögel, zuweilen war das leise Zischen von Rasensprengern zu vernehmen.

Nach einem Fußweg von etwa fünf Minuten hatte sie ihr Elternhaus in der Marthastraße erreicht.

Naomi wunderte sich, dass das Auto ihres Vaters in der Einfahrt stand. War er denn nicht zur Arbeit gefahren?

Sie durchquerte den Vorgarten, stieg die Stufen zur Eingangstür hinauf, schloss auf und trat ein.

»Hallo? Ist jemand zu Hause?«

Keine Antwort.

Sie ging die Treppe ins Obergeschoss hinauf, wandte sich nach rechts, betrat ihr Zimmer, stellte ihren Schulrucksack ab, zog ihre Jacke aus und warf sie aufs Bett. Danach ging sie wieder hinunter, um sich in der Küche einen Tee zu kochen. Vielleicht konnte sie mit Pfefferminze ihren rumorenden Magen beruhigen.

Als sie ins Esszimmer kam, hielt sie irritiert inne. Der Tisch war gedeckt und mit einem Strauß Blumen geschmückt.

War denn auch ihre Mutter heute nicht arbeiten gegangen? Erwartete sie Besuch?

»Mama?«, rief Naomi.

Nichts. Offenbar war niemand daheim.

Als sie den Blutfleck auf dem Küchenfußboden entdeckte, zuckte sie zusammen. Was war hier passiert?

In diesem Moment läutete ein Mobiltelefon im Haus. Das Klingeln kam aus dem Arbeitszimmer ihres Vaters. Naomi ging nachsehen. Sein Handy lag auf dem Schreibtisch. Auf dem Display wurden sieben Nachrichten in Abwesenheit angezeigt.

Naomi wandte sich erneut der Treppe zum oberen Stockwerk zu. Langsam stieg sie hinauf.

Jetzt erst bemerkte sie, dass auch auf den Treppenstufen ein paar Blutspritzer waren. Hatte sich jemand verletzt?

Die Tür zum Schlafzimmer ihrer Eltern war geschlossen. Hatten die beiden etwa verschlafen?

Und das Blut?

Sie drückte die Klinke und öffnete.

Im Zimmer war es dunkel, die Vorhänge waren zugezogen.

Es roch eigenartig. Naomi hatte sich mal versehentlich mit dem Küchenmesser in den Finger geschnitten. Die tiefe Wunde hatte etwas ähnlich Unheilvolles ausgedünstet.

Doch dieser Geruch war um einiges stärker.

Erst allmählich gewöhnten sich ihre Augen an das Dämmerlicht.

Schließlich setzte sie einen Schritt nach vorn.

Doch dann war sie wie gelähmt.

Erst nach einer Weile wich sie zurück und schlug die Tür zu. Sie drehte sich um, schaffte es die Treppe hinunter, ohne zu stolpern. Beinahe mechanisch, in ruckhaften Bewegungen näherte sie sich dem Festnetztelefon im Wohnzimmer.

Sie wählte den Notruf. Als sich jemand am anderen Ende meldete, nannte sie ihren Namen und ihre Adresse, so ruhig, dass es sie selbst erstaunte.

Dann sagte sie kaum hörbar: »Könnten Sie mir bitte helfen? Hier stimmt etwas nicht.«

Erst als sie aufgefordert wurde, Einzelheiten zu schildern, brach sie in Tränen aus.

ELF

Mittwoch, 21. September, mittags

Die Straße war mit Einsatzfahrzeugen zugestellt. Rotweiße Absperrbänder vorm Gartentor. Blaulichter zuckten. Trojan parkte quer auf dem Gehweg und sprang aus dem Wagen. Er zeigte einem uniformierten Beamten seinen Dienstausweis und wurde durchgelassen.

Es war ein zweistöckiger Klinkerbau mit Stuckverzierungen im vornehmen Villenviertel von Lichterfelde. Die Fenster waren von den Halogenscheinwerfern der Kriminaltechnik erhellt.

Landsberg trat ihm im Vorgarten entgegen. Nils hatte ihn noch am Tag zuvor über die neuen Ermittlungsansätze im Fall Annabel Lund informiert. Auch über die geplante Zusammenarbeit mit Carlotta Weiss hatten sie gesprochen.

Der Chef war nur unter Vorbehalten einverstanden. »Sie ist ein schwieriger Charakter«, hatte er zu ihm gesagt.

»Aber sie ist sehr erfolgreich.«

»Wir können es mit ihr versuchen. Jedoch sage ich dir gleich: Sobald sie sich zu viele Freiheiten herausnimmt und gegen Dienstvorschriften verstößt, ist sie raus.«

»Okay.«

»Sie mag ja eine Überfliegerin sein, aber ihr Ruf ist nicht der allerbeste.«

»Ich weiß, Hilmar.«

Nun nahm ihn der Chef auf der Rasenfläche vor dem Haus zur Seite. »Gut, dass du endlich hier bist.«

»Was haben wir?«

»Einen Doppelmord. Und wenn ich mich nicht täusche, gibt es einen überraschenden Zusammenhang mit dem Suizid des unbekannten Mädchens, von dem du mir gestern berichtet hast.«

»Könntest du das genauer erläutern?«

»Du wirst es gleich selbst sehen.« Er setzte eine Pause. Dann fügte er hinzu: »Im Obergeschoss. Das Schlafzimmer.«

Trojan nickte.

Eine Steintreppe zum Eingangsbereich. Dann war er im Haus.

Steffie empfing ihn in der Diele.

»Nils?«

»Hallo, Steff.« Eigentlich war er froh, sie endlich wiederzusehen. Auch gestern hatte er sie nicht im Kommissariat antreffen können. Und abermals hatte sie auf seinen Telefonanruf nicht reagiert. Doch jetzt war wirklich nicht der richtige Zeitpunkt für ein klärendes Gespräch.

Sie kam gleich zur Sache. »Ein Ehepaar. Rita und Martin Schild. Er ist fünfundvierzig, Anwalt für Medienrecht. Sie ist Innenarchitektin, dreiundvierzig Jahre alt. Die Tochter im Alter von sechzehn hat die beiden heute Vormittag gefunden. Ihr Name ist Naomi. Sie sagte mir, sie habe bei einer Freundin übernachtet. Darum war sie zur mutmaßlichen Tatzeit nicht anwesend.«

Er holte tief Luft. »Das muss schrecklich für sie gewesen sein. Die eigenen Eltern wurden ermordet, und sie ist diejenige, die …« Er brach ab. »Wie geht es ihr?«

»Sie ist erstaunlich gefasst. Aber das ist wohl der Schock. Sie wartet draußen im Garten.«

»Wurde sie medizinisch betreut?«

»Ja. Außerdem ist eine Psychologin von einem Notdienst bei ihr. Sie kümmert sich um das Mädchen.«

»Ich werde nachher mit ihr sprechen.«

»Gut.« Stefanie berührte ihn am Arm und senkte die Stimme. »Dieses Trauma wird das Kind ganz bestimmt nicht mehr los.«

»Ist es so schlimm?«

»Verheerend. Ein grausamer Anblick.«

Er atmete durch. Manchmal wusste er nicht, wie lange er diesen Job noch aushalten würde.

Er war um Sachlichkeit bemüht. »Gibt es Einbruchsspuren?«

»Offenbar ist der Täter durch ein defektes Kellerfenster hereingekommen.«

»War Semmler bereits vor Ort?«

»Ja.«

»Todeszeitpunkt?«

»Nach seiner ersten Einschätzung zwischen Mitternacht und drei Uhr morgens.«

Trojan straffte die Schultern.

»Bist du so weit?«, fragte Steff.

Er spürte eine leichte Verkrampfung in der Magengegend. Auf einmal erinnerte er sich daran, dass er sich eigentlich vorgenommen hatte, öfter kleine Auszeiten von seinem Beruf zu nehmen. Mehr zu reisen, ein weiteres Mal seine Tochter Emily in Kanada zu besuchen. Sie hatten zusammen auf Vancouver Island eine wunderschöne Zeit verbracht. Das Leben einfach genießen. Und was war aus diesem Vorhaben geworden? Immerzu scheiterte die Umsetzung daran, dass er hier nicht wegkam. Der Hass und das Morden in dieser Stadt nahmen kein Ende.

»Gehen wir es an«, sagte er.

Sie stiegen die geschwungene Holztreppe ins Obergeschoss

hinauf. Auf den Stufen befanden sich ein paar eingetrocknete Blutflecken, jeweils mit Markierungen der Spurensicherung versehen.

Trojan schaute sich oben im Flur um, schloss für einen Moment die Augen, dann nickte er Stefanie zu und betrat mit ihr das Schlafzimmer.

Die rückseitigen Fenster waren hinter dunklen Samtvorhängen verborgen. Doch die Scheinwerfer der Forensiker tauchten die Szenerie in ein grelles Licht.

Trojans Blick fiel zuerst auf das Bett. Er zuckte zusammen, als er die Tote darauf liegen sah.

Er musste Luft holen.

Dann sah er zur anderen Seite des Raums hin. Dort befand sich der männliche Leichnam. Er saß in einem Polsterstuhl mit Armlehnen. Sein Kopf lehnte an der Wand. Der Täter hatte ihn offenbar so drapiert, dass der ermordete Martin Schild dem ausladenden Ehebett direkt gegenübersaß.

Es hatte den Anschein, als sei der Tote ein stummer Betrachter, der reglose Zeuge einer unfassbaren Grausamkeit, die sich auf dem Bett abgespielt hatte.

Sein Brustkorb war geöffnet. Der Schädel halb eingeschlagen. Blutspritzer an der Wand und eine große Lache auf dem Boden.

Trojan kniff die Augen zusammen. Bleib ruhig, dachte er, stelle es dir wie einen Film vor. Du sitzt in der letzten Reihe. Vorne ist die Leinwand. Du hast genügend Abstand.

Dann sah er erneut hin. Die Augäpfel des Toten schienen geplatzt zu sein. Die eine Gesichtshälfte war kaum noch zu erkennen.

Axthiebe, durchfuhr es ihn. Der Täter hat mit einer Axt gewütet.

Trojan schaute abermals auf das breite Boxspringbett. Die

Polsterung an der Wand hatte eine Goldlackierung. Doch von der Farbe war nicht mehr viel sichtbar. Dafür Blut, überall Blut.

Auch das Bettzeug war davon durchtränkt.

Der Leichnam von Rita Schild lag quer auf dem Bett. Ähnlich zugerichtet wie der ihres Mannes. Ein Hieb in die Brust, einer auf den Schädel, aber auch eine Kniescheibe war zertrümmert, und der linke Fuß hing nur noch an den Sehnen.

Hass, dachte Trojan. Grenzenloser Hass. Ein Mörder, der außer sich ist vor Wut. Im Blutrausch. Tobend. Überwältigt von dem Machtgefühl, das er verspürt, während er mit der Axt auf seine Opfer einschlägt.

Kurzzeitig verspürte er einen leichten Schwindel. Er durfte keine Schwäche zeigen. Musste tiefer atmen.

Sein Blick fiel in den großen Spiegel am Bett. Er sah sich selbst, sein entsetztes Gesicht.

Dann wurde seine Aufmerksamkeit von einem kleinen Gegenstand an der Decke gefesselt. Die Lampe, die zuvor dort angebracht war, lag zerschmettert am Boden.

Dafür war nun etwas anderes an dem Deckenhaken befestigt. Mit einer Nylonschnur. Der kleine Gegenstand hing ungefähr einen halben Meter weit herab.

Es war ein Stoffäffchen. Knopfaugen. Die Nase von der Schnur umwickelt und eingequetscht.

Trojan wandte sich ab und verließ das Schlafzimmer. Er zückte sein Handy und wählte Carlottas Nummer.

Sie hob nach dem vierten Freizeichen ab.

»Herr Trojan?«

»Sie müssen herkommen«, sagte er ohne Umschweife.

»Worum geht es?«

»Ein Doppelmord. Höchstwahrscheinlich gibt es einen Zusammenhang mit unserem Vermisstenfall.«

Er nannte ihr die Adresse.

Stefanie kam zu ihm in den Flur.

»Mit wem hast du telefoniert?«

Nach einer kurzen Pause sagte er: »Ich wollte es dir bereits gestern Abend erzählen. Ich hab wieder einmal versucht, dich anzurufen. Aber du bist nicht rangegangen.«

»Ich war beschäftigt.«

Er sah sie prüfend an. Etwas schien sie zu bedrücken. Sie war längst nicht mehr die unbeschwerte, stets optimistische Stefanie, in die er sich mal verliebt hatte. Doch jetzt stand weitaus Wichtigeres an, als mit ihr darüber zu diskutieren, warum sie seine Anrufe ignorierte.

»Erinnerst du dich an den Namen Annabel Lund?«, fragte er.

»Die Vermisstensache?«

»Ja.«

»Natürlich erinnere ich mich. Eine Schülerin, die vor fünf Jahren spurlos verschwunden ist. Damals war sie vierzehn. Der Fall hat für Aufsehen gesorgt. Ist aber nie aufgeklärt worden.«

Trojan führte sie zurück in das Schlafzimmer des Ehepaars und deutete auf das Äffchen am Lampenhaken. »So ein Stofftier wurde erst vorgestern Nacht am Tatort eines Suizids gesichtet. Und zwar von einer Kollegin namens Carlotta Weiss.«

Er berichtete ihr in knappen Worten von seiner Begegnung mit Carlotta in der Rechtsmedizin, dem Todessprung des unbekannten Mädchens, das sich als Annabel Lund ausgegeben hatte, ihren Ermittlungen an der Jannowitzbrücke und schließlich der Entdeckung der Wachsmarkierung und des seltsam zugerichteten Schmusetiers auf dem Baugerüst.

»Und es ist mit diesem hier identisch?«, fragte sie.

»Ja.«

»Carlotta Weiss? Ist das nicht die Kriminalpsychologin, über die einiges gemunkelt wird?«

»Erfolgreiche Menschen ziehen Neider auf sich. Darum gibt es viel Gerede über sie, nicht alles davon ist wahr. Ja, sie hat einen Abschluss in Psychologie und auch in Kriminalistik. Zudem ist sie Hauptkommissarin. Sie wird versuchshalber mit uns zusammenarbeiten. Ich habe gestern bereits mit Landsberg darüber gesprochen. Er ist einverstanden.«

Stefanie wirkte wenig erfreut über diese Nachricht. »Und wieso erfahre ich erst jetzt davon?«

»Wie gesagt, du bist nicht ans Telefon gegangen, und auf der Dienststelle konnte ich dich auch nicht erreichen. Du machst dich rar, Stefanie. Stimmt etwas nicht?«

Sie hob die Schultern. »Alles in Ordnung.«

Ihre Körpersprache verriet das Gegenteil. Ihre Augen waren umschattet, die Wangen blass. War sie etwa krank? Was verheimlichte sie vor ihm?

»Okay«, sagte sie. »Wenn die Entscheidung längst gefallen ist, müssen wir auch nicht darüber debattieren.« Sie legte die Stirn in Falten. »Wollen wir uns weiter im Haus umsehen?«

»Gut.«

Gemeinsam inspizierten sie das Zimmer der Tochter. Dann gingen sie in den Keller hinunter und untersuchten das defekte Fenster. Beamten der Spurensicherung waren dort beschäftigt.

Im Erdgeschoss nickte Trojan schweigend seinen Kollegen von der fünften Mordkommission zu, dem bulligen Ronnie Gerber, Max Kolpert mit seiner nach einem Säureangriff vernarbten Gesichtshälfte, Albert Krach, der stets bleich und kränkelnd aussah, worüber sich niemand mehr wunderte, und dem eilfertigen Olaf Maas, strenger Seitenscheitel, breite Schultern.

Im Esszimmer wurde Trojan stutzig. Der große Holztisch war mit drei Frühstücksschalen gedeckt. In der Mitte stand eine weiße Porzellanvase, darin ein Strauß Blumen, auffallend blaue Blüten, oben weit verzweigte Stängel.

»Das sind Kornblumen«, sagte Stefanie.

»Sonderbar«, murmelte er. »Wenn das Ehepaar in der Nacht ermordet wurde und die Tochter nicht hier war ...«

»... wer hat dann den Frühstückstisch gedeckt?«

Sie blickten sich an.

»Und diese Blumen ...«, sagte er.

»Sehr hübsch, nicht wahr? Einfach und festlich zugleich.«

Er schaute in Stefanies Augen. Poetisch ausgedrückt waren sie kornblumenblau. Aber diese Bemerkung verkniff er sich, es erschien ihm nicht passend, ihr an einem schaurigen Mordtatort Komplimente zu machen. Zumal er keine Ahnung hatte, wie es derzeit um ihre vor den Kollegen und vor allem dem Chef geheim gehaltene Beziehung stand.

Trojan inspizierte mit ihr die Küche. Komfortabel eingerichtet, strahlend weiße Armaturen. Ein eingetrockneter Blutfleck auf dem Holzboden. Eine Markierung der Spurensicherung davor.

Danach schauten sie sich im Arbeitszimmer von Martin Schild um, schließlich gingen sie zurück in das salonartige Wohnzimmer. Ein Erker mit Sprossenfenstern zum Garten hinaus, Parkettboden, gediegene Einrichtung, ein Stilmix aus Antiquitäten und einer weiträumigen modernen Sitzlandschaft.

Trojan blickte in den Garten hinaus. Zwischen üppigen Rhododendronbüschen befand sich ein großes Trampolin. Eine Jugendliche stand davor, gegen den Rand gelehnt, die Arme vor der Brust verschränkt. Eine Erwachsene war bei ihr, offenbar die Psychologin vom Notdienst.

»Ich würde nun gern mit der Tochter der beiden Ermordeten sprechen«, sagte Trojan. »Könntest du derweil die Kollegen bei den Befragungen der Nachbarn unterstützen?«

»Mach ich.«

Sie wandte sich bereits ab, als er fragte: »Steff?«

Sie drehte sich zu ihm um. »Ja?«

»Ist wirklich alles in Ordnung bei dir?«

Ihre Miene war ernst. »Lass uns ein anderes Mal darüber reden.«

ZWÖLF

Trojan ging in den Garten hinaus und näherte sich dem Trampolin. Es war ungefähr anderthalb Meter hoch und mit einem Sicherheitsnetz versehen.

Kaum hatte ihn die Psychologin bemerkt, eine Frau um die vierzig, dunkelhaarig, strenger Gesichtsausdruck, trat sie energisch auf ihn zu. »Sind Sie von der Kripo?«

»Ja.«

»Sie können jetzt nicht mit Naomi sprechen.«

»Warum nicht?«

»Das Kind ist völlig fertig.«

»Lassen Sie es mich wenigstens versuchen.«

»Ich glaube, das kann ich nicht verantworten.«

»Bitte. Geben Sie uns zehn Minuten.«

Sie schüttelte den Kopf.

»Fünf Minuten? Ich fasse mich kurz.«

Sie seufzte. »Also schön. Aber ich bleibe in der Nähe. Und Sie brechen ab, sobald sie überfordert ist.«

»Natürlich.«

Während sich die Betreuerin ein wenig abseits hielt, ging Trojan auf die Jugendliche zu.

»Hallo«, sagte er. »Ich bin Hauptkommissar Nils Trojan. Ist es okay, wenn ich einen Moment bei dir bleibe?«

Naomi stand an der Öffnung des Sicherheitsnetzes. Sie blickte ihn flüchtig an. Gerötete Augen. Ein schmal geschnittenes Gesicht, brünettes Haar.

Sie zuckte mit den Schultern.

Er suchte nach Worten. »Gibt es jemanden in deiner Familie, der sich um dich kümmern wird?«

»Meine Tante«, sagte sie mit leiser Stimme.

»Ist sie bereits informiert worden?«

»Ja. Sie kommt hierher.«

»Hast du ein gutes Verhältnis zu ihr?«

Erneutes Achselzucken.

Auf einmal legte sie die Hände auf den Rand des Trampolins, stemmte sich hoch und setzte sich drauf. Schweigend ließ sie die Beine hin und her schwingen.

»Wohnt deine Tante in Berlin?«

Naomi nickte.

»Sie wird für dich da sein. Sie wird dir helfen können, ganz sicher.«

Sie hielt den Blick gesenkt. »Aber sie ist nicht meine Mutter«, sagte sie kaum hörbar.

»Ja. Ich kann nur ahnen, wie schwer das für dich ist. Bist du dennoch in der Lage, mir ein paar Fragen zu beantworten?«

»Ich weiß nicht.«

Trojan ließ etwas Zeit verstreichen. Schließlich zog auch er sich hoch und setzte sich zu ihr auf das Trampolin.

Naomi rückte ein wenig von ihm ab.

Behutsam fragte er: »Wann hast du deine Eltern entdeckt?«

»Gegen halb zwölf.«

»Und von wo bist du gekommen?«

»Von der Schule.«

»Du warst so früh zurück?«

»Mir war nicht gut. Ich hatte Bauchweh.«

»Wo hast du die Nacht verbracht?«

Sie sah nur kurz zu ihm auf, beinahe erschrocken, dann schaute sie wieder auf den Boden. »Bei einer Freundin.«

Es klang zaghaft, mehr wie eine Frage.

Auf einmal hob sie den Kopf. »Wer macht so etwas? Wer tut meinen Eltern das an?«

»Ich weiß es nicht. Aber ich werde alles daransetzen, es herauszufinden.«

Es entstand eine Pause. Sie ließ die Beine baumeln, schwang sie schneller und schneller hin und her.

»Dieses Trampolin«, sagte er. »Ist das ein guter Platz für dich?«

»Papa hat es mir geschenkt, als ich zehn war. Ich habe es immer geliebt.«

Trojan strich mit der Hand über das Sprungtuch. Ja, dachte er, diese Art der Bewegung verleiht einem bestimmt ein Gefühl von Freiheit und Gelöstheit. Sich lockern und alles loslassen können. Fliegen, höher und höher. Und dabei geschützt sein von einem weichen Netz. Er stellte sich Naomi als Zehnjährige vor, wehendes Haar, vergnügt durch die Luft federnd, jauchzend, voller Übermut.

Wieder sah sie ihn an, diesmal vertrauensvoller. »Auch das Schwimmen habe ich geliebt«, sagte sie. »Ich bin in einem Schwimmverein. Sport bedeutet mir sehr viel. Ich habe das Gefühl, dass das jetzt alles vorbei ist.«

»Das ist verständlich nach dem, was du heute erlebt hast.«

»Wie kann ich jemals wieder etwas lieben, wenn …« Sie brach ab.

Ihm war danach, sie zu trösten, doch er wusste nicht, wie. Er musste an Emily denken, und plötzlich sah er vor sich, wie sie gemeinsam auf Vancouver Island in der Brandung des Pazifiks standen. Die Wellen hoch und schäumend und seine mittlerweile erwachsene Tochter ausgelassen jubelnd wie ein Kind.

Naomi nagte an ihrer Unterlippe. Er wartete ab, ob sie ihm noch etwas anvertrauen wollte, aber sie schwieg.

Dann fragte er vorsichtig: »Wie ist der Name deiner Freundin, bei der du übernachtet hast?«

»Lisa.« Wieder klang es eher wie eine Frage, was ihn verwunderte.

»Und der Nachname?«

»Kranz.«

»Lisa Kranz«, wiederholte er.

Erneutes Schweigen. In den Rhododendronbüschen summten Bienen, in einer hochgewachsenen Esche sang eine Mönchsgrasmücke. Eine Idylle, die trügerisch war. Vor Trojans innerem Auge blitzten die Bilder aus dem Schlafzimmer der Ermordeten auf.

Wie um sich zu beruhigen, ließ er den Blick über die Blumenbeete an den Rändern des gepflegten Rasens wandern.

»Mochte deine Mutter eigentlich Kornblumen?«, fragte er.

Naomi sah ihn irritiert an.

»Der Strauß auf dem Esstisch. Ist der von ihr?«

»Ich glaube nicht.«

»In eurem Garten wachsen keine Kornblumen, nicht wahr?«

»Nein.«

»Hat deine Mutter den Tisch gedeckt?«

»Keine Ahnung.«

»Wann bist du zu deiner Freundin gegangen?«

»Gestern Nachmittag.«

»Standen gestern die Frühstücksschalen schon auf dem Tisch?«

»Nein.«

»Und die Blumen?«

»Auch nicht.«

»Was glaubst du? Du warst doch nicht da. Warum stellen

deine Mutter oder auch dein Vater drei Müslischalen auf den Tisch, wenn du bei einer Freundin übernachtest? Erwarteten Sie Besuch?«

Ihre Stimme war brüchig. »Ich weiß das alles nicht.«

»Kein Problem.«

»Ich bin jetzt kein Kind mehr«, stieß sie hervor. »Das ist schlagartig vorbei.«

Er schwieg.

Nach einer Weile fragte er: »Gab es in letzter Zeit Streit mit deinen Eltern?«

»Wieso fragen Sie mich das?«

»Nur so. Habt ihr euch gestritten?«

Sie antwortete nicht.

»Hast du, als du jünger warst, ein kleines Stoffäffchen besessen?«

Sie blickte ihn überrascht an. »Ein Stoffäffchen?«

»Ein Schmusetier.«

»Nein. Wie kommen Sie darauf?«

»Ich hab mich in deinem Zimmer umgeschaut. Dort sind keine Stofftiere mehr.«

»Ich bin sechzehn!«

»Hast du kein einziges behalten?«

Sie schüttelte den Kopf.

Er wusste nicht, ob er ihr die nächste Frage zumuten durfte. Er versuchte es dennoch. »Im Schlafzimmer deiner Eltern«, murmelte er, »befindet sich so ein Äffchen. Ist es dir nicht aufgefallen?«

Sie starrte ihn an. »Wo denn?«

»An der Decke. Am Lampenhaken.«

Sie schlug entsetzt die Augen nieder. »Ich habe nichts gesehen.«

»Gut, Naomi. Du bist sehr tapfer. Und ich habe auch nur

noch eine letzte Frage. Bitte sei ehrlich zu mir. Warst du heute Nacht wirklich bei deiner Freundin Lisa?«

Sie reagierte empört. »Das sagte ich doch bereits.«

»Okay.«

Sie begann zu zittern. »Ich will zu meiner Tante.«

»Sie wird sicherlich gleich hier sein.«

Naomi zog die Schultern ein. Auf einmal liefen Tränen über ihr Gesicht.

Trojan zögerte einen Moment, dann gab er dem Impuls nach. Er legte kurz den Arm um sie. »Du schaffst das, Naomi. Ganz bestimmt.«

DREIZEHN

Wenig später traf Carlotta Weiss am Tatort ein. Trojan informierte sie über das Nötigste, die Namen der Ermordeten, deren Tochter, den ungefähren Todeszeitpunkt und die Einbruchsspuren.

Dann kam Landsberg auf sie zu und schüttelte ihr die Hand. Daraufhin rief der Chef das Team zusammen. Die Mitarbeiter der fünften Mordkommission unterbrachen ihre Arbeit und umringten die neue Kollegin.

»Leute«, sagte Hilmar, »das ist die Profilerin Carlotta Weiss. Sie unterstützt uns bei den Ermittlungen hier und im Fall der verschwundenen Annabel Lund.« Er fasste den Vermisstenfall knapp zusammen, wies auf den Selbstmord des unbekannten Mädchens hin und erwähnte den Fund des Stofftiers am Baugerüst in der Schillingstraße. »Weitere Einzelheiten bekommt jeder von euch noch heute auf seinen Schreibtisch. Bevor wir nun mit den Ermittlungen vor Ort fortfahren, möchte sich die Kollegin sicherlich selbst bei euch vorstellen.«

Es entstand eine längere Pause.

Landsberg wandte sich direkt an Carlotta. »Bitte schön, Frau Weiss.«

Sie aber wirkte wie erstarrt, brachte kein Wort heraus.

Die Stille im Raum war erdrückend.

Nils fand es höchst ungeschickt, wie sich der Chef verhielt. Er hätte die Kollegen viel früher informieren müssen. Ein Mordschauplatz war nicht der rechte Ort für ein Mitarbeitergespräch, schon gar nicht, wenn für den einen oder anderen zu befürchten stand, dass Kompetenzen neu aufgeteilt wurden.

Die Kollegen blickten Carlotta skeptisch an.

Landsberg räusperte sich.

Schließlich sagte sie leise: »Ich möchte mich hier lediglich in Ruhe umsehen. Wäre das wohl möglich?«

Hilmar wirkte perplex. »Aber natürlich.«

»Vielen Dank«, erwiderte sie schroff.

Der Chef verzog das Gesicht. Er war offenbar darum bemüht, Haltung zu bewahren. »Also, das war's auch schon, Leute. Zurück an die Arbeit.«

Stefanie warf Trojan einen vielsagenden Blick zu. Anscheinend fühlte sie sich in ihren Vorbehalten bestätigt. Ronnie Gerber schüttelte den Kopf, Albert Krach zog die Stirn kraus, Max Kolpert reagierte mit einem Achselzucken, und Olaf Maas reckte herausfordernd das Kinn.

Danach wandte sich jeder von ihnen wieder seinem Aufgabenbereich zu.

Trojan folgte Carlotta ins Obergeschoss. Sie wirkte völlig abwesend, als sie die beiden Leichname im Schlafzimmer betrachtete. Schweigend sah sie zu dem Stofftier am Lampenhaken hinauf. Er wollte etwas zu ihr sagen, unterließ es aber, da er instinktiv spürte, dass sie in ihrer Konzentration nicht gestört werden wollte.

Es brauchte nicht länger als eine Minute, dann schien sie das Wesentliche erfasst zu haben. Sie ging hinüber ins Zimmer der Tochter und verweilte dort einen Moment. Danach stieg sie die Treppe hinunter, inspizierte das Wohnzimmer, dann das Esszimmer und schließlich die Küche.

Dort sog sie die Luft ein, als würde sie Witterung aufnehmen. Eine Weile stand sie völlig reglos da.

Danach ging sie in den Garten hinaus.

Er folgte ihr.

Naomi Schild war bereits von ihrer Tante abgeholt worden. An ihrer Stelle kletterte Carlotta auf das Trampolin. Sie stellte sich genau in die Mitte des Sprungtuchs, schloss die Augen und verharrte lange Zeit.

Was tut sie da?, fragte sich Trojan. War das ihre Art, intensiv nachzudenken?

Endlich traute er sich, sie anzusprechen.

»Frau Weiss?«

Sie reagierte nicht.

Dann aber öffnete sie die Augen und schaute ihn zerstreut an. Schließlich stieg sie wieder von dem Sportgerät herab.

Sie trat auf ihn zu. »Das ist der Lieblingsplatz der Tochter, nehme ich an.«

»Wie kommen Sie darauf?«

»Ihr Zimmer ist recht klein, gemessen an der Größe der Villa. Hier draußen hat sie ihre Freiheit. Sie liebt das Trampolin.«

»Erstaunlicherweise hat sie mir das selbst gesagt.«

»Naomi. So heißt sie doch, oder?«

»Ja.«

»Sechzehn Jahre alt?«

»Richtig.«

»Sie hat keine Stofftiere in ihrem Zimmer.«

»Ist mir auch schon aufgefallen.«

»Als ich sechzehn war, besaß ich noch welche. Sie mussten alle bei mir auf meinem Bett liegen.«

»Hmm.«

»Ich hab sie schlafen gelegt, eins nach dem anderen. Erst dann kam ich abends zur Ruhe.«

»Jedes Kind ist anders. Meine Tochter Emily zum Beispiel …«

Sie unterbrach ihn. »Lassen wir das Private lieber außen vor, Herr Trojan.«

»Wie bitte?«

»An einem Mordschauplatz sollten wir nicht zu viel über persönliche Dinge reden.«

»Ist das ein Aberglaube von Ihnen?«

»Nein. Aber in Anbetracht der Grausamkeit, die sich hier abgespielt hat, sollte ich die Zerbrechlichkeit meiner eigenen Kindheit und Jugend nicht erwähnen. Und Ihnen tut es offenbar auch nicht gut, unter diesen Umständen von Ihrer Tochter zu sprechen.«

»Wie können Sie sich so sicher sein?«

»Ich sehe es Ihnen an. Es macht Ihnen Angst.«

»Angst?«

»Sie fürchten sich um Ihr Kind. Versetzen sich in ihre Lage. Sie stellen sich vor, wie es wäre, wenn Emily ihre toten Eltern auffinden müsste. Ihren Vater. Das sind Sie. Warum tun Sie sich das an, Herr Trojan? Wahren Sie Distanz.«

»Tun *Sie* das denn immer?«

»Leider nicht. Ich kenne dieses Dilemma nur allzu gut. Wenn wir den Perspektivwechsel vornehmen, kommen wir in den Ermittlungen schneller voran. Sich in Opfer, Täter und auch Zeugen hineinzuversetzen ist eine große Gabe. Aber sie macht uns auch angreifbar und verletzlich.«

Sie hat vollkommen recht, dachte er. Und wie sie ihn durchschaute. Das war nahezu unheimlich.

Dann sagte sie: »Dennoch möchte ich die Nacht in diesem Haus verbringen. Und zwar allein.«

Er war überrascht. »Die ganze Nacht? Hier am Tatort?«

»Ja. Ich möchte die Perspektive des Täters einnehmen. Es ist ein Risiko, wie ich gerade sagte. Ich könnte die Distanz verlieren. Aber es ist hilfreich.«

Er musterte sie.

»Ich muss dafür unbedingt allein sein«, sagte Carlotta. »Wäre das möglich?«

Trojan dachte nach. »Wenn wir mit der Spurensicherung fertig sind, lässt sich das wohl einrichten.«

»Gut. Ich warte solange hier draußen.«

»Möchten Sie denn nicht …?« Er brach ab.

»Was?«

»Vielleicht wäre es besser, wenn Sie … das Team ein wenig miteinbeziehen.«

»Wieso?«

»Sie haben sich sofort abgesondert. Kaum sind Sie hier, ziehen Sie sich in den Garten zurück. Sie halten sich fern von den anderen.«

»Ich verstehe nicht.«

»Das sind allesamt fähige Mitarbeiter. Seien Sie freundlich zu ihnen.«

»Freundlich? Wie meinen Sie das?«

»Nehmen Sie Kontakt zu Ihnen auf. Sprechen Sie mit Ihnen.«

»Ich nehme Kontakt zum Tatort auf. Reicht das nicht?«

»Das schon, aber …«

Sie war prompt verunsichert, das war ihr anzumerken. »Habe ich etwas falsch gemacht?«, fragte sie leise.

»Nein, es ist nur so … Landsberg hätte sich gefreut, wenn sie den Mitarbeitern kurz etwas von sich erzählt hätten. Und für das Team wäre es zum Einstand auch leichter gewesen.«

»Zu viele Menschen machen mich nervös. Es tut mir sehr leid. Ich wollte niemanden verletzen.«

Er seufzte. »Haben Sie auch nicht. Wir kriegen das schon hin.«

Trojan wollte gerade gehen, da sagte sie: »Die Tochter …«

»Ja?«

»Wo war sie zur Tatzeit?«

»Sie hat bei einer Freundin übernachtet. Jedenfalls behauptet sie das.«

»Haben Sie es überprüft?«

»Bisher noch nicht.«

»Es wohnten doch nur drei Menschen hier, nicht wahr?«

»Das ist richtig.«

»Die Eltern und Naomi.«

»Ja.«

»Warum stehen drei Frühstücksschalen auf dem Tisch, wenn Naomi nicht da war?«

»Das frage ich mich auch.«

»Ich habe eine Theorie«, sagte sie nach kurzem Nachdenken.

»Und die wäre?«

»Zwei Schalen könnten für die Mordopfer sein. Die dritte Schale hat sich der Mörder selbst hingestellt.«

Trojan blickte sie an. »Interessant. Sie meinen, er deckt symbolisch für sich und seine Opfer den Tisch?«

»Möglicherweise. Offenbar hat er auch die Kornblumen gepflückt.«

»Was können wir daraus schließen?«

»Natürlich ist es nur eine Mutmaßung, aber es wäre möglich, dass er tief in seinem Innern den Wunsch nach einer intakten Familie hat.«

»Und dennoch wütet er mit einer Axt.«

»Oder gerade deshalb«, sagte Carlotta.

VIERZEHN

Mittwoch, 21. September, spätabends

Endlich ließ man sie gewähren. Landsberg hatte stirnrunzelnd seine Einwilligung gegeben. Im Team gab es Getuschel über ihr Vorhaben, das war ihr keineswegs entgangen. Nils Trojan war offenbar der Einzige, der Verständnis für ihre eigenwilligen Methoden aufbrachte.

Er ging als Letzter, zog von draußen die Haustür zu. Kurz darauf hörte sie, wie sich sein Wagen entfernte.

Carlotta atmete auf. Nun war sie allein am Tatort. Kein Kriminaltechniker, kein Mitarbeiter aus dem Kommissariat war mehr anwesend.

Die Halogenscheinwerfer waren ausgeschaltet, die Leichen abtransportiert. Es war finster und still im Haus.

Doch noch immer roch es nach Tod.

Carlotta wartete, bis sich ihre Augen an die Dunkelheit gewöhnt hatten. Dann öffnete sie den großen Rucksack, den sie aus ihrem VW-Bus geholt hatte, und nahm ihren Schutzanzug heraus. Sie schlüpfte in den weißen Overall, setzte sich die Kapuze auf, streifte Plastiküberzieher über ihre Schuhe und zog Latexhandschuhe an.

Danach packte sie ihren Laptop und verschieden große Holzstäbe aus. Sie fuhr den Rechner hoch, öffnete Google und recherchierte die Maße handelsüblicher Äxte. Es gab verschiedene Modelle. Sie verglich sie auf dem Computer mit den Aufnahmen der Toten, die ihr Trojan zugeschickt hatte. Anhand gewisser Details der tödlichen Verletzungen, der Wucht der Hiebe und der Verwüstungen im Schlafzimmer ging sie davon aus, dass der Täter eine Spaltaxt benutzt hatte. So eine Axt war im Durchschnitt fünfundsechzig Zentimeter lang.

Nach diesen Maßen wählte sie einen Holzstab aus.

Die imaginäre Axt.

Ihre Waffe.

Sie nahm den Stab und ging in die Küche. Nur ein schwacher Lichtschein drang von den Straßenlaternen durchs Fenster herein.

Carlotta nahm Witterung auf.

Sie betrachtete den Blutfleck auf dem Boden. Die Laborproben standen noch aus, darum wusste sie nicht, ob das Blut von Rita oder Martin Schild stammte.

Martin, dachte sie. Der Mann muss seine Frau beschützen. Er wird von einem Geräusch wach.

Er kommt nach unten. Der Täter geht in Deckung.

Sie blickte sich um. Nahm Position hinter der Tür ein. Ihr war, als würde sie tatsächlich leise Schritte hören.

Martin Schild taucht auf. Der Mörder will ihn noch nicht töten. Denn er hat einiges mit ihm vor.

Wo hat er ihn zuerst getroffen?, fragte sie sich und sah die Detailaufnahmen des Toten vor ihrem inneren Auge.

Am Kopf, entschied sie. Aber links. Die rechte Hälfte kam erst später dran. Die war nämlich völlig zertrümmert. An der linken Schläfe aber gab es nur leichte Verletzungen. Dort trifft ihn die Axt zuerst. Aber nicht mit der Spitze der Klinge, sondern mit der flachen Seite. Der Ehemann soll den Schlag unbedingt überleben, nur kurz ohnmächtig werden.

Carlotta wirbelte herum und führte den Hieb aus.

Sie sah vor sich, wie Martin zu Boden stürzte.

Der Mörder wartete, bis er wieder zu sich kam, beugte sich über ihn.

Und dann?

Anscheinend war es ihm gelungen, Martin Schild völlig willenlos zu machen. Andernfalls hätte sich der Hausbesitzer gewehrt, zumindest Anstalten gemacht, Hilfe zu holen. Er hätte irgendwie versucht, ans Telefon heranzukommen.

Wurde er betäubt? Gab es Einstichstellen an dem Leichnam? Sie scannte in Gedanken die Aufnahmen.

Schwierig herauszufinden, der Tote war entsetzlich zugerichtet. Doch auf irgendeine Art hatte der Mörder dem Ehemann hier unten in der Küche eine perfide Droge verabreicht.

Sie ließ das Detail aus und ging zum nächsten Schritt über.

Martin war wieder bei Bewusstsein, jedoch unter dem Einfluss jener Substanz.

Er stand auf und ging zur Treppe.

Auch Carlotta begab sich dorthin, die imaginäre Axt in beiden Händen.

Am Treppenabsatz blieb sie stehen. Die Spuren auf den Stufen. Martin Schild war an der linken Schläfe verletzt. Das Blut tropfte herab.

Er ging weiter.

In der Rolle des Mörders folgte sie ihm.

Oben angelangt verharrte sie an der Schlafzimmertür.

Plötzlich hatte sie eine Eingebung. Sie rief sich die Nahaufnahmen des Toten ins Gedächtnis. Da waren kleine Faserspuren an seinen Händen. Möglicherweise Füllmaterial. Vielleicht aus dem Inneren eines Stofftiers.

Das Äffchen, durchfuhr es sie. Martin Schild hielt es in der Hand. Der Täter hatte es ihm offenbar gegeben. Warum auch immer.

Martin betritt das Schlafzimmer. Seine Frau ist wach geworden. Vermutlich hat sie die Nachttischlampe eingeschaltet.

Carlotta ging ins Zimmer und knipste das Licht am Bett an.

Augenblicklich erinnerte sie sich an Einzelheiten auf den Fotos des weiblichen Leichnams. An den Innenflächen der Hände hafteten die gleichen Faserspuren.

Demnach hatte auch Rita das Stofftier berührt.

Wie hat es sich abgespielt?

Martin kommt herein. Rita ist wach.

Er setzt sich zu ihr aufs Bett.

Er spricht mit ihr. Benommen. Willenlos. Er ruft nicht die Polizei. Leistet keinen Widerstand.

Er überreicht ihr das Stofftier.

Warum tut er das? Es ist völlig rätselhaft, dachte sie.

Und was geschah dann?

Carlotta packte ihren Holzstab und stellte sich an die offene Tür.

Der Mörder taucht im Blickfeld von Rita Schild auf.

Die Ehefrau schreit.

Er wirbelt herein.

Carlotta stürzte auf das Bett zu und führte mit dem Holzstab einen imaginären Schlag aus. Diesmal mit der Schneide. Der Täter traf Martin an der Schulter.

Sie sah das Blut über das Bett spritzen. Hörte Ritas gellende Schreie.

In der Figur des Mörders tat sie so, als würde sie Martin an den Schultern packen und vom Bett wegziehen. Ja, dachte sie, daher die Schleifspuren am Boden.

Martin ist schwer verletzt, aber bei Bewusstsein. Der Täter wuchtet ihn auf den Stuhl. Er will, dass der Ehemann alles mitbekommt.

Carlotta wandte sich dem Bett zu.

Nun war die Frau dran.

Carlotta holte zum nächsten Axthieb aus. Zuerst auf die Kniescheibe, dann auf den Fuß.

Der nächste Schlag gegen den Brustkorb.
Dann auf den Kopf.
Blut. Ströme von Blut. Sie spielte es einmal komplett durch.
Danach hielt sie inne.
Sie schaute zum Deckenhaken hinauf. Das Stofftier war von den Forensikern mitgenommen worden. Auch die Nylonschnur befand sich nicht mehr dort.
Sie blickte auf den zertrümmerten Lampenschirm am Boden.
Und dann ahnte sie es: Der Mörder hatte die Lampe bloß versehentlich mit seiner Axt getroffen, während er auf Rita Schild einschlug.
Carlotta wiederholte mit ihrem Holzstab die Schläge.
Ja, dachte sie. So hat es sich zugetragen.
Er trifft die Lampe. Sie zerbricht.
Das Stofftier liegt auf dem Boden. Später hebt er es auf und hängt es an den Haken.
Und wiederum hatte Carlotta eine Eingebung. Ich muss die genaue Deckenhöhe wissen, dachte sie. Das Zimmer vermessen. So kann ich Rückschlüsse auf die Körpergröße des Täters ziehen.
Sie eilte hinunter, nahm ihr iPhone und ihre Spezialschuhe mit höhenverstellbaren Absätzen aus dem Rucksack.
Zurück im Schlafzimmer, öffnete sie auf dem Handy die App »Maßband«. Kurz darauf kannte sie die genaue Höhe vom Boden bis zur Decke. Sie hielt die Fetzen des Lampenschirms aneinander und vermaß sie mit der App. Sie legte auf dem Display den Punkt fest, an dem die Lampe gehangen hatte. Sie vermaß ihre eigene Körperlänge und den Aktionsradius ihres Holzstabs.
Dann holte sie damit zum Schlag aus und überprüfte, ob sie so mit der imaginären Klinge die Lampe treffen würde. Nein, sie war zu klein.

Daraufhin zog sie die Plastiküberzieher und ihre Schuhe aus. Dafür schlüpfte sie in die Spezialschuhe. Sie schraubte an den Absätzen, bis sie etwas höher waren.

Nun führte sie abermals den Schlag bis zu dem gedachten Punkt aus.

Sie war noch immer zu klein.

Erneut justierte sie die Höhe der Absätze und probierte es wieder.

Ja, so würde sie die Lampe treffen. Sie rechnete noch einmal alles genau durch und kam so auf die mutmaßliche Körpergröße des Täters: ein Meter einundsiebzig.

In den Spezialschuhen, um ein paar Zentimeter gewachsen, übernahm sie wiederum die Rolle des Mörders. Sie blickte sich um. Rita Schild lag bereits tot auf dem Bett.

Martin aber lebte noch.

Schwer verletzt kauerte er auf dem Stuhl, zu dem er geschleift worden war.

Er wimmerte vor Schmerzen.

Sie wandte sich ihm zu.

»Jetzt bist du dran«, murmelte sie.

Sie holte aus. Ein Hieb gegen sein Brustbein.

Dann ein gezielter Schlag auf seinen Schädel.

Ein dritter Schlag.

Sie zertrümmerte ihm das halbe Gesicht.

Blut. Noch mehr Blut. Und überall Blut.

Sie rang nach Luft.

In Gedanken hob sie das Äffchen auf. Die Nylonschnur war bereits daran befestigt. In ihrer Vorstellung hängte sie das Stofftier an den Deckenhaken.

Geschafft. Die beiden waren tot. Und das seltsame Stofftier hing als unheimliches Zeichen von der Zimmerdecke herab.

Erschöpft sank sie auf den Bettrand.

Da erst bemerkte sie die Einkerbungen auf dem Holzboden. Direkt vor ihr.

Genau hier hat der Täter gesessen, durchfuhr es sie. Exakt an dieser Stelle. Er stützte die Axt auf dem Boden ab und scharrte mit der Klinge über das Holz.

Wie merkwürdig. Sie hatte sich dort hingesetzt, *bevor* ihr die Spuren aufgefallen waren. War sie nun ganz in seiner Rolle oder …?

Sie unterbrach ihren Gedankengang.

Denn in diesem Moment fiel ihr Blick in den großen Spiegel an der Wand.

Wer war das?

Wer zum Teufel schaute sie aus dem Spiegel heraus an?

Da hockte eine bleiche Gestalt in einem weißen Overall mit Kapuze. Verschwitzt. Die Augen geweitet. Halb im Wahnsinn nach der grausamen Tat.

Die Mörderin von Rita und Martin Schild.

Der Schreck fuhr so tief in ihre Knochen, dass sie schauderte.

»Das bist doch nicht du, Carlotta«, raunte sie. »Nicht du hast die beiden umgebracht. Nicht du.«

Sie stand auf und ging hinüber ins Zimmer von Naomi. Auch hier knipste sie das Licht an.

Sie sah sich um. Das nicht besonders breite Bett stand links von der Tür, gegenüber befand sich ein großer Kleiderschrank. Ein Schreibtisch am Fenster, davor ein einfacher Stuhl, in einer Ecke ein niedriger Sessel, über den ein mehrfarbiges Tuch mit Paisleymuster ausgebreitet war.

An der Wand hingen gerahmte Siegerurkunden, anlässlich von Schwimmwettbewerben, dazu ein paar Fotos von Naomi, offenbar bei einer Preisverleihung aufgenommen. Darauf trug sie einen neonfarbenen Badeanzug und eine dunkle Kappe, lächelte stolz in die Kamera, um ihren Hals hing eine Medaille. In ihrem Bücherregal standen zwei Silberpokale.

Das Bett war zwar ordentlich gemacht, die Überdecke jedoch an einer Stelle leicht eingedrückt.

Carlotta trat näher. Auf dem Holzboden befand sich eine ähnliche Kerbe wie im Schlafzimmer der Eltern. Direkt vor dem Bett.

Carlotta setzte sich.

Auch hier hatte der Mörder gesessen und die Klinge seiner Axt auf dem Boden hin und her gescharrt.

Sie blickte auf die verschlossenen Schranktüren. Dann erhob sie sich und öffnete sie. Vielleicht hatten die Kollegen ja etwas übersehen.

Sie schob die Kleider und Jacken zur Seite. Tastete die Fächer ab. Nichts.

Auf dem Schrankboden standen ein paar kleine Kartons. Carlotta kniete sich hin, nahm die Deckel ab und durchsuchte sie. Es befanden sich alte Schulhefte darin, nach Jahrgängen sortiert. Offenbar war Naomi ein sehr ordentliches Mädchen.

Carlotta stellte die Kartons wieder so hin, wie sie sie vorgefunden hatten. Links und rechts jeweils zu zweien aufeinandergestapelt.

Plötzlich ertasteten ihre Hände eine Lücke zwischen Schrankboden und Hinterwand.

Darin steckte etwas fest.

Es fühlte sich weich an.

FÜNFZEHN

Donnerstag, 22. September, zwei Uhr nachts

Trojan war auf dem Rückweg von einer Zeugenvernehmung. Er hatte einen Freund und Anwaltskollegen von Martin Schild aus dem Bett geklingelt. Dieser zeigte sich von dem Doppelmord erschüttert und charakterisierte Schild als zuverlässig, kompetent und gewissenhaft. Zudem sei er ein treusorgender Familienvater gewesen. Seine Tochter Naomi habe er über alles geliebt und nicht ein einziges Turnier verpasst, an dem sie als Sportschwimmerin teilgenommen habe.

Nils steuerte seinen Dienstwagen gerade in Richtung Tiergarten, um zurück ins Kommissariat zu fahren, als sein Handy läutete.

Es war Carlotta Weiss, die ihn anrief.

Sie klang aufgeregt.

Als sie ihm die Tür zur Villa des ermordeten Ehepaars öffnete, war Trojan überrascht. Sie schien gewachsen zu sein.

Sein Blick fiel auf ihre Schuhe. »Tragen Sie hohe Absätze?«

»Ja«, erwiderte sie knapp. »Ich habe ein paar Berechnungen angestellt. Der Täter ist wahrscheinlich eins einundsiebzig groß, sportlich und schlank.«

»Und wie …?«

Sie unterbrach ihn. »Kommen Sie mit nach oben.«

Carlotta eilte die Treppe hinauf. Er folgte ihr in Naomis Zimmer.

Sie wies auf den Kleiderschrank. »Der Mörder hat sich da drin versteckt. Ich denke, es war so: Er dringt nachts durch das Kellerfenster ein, schleicht sich durchs Haus. Er geht zuerst in dieses Zimmer hier. Vermutlich weiß er, dass Naomi nicht da ist. Er ist nervös. Die Eltern der Jugendlichen schlafen gleich nebenan. Er hat vor, sie beide zu töten. Ihn verlässt für einen Moment der Mut. Er fühlt sich klein und ängstlich.«

Trojan holte tief Luft. »Und was führt Sie zu dieser Annahme?«

Carlotta antwortete nicht. Stattdessen öffnete sie den Schrank, kroch hinein und setzte sich im Schneidersitz zwischen Stapeln von Pappkartons auf den Boden. Ihr Gesicht war von den Jacken und Kleidern an der Stange halb verborgen. Sie hielt sich die Ohren zu, kniff die Augen zusammen und ließ den Kopf auf die Brust sinken.

»Nichts hören, nichts sehen, nichts sprechen«, murmelte sie. »Gleich beginnt das Morden. Ich bin aufgeregt. Ich höre bereits die Schreie von Rita Schild. Sie wird grausame Schmerzen erleiden. Ihr Ehemann muss zusehen, während ich sie mit der Axt erlege. Nichts hören, nichts sehen, nichts sprechen. Am besten auch nichts fühlen. Ich bin klein und verwundbar. Ich habe Angst. Ich verstecke mich im Schrank. Das Morden beginnt. Und zwar gleich.«

Pause.

Trojan starrte sie an.

Carlotta ließ die Hände sinken, öffnete die Augen und hob den Kopf. »Danach steht er auf und geht hinunter in die Küche. Er deckt den Tisch für sich und seine Opfer. Ein symbolischer Akt, den ich noch nicht ganz entschlüsselt habe. Ich vermute, eine mehr oder minder unbewusste Sehnsucht nach Zugehörigkeit in einer intakten Familie. Martin Schild wird von einem Geräusch wach, möglicherweise das Klappern von Geschirr. Er geht hinunter, um nachzusehen. Der Mörder versetzt ihm mit der Axt einen Hieb gegen die linke Schläfe. Daher der Blutfleck in der Küche.«

»Moment mal«, sagte Trojan. »Ein paar Schritte zurück. Wie kommen Sie darauf, dass sich der Täter in diesem Schrank versteckt hat?«

Sie kroch unter der Kleiderstange hervor und richtete sich vor ihm auf. »Setzen Sie sich doch mal hinein.«

»Warum sollte ich das tun?«

»Perspektivenwechsel. Wir sprachen bereits darüber. Übernehmen Sie die Rolle des Mörders.«

»Nein«, entgegnete er entrüstet.

»Es ist aber hilfreich. Denn Ihre Kollegen haben etwas Entscheidendes übersehen.«

»Was denn?«

»Es befindet sich im Schrank.«

Trojan wurde ungeduldig. »Lassen Sie die Spielchen weg und erklären Sie mir, was Sie herausgefunden haben.«

Sie blickte ihn verwundert an. »Das sind keine Spielchen. Es handelt sich um ernsthafte Ermittlungsarbeit. Knien sie sich wenigstens mal hin.«

Trojan fühlte sich ein wenig vorgeführt. Dennoch tat er ihr den Gefallen und ließ sich auf die Knie nieder. »Und jetzt?«

»Strecken Sie die Hände aus und tasten Sie den Schrankboden ab.«

Er streifte sich Latexhandschuhe über. Danach ließ er die Finger über den Boden im Inneren des Schranks gleiten. War diese Frau nun übergeschnappt oder bloß genial?

Vermutlich beides, dachte er.

Plötzlich ertasteten seine Fingerspitzen etwas Weiches zwischen dem Boden und der Rückwand des Schranks.

Er zog es heraus.

Es war ein rosafarbener Klumpen, ungefähr halb so groß wie eine Faust.

»Was ist das?«, fragte er erstaunt.

»Wachs«, sagte sie. »Mehrere Ohrstöpsel aus Wachs, die zu einer größeren Kugel zusammengeformt wurden. Ich denke, der Täter hat sich mit zwei weiteren davon die Ohren verstopft. Er scheint sehr lärmempfindlich zu sein. Obwohl er voller Hass ist und seine Opfer quält, sorgt er dafür, dass ihre Schreie in seinen Ohren gedämpft werden. Ich kann mir vorstellen, er hat stets eine ganze Packung bei sich. Die anderen Wachsstöpsel daraus hat er zusammengeknetet. Ich vermute, dass er vor der Tat nervös war. Dieses Kneten ist offenbar eine Eigenart von ihm. Möglicherweise beruhigt es ihn.«

»Und Sie meinen, er hat den Klumpen einfach so im Schrank liegen gelassen?«

»Entweder hat er ihn vergessen oder absichtlich dort deponiert. Ich vermute eher Letzteres. Schauen Sie, der Klumpen hat beinahe die Form eines menschlichen Kopfes.«

Trojan stand auf, das sonderbare Objekt in der Hand. »Ja, Sie haben recht. Ein kleiner Kopf.«

»Möglicherweise ein Kinderkopf.«

»Könnte das Wachs nicht auch von Naomi stammen?«

»Das wäre denkbar. Ich halte es nur nicht für sehr wahrscheinlich.«

»Ich werde ihre Tante anrufen und dazu befragen.«

»Es ist mitten in der Nacht. Und das Kind steht noch immer unter Schock.«

»Darauf kann ich jetzt keine Rücksicht nehmen.«

Trojan zückte sein Handy und wählte die Nummer, die man ihm gegeben hatte, um Naomi zu erreichen.

Wie sich herausstellte, war die Schwester von Rita Schild, eine Frau namens Cornelia Fellner, die bereits von Stefanie ausführlich vernommen worden war, noch nicht zu Bett gegangen.

Auch Naomi war noch wach.

Es dauerte keine fünf Minuten, bis Trojan die wichtige Information von der völlig übermüdet und verstört klingenden Tochter der Ermordeten erhalten hatte.

Er bedankte sich bei ihr und legte auf.

»Sie benutzt keine Ohrstöpsel«, sagte er zu Carlotta, »hat noch nie welche besessen.«

»Und ihre Eltern?«

»Sie kann sich jedenfalls nicht erinnern, dass ihre Mutter oder ihr Vater jemals etwas Derartiges gebraucht haben.«

»Das Objekt stammt also höchstwahrscheinlich vom Täter«, sagte sie.

»Ja, davon können wir ausgehen.«

Er verstaute das Wachsgebilde in einem Asservatenbeutel.

Danach erläuterte ihm Carlotta Schritt für Schritt, wie sich ihrer Meinung nach die vorige Nacht abgespielt hatte.

Als sie zum Ende kam, sagte sie: »Nachdem der Täter Martin Schild den letzten Hieb verpasst hatte, setzte er sich zunächst zu der ermordeten Rita Schild aufs Bett. Danach ging er noch einmal in Naomis Zimmer. Er saß auch hier auf dem Bett und ließ die Klinge seiner Axt über den Boden scharren.«

Sie wies auf die Einkerbung im Holz zu ihren Füßen.

»Daraufhin begab er sich hinunter an den Esstisch, den er zuvor für drei Personen gedeckt hatte. Er warf einen letzten Blick auf die Kornblumen, die er mitgebracht und in einer Vase drapiert hatte. Danach zog er seinen Schutzanzug aus, der verhindern sollte, dass er Spuren hinterließ, verstaute ihn zusammen mit seiner Axt in einem Rucksack oder einer

Tasche und verließ das Haus. Seiner Handschuhe hat er sich erst draußen entledigt.«

Trojan schaute sie eine Weile schweigend an. Ein Schutzanzug, dachte er, ein weißer Overall, wie sie ihn trägt, mit Kapuze und Füßlingen.

Schließlich sagte er: »Man könnte fast glauben, *Sie* wären in der Mordnacht hier gewesen.«

Für einen Moment wirkte sie irritiert. »Ich habe lediglich die Spuren gedeutet. Halten Sie denn meine Einschätzungen für so abwegig?«

»Ganz und gar nicht«, erwiderte er. »Gute Arbeit, Frau Weiss.«

SECHZEHN

Donnerstag, 22. September, drei Uhr nachts

Sie traten in die Dunkelheit hinaus. Trojan brachte an der Eingangstür das Polizeisiegel an. Carlotta schulterte ihren Rucksack, in dem sie den Overall, ihre Spezialschuhe und die Holzstäbe verstaut hatte. Gemeinsam gingen sie durch den Vorgarten, bis sie die Straße erreicht hatten.

»Ich kann Sie in meinem Dienstwagen mitnehmen«, sagte er. »Wo wohnen Sie?«

Augenblicklich hatte Carlotta den Impuls, ihm alles zu gestehen: *Ich kenne dieses Stofffäffchen. Mir wurde so eines um den Hals gehängt. Und jemand hat mich mit einem X aus Wachs markiert. Oder ich war das selbst. Vielleicht habe ich Dinge getan, schreckliche Dinge, an die ich mich nicht mehr erinnern kann.*

»Frau Weiss?«

Mir wurde eine Droge verabreicht. Ich habe Erinnerungslücken. Und das macht mir große Angst.

Sie fuhr sich mit der Hand über die Stirn. »Sagen Sie doch Carlotta zu mir.«

»Gut, Carlotta. Ich bin Nils.«

»Könnten wir dennoch beim Sie bleiben?«

»Wenn Sie das möchten.«

»Wäre mir lieber. Respektvolle Distanz und dennoch kollegiale Nähe?«

Trojan lächelte sie an. »In Ordnung.« Er deutete die Straße hinunter. »Also. Wollen wir?«

»Ich habe Luisa gleich um die Ecke geparkt. Ich werde im Bus schlafen. Wenigstens für zwei oder drei Stunden.«
Abermals lächelte er. »Luisa. Ihr Ausweichquartier.«
»Ja.«
»Bei mir ist es die Klappliege im Büro.«
Es entstand eine Pause. Sie schauten sich schweigend an.
Schließlich fragte sie: »Konnte denn das Mädchen mit den Engelsflügeln mittlerweile identifiziert werden?«
»Leider noch nicht. Der Aufruf in den Medien hat bisher zu keinen verwertbaren Ergebnissen geführt.«
»Das macht es uns nicht unbedingt leicht.«
»So ist es.«
»Aber wir schaffen das.«
»Ja.«
Sie nickte ihm zu. »Gute Nacht, Nils.«
»Gute Nacht, Carlotta.«
Er wandte sich zum Gehen. Sie sah ihm nach.

In ihrem Bulli zog sie Jacke, Hose und Schuhe aus, schob das Aufstelldach hoch und kletterte in die Koje. Sie schlüpfte in ihren Schlafsack.

Es war kühl, und sie fröstelte. An der Decke hatte sie Leuchtsterne angebracht. Sie schaute zu ihnen hinauf und stellte sich vor, unter freiem Himmel zu liegen, irgendwo in einem fernen Land im Süden, wo es wärmer war.

Sie musste an ihre Mutter denken. Luisa war viel zu früh verstorben. Manchmal sprach sie insgeheim mit ihr.

»Mama?«, flüsterte sie. »Bist du da?«

Die Sterne funkelten, doch ihre Mutter schwieg.

Vor Erschöpfung schlief sie ein. Sie träumte von ihrem Elternhaus. Ihr Vater war da, und ihre Mutter lachte. Sie besaß noch ihr volles Haar, doch seltsamerweise hatte sie sich das Kopftuch umgebunden, das sie während der Chemotherapie trug.

Es war noch eine dritte Person anwesend. Carlotta freute sich, sie endlich wiederzusehen. Dann wurde der Traum undeutlicher. Unheimlicher auch. Das Haus verschwand allmählich. Die Wände sackten ein, langsam, wie in Zeitlupe.

Nichts als Staub um sie herum.

Und plötzlich war sie hellwach.

Sie hörte deutlich eine Stimme:

Hol noch einmal tief Luft. Vielleicht ist das dein letzter Atemzug.

Es war ihre eigene Stimme.

Carlotta atmete durch.

Sie kletterte von der Schlafkoje hinunter und zog ihre Jeans und die Jacke wieder an.

Victor, dachte sie, der Mann aus dem Club. Die Telefonnummer auf ihrem Handgelenk. Sie hatte sie zwar abgewaschen, sich aber die Ziffernfolge genau eingeprägt.

Sie öffnete eine Schublade und nahm ein Prepaidhandy mit gefälschten Nutzerdaten heraus. Sie hatte es sich für besondere Fälle angeschafft und noch nie benutzt.

Sie wählte die Nummer aus dem Gedächtnis.

Sofort meldete sich die Mailbox.

Hallo, dies ist der Anschluss von Victor Breitling. Bitte hinterlassen Sie mir eine Nachricht.

Sie legte auf. Dann fuhr sie ihren Laptop hoch, öffnete Google und gab den Namen in die Suchmaske ein.

In Berlin gab es einen Immobilienmakler namens Victor Breitling. Sie öffnete seine Website und besah sich die Porträtaufnahme. Ja, das war der Mann, mit dem sie getanzt hatte.

Hol noch einmal tief Luft. Vielleicht ist das dein letzter Atemzug.

Was war in jener Nacht geschehen? Angestrengt dachte sie nach. Sie kam in ihrer Erinnerung lediglich bis zu dem Moment, als sie mit ihm den Club verlassen hatte.

Der Streit. Wie er sie gepackt hatte. Sein Grinsen. Und danach?

Nichts. Nur Schwärze.

Carlotta schaltete Prepaidhandy und Laptop aus und legte die Geräte weg. Dann klappte sie die Rückbank hoch.

Darunter lag die Schachtel. Ein provisorisches Versteck. Sie wollte den Inhalt nicht mehr in ihrer Wohnung aufbewahren, deshalb hatte sie den Karton mitgenommen.

Carlotta öffnete den Deckel: Das verschnürte Stofffäffchen starrte sie mit seinen Knopfaugen an.

Es gab keinen Zweifel. Es sah genauso aus wie das am Baugerüst und jenes im Schlafzimmer von Rita und Martin Schild.

Zögernd streckte sie die Finger danach aus.

Mit einer raschen Bewegung griff sie danach und ließ es in ihrer Jackentasche verschwinden.

Danach zog sie ihre Schuhe an, klappte das Aufstelldach ein, setzte sich hinters Steuer, startete den Motor und fuhr los.

Kurz darauf bog sie in die Drakestraße ein und fuhr in südlicher Richtung weiter. Sie überquerte den Teltowkanal und erreichte die Giesensdorfer Straße.

Kaum Verkehr um diese Zeit. Die Stadt schlief. Der Motor ihres Bullis ratterte.

Ostpreußendamm. Osdorfer Straße. Sie näherte sich der Stadtgrenze.

Nur weit weg, dachte sie, wo mich niemand sieht.

Schließlich hatte sie Berlin verlassen. Links und rechts der Landstraße erstreckten sich Felder.

Bei Heinersdorf bog sie auf einen Trampelpfad ab und hielt an. Sie nahm einen Kanister hervor und stieg aus.

Sie ging nicht weit, nur ein Stück in die Finsternis hinein. Kein Laut war zu vernehmen. Kein einziger Stern am Himmel sichtbar.

Schließlich blieb sie stehen, griff in ihre Jackentasche und warf das Stofftier zu Boden.

Carlotta übergoss es mit Benzin aus dem Kanister.

Danach riss sie ein Streichholz an und ließ es fallen.

Die Flammen schossen hoch.

Sie beobachtete, wie das Schmusetier im Feuer verglühte.

ZWEITER TEIL

SIEBZEHN

Donnerstag, 22. September, früher Morgen

Eine Reihenhaussiedlung in Berlin-Zehlendorf. Im Vorgarten blühten Astern und Herbst-Anemonen. Der Klingelknopf war messingfarben. Trojan drückte ihn bereits zum dritten Mal. Danach klopfte er energisch gegen die Tür.

Er war völlig übermüdet. Die Nacht auf der Klappliege im Büro war kurz gewesen.

Endlich wurde ihm geöffnet.

Eine Frau in den Fünfzigern, blond, dunkle Sweatpants, hellblaues T-Shirt, sah ihn fragend an. »Ja bitte?«

»Trojan, Kriminalpolizei.« Er zeigte seinen Dienstausweis vor. »Sind Sie Cornelia Fellner?«

»Ja.«

»Wir haben letzte Nacht miteinander telefoniert.«

Sie sah ihn reglos an.

»Ich muss mit Naomi sprechen«, sagte er.

»Sie schläft noch.«

»Kann ich dennoch reinkommen?«

Sie zögerte.

»Es ist dringend.«

Schließlich ließ sie ihn herein und führte ihn ins Wohnzimmer. »Hören Sie, ich stehe selbst noch unter Schock. Es ist grauenvoll, was meiner Schwester und meinem Schwager angetan wurde. Und insbesondere meine Nichte braucht unbedingt ihre Ruhe.«

»Das ist verständlich, aber die Ermittlungen laufen auf Hochtouren. Sie müssen sie wecken.«

»Das Kind ist mit den Nerven am Ende.«

»Sie wollen doch sicherlich auch, dass wir den Mörder so schnell wie möglich fassen.«

»Natürlich will ich das, aber ...«

»Bitte«, unterbrach er sie.

Seufzend wandte sie sich der Treppe zu und ging ins Obergeschoss. Nach einer Weile kam sie mit Naomi zurück.

Die Jugendliche trug einen weißen Bademantel über ihrem Pyjama, ihr Gesicht war verquollen.

Der Schock wirkt nach, dachte Trojan.

»Hallo, Naomi«, sagte er.

Sie reagierte nicht.

Er wandte sich an Cornelia Fellner. »Könnten Sie uns einen Moment allein lassen?«

Sie nickte. An ihre Nichte gewandt sagte sie: »Ich bin in der Küche und mache uns Frühstück.«

Kaum war ihre Tante weg, verschränkte Naomi die Arme vor der Brust. »Worum geht es?«, fragte sie knapp.

»Ich war soeben bei den Eltern von Lisa Kranz.«

Sie hob die Augenbrauen. »Lisa? Meine Freundin? Wie haben Sie ihre Adresse herausgefunden?«

»Das ist ein Leichtes für uns von der Polizei.« Trojan holte tief Luft. »Ich weiß, du hast Schreckliches durchgemacht. Aber du musst ehrlich zu mir sein. Wo warst du wirklich in der Mordnacht?«

»Wie ich bereits gestern sagte: bei Lisa.«

»Die ganze Zeit?«

»Ja.«

»Lisas Eltern haben mir etwas anderes erzählt.«

Sie schlug die Augen nieder.

Lange Pause.

»Naomi?«

»Ich war bei meinem Freund«, sagte sie kaum hörbar.

»Wie heißt er?«

Sie antwortete nicht.

»Sag schon.«

»Eigentlich ist er gar nicht mein Freund. Jedenfalls nicht mehr.«

»Was ist passiert?«

»Nichts ergibt einen Sinn. Mir ist alles gleichgültig geworden, jetzt, da meine Eltern tot sind.«

»Ich verstehe gut, dass dir das im Moment so vorkommt.«

Er wartete ab.

Doch Naomi schwieg.

Schließlich sagte er: »Es liegt mir fern, voreilige Schlüsse zu ziehen. Aber wenn niemand bestätigen kann, wo du dich in jener Nacht aufgehalten hast, giltst du als tatverdächtig. Ich müsste dich sofort mit aufs Revier nehmen.«

Sie sah ihn erschrocken an. »Ich habe meinen Eltern nichts angetan.«

»Es wäre wirklich hilfreich, wenn du mir den Namen dieses Freunds verraten würdest.«

Sie schüttelte den Kopf.

Doch dann brach sie in Tränen aus.

Rembrandtstraße, Nähe S-Bahnhof Friedenau. Ein Mietshaus mit schmuckloser Fassade. Das Tor zum Hinterhof war unverschlossen. Trojan eilte an den Müllcontainern vorbei und betrat das Treppenhaus zum rückwärtigen Gebäude. Er rannte die Stufen hinauf.

Die Klingel im dritten Stockwerk funktionierte nicht. Er hämmerte mit den Fäusten gegen die Wohnungstür.

Es dauerte einige Zeit, bis ihm ein junger Mann öffnete, dunkles, kurzes Haar, athletische Figur, etwa ein Meter dreiundsiebzig groß, helles Sweatshirt, grüne Cargohose.

»Rainer Hinrichs?«, fragte Trojan ohne Umschweife.

»Und wer sind Sie?«

Trojan hielt ihm seinen Dienstausweis hin und stellte sich vor.

»Worum geht es?«

»Erkläre ich Ihnen drinnen.«

Zögernd ließ ihn Hinrichs herein. Ein schmaler Flur, zwei Zimmer. Sie gingen in die Küche. Weiße Hängeschränke, heller Holztisch. Kaffee dampfte in einer Tasse, auf dem Fensterbrett stand ein Topf mit einer Grünlilie.

Hinrichs reckte das Kinn vor. »Also, was wollen Sie?«

»Sie sind fünfundzwanzig Jahre alt?« Er wusste das aus dem Melderegister.

»Ja und?«

»Sie sind Sportstudent?«

»Ist das ein Verhör?«

»Antworten Sie nur auf meine Fragen.«

»Ja, ich studiere Sport und Geografie auf Lehramt.«

»Und um sich das Studium zu finanzieren, arbeiten Sie als Schwimmlehrer. Ist das richtig?«

Sein Tonfall wurde aggressiv. »Liegt etwas gegen mich vor? Ich hab nämlich nicht viel Zeit.«

Trojan trat einen Schritt auf ihn zu. »Müssen Sportschwimmer nicht von etwas größerer Statur sein?«

»Was soll diese Frage?«

»Hab ich Sie etwa provoziert?«

Keine Antwort, doch seine Kiefermuskulatur arbeitete.

»Bleiben Sie ganz ruhig«, murmelte Trojan. »Mir ist nämlich zu Ohren gekommen, dass Sie schnell ausrasten.«

»Würden Sie mir endlich sagen, worum …?«
Er fiel ihm ins Wort. »Es geht um Naomi Schild.«
»Naomi wer …?«
»Tun Sie nicht so scheinheilig.«
Hinrichs hielt seinem Blick stand.
»Wo waren Sie in der Nacht von Dienstag auf Mittwoch?«
»Hier. In meiner Wohnung.«
»Kann das jemand bezeugen?«
Schweigen.
Trojan setzte nach: »War jemand bei Ihnen?«
»Hören Sie, ich weiß nicht, was …«
Abermals unterbrach er ihn. »Hat Sie Naomi etwa noch nicht informiert? Kein Anruf, keine SMS?«
»Was ist denn eigentlich los?«
»Die Eltern der Sechzehnjährigen sind tot. Sie wurden ermordet.«
Hinrichs schluckte. »Und was habe ich damit zu tun?«
»Wollen Sie noch immer behaupten, dass Sie Naomi Schild nicht kennen?«
»Doch schon, aber …«
»Aber was?«
»Sie ist doch nur eine meiner Schwimmschülerinnen.«
»Ist das wirklich so? Naomis Version klingt jedenfalls anders.«
»Also gut, ja. Sie war vorgestern hier.«
»Wann genau?«
»Abends. So um acht.«
»Und Sie haben sie verführt?«
»Wer behauptet das?«
»Nur auf meine Fragen antworten.«
»Es war einvernehmlich.«
»Sie ist sechzehn.«

Schweigen.

»Naomi sagte aus, dass sie tatsächlich bereit war, die Nacht bei Ihnen zu verbringen. Immerhin haben Sie hartnäckig um sie geworben. Naomis Freundin Lisa sollte ihr ein Alibi verschaffen, damit ihre Eltern nicht dahinterkommen.«

»Ich habe nichts verbrochen.«

»Laut ihrer Aussage war der Sex *nicht* freiwillig.«

»Das ist eine glatte Lüge.«

»Sie kam am Dienstagabend zu Ihnen. Sie haben für sie gekocht, mit ihr gegessen und sie so lange mit Wein abgefüllt, bis sie sich kaum noch wehren konnte.«

Hinrichs verzog den Mund.

»Ja, das Mädchen hat sich in Sie verliebt. Aber sie sagte auch, dass sie gewarnt war. Gerade um attraktive Schülerinnen kümmern Sie sich wohl besonders intensiv. Auch nach dem Training.«

»Das sind haltlose Vorwürfe.«

»Ach ja? Ich hab übrigens noch eine Information. Martin Schild hat das Handy seiner Tochter kontrolliert. Er war vor Kurzem hier und hat sich bei Ihnen über gewisse Fotos beschwert. Selfies beim Schwimmtraining. Sie und Naomi Arm in Arm.«

Erneutes Schweigen.

»Können Sie das bestätigen?«

Hinrichs antwortete nicht.

Trojan hob die Stimme. »War Martin Schild in der letzten Woche bei Ihnen?«

»Ja.«

»Und Sie hatten Streit mit ihm?«

Er nickte schwach.

»Ist es wahr, dass Naomi am Dienstag kurz vor Mitternacht unter Tränen ihre Wohnung verlassen hat?«

»Ich habe nicht auf die Uhr geschaut.«

»Was genau ist in dieser Nacht vorgefallen?«

Hinrichs stieß die Luft aus. »Ja, ich war mit ihr in meinem Schlafzimmer. Aber sie wollte es auch. Doch dann hat sie angefangen zu heulen.«

»Sie hat sich gewehrt.«

Hinrichs blickte ihn verächtlich an.

Trojan trat näher. »Sie ist gegen eins völlig aufgelöst bei ihrer Freundin Lisa aufgetaucht. Sie hat sich nicht mehr nach Hause getraut, aus Angst vor der Auseinandersetzung mit ihrem Vater und ihrer Mutter. Und in derselben Nacht wurden beide auf grausame Weise ermordet.«

»Ich habe damit nichts zu tun.«

»Wo waren Sie, nachdem Naomi fluchtartig Ihre Wohnung verlassen hat?«

»Hier. Ich hab geschlafen.«

»Und wer kann das bezeugen?«

Achselzucken. »Niemand.«

Trojan musterte ihn. »Sind Sie ein aufbrausender Charakter, Herr Hinrichs?«

»Hören Sie, ich ...«

»War es so kränkend für Sie, von Naomis Vater zur Rede gestellt zu werden? Sind Sie ausgerastet, weil Sie von Naomi abgewiesen wurden?«

»Ich ... ich mag Naomi doch. Sie ist eine talentierte Schwimmerin. Warum sollte ich ihre Eltern umbringen?«

»Wie viele Ihrer Schülerinnen haben Sie bereits verführt?«

»Ich weiß nicht, worauf Sie hinauswollen.«

»Können Sie Zurückweisungen nicht ertragen? Neigen Sie zu Überreaktionen?«

Trojan machte einen weiteren Schritt nach vorne. Der Sportstudent wich vor ihm zurück. Er stieß gegen den Küchentisch.

»Naomi sagte, sie habe große Angst vor Ihnen gehabt. Sie wollten sie partout nicht aus der Wohnung lassen. Sie haben sie angeschrien. Ist das wahr?«

»Sie lügt.«

»Was ist passiert, nachdem sie gegangen ist?«

»Ich sagte doch, ich habe geschlafen.«

»Sind Sie zu Naomis Elternhaus gefahren, um sich an Martin Schild und seiner Frau zu rächen?«

Hinrichs zuckte zusammen. »Nichts davon ist wahr. Es war eher umgekehrt. Naomi hat sich an mich herangemacht. Sie hat mich zu den Selfies überredet. Sie wollte unbedingt an diesem Abend zu mir kommen. Sie lügt. Das Mädchen lügt. Glauben Sie ihr kein Wort.«

Trojan griff zu seinen Handschellen. »Rainer Hinrichs. Sie sind vorläufig festgenommen.«

ACHTZEHN

Carlotta eilte durch das Gebäude des Kommissariats. Eben noch hatte sie ihren Bericht über ihre Tatortbesichtigung und ein vorläufiges Täterprofil an die Kollegen per E-Mail über das interne System geschickt, da war die SMS von Trojan eingetroffen.

Vernehmung von Rainer Hinrichs. Tatverdächtig. Bitte um Ihre Einschätzung. Raum 455.

Zum Schlafen war sie nicht gekommen. Für ein Frühstück war keine Zeit gewesen. Bloß für einen lauwarmen Kaffee auf der Rückbank ihres Bullis. Bis zur Morgendämmerung hatte sie dort an dem Bericht gearbeitet.

Trojan hatte für sie Einzelheiten seiner bisherigen Erkenntnisse über Rainer Hinrichs in einer weiteren Nachricht zusammengefasst.

Im Gehen checkte sie die E-Mail auf dem Display ihres Smartphones, dann hatte sie Raum 455 erreicht.

Sie blieb stehen, steckte das Handy ein und versuchte sich zu sammeln. Die Ereignisse der letzten Nacht hallten in ihr nach. Sie sah das Stoffäffchen im Feuer vor sich, die wütenden Schläge mit dem Holzstab, der letztlich eine scharfe, blutbespritzte Axt war, ihren erschrockenen Gesichtsausdruck im Schlafzimmerspiegel der beiden Ermordeten und das seltsame Gebilde aus Wachs, das sie in Naomis Schrank gefunden hatte.

An ihr nagte das ungute Gefühl, dass sie sich bei den Ermittlungen in die falsche Richtung bewegte.

Ich muss mich intensiver mit dem Umfeld von Annabel Lund beschäftigen, dachte sie. Und vor allem sollte ich mehr über das Mädchen mit den Engelsflügeln herausfinden.

Doch vielleicht hatte Trojan ja einen frühen Treffer gelandet, der die Aufklärung des Falls näher rücken ließ.

Es wäre ihm zuzutrauen.

Carlotta drückte die Klinke und trat ein.

Sie zuckte zusammen. Eigentlich hatte sie erwartet, in dem Raum allein zu sein, um ungestört hinter dem Einwegspiegel die Vernehmung beobachten zu können. Doch das war ein Irrtum. Der Chef war anwesend und auch Stefanie Dachs, die blonde Kommissarin mit dem Pferdeschwanz.

Landsberg begrüßte sie schmallippig. »Guten Morgen, Frau Weiss.«

»Hallo.«

Stefanie nickte ihr wortlos zu.

Carlotta bemerkte, dass sich die Stimmung im Raum schlagartig änderte. Prompt fühlte sie sich unwohl in ihrer Haut.

Sie war ein Fremdkörper in diesem Team.

Damit ihr nur ja kein Fehler unterlief, hatte sie sich die Fotos der Mitarbeiter im internen System angeschaut, ihre Dienstgrade und die beruflichen Werdegänge studiert.

Hatte sie ihren Einstand vermasselt? War es ihre eigene Schuld, dass sich alle außer Trojan in ihrem Beisein auffällig distanziert verhielten? Sie hätte eine kurze Rede halten sollen, als der Chef sie am Tatort vorgestellt hatte. Ein paar Worte finden, improvisieren, scherzhaft und ironisch, so wie es die Extrovertierten taten, stets lächelnd, nach außen hin immer gut gelaunt. Positive Energie ausstrahlen. Geschult sein im ABC der Verhaltensregeln kontaktfreudiger Menschen.

Zum einen entsprach das nicht ihrem Naturell, zum anderen wäre es pietätlos gewesen am Schauplatz eines Doppelmords. Was hatte sich Landsberg bloß dabei gedacht?

»Sind Sie über die Einzelheiten informiert, oder soll ich Sie briefen?«, fragte er.

»Bin informiert«, erwiderte sie knapp.

Stefanie wandte sich ihr zu. »Ich habe gerade Ihr Täterprofil gelesen. Sehr beeindruckend.«

Carlotta war irritiert. Gelobt zu werden, machte sie verlegen.

»Danke«, sagte sie leise.

»Und schon sind Sie hier, um zu überprüfen, ob Ihr Profil auf Hinrichs zutrifft? Fall gelöst?« Stefanies Frage klang überaus spitz.

Verstehe, dachte Carlotta, das Lob war überhaupt nicht ernst gemeint. Dummerweise hatte sie den Anflug von Sarkasmus zu spät bemerkt.

Sie sah durch den Einwegspiegel in den Nebenraum, wo Trojan dem Verdächtigen gegenübersaß und ihn buchstäblich in die Mangel nahm. Er feuerte eine Reihe von Fragen auf Hinrichs ab, leicht verzerrt, knisternd vernehmbar über die Mithöranlage. Dann und wann gab es eine akustische Übersteuerung, die sich in einem nervigen Pfeifton äußerte.

Carlotta wurde unruhig. Zu viele Reize auf einmal. Sie musste auf Stefanies Provokation reagieren und gleichzeitig dem kritischen Blick des Chefs standhalten, dabei wollte sie sich doch lediglich auf die Vernehmung konzentrieren.

»Nein«, sagte sie, »ich bin hier, weil mich Herr Trojan darum gebeten hat.«

»Schon klar«, konterte Stefanie. »Aber das tat er nur, damit sie das Profil mit dem Verdächtigen abgleichen, nicht zu seinem Privatvergnügen. Oder sollte ich mich irren?«

Carlotta wusste darauf nichts zu erwidern.

Die Kommissarin mit dem Pferdeschwanz lächelte sie an. Allerdings war es ein Lächeln, das Frauen eher zum Schutz oder gelegentlich auch als Waffe einsetzten. Angeblich verhielten sich Frauen untereinander solidarischer als Männer. Nach Carlottas Erfahrung entsprach das nicht der Wahrheit.

Hier war Konkurrenz im Spiel, das war deutlich zu spüren.

In der Villa in Lichterfelde hatte sie Trojan und Stefanie zwar nur flüchtig bei ihrer Arbeit beobachten können, doch sofort hatte sie erkannt, dass die Interaktion der beiden nicht nur beruflicher Art war.

Vermutlich schliefen sie miteinander, oder sie hatten es eine Zeit lang getan, waren sich aber nicht sicher, wie es nun weitergehen sollte.

Liebesverhältnisse unter Kollegen innerhalb eines Ermittlungsteams waren untersagt. Vielleicht waren sie sich uneinig, wer das Kommissariat verlassen sollte, um die Beziehung nicht mehr geheim halten zu müssen.

Denkbar wäre auch, dass sich Stefanie abgewiesen fühlte, weil Trojan zu zögerlich war. Er hatte von seiner erwachsenen Tochter gesprochen. Carlotta ahnte, dass das Kind aus einer geschiedenen Ehe stammte.

Möglicherweise hatte er seine erste Frau sehr geliebt. Trojan hatte ein Loch im Herzen. Vermutlich ein Problem mit Nähe und Vertrauen.

Einerlei. Sie war wegen der Vernehmung hier, nicht um private Analysen anzustellen. Sie gab sich innerlich einen Ruck. Sobald sie mit mehr als einer Person zu tun hatte, geriet sie in Konfusion. Sie fing zu viele Signale auf, hatte Schwierigkeiten, sie zu verarbeiten.

Also langsam, ermahnte sie sich selbst, einen Schritt nach dem anderen.

Sie nahm Rainer Hinrichs fest in den Blick. Studierte sein Mienenspiel und seine Körpersprache.

Kaum war es ihr gelungen, die Anwesenheit von Landsberg und Stefanie aus ihrer Wahrnehmung herausfiltern, räusperte sich der Chef. »Lassen Sie uns teilhaben an Ihren Gedanken, Frau Weiss?«

Sie war verärgert, wollte es sich aber nicht anmerken lassen. »Nicht jetzt. Ich brauche mehr Zeit.«

Trojan schüchterte den Verdächtigen zunehmend ein. Carlotta fokussierte sich auf das Gesicht des Sportstudenten. Augenpartie. Stirn. Mundwinkel.

Nur wenig später riss sie Landsberg erneut aus der Konzentration. »Mikroexpressionen, nicht wahr?«

Sie blickte ihn zerstreut an. »Was?«

»Sie wollen herausfinden, ob Hinrichs lügt. Darum studieren sie seine Mikromimik.«

»Ja.«

»Sie sind ja bekannt dafür, dass Sie angeblich diese spezielle Begabung haben. Ich habe deshalb ein paar Recherchen zu dem Thema angestellt. Die meisten Menschen scheinen Mikroexpressionen weder an sich noch an anderen erkennen zu können. 2006 studierte der Psychologe Paul Ekman erstmals die Fähigkeit der Menschen zur Täuschung. Von den Tausenden getesteten Menschen waren nur einige wenige in der Lage, genau festzustellen, wann jemand lügt.«

»Das ist richtig.«

»Und Sie gehören also dazu?«

»Offenbar.«

»Die Forscher nannten diese Leute Wahrheitszauberer. Sind Sie eine Magierin, Frau Weiss?«

»Nein«, entgegnete sie gereizt. »Aber Sie halten mich von meiner Arbeit ab.«

»Wie bitte?«

»Ich brauche Ruhe, um den Verdächtigen zu beobachten.«

Landsberg starrte sie an.

Seine Gesichtszüge schienen zu gefrieren.

Es entstand eine lange Pause. Nur die knarzenden Geräusche aus der Mithöranlage waren zu vernehmen.

Schließlich sagte er schneidend: »Ach, so ist das. Sie möchten lieber allein sein. Wie schon am Tatort. Sie wollen, dass ich Ihnen das Feld der Ermittlungen gänzlich überlasse.«

Carlotta spürte, wie ihre Wangen zu glühen anfingen. »So war das nicht gemeint.«

»Aber so stellt es sich mir dar.«

Wieder eine Pause.

Hilflos schaute sie zu Stefanie. Auch ihr war die Situation offenkundig unangenehm. Mitleid blitzte in ihren Augen auf. Wenigstens keine Schadenfreude.

Carlotta war um Fassung bemüht.

»Bitte entschuldigen Sie mich.«

Sie riss die Tür auf und eilte auf den Gang hinaus.

Die Toilettenräume waren zum Glück nicht weit. Sie stürmte hinein und stützte sich am Waschbecken ab. Zwang sich, ruhiger zu atmen.

Jemand blickte sie aus dem Spiegel heraus an. Eine Person, die ihr kurzzeitig fremd war, bleich und übernächtigt, zitternd vor Scham.

Sie brauchte lange, bis sie sich wieder halbwegs im Griff hatte. Und dann übernahm die Wut das Kommando. Sie wetterte gegen sich selbst.

»Du hast versagt, Carlotta«, zischte sie ihrem Spiegelbild zu. »Du hast nicht eine einzige Reaktion im Gesicht des Verdächtigen ablesen können. Und warum? Weil du nicht genau hingeschaut hast. Weil du dich hast ablenken lassen. Es war ein Test, begreifst du das denn nicht? Landsberg und Dachs wollten dich nur auf die Probe stellen. Du musst besser werden. Du musst dich auch unter Stressbedingungen konzentrieren können. Streng dich gefälligst mehr an.«

Sie ballte die Hände zu Fäusten. Sie spürte, wie sich ihre Fingernägel in die Handinnenflächen bohrten.

Fester und fester.

Der Schmerz war wie eine Erlösung für sie.

NEUNZEHN

Donnerstag, 22. September, später Nachmittag

Carlotta hielt es im Dienstgebäude nicht mehr aus. Sie stieg in ihren VW-Bus und fuhr einige Zeit ziellos in der Stadt herum. Sie musste dringend nachdenken. Doch von dem Vorfall mit Landsberg war sie noch immer aufgebracht.

Zurück in der Gegend vom Kommissariat, scherte sie in eine Parklücke ein und stellte den Motor aus. Allmählich entwickelte sie einen Plan, wie sie die Ermittlungen voranbringen konnte. Zunächst aber musste sie ruhiger werden, um wieder einen klaren Kopf zu haben.

Dafür gab es zwei Möglichkeiten. Entweder sie verkroch sich eine Weile in ihrer Schlafkoje und blickte zu ihrem künstlichen Sternenhimmel hinauf.

Oder sie besuchte einen Freund.

Carlotta entschied sich für Letzteres.

Sie verließ den Bulli und ging die Budapester Straße entlang. Schließlich steuerte sie auf das Elefantentor zu. Zum Glück befand sich um diese Zeit keine Warteschlange vorm Eingang. Carlotta zeigte am Kassenhäuschen ihre Jahreskarte vor und betrat den Zoologischen Garten.

Zielstrebig ging sie am Affenhaus vorbei, passierte das Löwengehege, hielt sich links, lief am Zaun entlang, hinter dem sich die Zebras befanden, und öffnete kurz darauf die Tür zu einem unterkellerten Gebäude, das kreisförmig angelegt war. Durch eine Glasfront in der Stahlbetonkuppel drang das Nachmittagslicht.

Keine Menschenseele weit und breit. Bald würde der Zoo schließen.

Carlotta trat an die Panzerglasscheibe. Dahinter herrschte das Klima der Polarregion. Kunstschnee auf der Felsenlandschaft, die Wassertemperatur im Bassin nicht wärmer als acht Grad.

Ihr Blick wanderte an den Felsen entlang. Floyd stand wie immer etwas abseits von den anderen. Auch bei der Fütterung bekam er als Letzter einen Fisch ab, das hatte sie schon oft beobachtet.

Er war unauffälliger als seine Artgenossen. Die Flecken an den hinteren Kopfseiten und um Hals und Vorderbrust herum leuchteten nicht ganz so gelborange. Brust und Bauch waren weniger weiß, sondern wirkten eher ein wenig angeschmutzt. Dafür war sein Rücken von einem hübschen silbrigen Graublau. Besonders schön fand Carlotta seinen langen Schnabel, schwarz-orange und schmal, dazu seine wachen dunklen Augen.

Kaum hatte er sie erkannt, watschelte er an den Rand des Felsens, seine stummelartigen Flossen dicht ans Gefieder gelegt.

Zumindest wünschte sie sich, dass er sich nur ihretwegen näherte und sie tatsächlich wiedererkannte. Auch wenn das wohl ein Irrglaube war.

Eines Tages wollte sie ihn befreien. Sie mochte es nicht, dass er in Gefangenschaft war. Er sollte in der Arktis leben, denn er brauchte die Eisberge, das frostige Meer.

Er hielt kurz inne, bewegte die Flossen, dann setzte er zum Sprung an. Schon war er im Becken.

Carlotta ließ sich im Schneidersitz auf dem Boden nieder. Das Gebäude war so angelegt, dass man von der Glasscheibe auch Einblick unter die Wasseroberfläche hatte.

Luftblasen wirbelten auf. Der Königspinguin tauchte und schwamm auf sie zu. Wasser war sein Element, auch wenn er eigentlich zur Klasse der Vögel gehörte.

Im Grunde waren Pinguine gesellige Wesen. Bei Eisstürmen standen sie im Pulk dicht beieinander, um sich gegenseitig zu wärmen. Floyd aber hätte sich wohl immer an die Außenseite gedrängt, wo ihn der Wind am heftigsten traf. Er war kleiner und unbeholfener als die anderen. Auf Carlotta wirkte er schüchtern und verträumt.

Doch wenn es ans Tauchen und Schwimmen ging, war er pfeilschnell und elegant.

Er schien im Wasser zu tänzeln. Näherte sich der Scheibe. Neugierig beäugte er sie.

Carlotta bemerkte, wie sie ruhiger wurde, je länger Floyd unter Wasser seine Pirouetten drehte.

Schon als Kind hatte sie das Pinguinhaus geliebt. Stunden hatte sie vor dem Panzerglas verbracht. Ihrer Mutter hatte sie Löcher in den Bauch gefragt. Warum denn Vögel unter Wasser lebten? Luisa hatte darauf keine Antwort gefunden.

Da niemand zugegen war, sprach sie leise mit Floyd. Sie erzählte ihm von ihrer schlaflosen Nacht, dem Streit mit Landsberg am Vormittag.

Und von Trojan, der zu ihr hielt.

Danach berichtete sie ihm von ihrem Plan für den späteren Abend. Ihr war, als könnte Floyd sie verstehen. Auch durch das Glas hindurch.

An Land konnten sich Königspinguine an ihren Rufen gegenseitig erkennen. Dabei wiesen sie mit dem Schnabel nach oben. Der Kontaktruf war einsilbig und kurz.

Nach einer Weile verfiel Carlotta in Schweigen. Nun hatte sie ihrem Freund alles gesagt.

Manchmal schoss Floyd zur Wasseroberfläche hinauf,

planschte dort eine Weile vergnügt herum, wie um sie aufzuheitern und ihr Mut zu machen für das, was sie vorhatte. Bis er zum nächsten Tauchgang ansetzte, sich der Scheibe näherte und den Blickkontakt zu ihr suchte.

Die Zeit verstrich, und Carlotta spürte, wie sich ihre Anspannung mehr und mehr löste.

Plötzlich aber erscholl eine automatische Ansage: »Wir schließen in Kürze. Bitte begeben Sie sich rasch zum Ausgang.«

»Ich komme wieder«, sagte Carlotta und drückte ihre Hand an das Glas.

Floyd reckte den Kopf, das Orange auf der Unterseite seines Schnabels leuchtete hell.

Er schaute sie wissend an. Unter Wasser konnten Pinguine besser sehen als an Land.

Der Abschied fiel ihr wie immer schwer.

Schließlich erhob sie sich, winkte ihm noch einmal zu und ging.

ZWANZIG

Donnerstag, 22. September, abends

Carlotta parkte ihren Bulli in der Nähe der Jannowitzbrücke.

Sie schaltete Motor und Scheinwerfer aus und überprüfte ihre Aufmachung im Rückspiegel. Sie trug jetzt ein ausgeleiertes Sweatshirt, eine zerrissene Jeans und einen abgewetzten Anorak. Ihr rotbraunes Haar war verstrubbelt und fettig. Sie hatte sich Speiseöl hineingeschüttet. Doch noch war sie nicht zufrieden. Sie sah viel zu sauber aus.

Sie klappte das Handschuhfach auf, nahm ihre Sig Sauer heraus, lud sie durch und schob sie in das Holster unter ihrer Jacke. Dann nahm sie den zusammengerollten Schlafsack vom Beifahrersitz und stieg aus.

Ein durchdringender Nieselregen war aufgezogen. Die Wolken hingen tief.

Sie ging die Holzmarktstraße hinunter, bis sie zu einem Brachgelände kam. Begehrtes Bauland an der Spree. Spekulanten hatten bereits ihre Absperrungen aufstellen lassen. Sie kletterte über den Zaun, warf den Schlafsack hin und trampelte darauf herum, bis er völlig verschmutzt war. Dann legte sie sich auf den Boden und wälzte sich hin und her. Sie fuhr mit beiden Händen in den Dreck und beschmierte sich damit ihr Gesicht.

Vor einer Regenpfütze kniete sie nieder, griff in den Schlamm und rieb ihn sich ins Haar. Sie zog ihre Schuhe aus, warf einen davon weg und bearbeitete den anderen mit

Schmutz. Sie zog den rechten Schuh wieder an, nahm den Schlafsack auf, bauschte ihn zusammen und klemmte ihn sich unter den Arm.

Zurück auf der Straße, bewegte sie sich schlurfend vorwärts. Sie ließ Kopf und Schultern hängen und zog das Bein nach. Feuchtigkeit und Kälte drangen durch ihre verschmutzte linke Socke.

Sie begann, vor sich hin zu murmeln, wirre Satzfetzen, die ihr in den Sinn kamen, Schimpfwörter und Abzählreime. Sie ließ den Unterkiefer hängen und befeuchtete mit der Zungenspitze ihre Lippen. Passanten machten einen Bogen um sie.

Schließlich war sie an der Ecke Alexanderstraße. Tosender Verkehr. Über die Jannowitzbrücke ratterte die S-Bahn.

Die Jugendlichen hatten sich an ihrem üblichen Platz unter der Brücke versammelt. Carlotta rollte ihren Schlafsack auf dem Pflaster aus, etwa dreißig Meter von ihnen entfernt. Sie setzte sich hin, krümmte den Rücken, brabbelte weiterhin wirres Zeug. Sie ließ den Oberkörper hin und her schaukeln. Dann und wann griff sie in ihre Jackentasche und zog einen Flachmann hervor. Sie hatte ihn mit billigem Fusel befüllt, trank in kleinen Schlucken. Der Schnaps brannte in ihrer Kehle.

Währenddessen beobachtete sie ihre Umgebung. Da waren sechs obdachlose Mädchen und drei Jungs. Auch Ruby war dabei. Sie stand wieder etwas abseits, behielt die anderen im Auge. Gelegentlich sah sie missbilligend zu Carlotta herüber. Offenbar hatte sie sie nicht erkannt. Hielt sie wohl für eine Fremde, die sich auf ihrem Terrain breitgemacht hatte.

Carlotta scannte die vorbeifahren Fahrzeuge mit Blicken. Ihr fiel ein schwarzer Lexus auf, der betont langsam an den Jugendlichen vorbeifuhr, bis er wieder verschwand.

Kurz darauf war er wieder da.

Zeit verging.

Und Carlotta wurde stutzig.

Sie zählte innerlich mit. Ungefähr alle hundertachtzig Sekunden tauchte der Lexus erneut auf. Vermutlich fuhr der Fahrer einmal ums Karree, um danach zurückzukehren.

Das Ganze wiederholte sich mehrmals.

Nach einer Weile bemerkte sie einen silberfarbenen Audi SUV. Auch er fuhr im gemächlichen Tempo auf der rechten Spur. Verschwand und tauchte wenig später erneut auf.

Plötzlich hielt er an, und eine der Jugendlichen trat heran. Das Seitenfenster wurde herabgelassen. Nur wenig später stieg das Mädchen ein, und der Wagen verschwand mit ihr.

Carlotta schaute zu Ruby hinüber. Sie schien die Szene ebenfalls genau verfolgt zu haben.

Schon war der Lexus zurück. Wieder fuhr er dicht an den Mädchen vorbei. Carlotta achtete gespannt auf Rubys Reaktion.

Plötzlich hatten sie Blickkontakt.

Das Mädchen mit den kurz geschorenen Haaren setzte sich in Bewegung, kam direkt auf sie zu. Carlotta senkte den Kopf und säuselte weiter vor sich hin.

Auf einmal erschienen schwarze Springerstiefel in ihrem Blickfeld.

»Hey.« Ruby versetzte ihr einen Tritt in die Seite. »Verpiss dich von hier, das ist unser Platz.«

Carlotta sah langsam zu ihr auf.

Es dauerte ungefähr fünf Sekunden, dann hatte sie das obdachlose Mädchen erkannt.

»Scheiße. Du bist das?«

Carlotta stand auf. »Lass dir nichts anmerken«, sagte sie leise.

»Was soll das?«

»Mach einfach mit.«

»Bist du übergeschnappt?«

»Du verteidigst dein Revier, das ist vollkommen in Ordnung. Aber die anderen sollen nicht misstrauisch werden.«

»Du bist also tatsächlich ein Bulle.«

»Mag ja sein. Aber ich bin auf deiner Seite.«

»Erst Streetworker, dann Penner, ja?«

»Es ist nur eine Tarnung, mehr nicht.«

Ruby stieß verächtlich mit der Stiefelspitze gegen ihren Schlafsack. »Nimm deine Sachen und hau ab.«

»Okay. Ich bin gleich weg. Ich habe nur eine einzige Frage.«

»Was?«

»Der Typ in dem Lexus. Kennst du ihn?«

»Ich weiß nicht, wovon du sprichst.«

»Vorhin ist ein Mädchen in den Audi SUV eingestiegen. Und der Lexus dreht weiter seine Runden.«

»Ich rede nicht mit Bullen, das hab ich dir schon mal gesagt.«

»Brauchst du Geld?«

»Von dir nehme ich nichts.«

Carlotta griff in ihre Hosentasche und zog einen Geldschein heraus. Sie hielt ihn so, dass die anderen Jugendlichen ihn nicht sehen konnten. »Steck ihn trotzdem ein.«

Ruby zögerte.

»Mach schon.«

Es waren hundert Euro.

Schon griff sie zu.

»Ich hab dir meine Nummer draufgeschrieben«, murmelte Carlotta. »Den Zettel von neulich hast du ja weggeschmissen.«

Ruby rollte den Schein auf und starrte auf die Ziffern, die Carlotta darauf hinterlassen hatte.

»Was soll das?«

»Ich will dir nur helfen, Ruby.«

Das Mädchen schob das Geld in ihre Jackentasche. »Du kannst mir nicht helfen.«

Schweigen.

Dann sagte Carlotta: »Ich würde sie am liebsten alle abknallen.«

»Wen?«

»Die Kerle, die hier langsam vorbeifahren. Die kurz anhalten. Eine von euch steigt ein. Sie lässt es über sich ergehen. Sie nimmt das bisschen Geld, das man ihr anbietet, und wenig später ist sie wieder da. Oder auch nicht. Niemand interessiert es. Kein Mensch kümmert sich darum.«

Pause.

»Aber du, Ruby, du passt auf sie auf. Hab ich recht? Du behältst sie alle im Blick.«

Das Mädchen runzelte die Stirn. »Du würdest sie abknallen? Wirklich?«

»Ja. Ich würde ihnen die Schädel wegpusten, einem nach dem anderen. Aber ich tu's nicht. Ich kann mich gerade noch beherrschen.«

»Du bist irre.«

»Vielleicht.«

»Hau endlich ab.«

»Vor wem hast du am meisten Angst?«

Ruby reagierte nicht.

»Der Lexus. Wenn er vorbeifährt, bist du sehr angespannt. Du ziehst die Schultern hoch, kaum merklich, aber mir ist es nicht entgangen.«

Für einen Moment glaubte sie, Ruby erreicht zu haben. Etwas schien sich in ihr zu lösen.

Dann aber wandte sich das Mädchen zum Gehen.

Carlotta hielt sie zurück.

Ruby verpasste ihr einen heftigen Schlag gegen die Schulter. »Fass mich ja nicht an.«

Doch Carlotta ließ nicht locker. »Ist er der Schlimmste von allen? Hast du seinetwegen Albträume?«

Keine Reaktion.

»Du musst nichts sagen. Kein Wort. Schau mich nur an.«

Ruby hielt inne. Kurzzeitig wirkte sie verletzlich wie ein kleines Kind. Ihre raue Fassade bröckelte.

Carlotta witterte ihre Chance. »Der Typ in dem Lexus. Kannte er das Mädchen mit den Flügel-Tattoos?«

Sie beobachtete ihr Gesicht. Da war ein winziges Zucken um ihre Augenwinkel, kaum wahrnehmbar, nur im Bruchteil einer Sekunde.

Danach setzte Ruby wieder ihre Miene aus Verachtung und Aggression auf.

Carlotta nahm ihren Schlafsack und sagte leise: »Speicher die Nummer auf deinem Handy ab. Ruf mich an. Wann immer du willst.«

Sie drehte sich um und hinkte auf ihrer durchnässten Socke davon.

EINUNDZWANZIG

Sie ging nicht weit, nur bis zur Ecke Stralauer Straße und Littenstraße, wo sie von Ruby nicht mehr gesehen werden konnte. Dort machte sie Halt und checkte die Lage.

Dies war offenbar die Stelle, wo der Lexus jedes Mal abbog, um unten am Spreeufer, wo sich die Dampferanlegestelle befand, zu wenden und zur Jannowitzbrücke zurückzukehren. Nach ihren Berechnungen müsste er in Kürze erneut auftauchen.

In diesem Moment fiel ihr ein älterer Obdachloser mit einem Einkaufswagen auf dem Gehweg auf. Kurz entschlossen zog sie einen weiteren Geldschein aus ihrer Jackentasche und ging auf ihn zu.

»Gibst du mir dein Zeug?«, fragte sie ihn.

Der Mann mit den tief liegenden Augen, dem grauen Haar und dem langen Vollbart starrte auf das Geld in ihrer Hand. »Hundert Euro?«

Sie nickte. »Du kriegst deinen Krempel auch gleich wieder. Ich leihe ihn mir nur aus.«

Er rührte sich nicht, schien sein Glück nicht fassen zu können. »Im Ernst?«, fragte er.

»Klar, es ist für dich. Du hast es dir verdient.«

Sie steckte ihm das Geld zu und nahm ihm den Einkaufswagen ab. Er war bis obenhin gefüllt mit vollgestopften Plastiktüten und anderem Kram. Aufgesammelte Pfandflaschen klapperten darin, als sie ihn an den Bordstein schob.

Sie legte ihren Schlafsack oben drauf und wartete ab.

Da war der Lexus schon. Er näherte sich vom Spreeufer.

Jetzt, dachte Carlotta.

Unter den staunenden Blicken des Obdachlosen wuchtete sie den Einkaufswagen auf die Straße und rammte die Luxuslimousine am Kotflügel.

Es krachte, schepperte. Der Wagen hielt an.

Danach ging alles sehr schnell.

Carlotta riss die Beifahrertür auf und sprang hinein. Sie zückte ihre Sig Sauer und drückte sie dem Mann am Steuer in die Seite.

»Fahr los.«

Blankes Entsetzen in seinem Gesicht.

»Mach schon.«

Carlotta zog die Tür zu, und der Lexus fuhr ab.

»Die Waffe ist geladen«, murmelte sie.

Der Fahrer, dunkles Haar mit grauen Strähnen, gepflegte Erscheinung, gekleidet mit einer Barbour-Jacke, atmete schwer. »Hören Sie, ich kann Ihnen Geld anbieten. Ich gebe Ihnen alles, was ich dabeihabe.«

»Dein Geld interessiert mich nicht.«

Im Rückspiegel sah sie, wie der Obdachlose seinen Einkaufswagen von der Straße zog.

Schon passierte der Lexus die Kreuzung an der Alexanderstraße.

Carlotta hielt die Waffe verdeckt, sodass sie im Straßenverkehr nicht auffielen. Doch der Lauf war permanent gegen die Rippenbögen des Fahrers gedrückt.

»Du fährst uns jetzt zu dem Ort, an dem du dich mit den Mädchen vergnügst«, sagte sie zu ihm.

»Welche Mädchen?«

»Die Straßenkinder von der Jannowitzbrücke.«

»Ich weiß nicht, wovon Sie reden.«

»Du kurvst hier seit einiger Zeit herum. Du gaffst die Jugendlichen an. Nach welcher hältst du Ausschau?«

Er reagierte nicht.

Sie stieß ihn mit der Waffe an.

Sein Gesicht verzerrte sich vor Schmerz. »Das muss eine Verwechslung sein.«

Carlotta ließ ihn nicht aus dem Blick. An seiner Schläfe kräuselte sich eine Ader. Sie sah, wie das Blut darin pochte.

»War diesmal die Richtige nicht dabei? Welcher Typ Mädchen macht dich scharf?«

»Ich habe nichts verbrochen.«

»Wohin fährst du mit ihr, wenn du dich für eine entschieden hast?«

Er schwieg. Schweiß perlte auf seiner Stirn.

Schließlich fragte er: »Wer zur Hölle sind Sie?«

Carlotta holte tief Luft. »Willst du es vielleicht auf die harte Tour? Okay, dann fahr rechts ran, und ich verpasse dir gleich eine Kugel.«

»Nein!«

Der Wagen schlingerte.

»Bleib in der Spur.«

Der Fahrer gehorchte, packte das Lenkrad fester.

Nach einer Pause fragte sie erneut: »Wo bringst du die Mädchen hin?«

»Hören Sie, ich habe Frau und Kinder.«

»Interessant. Wollen wir lieber zu dir nach Hause fahren? Soll ich deiner Frau erzählen, was du treibst?«

Er schluckte.

Wieder verpasste sie ihm einen Stoß mit der Waffe. »Ich habe dich beobachtet. Ich weiß, was Kerle wie du vorhaben.«

Sie überquerten die Kreuzung an der Lichtenberger Straße.

»Noch einmal: Wo fährst du mit ihnen hin?«

Schwitzend krallte er sich am Lenkrad fest, steuerte den Lexus stur geradeaus, die Holzmarktstraße entlang.

»Antworte!«

Sie näherten sich dem Ostbahnhof.

Noch zögerte er. Schließlich aber sagte er kaum hörbar: »Ich bringe sie zu meinem Appartement.«

»Wie clever von dir. Du hast eine Wohnung angemietet? Nur für diesen Zweck?«

Er nickte schwach.

»Und deine Frau weiß davon nichts?«

Er schwieg.

»Was erzählst du ihr?«

»Dass ich länger arbeite. Manchmal die ganze Nacht.«

»Wie heißt du?«

Erneut zögerte er.

»Sag schon.«

»Tobias Winter.«

»Ich werde dich Toby nennen. Und du wirst mich niemals vergessen.«

»Sie kriegen meine Kreditkarten, das Bargeld, meine Armbanduhr, alles, aber bitte …«

Sie fiel ihm ins Wort. »Wir fahren jetzt zu diesem Appartement.« Sie hob die Stimme. »Hast du mich verstanden, Toby?«

»Können wir uns nicht anders einigen?«

»Die Waffe ist geladen«, wiederholte sie barsch.

»Schon gut.«

Mittlerweile waren sie an der Ecke Andreasstraße angelangt. Dort mussten sie an der Ampel warten. Endlich sprang sie auf Grün, und der Lexus bog ab.

Sie fuhren in nördliche Richtung.

Einige Zeit später setzte Winter den Blinker und bog an der nächsten Kreuzung in die Karl-Marx-Allee ein. Nun ging es in Richtung Osten. Wohnhäuser im Baustil des Sozialistischen Klassizismus säumten die mehrspurige Straße mit begrüntem Mittelstreifen.

Sie passierten eine weitere Kreuzung und näherten sich dem Frankfurter Tor.

Tobias Winter verlangsamte auf der rechten Spur.

»Hier ist es«, murmelte er.

»Anhalten.«

Sie parkten vor einem prächtigen Wohnhaus, ebenfalls im Zuckerbäckerstil gehalten.

»Und jetzt?«, fragte er ängstlich.

»Aussteigen.«

Er gehorchte. Auch Carlotta verließ den Wagen. Sie hielt die Waffe versteckt unter der Jacke. Tobias Winter ging auf den Eingang zu, sie folgte.

Sie betraten das Treppenhaus und warteten vor dem Lift.

»Wer sind Sie?«, fragte er.

»Eine Verrückte, die dich umbringen wird.«

Er rang nach Atem.

»Es sei denn, du tust, was ich dir sage.«

»Das werde ich.«

Verstört blickte er auf ihre durchnässte Socke und das übrige verdreckte Outfit.

Die Fahrstuhltür öffnete sich, und sie gingen hinein.

Winter drückte den Knopf fürs siebte Stockwerk.

Oben angelangt wandte er sich im Flur nach links. Carlotta wich ihm nicht von der Seite.

Er schloss die Wohnungstür auf, und gemeinsam traten sie ein.

ZWEIUNDZWANZIG

Es war ein Zweizimmerappartement, überwiegend in Weiß gehalten. Puristische Designermöbel, helle Böden, gekalkte Wände. Das Wohnzimmer mit Blick auf die Karl-Marx-Allee. Schallisolierte Fenster schluckten den Straßenlärm. Die Küche unbenutzt und sauber wie ein Operationssaal, das Bad mit verspiegelter Wand und einer in den Boden eingelassenen Wanne.

Bunt war es nur im Schlafzimmer. Auf dem ausladenden Bett eine Tagesdecke in Zartrosa, darauf ausgebreitet etliche Plüschtiere. Überwiegend Teddybären in verschiedenen Größen und Farben.

Ein Stofffäffchen war nicht darunter.

Zorn wallte in Carlotta auf. Sie stieß dem Mann mit der Barbour-Jacke die Waffe in den Rücken.

»Setz dich hin.«

Zögernd ließ sich Winter zwischen den Kuscheltieren nieder. Er starrte sie an. Sein Gesicht glänzte vor Schweiß.

Carlotta schwieg lange Zeit. Dann nahm sie ihr Handy hervor und suchte die Aufnahmen heraus, die sie in der Rechtsmedizin vom Mädchen mit den Engelsflügeln geschossen hatte.

Sie zeigte sie ihm.

»Kennst du diese Jugendliche?«

Sie beobachtete ihn genau, während er die Fotos betrachtete.

Schließlich schüttelte er den Kopf.

»Keine Erinnerung an die hübschen Tattoos auf dem Rücken?«

Er räusperte sich. »Ich weiß nicht, wer das ist.«

»Lüg mich nicht an.«

»Ich kenne sie wirklich nicht.«

»War sie Sonntagnacht hier? Hast du sie an der Jannowitzbrücke aufgelesen?«

»Nein.«

»Wo warst du in der Nacht von Sonntag auf Montag?«

»Auf Dienstreise.«

»Kann das jemand bezeugen?«

Er schlug kurz die Augen nieder. »Meine Frau.«

»Die du regelmäßig belügst.«

»Aber es ist wahr.«

»Soll ich sie anrufen?«

»Bitte nicht. Ich flehe Sie an.«

»Wer kann es noch bezeugen?«

»Mein Arbeitgeber.« Er nannte ihr den Namen eines Unternehmens für Telekommunikation. »Ich war zu der betreffenden Zeit beruflich in Düsseldorf.«

»Wo warst du untergebracht?«

»Im Hotel Breidenbacher Hof. Ich habe letzten Donnerstag eingecheckt und bin erst am Dienstag abgereist. Verschiedene Meetings und Geschäftsessen. Fragen Sie dort nach.«

»Wie heißt deine Frau?«

»Andrea Winter.«

»Gib mir dein Handy.«

Er zog es aus der Jackentasche und reichte es ihr.

»Wie lautet die PIN?«

»Muss das wirklich sein?«

»Ja.«

Er verriet ihr die Ziffern, und Carlotta entsperrte das Gerät. Sie durchsuchte das Verzeichnis.

»Da ist sie schon«, sagte sie, »unter Favoriten gespeichert.« Sie blickte ihn an, in der einen Hand die Waffe, in der anderen sein Telefon.

»Heb den Kopf. Ich will deine Augen sehen.«

Er gehorchte.

»Und jetzt noch einmal: Kennst du das Mädchen mit den Flügel-Tattoos?«

Sie rasterte sein Gesicht. Augenpartie. Stirn. Mund.

»Nein«, sagte er.

»Hast du sie mal an der Jannowitzbrücke gesehen?«

Kopfschütteln.

»Antworte laut und deutlich.«

»Ich habe sie nicht gesehen.«

Er hat Angst, dachte sie. Er ist in Panik. Aber er hält meinem Blick stand.

Sie musste ihn weiter unter Druck setzen.

»Ich rufe deine Frau an.«

»Bitte, lassen Sie das.«

»Du liebst sie, nicht wahr? Trotz allem liebst du sie. Andrea darf niemals erfahren, was sich in diesem Appartement abspielt.«

»Ich schwöre Ihnen: Ich kenne das Mädchen mit den Tätowierungen nicht.«

»Wie heißen deine Kinder?«

Seine Stimme brach. »Hören Sie auf damit.«

»Rührst du sie an?«

»Nein!«

»Haben deine Kinder Angst vor dir?«

Abermals schüttelte er den Kopf.

»Was stellst du mit den obdachlosen Mädchen an?«

Er schwieg.

»Antworte!«

»Nichts ... Ich ... Sie dürfen bei mir baden und sich aufwärmen. Und ich mache ihnen was zu essen. Ich bin gut zu ihnen.«

»Du fasst sie nicht an?«

»Nein.«

»Und das soll ich dir glauben?«

»Ich will nur mit ihnen ...« Er brach ab.

»Was?«

»Ich ... möchte nur, dass sie in meiner Nähe sind.«

»Warum?«

»Ich will ihnen helfen. Sie sollen sauber sein. Sich bei mir wohlfühlen.«

»Und dann? Wenn sie sauber sind?«

»Sie schlafen hier auf dem Bett. Manchmal für ein paar Stunden. Gelegentlich eine ganze Nacht. Sie sollen sich ausruhen. Die armen Kinder.«

»Und du? Bist du bei ihnen?«

Er nickte schwach.

»Was passiert, wenn sie hier schlafen?«

»Ich ... ich schmiege mich an sie ... Ich mag ihren Geruch ... Sie duften nach meiner Seife ... Ich halte sie im Arm.«

Carlottas Herz schlug hart und schnell. Ihr Blick wanderte über die Stofftiere.

Manche von ihnen waren rosarot. Die kleinen Knopfaugen schauten sie an, so niedlich und nett.

Carlotta zitterte nicht.

Nach außen hin war sie ganz ruhig.

Doch plötzlich fiel ein Schuss.

DREIUNDZWANZIG

Sie schloss die Augen. Ein Drehschwindel in ihrem Kopf, jäh und heftig. Ein Dröhnen in den Ohren, als wäre ihr Trommelfell geplatzt.

Sie riss die Augen auf. Undeutlich erkannte sie die Fratze des Mannes vor sich, totenbleich.

Es war so still im Raum.

Sie hörte ihren eigenen Herzschlag.

Nichts geschah.

Erst nach einer Weile war das Schwindelgefühl vorüber. Sie sah wieder scharf.

Carlotta wartete ab.

Warum rührte er sich denn nicht?

Endlich machte sie eine schwache Bewegung aus.

Die Hand des Mannes zwischen den Kuscheltieren. Sie bemerkte ein leichtes Zittern.

Der Kopf des Teddybären neben ihm war aufgerissen. Die Kugel steckte darin.

»Sind Sie wahnsinnig?«, brachte Winter tonlos hervor.

Ihre Stimme war extrem ruhig. »Wahrscheinlich bin ich das.«

Er richtete sich auf. »Sie haben auf mich geschossen.«

»Nein. Ich habe auf den Teddy geschossen. Aber ich sage dir, Toby, wenn du mich anlügst, trifft die nächste Kugel dich.«

Er blickte sie an.

Schließlich sagte Carlotta leise: »Zieh deine Jacke aus.«

»Was haben Sie vor?«
»Tu es einfach.«
Langsam streifte er seine Barbour-Jacke ab.
»Und jetzt knöpf dein Hemd auf.«
Er zitterte. Doch abermals gehorchte er.
Seine Brust war muskulös und unbehaart. Carlotta zückte den Edding, mit dem sie schon den Geldschein für Ruby beschriftet hatte.
»Stillhalten«, sagte sie.
Winter hielt die Luft an.
Sie näherte sich ihm. Sie schrieb in großen Lettern auf seine nackte Brust:

ICH LIEBE KINDER

Dann schrieb sie auf seinen Bauch, dicht an seinem Hosenbund:

ÜBER ALLES

Sie steckte den Stift wieder ein, nahm Winters Handy und schoss ein Foto von ihm.
»Was soll das?«, fragte er entsetzt.
»Ich werde das Bild deiner Frau schicken, wenn du mir nicht die Wahrheit sagst.«
Er atmete gepresst.
»Ich frage dich zum letzten Mal: Kennst du das Mädchen mit den Tätowierungen?«
»Nein.«
Sie wischte über das Display seines Handys. »Ich schicke es ihr.«
»Warten Sie.«

Sie schaute ihn an. »Was?«
»Ist dem Mädchen etwas zugestoßen?«
»Sie sprang von einem Baugerüst.«
»Ist sie tot?«
»Ja.«
»Wo war das?«
»Schillingstraße, Nähe Alexanderplatz.«
»Wann?«
»Montagfrüh.«
»Großer Gott.«
»Hast du irgendetwas damit zu tun?«
»Nein.«
»Ich drücke auf ›Absenden‹.«
»Moment.«
Carlotta hielt inne.
»Sie müssen den Koch fragen«, murmelte er.
»Den Koch?«
»Er kennt ein paar von den Mädchen. Er ist nett zu ihnen. Sie bekommen von ihm Speisereste aus dem Restaurant, in dem er arbeitet.«
»Wie heißt dieser Koch?«
»Ich habe keine Ahnung.«
»Woher hast du die Information?«
»Eines der Mädchen, das bei mir war, hat es mal beiläufig erwähnt. Sie sagte, sie kann sich bei ihm den Bauch vollschlagen.«
»Wie heißt dieses Mädchen?«
»Das weiß ich nicht mehr.«
»Denk nach.«
»Ich schwöre, ich weiß es nicht.«
»Und den Namen des Restaurants kennst du auch nicht?«
»Nein.«

Carlotta tippte eine Zahlenfolge ein und drückte auf das Display seines Handys.

»Was machen Sie da?«

»Ich habe das hübsche Foto von dir an mich selbst geschickt. Falls ich dich noch brauche, Toby.« Sie warf ihm das Telefon aufs Bett. »Die Nummer deiner Frau habe ich auch an mich weitergeleitet.«

Er rang nach Luft.

»Ich kann ihr das Bild jederzeit schicken. Und ich warne dich. Solltest du mal mit einem meiner Kollegen zu tun haben: Du wurdest niemals mit einer Waffe bedroht. Hast du kapiert?«

»Sind Sie denn ein Bulle?«, fragte er entgeistert.

Carlotta wies auf ihre verdreckte Kleidung und den einen Schuh an ihrem Fuß. »Sehe ich etwa nicht aus wie eine Polizistin?«

Er starrte sie bloß an.

»In Zukunft hältst du dich von den Mädchen fern. Andernfalls landet das Foto bei deiner Frau.«

Carlotta schob die Waffe in ihr Holster und ging.

Die Sonne ist längst untergegangen. Die Luft ist würzig hier draußen, klar und rein, anders als in der Stadt.

Der Waldsee liegt vor mir, glatt wie ein Spiegel. Keine Menschenseele weit und breit. Ich wage mich aus meiner Deckung hervor und gehe hinunter zum Ufer.

Dort stelle ich meinen Rucksack ab. Dann schlüpfe ich aus meiner Kleidung. Schon wate ich ins Wasser. Der Untergrund ist weich, schlammig. Es kribbelt an den Füßen.

Ein kurzes Zögern, und ich gleite hinein. Das Wasser umfängt mich, kühl und sanft. In raschen Zügen schwimme ich hinaus. Mein Atem ist ruhig, meine Bewegungen sind gleichmäßig. Aus der Tiefe des Sees werde ich sanft umfasst.

Schließlich lasse ich mich auf dem Rücken treiben. Über mir der Himmel, schier endlos weit. Mir ist danach zu schreien, ergriffen von so viel Schönheit, beinahe jubelnd, aber auch im Zorn.

Wann hat mich das letzte Mal ein Mensch berührt wie dieses Wasser? Unschuldig. Auf keinen eigenen Vorteil bedacht. Nur unterstützend. Tragend. Eine zweite Haut, die nichts von mir will. Ein Element, das mich umgibt.

Beschützend tröstlicher See.

Ich muss an Mutter denken. Ihre Umarmungen. Wie ich als Kind durch das Haus getobt bin. Ich war nicht allein. Ich sehne mich nach dem unzerbrochenen Teil meiner Kindheit. Wenn nur nicht so viel Bitterkeit in mir wäre. Vielleicht könnte ich vergeben.

Außer Mutter war noch jemand an meiner Seite, eine weitere vertraute Person. Es gab eine Zeit, als wir uns beide aus Büchern vorgelesen haben. Als unsere Spiele noch nicht von Angst bestimmt waren. Wir fühlten uns nicht verlassen. Wir waren sicher und geborgen und glaubten, es würde auf immer so sein.

Ich muss die Vergangenheit ruhen lassen. Sonst ersticke ich noch daran.

Ich halte die Luft an. Drehe mich herum. Dann stoße ich hinab. Tauche bis zum Grund. Ich bleibe unten, bis die Lunge schmerzt.

Aufgeben? Nie wieder auftauchen? Zu Schlamm werden. Ein verlorenes Molekül in diesem See.

Im letzten Moment, als der Schwindel kommt, jage ich hinauf. Blasen umschwirren mich, ich tauche auf und ringe nach Luft.

Das muss der Überlebenstrieb sein. Ein uralter Instinkt, der einen wieder an die Oberfläche hinaufzieht.

Und da bin ich nun. Keuchend. Zittrig. Es braucht eine Weile, bis die Kraft zurück ist.

Arme und Beine sind schwer. Ich kraule an Land, richte mich auf und warte frierend am Ufer, bis mich die Luft getrocknet hat.

Hoffentlich hat mich niemand gesehen.

Es war nicht geplant, vorher ein Bad zu nehmen, ein spontaner Entschluss, und auf einmal schäme ich mich meiner Nacktheit.

Es war unvorsichtig von mir. Ich muss auf die Kontrolle achten. Darf mich nicht gehen lassen.

Noch immer fröstelnd ziehe ich mich an. Ich überprüfe die Ausrüstung in meinem Rucksack, schultere ihn und mache mich auf den Weg.

Der dunkle Bereich in meinem Gehirn hat einiges vor. Er hat mich auf Hass programmiert, nicht nur für diese Nacht. Er steuert mich, lenkt meine Schritte.

Ich nähere mich dem Gehöft von hinten.

Dann schleiche ich mich unbemerkt in die Scheune.

Es gibt einen Platz auf dem Heuboden, den habe ich bei meinen Erkundigungen ausgespäht. Von hier aus kann ich alles beobachten.

Ich bin nervös. Meine Hände kneten das Wachs.

VIERUNDZWANZIG

Freitag, 23. September, abends

Das Wochenende nahte, und Maria beschlich ihre gewohnte Melancholie. Während sich Torsten nach dem Essen im Haus um den Abwasch kümmerte, unternahm sie einen Spaziergang. Die Luft war würzig, mit einem Anflug von Herbst.

Sie nahm den Weg an den Weißdornhecken entlang und ging bis zu dem kleinen Waldsee hinunter. Das Wasser war klar, der Himmel spiegelte sich darin in allen Farben der Abenddämmerung. Hinter den Baumwipfeln war gerade die Sonne untergegangen, und der Horizont schien zu glühen.

Eigentlich habe ich es doch gut, dachte Maria, ich kann das Leben hier draußen genießen. Wenn nur nicht immerzu diese Traurigkeit wäre. Sie kam aus dem Inneren ihres Herzens und nagte an ihr.

Wahrscheinlich hatte es mit Torsten zu tun. Er war ein guter Mensch, in seiner Nähe fühlte sie sich wohl. Aber er war nun mal ihr Bruder und kein Partner fürs Leben.

Nachdem sie eine Weile gedankenverloren auf den See geschaut hatte, kehrte sie um. Sie durchquerte den Wald, bog in den Pfad hinterm Haus ein, passierte die Scheune und betrat den Hof.

Im Erdgeschoss des alten Bauernhauses, das Torsten für sie beide gekauft und aufwendig hatte sanieren lassen, brannte Licht.

Maria öffnete die Hintertür und ging in die Küche. Es roch

noch immer nach dem Wildragout, das ihr Bruder für sie gekocht hatte.

Er lächelte sie an. »Möchtest du ein Glas Wein auf der Terrasse trinken?«

»Gern«, sagte sie.

Torsten nahm Flasche und Gläser, zog sich seinen Mantel über und begleitete sie hinaus. Gemeinsam nahmen sie an dem Teakholztisch im Hof Platz, und er schenkte ihnen ein.

Sie tranken schweigend.

Schließlich sagte er: »Was für eine herrliche Luft hier draußen.«

Maria nickte. »Ja. Viel besser als der Mief in der Stadt.«

»Es war eine gute Investition.«

Torsten drückte ihre Hand. Schon als Kinder hatten sie ein inniges Verhältnis gehabt. Und doch kam es ihr merkwürdig vor, dass sie noch immer so vertraut miteinander waren.

Sie zog die Hand weg. »Ich möchte ein Pferd haben.«

Torsten lachte. »Ein Pferd? Kannst du überhaupt noch reiten?«

»Klar. Das verlernt man nicht.«

Maria dachte an ihre Eltern und das viele Geld, das sie von ihnen geerbt hatten. Es reichte für ein sorgloses Leben, und doch war sie bedrückt.

»Ich meine es ernst«, sagte sie.

»Wer soll sich denn die Woche über um das Pferd kümmern, wenn wir in Berlin sind?«

»Du gibst deinen Job auf, und wir ziehen ganz hierher.«

»Kommt nicht infrage.«

»Warum nicht?«

»Ich liebe es zu arbeiten.«

Maria blickte ihn an. »Hältst du uns eigentlich für verschroben?«

Er runzelte die Stirn. »Wie meinst du das?«

»Wir sind Geschwister, aber Außenstehende könnten uns glatt für ein Ehepaar halten.«

»Ist das so schlimm für dich?«

Abermals wollte er ihre Hand drücken, doch sie zog sie schnell zurück.

»Fühlst du dich einsam?«, fragte er.

Maria schwieg. Sie nahm noch einen Schluck Rotwein. Als sie ihr Glas abstellte, schenkte er ihr nach.

»Du könnest es wieder mit dieser Dating-App versuchen«, sagte er.

»Ich bin fünfzig, Torsten.«

»Na und?«

»Diese Apps sind eher was für Zwanzig- oder Dreißigjährige.«

Er zuckte mit den Schultern. »Ich bin zufrieden, so wie es ist.«

Natürlich, dachte sie bitter. Ihr Bruder hatte sich noch nie für lange Zeit an einen anderen Menschen gebunden. Für sie aber war nach ihrer Scheidung eine Welt zerbrochen.

Und nun saß sie hier mit ihm, allein und desillusioniert auf ihrem gemeinsamen Wochenendgrundstück.

»Ein Pferd«, murmelte sie, »ein hübscher Haflinger. Wir könnten die Scheune zu einem Stall umbauen lassen.«

Er antwortete nicht. Nach einer Weile machte er eine fröstelnde Bewegung und stand auf. »Ich gehe rein.«

»Ich komme gleich nach.«

»Gut. Vergiss nicht abzuschließen.«

Sie nickte, und Torsten verzog sich ins Haus.

Bald darauf war es dunkel, und auch Maria begann zu frieren. Sie erhob sich und schlenderte hinüber zur Scheune. Sie öffnete das Tor und schaltete innen das Licht ein.

Ja, dachte sie, der Ort wäre geeignet für ein Pferd. Sie

könnte lange Ausritte unternehmen und hätte endlich wieder eine Beschäftigung. Sie würde sich an das Alleinsein schon gewöhnen. Und Torsten würde an den Wochenenden zu ihr herauskommen.

Da vernahm sie ein leises Geräusch. Es klang wie ein Kratzen auf dem Heuboden.

Sie reckte den Kopf. Gegen das Gebälk war eine Leiter gelehnt. War da oben jemand?

Maria lauschte.

Nichts.

Vielleicht gab es ja Mäuse hier drin. Sie sollte mit Torsten darüber sprechen.

Sie knipste das Licht aus und verließ die Scheune. Sie nahm die Rotweinflasche und die beiden Gläser und ging ins Haus. Nachdem sie die Hintertür abgeschlossen hatte, räumte sie in der Küche auf. Danach stieg sie die Treppe ins Obergeschoss hinauf.

Aus dem Zimmer ihres Bruders drang gedämpft klassische Musik. Es war ein Streichquartett von Mozart, das er gerne vor dem Einschlafen hörte.

Auch Maria ging zu Bett. Kaum hatte sie die Nachttischlampe ausgeschaltet, fiel sie in einen tiefen Schlaf.

Sie träumte, dass sie auf einem weißen Pferd durch den Wald jagte, schneller und immer schneller.

Auf einmal glitt sie von dem vor Schweiß dampfenden Rücken des Tiers und stürzte.

Als sie auf dem Boden aufschlug, hörte sie ein unheimliches Knacken. Träumend spürte sie, dass ihre Rippen brachen, eine nach der anderen.

Die Hufe des Pferds trafen sie im Gesicht, und plötzlich war sie hellwach.

Sie horchte in die Finsternis hinein.

Da war etwas. Ein Poltern. Es kam von unten.

Kurz darauf war es still.

Sie knipste die Lampe an, stand auf und ging hinaus in den Flur. Die Tür zum Zimmer ihres Bruders stand offen. Auch hier brannte Licht. Doch sein Bett war leer.

Sie stieg die Treppe hinunter.

Als sie in die halbdunkle Küche kam, wunderte sie sich. Der Herd war eingeschaltet. Auf einer der Kochplatten stand ein Topf, darin brodelte etwas.

»Torsten?«

Sie wollte gerade nach dem Lichtschalter tasten, da vernahm sie ein leises Stöhnen.

Sie fuhr herum.

Ihr Bruder lag gekrümmt am Boden.

»Torsten!«

Sie machte Licht, war kurzzeitig geblendet, dann sah sie die tiefe Fleischwunde an seinem Arm und die Blutlache auf den Fliesen.

»Was ist hier …?«

Weiter kam sie nicht.

Eine Hand drückte sich auf ihren Mund. Gleichzeitig spürte Maria eine scharfe Klinge in ihrem Nacken.

Jemand stand hinter ihr und raunte ihr ins Ohr: »Wir gehen jetzt zusammen nach oben, und du legst dich wieder ins Bett.«

Maria war für einen Augenblick wie gelähmt. Dann wurde sie von der Gestalt in ihrem Rücken zur Treppe gestoßen.

Sie wollte schreien, doch die mit Latex überzogene Hand presste sich fest auf ihre Lippen.

Schritt für Schritt wankte sie die Treppe hinauf, die kalte Klinge im Nacken.

Oben angelangt wurde sie aufs Bett gezwungen.

Maria schrie, versuchte sich zu wehren. Doch in diesem Moment tauchte eine kleine Flasche in ihrem Blickfeld auf. Sie sah aus wie ein Zerstäuber. Schon bekam sie einen Sprühstoß in jedes Nasenloch.

Kaum hatte sie den Nebel eingeatmet, wurden ihre Glieder weich wie Wachs, und in ihrem Kopf war eine merkwürdige Leere. Ihre Gedanken verlangsamten sich.

Die fremde Gestalt beugte sich über sie und sagte leise: »Dein Bruder wird gleich bei dir sein. Ich gehe ihn jetzt holen.«

Die Gestalt verschwand.

Maria lag still.

Eine furchtbare Lähmung hatte ihren gesamten Körper ergriffen.

Sie wusste nicht, wie viel Zeit vergangen war.

Auf einmal hörte sie entsetzliche Schreie von unten.

Sie wollte aufstehen und um Hilfe rufen. Sie musste irgendetwas tun, damit dieser Albtraum endete, aber ihre Gliedmaßen schienen ihr nicht zu gehorchen. Sie war bei Bewusstsein und dennoch nicht handlungsfähig.

Nach einer Weile hörte sie Schritte. Sie näherten sich auf der Treppe.

Kurz darauf betrat ein Mann im Schlafanzug das Zimmer. Es war der Pyjama von Torsten.

Doch Maria erschrak. War das überhaupt ihr Bruder?

Was war mit seinem Gesicht passiert?

Sie konnte es nicht mehr erkennen.

»Torsten? Bist du das?«

Er atmete schwer.

»Ich soll bei dir sein«, murmelte er. »Mir wurde gesagt, ich soll deine Hand halten.«

Ja, es war ihr Bruder, doch sein Gesicht war unter einer seltsamen klebrigen Masse verschwunden.

»Meine Hand halten?«, fragte sie mit schleppender Stimme. Ihre Zunge war schwer wie Blei, und sie spürte ihre Lippen nicht mehr. »Aber das ist doch verrückt«, brachte sie unter größter Anstrengung hervor.

Auch Torsten hatte offenbar Mühe zu sprechen. Die Substanz in seinem Gesicht gab ein schmatzendes Geräusch von sich, als er versuchte, seinen Mund zu öffnen. »Maria...«, hob er an, doch dann brach er ab.

»Was?«, fragte sie.

Er starrte sie nur an.

Seine Augen waren bloß noch schmale Schlitze, verklebt von diesem merkwürdigen Zeug.

Es roch süßlich. Was war das nur?

Maria versuchte, sich aufzusetzen. »Hilf mir doch.«

Er taumelte. Aus seiner Wunde am Arm tropfte Blut.

»Ruf die Polizei«, stieß sie hervor.

»Es geht nicht.«

»Warum nicht?«

»Mir ist schwindlig.«

Er schwankte.

Nach einer Weile setzte er sich zu ihr aufs Bett. »Maria, es tut mir so leid.«

Das war das Letzte, was sie von ihm hörte.

Plötzlich war die fremde Gestalt zurück im Zimmer.

Sie schwang eine Axt.

Marias Schreie gellten laut.

Holz splitterte. Die Schneide der Axt traf zuerst das Bettgestell.

Dann sauste sie auf Marias Kopf zu.

FÜNFUNDZWANZIG

Samstag, 24. September, morgens

Das Läuten seines Mobiltelefons riss ihn aus dem Tiefschlaf. Zum ersten Mal in dieser Woche war Trojan dazu gekommen, sich für ein paar Stunden in seiner Wohnung in Kreuzberg auszuruhen. Er war gegen drei Uhr morgens aus dem Büro heimgekehrt und sofort ins Bett gefallen.

Nun tastete er verschlafen nach dem Handy auf dem Nachttisch und hob ab.

»Ja?«

Es war Stefanie. Ihre Stimme klang belegt: »Nils, du musst sofort kommen.«

»Worum geht es?«

»Der Täter hat wieder zugeschlagen.«

Im Nu war er hellwach. »Wo?«

»Diesmal im näheren Umland von Berlin. Die Brandenburger Polizei hat uns gerade informiert. Es gibt Übereinstimmungen.«

Sie nannte ihm die genaue Adresse. Dann legte sie auf.

Trojan verzichtete auf eine Dusche. Auch das Frühstück ließ er aus, er trank in der Küche lediglich ein Glas Wasser.

Dann zog er sich an, schlüpfte in seine Schuhe, streifte seine Jacke über und schnallte sich das Holster mit seiner Sig Sauer um. Er hatte sie entgegen der Dienstvorschriften mit nach Hause genommen und nicht auf dem Revier im Waffenschrank versperrt, denn so gewann er wertvolle Zeit.

Er verließ die Wohnung und rannte die Treppen hinunter. Unten angelangt spurtete er über den Gehweg der Forster Straße. Er hatte seinen Dienstwagen an der Ecke Reichenberger Straße geparkt. Schon sprang er in den schwarzen BMW, gab die Adresse ins Navi ein und fuhr los.

Über die Köpenicker Straße erreichte er die Michaelkirchstraße und überquerte die Spree. Er fuhr die Lichtenberger Straße entlang, passierte den Strausberger Platz und bog schließlich in die Mollstraße ein. Er raste die Prenzlauer Allee entlang und erreichte über die Prenzlauer Promenade den Stadtring.

In seinem Kopf überschlugen sich die Gedanken. Die Ermittlungen waren festgefahren. Den Verdächtigen Rainer Hinrichs hatten sie aus Mangel an Beweisen wieder freilassen müssen.

Gestern hatte er versucht, Carlotta Weiss zu erreichen. Doch ihr Handy war offenbar ausgeschaltet. Erst am Abend war eine kryptische SMS von ihr eingetroffen:

Bin auf der Suche nach Ruby. Vager Hinweis auf das unbekannte Mädchen durch einen Zeugen. Bisher Fehlanzeige. Melde mich.

Am Dreieck Pankow nahm Trojan die A10 und beschleunigte. Nun hatte er das Stadtgebiet verlassen. Zu seiner Rechten befanden sich Gewerbegebiete. Nur wenig später war er im Mühlenbecker Land, nördlich von Berlin.

Zu beiden Seiten der Autobahn erstreckte sich ein Waldgebiet. Hinter einer Brücke tauchte rechter Hand ein großes Getreidefeld auf.

Gleich darauf nahm er die Ausfahrt Richtung Mühlenbeck und Wensickendorf.

Er durchquerte eine kleine Ortschaft und näherte sich

dem Summter See. Er entfernte sich vom Ufer und folgte der Landstraße, die durch einen Mischwald führte.

Kurz darauf hatte er sein Ziel erreicht.

Polizeifahrzeuge, sowohl aus Berlin als auch von den Kollegen aus Brandenburg, säumten die Straße, Blaulichter zuckten, Absperrbänder flatterten im Wind.

Trojan hielt an. Insgesamt war er nicht länger als eine Dreiviertelstunde gefahren.

Er stieg aus, zeigte einem uniformierten Beamten seinen Dienstausweis und wurde durchgelassen.

Er betrat das Grundstück. Ein saniertes Bauernhaus, zweistöckig, ein Hof mit Scheune, idyllisch gelegen, mitten im Wald.

Stefanie kam ihm entgegen. Ihre Miene war ernst.

»Danke, dass du so schnell kommen konntest«, sagte sie.

»Ist doch wohl selbstverständlich.« Er atmete durch. Dann kam er gleich zur Sache. »Welche Informationen haben wir bisher?«

»Bei den Toten handelt es sich um Torsten Stolzhagen, zweiundfünfzig, und Maria Stolzhagen, fünfzig Jahre alt.«

»Also wieder ein Doppelmord.«

Sie nickte. »Ein Geschwisterpaar. Er ist ledig. Sie hat nach ihrer Scheidung ihren Geburtsnamen wieder angenommen und ist zu ihrem Bruder gezogen. Diese Immobilie hier ist ihr Wochenendhaus. Sie haben es vor Kurzem gekauft und sanieren lassen. Er ist Investmentbanker, sie eine ehemalige Gymnasiallehrerin. Nach einem Burn-out ist sie in den Vorruhestand getreten.«

»Wer hat die Leichen entdeckt?«

»Eine Frau aus dem Nachbarort. Sie hat die beiden heute Morgen gefunden.«

»Besitzt sie einen Schlüssel?«

»Ja. Sie ist auch für die Hausreinigung zuständig. Samstags sollte sie den beiden immer frisches Gemüse und Eier von ihrem Bauernhof bringen. Als niemand öffnete, hat sie aufgeschlossen.«

»Einbruchsspuren?«

»Vermutlich kam der Täter durch die Hintertür.«

Trojan blickte sie an. »Du siehst sehr mitgenommen aus. Ist es so schlimm?«

»Mach dich auf einiges gefasst.«

»Der Mörder hat gewütet?«

Abermals nickte sie. »Mehr noch als in Lichterfelde.«

Trojan versuchte, sich zu sammeln. Sein Herz schlug auf einmal rasend schnell. Langsam, dachte er. Er kannte diese jähe Unruhe, kurz bevor er einen Mordtatort betrat. Es war, als würde sich sein Körper gegen den zu erwartenden Anblick der Grausamkeit sträuben. Fluchtinstinkte setzten ein. Er verspürte einen Anflug von Panik.

Früher hätte er sich dagegen gewehrt. Sich gesagt, er müsse sich zusammenreißen. All die Jahre hatte er versucht, seine Angst niederzuringen.

Mittlerweile half ihm die Überzeugung, dass es vollkommen in Ordnung war, so zu empfinden.

Die Angst war ein guter Begleiter. Die Angst würde ihm helfen, diesen wahnsinnigen Täter zu schnappen.

Er durfte darauf vertrauen, dass sich sein Herzschlag bald beruhigen würde. Er war stark genug.

»Packen wir es an«, sagte er zu Stefanie.

Sie betraten das Haus. Offenbar waren im Erdgeschoss mehrere Wände entfernt worden, denn der Eingangsbereich öffnete sich zu einer großen Wohnküche, in der sich auch die Treppe ins Obergeschoss befand. Der Raum war lichtdurchflutet. Eine offene Landhausküche, ein paar erlesene Sitzmöbel und ein massiver Holztisch vor dem Fenster zum Hof.

Darauf standen ein frischer Kornblumenstrauß in einer Glaskaraffe und drei Frühstücksschalen.

»Er hat wieder den Tisch gedeckt«, sagte Trojan.

Stefanie nickte.

Zwei Schalen sind für die Opfer, dachte er. Und die dritte?

Ihm fiel ein, was Carlotta Weiss über den Täter gesagt hatte:

Tief in seinem Innern hat er den Wunsch nach einer intakten Familie.

Die dritte Schale war offenbar für den Mörder selbst.

Trojan nahm einen süßlichen Geruch wahr.

Er näherte sich dem Herd. In einem Kochtopf befanden sich Reste von einer verkrusteten gelblichen Substanz. Er schnupperte daran.

»Was ist das?«, fragte er.

»Du wirst es verstehen, wenn du den männlichen Leichnam inspiziert hast.«

Er schaute sie stirnrunzelnd an. »Willst du es mir nicht verraten?«

»Es ist zu verblüffend. Du musst es mit eigenen Augen gesehen haben.«

Da fiel sein Blick auf die angetrocknete Blutlache auf den Bodenfliesen. Daneben befanden sich weitere Spuren von dieser Substanz.

»Komm mit«, sagte Steff.

Sie führte ihn die Treppe hinauf.

Trojan begrüßte Landsberg und seine Teamkollegen. Auch die Mitarbeiter der Spurensicherung waren anwesend. Er nickte ihnen zu.

Sein Herz schlug noch immer viel zu schnell. Als er mit Stefanie das von den Halogenscheinwerfern der Kriminaltechniker hell erleuchtete Schlafzimmer betrat, war ihm für einen Moment, als würde ihm eine Eisenfaust in die Magengrube gerammt.

Er rang nach Luft.

Um sich halbwegs zu beruhigen, wandte er die mentale Technik an, die ihm schon an dem anderen Mordschauplatz geholfen hatte.

Er stellte sich vor, in der letzten Reihe eines Kinosaals zu sitzen. Das Grauen zog wie ein Film auf der Leinwand an ihm vorüber.

So stellte er die nötige Distanz her.

Langsam ließ er den Blick über die Einrichtung des Raums wandern. Eine Kommode, ein Sessel, an der Wand ein modernes, monochromes Gemälde. Blaue Vorhänge vorm Fenster.

Der Nachttisch, eine umgestürzte Lampe darauf.

Er schloss kurzzeitig die Augen.

Langsam, dachte er, ganz langsam. Das Atmen nicht vergessen.

Schließlich sah er auf den Holzboden, er war blutbespritzt.

Er hob den Kopf und blickte aufs Bett.

Das Gestell war zertrümmert. Decke und Laken waren blutdurchtränkt.

Er erkannte ein zerfetztes Nachthemd an einem weiblichen Körper. Es war mit Blut besudelt.

Schließlich wagte er es, den Leichnam der Frau genauer anzuschauen. Das Gesicht war kaum noch vorhanden, der Schädel gespalten.

Fassungslos drehte sich Trojan um und verließ das Zimmer.

Blutige Schleifspuren führten durch den Flur. Er folgte ihnen. Die Tür zu einem zweiten Raum war geöffnet. Offenbar das Schlafzimmer des Bruders. Hier gab es keine Blutlachen, auch keine Anzeichen eines Kampfes.

Dafür weitere Spuren im Flur.

Sie endeten vor einer verschlossenen Tür. Am Boden davor ein Gemenge aus Blut und Spritzern dieser merkwürdigen Substanz.

Stefanie riss ihn aus seinen Gedanken. »Die Frau aus dem Nachbarort sagte mir, dass sie die Tür geöffnet und gleich danach wieder zugeschlagen hätte.«

»Was befindet sich dahinter?«

»Eine Kammer.«

»Und was hat die Zeugin …?« Er schluckte. »Ich vermute, sie war auf der Suche nach Torsten Stolzhagen?«

»Ja. Wegen der Blutspuren vor der Tür riss sie sie auf. Danach stand sie vollends unter Schock.«

»Wie ist der Name der Zeugin?«

»Britta Zumke. Sie sagte aus, dass sie den weiblichen Leichnam zuerst gesehen hatte. Zu ihrer eigenen Überraschung war sie noch recht gefasst.«

»Auswirkungen des Schocks. Viele Menschen reagieren verspätet.«

»Ja. Kurz darauf öffnete sie die Kammer. Daraufhin ist sie schreiend auf die Straße gelaufen.«

»Ist sie glaubwürdig?«

»Ziemlich.«

»Wie war ihr Verhältnis zu den beiden Ermordeten?«

»Eher distanziert.«

»Ist ihr in letzter Zeit auf dem Grundstück etwas Ungewöhnliches aufgefallen?«

»Angeblich nicht. Sie hatte mit Maria und Torsten Stolzhagen nicht viel Kontakt. Das Geschwisterpaar legte Wert auf Sauberkeit und Pünktlichkeit. Manchmal haben sich die beiden darüber beschwert, dass das angelieferte Gemüse nicht frisch genug war. Nach Aussage von Britta Zumke waren sie auch bei den näheren Nachbarn nicht besonders beliebt.«

»Warum nicht?«

»Zu viel Geld. Sie galten als die Reichen aus Westberlin.«

»Westberlin und Ostberlin? Spielt dieser Unterschied in dieser Gegend etwa noch eine Rolle?«

»Offenbar. Der Zeugin zufolge ist man Zugezogenen gegenüber sehr misstrauisch.«

»Wo genau war der Hauptwohnsitz der Geschwister?«

»In Berlin-Dahlem.« Sie nannte ihm die Adresse.

»Danke für all die Informationen, Steff.« Er holte Luft. »Und hinter dieser Tür …?«

Sie senkte die Stimme. »Ich hab sie für dich geschlossen, damit du einen unverstellten Eindruck gewinnst. So sollte der Tatort ursprünglich vorgefunden werden. Die Inszenierung ist dem Mörder anscheinend sehr wichtig.«

»Das glaube ich auch.«

Trojan hielt inne.

Dann streifte er sich Latexhandschuhe über und griff nach dem Türknauf.

Er gab sich innerlich einen Ruck. Danach öffnete er die Kammer.

Der Anblick, der sich ihm bot, war so grotesk, dass er kurzzeitig glaubte, in einem fürchterlichen Albtraum gefangen zu sein.

War das ein Toter? Oder eine Puppe?

Er traute seinen Augen nicht.

Der männliche Leichnam hatte kein menschliches Gesicht mehr.

Er lag auf dem Rücken. Blutverschmierte Fetzen eines Pyjamas um ihn herum verstreut.

Er war nackt. Sein gesamter Körper war über und über mit dieser gelblichen Masse überzogen.

Sie war ausgehärtet und verkrustet.

Wo sich Risse in dem Material gebildet hatten, schimmerte das Blut hervor.

Wie feine Adern in einer bizarren, süßlich riechenden Hülle.

Trojan ging in die Hocke und sog den eigentümlichen Geruch der Substanz ein.

Und dann begriff er.

Er stand auf und blickte Stefanie erschüttert an. »Es ist Bienenwachs.«

Sie nickte ihm schweigend zu.

Trojan starrte den Leichnam an.

Torsten Stolzhagen war zu einer lebensgroßen Wachsfigur geworden. Gelb. Verkrustet. Einerseits nach Honig duftend, anderseits mit Blut überzogen.

Es brauchte einige Zeit, bis Nils dieses Bild verarbeitet hatte.

Es arbeitete fieberhaft in ihm.

Warum nur der Bruder?, dachte er. Warum nicht die Schwester? Was trieb den Mörder dazu, sein männliches Opfer auf diese groteske Art zu verwandeln?

Er sah genauer hin.

An manchen Stellen des Leichnams waren noch die tiefen Einschläge der Axt zu erkennen. Am Brustkorb. An den Armen. Den Beinen. Und am Schädel.

Sämtliche Verletzungen waren mit Bienenwachs aufgefüllt worden.

Eine große, malträtierte Wachspuppe.

Ein männlicher Leichnam und eine Figur aus Bienenwachs zugleich.

Es war schier unfassbar.

»Der Täter hat in dem Kochtopf Kerzen zum Schmelzen gebracht und …« Er brach ab.

»Vermutlich hat er ihn bei lebendigem Leib damit übergossen«, sagte Steff.

Nach einer Pause fragte Nils: »Was meinst du, wie lange braucht es, um Wachs flüssig zu machen?«

»Ungefähr eine halbe Stunde, schätze ich.«

»Demnach muss der Mörder den Topf in der Küche mehrmals mit Kerzen gefüllt haben.«

»Ja«, sagte sie, »er scheint etliche erhitzt zu haben, um den Körper seines Opfers vollständig darunter zu verbergen.«

»Wann wurden die Toten entdeckt?«

»Gegen sieben Uhr morgens.«

Trojan dachte nach. Das Haus lag abseits im Wald. Wahrscheinlich hatte niemand die Schreie gehört. Der Täter hatte die ganze Nacht lang Zeit gehabt, um sein wahnsinniges Werk zu vollenden.

»Wurde eigentlich ein Stoffäffchen im Haus gefunden«, fragte Nils.

»Bisher nicht.«

»Das ist sonderbar.«

Er versuchte, den Tathergang zu rekonstruieren. »Offenbar wurde Torsten Stolzhagen unten in der Küche angegriffen und kurz darauf bereits dort mit heißem Wachs übergossen.«

»Darum die Spuren auf den Fliesen, direkt neben der Blutlache.«

»Es muss äußerst schmerzhaft sein, am ganzen Körper mit heißem Wachs traktiert zu werden.«

»Ja.«

»Er hat Höllenqualen gelitten.«

»Nach dem ersten Übergriff in der Küche war der Bruder offenbar im Zimmer seiner Schwester.«

»Wahrscheinlich sollte er zusehen, wie sie ermordet wurde.«

»Derselbe Vorgang wie in Lichterfelde«, sagte Steff. »Nur dass es dort ein Ehepaar war.«

»Nach dem Mord an der Frau schleift der Täter sein männliches Opfer hierher.«

»Stolzhagen ist benommen. Wie schon in Lichterfelde setzt der Täter wahrscheinlich eine Droge ein, um seine Opfer willfährig zu machen.«

»Zudem ist Stolzhagen bereits schwer verletzt.«

»Genau. Der Täter erhitzt weiteres Wachs unten in der Küche ...«

»... bringt den Topf herauf und überschüttet ihn mit dem Inhalt«, ergänzte Trojan.

»Er wiederholt es so lange, bis das Opfer an seinen Verletzungen stirbt.«

»Und noch darüber hinaus.«

»Ja. Er verteilt das Wachs gleichmäßig. Es ist wie ein ...«

»... morbides Kunstwerk«, sagte er.

Stefanie nickte.

Sie schauten sich an. Wie gut sie doch noch immer bei den Ermittlungen harmonierten, dachte er.

Stille.

Nur das Gemurmel der Kollegen aus den Nebenräumen war zu vernehmen.

Dann und wann hörte man den Auslöser einer Kamera. Der Tatort wurde von den Technikern fotografiert.

Erneut besah sich Trojan den Leichnam. »Der Mörder macht ihn zu einer Wachsfigur. Warum?«

Stefanie wiegte den Kopf. Dann sagte sie knapp: »Besprich das lieber mit Carlotta Weiss. Ich habe mit den Befragungen der Nachbarn zu tun.«

Jäh wandte sie sich von ihm ab.

Trojan war perplex. Warum verhielt sie sich auf einmal wieder dermaßen reserviert?

Doch gleich darauf besann er sich. Die Aufklärung der rätselhaften Doppelmorde hatte Vorrang. Sein Privatleben musste zurückstehen.

Er warf einen letzten Blick auf den seltsam zugerichteten Leichnam, dann ging er hinunter ins Erdgeschoss.

Er betrachtete die Einbruchsspuren an der Hintertür. Ein Kriminaltechniker war gerade dabei, sie zu sichern.

»Wurde eigentlich die Scheune schon durchsucht?«, fragte er den Forensiker.

»Ja.«

»Irgendwelche Ergebnisse?«

»Bisher nichts von Belang.«

»Okay.«

Trojan trat dennoch ins Freie hinaus, überquerte den Hof und näherte sich dem Gebäude.

Er öffnete das Scheunentor, knipste seine Maglite an und ließ den Lichtstrahl umherwandern.

Eine Leiter war ans Gebälk gelehnt. Trojan stieg sie hinauf und gelangte so auf den ehemaligen Heuboden. Er war leer geräumt.

An der Stirnseite gab es ein kleines Fenster, von dem man einen Ausblick auf den Hof und das Wohnhaus hatte. Er erkannte die geschlossenen Vorhänge vor den Fenstern der beiden Schlafzimmer gegenüber.

Dann richtete er den Blick weiter nach oben. Das Gebälk reichte hinauf bis zum Giebel der Scheune.

Er wollte bereits wieder umkehren, da hielt er plötzlich inne.

Ihm war, als hätte er eine schwache Bewegung ausgemacht. Kaum merklich. Nur ein kurzes Aufzucken im Licht.

Er richtete den Kegel seiner Stableuchte auf einen der Querbalken.

Schließlich trat er näher. Dort bewegte sich tatsächlich etwas. Ein sachtes Zittern.

Er ging noch näher heran.

Schließlich sah er, dass es sich um ein kleines rosafarbenes Wattefädchen handelte. Es hing an der rauen Holzoberfläche und bewegte sich ganz leicht im Luftzug.

Ein Stück weiter oben entdeckte er einen weiteren Faden dieser Art.

Trojan stellte sich auf die Zehenspitzen und versuchte, an die Kante des Dachbalkens zu gelangen.

Sie war zu hoch.

Also nahm er Schwung, sprang und zog sich an der Kante hinauf.

Da oben lag etwas.

Auf dem Balken.

Vorsichtig nahm er mit einer Hand den Gegenstand auf und ließ sich wieder auf den Heuboden herab.

Es war ein Holzkästchen, etwa zwanzig Zentimeter lang und zehn breit.

Er klappte den Deckel auf.

Trojan stockte der Atem.

SECHSUNDZWANZIG

Anderthalb Stunden später traf Carlotta am Tatort ein. Sie parkte ihren Bulli hinter den Absperrbändern. Trojan ging auf sie zu, begrüßte sie und informierte sie über die nötigsten Einzelheiten.

»Ein Geschwisterpaar?«, fragte sie knapp.

»Ja.«

»Beide recht wohlhabend?«

Er nickte.

»Auch Rita und Martin Schild verfügten über ein hohes Einkommen.«

»Richtig.«

»Das könnte eine wichtige Übereinstimmung sein.«

»Und wir haben noch ein Muster: Nach Aussage unseres Rechtsmediziners starb Martin Schild tatsächlich eine Stunde später als seine Frau. Bei den Geschwistern scheint es ähnlich zu sein. Maria Stolzhagen wurde offenbar zuerst ermordet.«

»Und der Mann wurde gezwungen, dabei zuzuschauen?«

»Die Spuren deuten darauf hin.«

»Ich will mir einen kurzen Überblick verschaffen.«

»Gut.«

Gemeinsam betraten sie das Haus. Carlotta nickte den Teammitgliedern schweigend zu.

Sie stieg die Treppe ins Obergeschoss hinauf. Trojan folgte ihr und beobachtete sie bei ihrer Arbeit.

Als sie den Leichnam von Maria Stolzhagen betrachtete, wirkte sie völlig distanziert. Als sei sie nur körperlich anwesend, mit ihrem Geist aber ganz woanders. Es dauerte bloß wenige Minuten, dann verließ sie den Raum und folgte den Blutspuren bis zur Kammer.

Sie verzog keine Miene, als sie auf die Leiche in der grotesken Wachshülle schaute. Für ein paar Sekunden stand sie reglos da, dann zückte sie ihr Handy und schoss ein paar Fotos von dem Toten.

Ohne ein Wort drehte sie sich um und ging hinunter ins Erdgeschoss.

In der Küche besah sie sich den Tisch mit den Kornblumen und den drei Frühstücksschalen. Sie streifte sich Latexhandschuhe über und untersuchte den Topf auf dem Herd. Sie warf einen Blick auf das Blut und die eingetrockneten Wachsspuren am Boden, dann trat sie auf den Hof hinaus.

Sie ging auf die Scheune zu.

Trojan wartete gespannt ab. Von dem Kästchen auf dem Dachbalken hatte er ihr nichts erzählt. Er war sich ziemlich sicher, dass sie es finden würde.

Es war merkwürdig. Einerseits war er von ihrer Arbeitsweise fasziniert. Sie schien am Tatort wie in Trance zu sein, meditativ, dabei hoch konzentriert. Anderseits fand er es unheimlich. Als wäre sie fremdbestimmt und ließe sich von dunklen Mächten leiten.

War ihr überhaupt zu trauen? Plötzlich erinnerte er sich daran, wie sie hoch oben auf dem Baugerüst gekauert hatte, vor diesem X aus Wachs, über ihr an der Nylonschnur das verzurrte Kuscheltier. Damals hatte sie auf seinen Anruf nicht reagiert, war dermaßen verstört gewesen, dass er beinahe an ihrem Geisteszustand gezweifelt hätte.

War sie nun ein Genie oder schlichtweg wahnsinnig? Verstieg sie sich zur sehr in das Profil des Täters? Fand sie aus ihrer Rolle nicht mehr heraus?

War das der Grund, warum Stefanie und auch die anderen Kollegen Vorbehalte gegen sie hatten?

Ich muss sie unbedingt im Auge behalten, dachte er.

Er sah, wie sie das Scheunentor öffnete und im Inneren verschwand.

Nach einer Weile tauchte ihr Gesicht hinter dem Fenster unterm Dachgiebel auf.

Sie schien das Haus zu beobachten. Dabei bewegten sich ihre Hände. Was tat sie nur? Offenbar rollte sie etwas zwischen den Fingern hin und her.

Trojan folgte ihr in die Scheune und stieg die Leiter zum Heuboden hinauf.

Sie kauerte vorm Fenster, trug Latexhandschuhe. Vor ihr lag eine Schachtel mit mehreren Ohrstöpseln. Sie hatte die schützende Watte abgezogen und knetete das Wachs in den Händen.

Sie sprach leise vor sich hin.

»Nichts hören, nichts sehen, nichts sprechen. Gleich beginnt das Morden. Ich bin aufgeregt. Ich höre bereits die Schreie von Maria Stolzhagen. Sie wird grausame Schmerzen erleiden. Ihr Bruder muss zusehen, während ich sie mit der Axt erlege. Nichts hören, nichts sehen, nichts sprechen. Am besten auch nichts fühlen. Ich bin klein und verwundbar. Ich habe Angst. Ich verstecke mich in der Scheune. Das Morden beginnt. Und zwar gleich.«

Trojan räusperte sich. Doch sie schien ihn überhaupt nicht zu bemerken. Sie sprach einfach weiter.

»Ich bin aufgeregt. Ich beobachte Torsten Stolzhagen. Von hier aus kann ich sein Schlafzimmerfenster sehen. Es ist dunkel. Später Abend. Er steht am Fenster, zieht die Vorhänge zu.

Nun sehe ich nur noch seine Silhouette. Er entkleidet sich. Er zieht seinen Pyjama an. Mein Herz klopft. Er wird schreien. Ich habe vor, ihn mit heißem Bienenwachs zu übergießen. Ich will ihn mit meiner Axt quälen. Ich möchte seinen Tod hinauszögern. Er soll zusehen, wie seine Schwester stirbt. Vor seinen Augen werde ich Maria ermorden.«

»Carlotta?«

Sie reagierte nicht.

»Nichts hören, nichts sehen, nichts sprechen. Gleich beginnt das Morden. Ich bin aufgeregt.«

Sie stopfte sich das Wachs in die Ohren, umschlang mit beiden Armen ihren Körper und wiegte sich langsam hin und her.

»Carlotta!«

Sie zuckte zusammen. Zog das Wachs aus ihren Ohren.

»Nils.«

»Was tun Sie da?«

Die Frage schien sie zu überraschen. »Arbeiten.«

Er tat näher. »Und diese Wachskugeln …?«

»Hab ich mir heute Morgen in einer Apotheke gekauft. Ich wollte ausprobieren, wie der Täter damit umgeht.«

Sie erhob sich und blickte ihn an.

»Man kann aus dem Wachs Figuren formen. Schauen Sie mal.« Sie nahm mehrere von den wächsernen Ohrstöpseln und klumpte sie zusammen. »Ich denke, der Täter macht das so, wenn er nervös ist.«

Trojan schwieg.

»Waren Sie schon einmal auf dem Heuboden?«, fragte sie.

»Ja.«

»Genau an dieser Stelle?« Sie wies auf den Platz am Fenster.

»Hmm.«

»Dort hat der Mörder gesessen und das Haus beobachtet.« Sie deutete auf die Staubschicht am Boden. »Wo er sich aufgehalten hat, sind Spuren im Staub.«

»Und jetzt sind da Ihre Spuren.«

Sie zuckte mit den Schultern.

»Geben Sie das her.« Er deutete auf den großen Wachsklumpen in ihren Händen und die Wattereste am Boden.

»Wieso?«

»Was glauben Sie wohl, was passiert, wenn meine Kollegen das entdecken? Das Zeug könnte mit Ihren DNA-Spuren vermischt sein.«

»Sie haben recht.« Sie reichte ihm das Wachs und sammelte die Watte auf.

Er verstaute alles zusammen in einem Asservatenbeutel und steckte ihn ein.

»Seien Sie vorsichtig, Carlotta.«

»Ich verstehe nicht ganz.«

»Wenn man Sie hier oben vor sich hin murmeln hört, könnte man Sie glatt für die Täterin halten.«

Sie blickte ihn irritiert an. »Ich erledige nur meinen Job.«

»Aber Sie sind …«

»Was?«

»… so sehr in Ihrer Rolle, dass …« Er brach ab.

»Ich entwerfe ein Profil, das ist alles.«

»Schon gut.«

Es entstand eine längere Pause.

Schließlich fragte er: »Was halten Sie von der grotesken Inszenierung im Haus?«

»Sie meinen die Tatsache, dass das männliche Opfer mit heißem Bienenwachs übergossen wurde?«

»Ja.«

»Der Täter verbirgt das Gesicht und den nackten Körper

seines Opfers unter diesem speziellen, süßlich duftenden Material. Das nimmt ihm die Bedrohlichkeit.«

»Sie glauben also, er verwandelt ihn in eine Wachsfigur, um seinen Anblick besser ertragen zu können?«

»Ja. So hat er ihn zu etwas Eigenem gemacht. Zu einer Gestalt aus seinem Erfahrungsbereich. Er kann ihn dominieren. Wachs ist formbar. Der Täter scheint ein besonderes Verhältnis zu dieser Substanz zu haben. Er möchte Macht über seinen Gegner ausüben, wünscht sich insgeheim, dass er so weich und nachgiebig ist wie sein geliebtes Material.«

»Aber er weidet sich ebenso an den Qualen seines Opfers.«

»Das auch. Es ist anzunehmen, dass Torsten Stolzhagen noch am Leben war, als er mit dem heißen Wachs übergossen wurde. Ich stelle mir das überaus schmerzhaft vor.«

»Hmm.«

»Dass der Bruder offenbar gezwungen wurde, die Ermordung seiner Schwester mit anzusehen, ist ebenfalls eine Machtdemonstration.«

»Das sehe ich genauso.«

»Mich wundert, dass kein Stoffäffchen gefunden wurde. Haben Sie denn die Scheune gründlich durchsucht?«

»Das habe ich.«

»Mit welchem Ergebnis?«

»Etwas brachte mich auf eine Spur.«

»Was denn?«

Er schwieg.

Sie musterte ihn. »Sprechen wir etwa von Watte?«

Er sah sie nur an.

»So eine Watte, in die Ohrstöpsel eingewickelt sind?«

»Vielleicht.«

»Sie wollen mich testen.«

»Mag sein.«

»Warum? Trauen Sie mir nicht?«

Er gab keine Antwort.

Plötzlich wies sie auf den Dachbalken. »Sie meinen wohl diese beiden Fädchen dort, die sich am Holz verfangen haben?«

»Ja.«

»Die sind mir auch längst aufgefallen. Ich vermute, sie hafteten an den Handschuhen des Täters, als er hier oben war.«

»Möglich.«

»Und jetzt glauben Sie, dass diese Spur auch von mir stammen könnte?«

»Sie haben selbst gerade mit Watte und Wachs hantiert.«

»Das sind lediglich meine Arbeitsmethoden.«

»Carlotta ...«

»Ja?«

»Ich muss mich an diese Methoden erst gewöhnen.«

»Sie sind Ihnen zu außergewöhnlich?«

»Manchmal.«

»Aber sie führen zum Erfolg.«

»Das hoffe ich.«

Sie blickte ihn an. »Sind Sie denn auf den Balken hinaufgestiegen?«

Trojan nickte.

»Und?«

Wiederum antwortete er nicht.

Sie verkniff den Mund. »Na schön. Sie stellen mich also auf die Probe. Halten Sie mich etwa für eine Mörderin?«

»Ich muss zugeben, ich war ein wenig erschrocken, als ich Sie mit dem Wachsklumpen in den Händen sah.«

Sie wandte sich abrupt von ihm ab. Dann kletterte sie geschmeidig wie eine Katze an einem der Längsbalken hoch und schwang sich auf den Querbalken.

Trojan beobachtete, wie sie darauf entlangbalancierte, graziös und tänzerisch. Schließlich hatte sie die Stelle erreicht, an der er das Holzkästchen nach seiner Entdeckung wieder abgelegt hatte.

Carlotta bückte sich und hob es hoch.

Sie richtete sich auf und verharrte einige Zeit auf dem Balken. Sie schien komplett schwindelfrei zu sein. Kein Schwanken. Reine Regung.

Endlich klappte sie den Deckel auf.

Trojan ließ sie nicht aus dem Blick.

Sie verzog keine Miene, verschloss das Kästchen wieder, balancierte zurück und kletterte am Längsbalken herab.

Sie trat auf ihn zu.

Abermals öffnete sie den Deckel. Sie überprüfte den Sitz ihrer Latexhandschuhe und nahm den Gegenstand aus dem Inneren vorsichtig heraus.

Er bestand aus Wachs.

Es war ein Affenkopf, ungefähr so groß wie eine Faust. Kunstvoll geformt. Offenbar bestand er aus dem Wachs von mehreren Ohrstöpseln.

Das gleiche rosafarbene Paraffinwachs, das auch Carlotta benutzt hatte.

Das Maul des Affen war zu einem breiten Grinsen geöffnet.

Und etwas steckte darin.

Zwei blutverkrustete Zähne.

SIEBENUNDZWANZIG

»Es sind menschliche Zähne«, sagte sie.
»Fragt sich nur, von wem.«
»Jedenfalls nicht von den vier Mordopfern.«
»Denen fehlten keine.«
Plötzlich meinte Trojan, in ihrem Gesicht eine Spur von Furcht auszumachen.
»Offenbar ist es eine Botschaft an uns«, raunte sie. »Der Täter wird weitermorden. Und möglicherweise hat er jemanden in seiner Gewalt. Er zieht ihm einzeln die Zähne.«
Trojan blickte sie an. Er war von ihrer Klugheit angetan, ihrem Scharfsinn.
Und doch war er gewarnt. Er ahnte, dass ihre Seele von Dunkelheit umgeben war.
Was war mit ihr passiert? Warum war sie so überaus ehrgeizig? Litt sie letztlich an einem schwachen Selbstwertgefühl, das sie durch ihren Arbeitseifer zu überdecken versuchte? Wie war es überhaupt zu schaffen, ein Studium der Psychologie und der Kriminalistik mit Auszeichnung zu absolvieren und gleichzeitig die anstrengende Ausbildung an der Polizeiakademie durchzustehen? Wie konnte eine Frau mit vierunddreißig auf diese erstaunliche Kariere zurückblicken, Kriminalhauptkommissarin und Profilerin, ein beruflicher Werdegang, über den in einer Mischung aus Neid und Hochachtung gesprochen wurde? Lebte sie allein? Vermutlich. War sie einsam? Auch das war denkbar.

»Nils?«, fragte sie.
»Ja?«
»Sind Sie noch hier?«
»Entschuldigen Sie. Ich habe nachgedacht.«
»Worüber?«
»Über den Fall natürlich.«
Er schaute auf den Wachskopf in ihren schmalen Händen. Er betrachtete die zwei unheimlichen Zähne im grinsenden Maul des Affen.

»Vom Stofftier zur Wachsskulptur«, sagte sie. »Von einem rohen Klumpen, der annähernd an einen menschlichen Kopf erinnert, in dem Schrank am ersten Tatort zu einer verblüffend lebensechten Nachbildung hier. Es ist der Kopf einer Meerkatze.«

»Einer Meerkatze?«

Sie nickte. »Das ist eine Affenart. Meerkatzen sind mittelgroße, vorwiegend baumbewohnende Primaten, die in Afrika südlich der Sahara beheimatet sind. Sie leben in Gruppen und sind Allesfresser.«

»Und die Stofftiere, die wir gefunden haben …?«

»… sind auch den Meerkatzen nachempfunden.«

Er schaute sie an. Nach einer Pause sagte er: »Es mag ja an Ihren eigenwilligen Methoden liegen, aber … ich habe das merkwürdige Gefühl, dass Ihnen der Mörder vertraut ist. Als würden Sie ihn kennen. Und nicht nur das. Es ist beinahe so, als würden Sie mit seiner Zunge sprechen.«

Sie kräuselte die Stirn. »Wie bitte?«

»Haben Sie mich denn vorhin nicht bemerkt?«

»Wovon reden Sie?«

»Als ich Sie hier oben mit den Ohrstöpseln hantieren sah, haben Sie etwas vor sich hin gemurmelt. Wie schon damals in dem Schrank im Zimmer von Naomi Schild.«

Carlotta schwieg.

»Sie sagten unter anderem: ›Nichts hören, nichts sehen, nichts sprechen. Gleich beginnt das Morden.‹«

»Ja und?«

»Sind das nun Ihre Worte oder die des Mörders?«

»Ich vermute seine.«

»Und nun betrachten Sie diesen Affenkopf mit den Zähnen im Maul und folgern daraus sofort, dass sich jemand in der Gewalt des Täters befindet, dem er diese Zähne gezogen hat? Es könnte sich doch auch ganz anders verhalten haben.«

»Das ist meine Art, die Spuren und Hinweise zu interpretieren.«

»Ich denke, es ist mehr als das.«

»Das verstehe ich nicht.«

»Verheimlichen Sie mir irgendetwas?«

Ihre Wangen röteten sich leicht.

»Gibt es ein Detail in den Ermittlungen, von dem Sie mir nichts erzählt haben?«

Sie schüttelte den Kopf. »Nein.«

»Dann erklären Sie es mir genauer«, sagte er. »Wie kommen Sie ausgerechnet darauf, dass sich der Täter hier oben die Ohren mit Wachs verstopft und diesen Meerkatzenkopf gestaltet hat, während er sich innerlich auf das Morden vorbereitete?«

»Wegen der beiden Wattefäden am Dachbalken«, erwiderte sie.

»Gut, das deutet auf die Ohrstöpsel hin, die mit Watte geschützt sind. Aber den Affenkopf könnte er doch auch woanders geknetet haben.«

»Das stimmt.«

»Und was ist mit Ihrer Interpretation wegen dieser Zähne? Dass sie von jemandem stammen, den der Täter in seine

Gewalt gebracht hat, ist doch ebenfalls bloß eine Vermutung von Ihnen.«

»Auch das ist richtig. Wir können aber davon ausgehen, dass er die Zähne in dem Holzkästchen bei sich führte. Und ich deute die Spuren folgendermaßen: Er hat den Affenkopf gestaltet, um sich von seiner Nervosität abzulenken. Die Zähne fügte er nachträglich in die Skulptur ein, um uns Ermittlern ein Zeichen zu hinterlassen. Dass er das Wachs zudem in seine Ohren stopft, halte ich für seine Angewohnheit. Ich denke, er hört schon im Voraus die Schreie seiner Opfer und will sich davor schützen.«

»All das sind reine Mutmaßungen.«

»Nein, es sind … seine Eigenheiten … seine Gewohnheiten, die ich daraus ableite. Nennen Sie es Skizzen … Entwürfe eines Charakters … Ich spüre dem nach. Ich gehe von dem vorhandenen Material aus und entwerfe daraus allmählich eine Figur. Je mehr ich über ihn weiß, desto eher können wir ihn fassen.«

»Sie eignen sich also seine Charakterzüge an.«

»Vorübergehend, ja.«

»Sie versetzen sich ganz in seine Lage. Sie kauern dort am Fenster und kneten das Wachs wie er.«

»Ja.«

»Sie denken wie er. Sie sprechen wie er.«

»So ist es.«

Er blickte sie an. »Und in welchem Maße handeln Sie, als wären Sie der Mörder?«

»Nur soweit es den Ermittlungen dient.«

»Wo sind Ihre Grenzen?«

Schweigen.

»Ist das so ungewöhnlich für Sie?«, fragte Carlotta. »Sie arbeiten doch ähnlich. Wir sprachen bereits darüber. Der Perspektivwechsel. Auch Sie nehmen den Blick des Täters ein.«

»Sie gehen wohl noch ein paar Schritte weiter. Man könnte meinen, Sie arbeiten wie eine Schauspielerin. Sie vertiefen sich in Ihre Rolle, verschmelzen mit der Figur des Mörders. Mehr und mehr. Und darum möchte ich Sie warnen.«

»Mich warnen? Wovor denn?«

»Ich habe die Befürchtung, dass Sie sich mit Ihrer Methode verirren könnten. Sie verausgaben sich und verlieren sich in der Rolle. Damit bringen Sie sich in große Gefahr.«

Sie holte Luft und erwiderte schroff: »Ich kann auf mich selbst aufpassen. Ich bin eine erwachsene, starke Frau.«

»Daran zweifle ich auch nicht. Und dennoch …«

Sie fiel ihm ins Wort. »Meine Methoden haben großen Erfolg. Wenn Sie jedoch damit nicht einverstanden sind, können wir die Zusammenarbeit auch beenden.«

Er hob beschwichtigend die Hand. »Carlotta. Ich mag Sie. Und ich schätze Ihre Arbeit sehr. Ich wollte Sie keinesfalls angreifen.«

»Dann ist es ja gut.«

Es entstand eine längere Pause.

Er war erstaunt, wie empfindlich sie reagierte. Er stellte doch nur Fragen. Und er war aufrichtig in Sorge um sie. Ihre Art der Herangehensweise an den Fall hatte in seinen Augen etwas Selbstzerstörerisches.

»Also schön«, sagte er schließlich. »Zurück zu den Fakten und zu Ihrem Täterprofil. Wir haben es mit zwei Arten von Wachs zu tun. Bienenwachs und das rosa gefärbte Paraffinwachs von Ohrstöpseln eines bekannten Markenherstellers.«

»Ja. Ohropax, wie ich es mir heute aus der Apotheke besorgt habe. Es sind zwanzig Stück in einer Packung. Sie sind in Watte eingewickelt. Zwei dieser Fäden haben wir hier gefunden.«

»Sie sagten, für den Täter habe dieses Material eine tiefere Bedeutung.«

»Das ist richtig. Und ich glaube, dass das Kneten von Wachs für ihn wie ein innerer Zwang ist.«

»Er muss sich also vor der Tat beruhigen und greift zu dem Wachs, das er mit sich führt.«

Sie nickte. »Für ihn gilt es, eine Hemmschwelle zu überwinden. Seine Morde sind sehr brutal. Hier oben und auch in dem Schrank im Haus der Familie Schild erschien es mir, als sei er letztlich …« Sie brach ab und atmete durch.

»Ja?«

»… wie ein Kind. Das sich duckt. Klein macht. Die Ohren verschließt.«

»Wovor?«

»Vor der Gewalt, die ihm selbst angetan wurde.«

»Ihre Mutmaßung?«

»Mein Instinkt. Gewalt erzeugt Gegengewalt. Eigentlich will er das nicht tun. Letztlich ist er selbst wie aus Wachs. Weich. Formbar. Anschmiegsam.«

»Das also sind Ihre Ableitungen?«

»Meine Interpretationen, ja.«

»Gut. Weiter. Er scheint etwas einzusetzen, das seine Opfer wehrlos macht. Wie sonst könnte er die Männer dazu bringen, nahezu teilnahmslos bei den Morden an den Frauen zuzuschauen.«

»Richtig. Die Opfer scheinen wehrlos, aber bei Bewusstsein zu sein.«

»Dr. Carsten Semmler, unser Rechtsmediziner, konnte weder im Blut von Rita Schild noch in dem von Martin Schild eine Substanz ausmachen, die das verursacht haben könnte.«

»Dann ist es wohl eine besonders perfide Droge, die sich schwer nachweisen lässt.«

Trojan dachte nach. Schließlich nahm er Carlotta den wächsernen Affenkopf ab und betrachtete ihn von allen Seiten.

»Dieses Objekt ist gespenstisch, gerade weil es so lebensecht geformt wurde«, sagte er.

»Das finde ich auch. Es hat etwas Genialisches.«

»Sie sprachen von einem Kind. Ist der Täter noch sehr jung?«

»Womöglich.«

»Das wäre erschütternd.«

»Es könnte allerdings auch sein, dass die kindlichen Anteile eines Erwachsenen bei den Morden eine Rolle spielen.«

»Und das heißt?«

»Tiefere Schichten in der gestörten Persönlichkeit des Täters, Traumata aus seiner Kindheit, die er in seinen Inszenierungen am Tatort unbewusst widerspiegelt.«

Abermals dachte Trojan lange nach. Dann sagte er: »Die Zähne müssen im Labor untersucht werden.«

Er legte das Wachsgebilde in das Holzkästchen und verstaute dieses in einem Asservatenbeutel.

»Folgende Frage sollten wir nicht außer Acht lassen. Wo ist die Verbindung der beiden Doppelmorde zu der verschwundenen Annabel Lund und dem unbekannten Mädchen mit den Flügel-Tattoos? Warum hat der Täter das Stofffäffchen und sein X aus Bienenwachs auf dem Baugerüst hinterlassen?«

»Ich weiß es nicht. Aber wir werden es herausfinden. Zu dem unbekannten Mädchen gibt es übrigens einen vagen Hinweis, wie ich Ihnen bereits gestern in meiner SMS mitgeteilt habe.«

»Und was ist das nun für ein Hinweis?«

»Es gibt offenbar ein Restaurant, in dem sich die obdachlosen Jugendlichen von der Jannowitzbrücke Essensreste holen. Möglicherweise ist der Koch in diesem Lokal dem Mädchen mit den auffälligen Tätowierungen schon einmal begegnet.«

»Wie haben Sie davon erfahren?«

»Durch einen Zeugen.«

»Wie ist sein Name?«

»Tobias Winter. Er nimmt gelegentlich Mädchen von der Straße bei sich auf. Er bezahlt sie dafür, dass sie bei ihm in einem extra dafür angemieteten Appartement übernachten.«

»Das ist sexueller Missbrauch.«

»Er bewegt sich in einer juristischen Grauzone. Angeblich hat er keines der Mädchen sexuell belästigt.«

»Wie sind Sie auf diesen ominösen Zeugen gestoßen?«

»Ich habe ihn unter der Jannowitzbrücke beobachtet. Er kurvte dort mit seinem Wagen herum.«

»Und dann?«

»Ich habe ihn vernommen. Bei dem Gespräch habe ich ein paar Methoden angewendet, die ich lieber nicht erwähnen sollte.«

Trojan runzelte die Stirn. »Kennt er denn das Mädchen mit den Engelsflügeln?«

»Offenbar nicht. Er konnte es mir ziemlich glaubhaft versichern. Ich habe nämlich ein Druckmittel gegen ihn in der Hand.«

»Sie haben …?«

»Auch das sollte nicht im Ermittlungsbericht erwähnt werden.«

»Wie stellen Sie sich das vor? Sie können sich doch nicht so ohne Weiteres über die Vorschriften hinwegsetzen.«

»Das kann ich sehr wohl. Ich nehme das auf meine Kappe. Im Übrigen eilt ja auch Ihnen der Ruf voraus, dass Sie sich nicht immer an sämtliche Dienstvorschriften halten.«

Trojan atmete durch. Damit hatte sie natürlich recht. »Und wie heißt dieses Restaurant?«, fragte er.

»Das konnte mir Winter leider nicht sagen. Auch den Namen des Kochs konnte er mir nicht nennen. Er hat diese Information lediglich vom Hörensagen. Ich hoffe, dass ich von Ruby mehr darüber erfahre. Allerdings ist sie gerade unter der Jannowitzbrücke nicht anzutreffen. Ich bin auf der Suche nach ihr, bemühe mich zudem darum, zu den anderen Jugendlichen dort Vertrauen aufzubauen. Doch bisher ohne Erfolg. Sie wollten mir nicht verraten, wo sie steckt.«

»Davon hätten Sie mir früher erzählen sollen«, sagte Trojan. »Ihr Handy war gestern nicht eingeschaltet. Sie müssen während der Ermittlungen unbedingt erreichbar sein. Tag und Nacht.«

»In Ordnung«, murmelte sie.

»Was haben Sie jetzt vor?«

Sie sah ihn nur an.

»Lassen Sie mich raten. Sie wollen wieder die Nacht am Tatort verbringen? Und zwar allein?«

»So ist es.«

»Also gut. Ich werde mit Landsberg darüber sprechen.«

Er wandte sich bereits zum Gehen, da sagte sie: »Nils?«

»Ja?«

»Es würde mir viel bedeuten, wenn Sie mir vertrauen könnten.«

Trojan nickte ihr schweigend zu.

ACHTUNDZWANZIG

Samstag, 24. September, nachts

Der letzte Forensiker war gegangen, das Licht gelöscht. Die Vordertür fiel ins Schloss, und Carlotta atmete auf. Endlich konnte sie in Ruhe arbeiten.

In der Dunkelheit tastete sie nach ihrem Rucksack, nahm ihren Overall und die Füßlinge heraus und streifte sich beides über. Dann zog sie ein frisches Paar Latexhandschuhe an.

Schließlich öffnete sie ein Seitenfach ihrer Tasche und nahm einen länglichen Gegenstand hervor.

Sie lächelte.

Es war eine Bienenwachskerze. Noch am Nachmittag war sie losgefahren, um sich eine zu besorgen. Sie zündete sie mit einem Streichholz an. Der Duft war süß. Honig und Wärme. Ein Gefühl der Heimeligkeit.

Die brennende Kerze in der Hand, näherte sie sich dem Holztisch am Fenster. Sie besah sich die drei Frühstücksschalen darauf. Neben der Schale an der Stirnseite des Tischs hatte sie einen kreisrunden Wachsfleck bemerkt. Sie war sich nicht sicher, ob er auch Trojan aufgefallen war. Wahrscheinlich schon, aber er hatte ihm wohl keine besondere Beachtung geschenkt.

Dabei waren es gerade diese Details, in die man sich vertiefen musste, um die finstere Seele des Mörders auszuloten.

Carlotta setzte sich und hielt das untere Ende der Kerze über den Fleck.

Es passte. Genau hier hatte demnach die Kerze gestanden.

Carlotta träufelte ein wenig Wachs auf den Tisch und stellte die Kerze darauf ab.

Sie schloss die Augen. Ja, dachte sie, so hatte es sich abgespielt. Auf diesem Stuhl saß der Mörder nach vollendeter Tat. Kerzenlicht zur Belohnung. Ausruhen nach dem Blutrausch. Das Morden war vollbracht.

Wie fühlte er sich in diesem Moment? Angenehm befriedigt? Wie nach einem langen, intensiven Orgasmus? Noch ein wenig zittrig. Vollgepumpt mit Adrenalin. Schwer atmend. Womöglich ein Anflug von Melancholie, weil es trotz aller Verzögerungen wieder viel zu schnell gegangen war.

Sie öffnete die Augen. Berührte die Blüten der Kornblumen in der Vase. Sie mochte dieses Blau. Einer der schönsten Farbtöne im Universum. Sie verstand gut, warum sich der Täter den Tisch auf diese Art geschmückt hatte.

Komm zur Ruhe, Killer. Mach es dir schön in diesem Haus. Stell dir vor, es sei dein eigenes.

Warten bis zum Morgengrauen. Frühstück mit den Geistern der Toten. Er nimmt symbolisch mit seinen Opfern am Tisch Platz. In seinen Ohren gellen noch immer ihre Schreie.

Abermals schloss sie die Augen. Dann ließ sie das Bild vor sich aufsteigen. Der nackte männliche Leichnam. Die mit Blut durchzogene Wachshülle. Der von der Axt erlegte Hausherr als lebensgroße Bienenwachsfigur. Ein Anblick des Grauens und doch von morbider Schönheit.

Ein Schauer lief über ihren Rücken. Das Werk war vollendet, nun würden sie kommen und ihre Fotos schießen. In Scharen herbeieilen, den Tatort inspizieren. Forensiker, Kriminalisten, der Chefermittler persönlich. Nils Trojan mit seinem hervorragenden Ruf, er soll sich den Kopf zerbrechen über diese Tat, von schlaflosen Nächten geplagt sein.

Sie blickte ins flackernde Kerzenlicht.

Dann stand sie auf und ging zu ihrem Rucksack.

Für einen Moment verharrte sie. Schließlich zog sie die Axt hervor. Es war eine Spaltaxt, fünfundsechzig Zentimeter lang. Sie hatte sie sich zusammen mit der Kerze in einem Baumarkt gekauft.

Trojan durfte nichts davon wissen. Er würde sie für komplett übergeschnappt halten.

Carlotta strich mit den Fingern über die Klinge. Sie war angenehm scharf.

Langsam stieg sie die Treppe hinauf. Die Holzstufen knarrten. Sie betrat das Zimmer von Maria Stolzhagen und wartete, bis sich ihre Augen an die Finsternis gewöhnt hatten. Der Leichnam war abtransportiert worden, auch das Bettzeug hatten die Kriminaltechniker mitgenommen. Doch auf der Matratze war ein großer, eingetrockneter Blutfleck zu erkennen.

Carlotta verließ das Zimmer und ging weiter. Sie folgte den Spuren im Flur. Die Tür zur Kammer war geöffnet. Sie blieb stehen und betrachtete die Kreideumrandungen auf dem Boden. So hatte Torsten Stolzhagen gelegen, als er gefunden worden war.

Ein beinahe wohliges Schaudern ergriff sie. Sie hob die Axt. Sie schlug zu. Ein Schrei, ein Röcheln. Sie schlug wieder zu. Das Gurgeln von Blut. Sie holte ein drittes Mal mit der Streitaxt aus, ließ die Schneide herabschnellen.

Er wimmerte.

Doch noch war er am Leben.

»Wir sind längst nicht fertig«, raunte sie dem Schwerverletzten zu. »Wart's nur ab, das Beste kommt zum Schluss.«

Sie schulterte die Axt.

Sie ging die Treppe hinunter und in die Küche. Sie legte die Axt auf den Tisch und nahm die brennende Kerze zur Hand.

Am Herd überlegte sie. Der Kochtopf war nicht mehr da, auch diesen hatten die Forensiker mit ins Labor genommen.

Ein neuer musste her. Sie wollte es einmal ausprobieren. Sie musste sich dieses Gefühl der Macht verleihen. Sie nahm einen zweiten Topf aus dem Küchenschrank, stellte ihn auf die Kochplatte und ließ die Kerze hineinfallen.

Sie drehte den Herd auf und wartete ab.

Es dauerte einige Zeit.

Ihr Herzschlag beschleunigte sich.

Schließlich war der Boden des Topfs mit heißem, flüssigem Bienenwachs bedeckt.

Sie schaltete den Herd aus, nahm das Gefäß, ging zurück zur Treppe und hinauf ins Obergeschoss.

Schon hörte sie ihn wieder wimmern.

Carlotta durchschritt den Flur.

Dann blieb sie vor ihrem Opfer stehen.

Sein Gesicht war zu diesem Zeitpunkt bereits von Wachs bedeckt. Stolzhagen war dem Killer unten in der Küche in die Falle gelaufen. Ein Axthieb auf den Arm, dann die Betäubung mit der rätselhaften Droge. Daraufhin war er mit einer ersten Ladung Bienenwachs traktiert worden.

Sein Gesicht musste zuallererst verborgen sein.

Nun sollte der Rest seines Körpers unter dem Bienenwachs verschwinden.

In ihrem Kopf entstand das Bild. Die zerfetzten Stoffreste in der Kammer. Der Mörder hatte Stolzhagen zuvor den Pyjama ausgezogen.

Sie stellte den Topf auf dem Boden ab. Wie war es wohl für den Killer, den Feind zu entkleiden?

Carlotta beugte sich über ihn.

Sie sah sich selbst dabei zu, wie sie ihm den Pyjama herunterzerrte und in Fetzen zerriss.

Nackte Haut. Blutverschmiert. Die Einschläge der Axt. Aufgerissene Wunden. Angstschweiß. Der Odem seines nahenden Todes. Flehte Stolzhagen um Gnade? Sie konnte nichts hören. Seine Lippen waren vom Wachs verschlossen.

Sie nahm den Topf und richtete sich auf.

Mit einem triumphierenden Lächeln ließ Carlotta das erhitzte Bienenwachs auf den Körper des wehrlosen Mannes herabrinnen.

Jetzt riss er den Mund auf.

Wachs auf seiner Zunge. Wachs überall.

Seine spitzen Schreie.

Wie fühlte sich das an? Welche Qualen musste er erleiden?

Sie musste es selber spüren.

Nach kurzem Zögern ließ sie Reste der heißen Masse aus dem Kochtopf über ihre linke Hand laufen.

Der Schmerz war wie eine Erlösung für sie.

Fasziniert betrachtete sie ihre wachsbedeckte Hand.

Dann fuhr sie sich damit durchs Gesicht. Die Hitze traf sie wie ein Faustschlag.

Sie ließ den Topf fallen, wankte ins Badezimmer. Schaltete das Licht an. Sie stützte sich am Waschbecken ab und betrachtete sich im Spiegel.

Wer war diese Frau mit den Wachsspuren unter den weit aufgerissenen Augen? Wer war diese verschwitzte Gestalt im weißen Overall?

Eine Mörderin?

Sie erschrak so heftig, dass sie zusammenzuckte.

Es brauchte eine Weile, bis sie sich beruhigt hatte. »Nicht du«, flüsterte sie, »nicht du warst das.«

Sollte Trojan recht haben? Verausgabte sie sich zu sehr? War sie dabei, mit dem Täterprofil zu verschmelzen? Bestand die Gefahr, dass sie aus ihrer Rolle nicht mehr herausfand? Mangelte es ihr an Distanz?

Sie erinnerte sich an seine warnenden Worte:

Ich habe das merkwürdige Gefühl, dass Ihnen der Mörder vertraut ist. Als würden Sie ihn kennen. Und nicht nur das. Es ist beinahe so, als würden Sie mit seiner Zunge sprechen.

Sie fühlte sich dem Mörder tatsächlich nahe. Er war wie ein Schatten, der sie begleitete. Und wenn sie ihr Spiegelbild betrachtete, war ihr beinahe, als habe er von ihrem Geist Besitz ergriffen.

»Nein, Carlotta, nein«, sagte sie laut, »das sind nur deine Nerven. Sie gaukeln dir etwas vor.«

Für heute sollte sie Schluss machen. Sie brauchte dringend ein paar Stunden Schlaf.

Sie verließ das Badezimmer und schaltete das Licht aus. Sie hob den Topf auf und brachte ihn hinunter in die Küche. Sie stellte ihn auf der abgekühlten Herdplatte ab, so wie es auch der Mörder mit dem anderen Topf getan hatte.

Die Axt lag noch auf dem Tisch. Sie nahm sie auf.

In diesem Moment fiel das Mondlicht durchs Fenster herein. Die Klinge schimmerte hell.

Abermals erschrak Carlotta.

Auf der Tischplatte war eine winzige Spur zu erkennen, als sei Blut von der Axt getropft.

Instinktiv hatte sie die Axt wohl an der gleichen Stelle abgelegt wie der Killer nach der Tat.

Sie inspizierte die feinen Blutflecken genauer. Sie waren eingetrocknet und in die Maserung des Holzes eingedrungen. Da waren sogar kleine Kratzer von der Schneide zu erkennen, in die das Blut hineingelaufen war.

Wie gespenstisch. Offenbar handelte sie tatsächlich schon wie er.

Plötzlich vernahm sie ein leises Geräusch. Direkt hinter ihr. Sie fuhr herum.

Dort. Am Fenster.

Carlotta rang nach Luft.

Da war eine Frau im bleichen Mondlicht. Sie hielt in beiden Händen eine Axt.

Dann atmete sie durch.

Das war sie ja selbst. Sie spiegelte sich in der Fensterscheibe. Sie ließ die Axt sinken.

Ruhig, dachte sie, ganz ruhig.

Sie stieg aus ihrem Schutzanzug und verstaute ihn zusammen mit der Axt in ihrem Rucksack. Die Latexhandschuhe ließ sie noch an, dafür zog sie die Plastiküberzieher von ihren Schuhen und stopfte sie mit hinein. Sie zurrte die Reißverschlüsse fest zu.

In diesem Moment beschlich sie erneut das Gefühl, beobachtet zu werden. Abrupt ließ sie den Rucksack fallen und drehte sich zum Fenster um.

Der Mond war hinter den Wolken verschwunden. Nun war es stockfinster im Haus.

Auch durch das Fenster konnte sie nichts erkennen.

Sie schlich zur Hintertür und lauschte.

Nichts.

Entschlossen öffnete sie die Tür einen Spalt und schlüpfte hinaus.

Sie horchte in die Dunkelheit hinein.

War da jemand?

Oder hatte sie sich getäuscht?

Die kalte Nachtluft fuhr unter ihre Jacke und ließ sie frösteln. Sie wollte nach dem Waffenholster und ihrer Stableuchte tasten, als ihr bewusst wurde, dass sie beides in ihrem Rucksack hatte. Auch ihr Handy steckte darin.

Sie musste umkehren, ihre Ausrüstung holen. Da meinte sie einen Schemen an der Scheunenwand auszumachen.

Carlotta verharrte.

Lange Zeit geschah nichts.

Schließlich bewegte sich der Schemen. Kein Zweifel, da war jemand, eine dunkle Gestalt.

Carlotta hatte nur eine Chance. Sie musste schnell handeln. Also rannte sie los.

In Windeseile war sie an der Scheune.

Sie hörte sich entfernende Schritte auf dem Pfad, der um das Gebäude herumführte.

Sie rannte weiter, tiefer in das Dickicht hinein, Zweige schlugen ihr ins Gesicht. Hinter der Scheune war ein Maschendrahtzaun, sie erkannte die Vibrationen an der Oberkante. Jemand schien gerade den Zaun überwunden zu haben. Sie kletterte hinauf und sprang auf der anderen Seite hinunter.

Sie hörte, wie es im Unterholz raschelte, gehetzte Schritte, sie jagte hinterher.

Bald darauf hatte sie den Waldweg erreicht. Sie blieb stehen. Stille. Nur ein leises Rauschen im Geäst der Bäume, wenn der Wind hindurchfuhr.

Es war finster. Eine dichte Wolkendecke am Himmel.

Carlotta lauschte angestrengt.

Abermals spürte sie, dass sie beobachtet wurde. Auch die fremde Gestalt schien zu verharren, nur ein paar Meter von ihr entfernt, irgendwo im Dickicht des Waldes.

Wenn sie doch nur ihre Waffe dabeihätte.

Carlotta ging am Wegrand in Deckung.

Plötzlich hörte sie das Knacken von Zweigen. Links von

ihr. Sie stürmte los, tiefer in den Wald hinein. Dicht vor ihr glaubte sie eine Bewegung auszumachen.

Schon war der Schemen weg.

Sie rannte.

»Halt!«, rief sie. »Stehen bleiben!«

Ihr Echo hallte wider.

Das Gelände wurde unwegsamer. Sie musste sich mit beiden Armen einen Weg durch das Buschwerk bahnen.

Schließlich kam sie zu einer Lichtung. In diesem Augenblick riss die Wolkendecke auf, und das fahle Mondlicht brach herein.

Carlotta hielt an und verschnaufte.

Vorsichtig spähte sie erst in die eine Richtung, dann in die andere.

Sie scannte die Baumstämme mit Blicken. Die Gestalt war ganz in der Nähe, das ahnte sie. Irgendwo hinter einem der Bäume versteckt.

»Komm raus!«, rief sie.

Wieder das Echo.

»Komm schon!«

Und dann ging alles sehr schnell. Eine Bewegung in ihrem Rücken, sie fuhr herum.

Die Klinge einer Axt blitzte im Mondschein auf.

Der Schlag traf sie mit Wucht.

Carlotta sank zu Boden.

Die Baumwipfel über ihr drehten sich.

Danach war alles schwarz.

DRITTER TEIL

NEUNUNDZWANZIG

SONNTAG, 25. SEPTEMBER, ZWEI UHR MORGENS

Klara Hartung stand am Fenster ihrer Wohnung mit Blick auf den nächtlichen Schlosspark Pankow. Sie trug einen weißen Bademantel. Trojan hatte sie aus dem Bett geklingelt.

Nach einer Weile drehte sie sich zu ihm um.

»Maria ist tot?«

Er nickte.

»Ermordet?«

»Ja. Zusammen mit ihrem Bruder.«

Für einen Moment war sie wie erstarrt.

»Wer tut so etwas?«, fragte sie.

»Ich gebe mein Bestes, um es herauszufinden. Hatte Maria Feinde?«

»Nein.«

»Und ihr Bruder Torsten?«

»Nicht dass ich wüsste.«

Trojan musterte die dunkelhaarige Frau in den Fünfzigern. Max Kolpert, der Computerexperte im Team, hatte ihre Kontaktdaten auf dem Laptop von Maria Stolzhagen ausfindig gemacht. Sie war die beste Freundin der Ermordeten.

»Wann ist das passiert?«, fragte sie.

»In der Nacht von Freitag auf Samstag. Im Wochenendhaus der beiden.«

Sie fuhr sich mit der Hand durchs Gesicht. »Ich kann das nicht fassen.«

Er fragte sie nach dem Exmann von Maria Stolzhagen, dessen Daten er aus dem Melderegister kannte. Er hieß Clemens Wenger.

»Weshalb ist ihre Ehe gescheitert?«

»Wegen Untreue. Clemens hat sie lange Zeit betrogen. Darüber ist Maria nie hinweggekommen.«

»Sie wurden vor fünf Jahren geschieden? Ist das richtig?«

»Ja.«

»Warum ist Maria nach der Trennung zu ihrem Bruder gezogen?«

»Sie fühlte sich einsam. Und die beiden waren einander schon immer sehr vertraut.«

»Ist das nicht recht ungewöhnlich, ein Geschwisterpaar in den mittleren Lebensjahren, das zusammenlebt und sich sogar gemeinsam eine Immobilie im Umland zulegt?«

Klara Hartung zuckte mit den Schultern. »Maria sagte mir einmal, an der Seite ihres Bruders zu sein wäre für sie immer noch besser, als alleine zu leben.«

»Wie würden Sie Torsten Stolzhagen charakterisieren? Was für ein Mensch war er?«

»Ein wenig kauzig. Verschroben.«

»Wie äußerte sich das?«

»Na ja, er hat sich eigentlich nur für Geld und klassische Musik interessiert.«

»Nach meinen Informationen war er nie verheiratet.«

»Es gab da mal eine Geliebte. Maria hat sie beiläufig erwähnt. Die Beziehung hielt nicht länger als ein halbes Jahr.«

»Wissen Sie den Namen dieser Frau?«

»Nein.«

»Es tut mir leid, aber ich muss Sie das fragen: War das Verhältnis unter den Geschwistern eventuell …« Er brach ab und suchte nach einer passenden Formulierung. »Ging es über das allgemein Übliche hinaus?«

Sie kniff die Augenbrauen zusammen. »Wie meinen Sie das?«

»War es sexueller Natur? Inzestuös?«

Sie machte eine abwehrende Geste. »Das glaube ich nicht.«

»Ihre Freundin hätte so ein intimes Detail sicher nicht direkt angesprochen. Gab es vielleicht Andeutungen? Oder konnten Sie beobachten, dass sich die beiden verhielten, als hätten sie etwas zu verbergen?«

»Ich bin mir ziemlich sicher, dass zwischen den beiden nichts Anstößiges ablief.«

»Könnte es von ihm ausgegangen sein?«

»Nein.«

»Sie hätten es dem Bruder nicht zugetraut?«

»Ganz und gar nicht. Zugegeben, Maria schämte sich zuweilen, dass Außenstehende sie für ein Paar hielten. Aber Inzest?« Sie schüttelte den Kopf. »Nein.«

»Was hat Maria über ihren Bruder erzählt? Wie beschrieb sie seine Beziehung zu ihm?«

»Sie sagte, dass sie sich in seiner Nähe recht wohlfühlte. Er war ihr Beschützer. Ihre Eltern sind beide kurz hintereinander an einer Krebserkrankung verstorben. Maria war damals siebzehn, Torsten neunzehn. Er hat die Verantwortung für seine jüngere Schwester übernommen.«

»Hmm. Die beiden waren recht wohlhabend, nicht wahr?«

»Ja, sie haben viel Geld geerbt. Die Eltern waren Steuerberater, haben frühzeitig in Immobilien investiert.«

»Wer erbt denn jetzt das Vermögen der Geschwister?«

»Das weiß ich nicht.«

Trojan sah sie eine Weile nachdenklich an.

Dann reichte er ihr seine Karte: »Bitte rufen Sie mich an, wenn Ihnen noch irgendetwas einfällt. Jedes Detail könnte wichtig sein.«

Es war drei Uhr morgens. Nils fuhr über die Prenzlauer Promenade. Er war hundemüde und dennoch voller Adrenalin. Die schrecklichen Bilder vom Mordschauplatz ließen ihn nicht los.

Er bediente die Freisprechanlage und rief Carlotta an, um zu erfahren, ob sie bei ihrer Tatorterkundung zu neuen Erkenntnissen gelangt war.

Sie hob nicht ab.

Trojan fuhr in südlicher Richtung. Ein wenig Schlaf auf der Klappliege im Büro würde ihm guttun.

Doch plötzlich beschlich ihn ein ungutes Gefühl. Carlotta war zwar nicht immer mobil zu erreichen, dennoch machte er sich Sorgen. Es war schon äußerst riskant, völlig allein die Nacht in einem Haus zu verbringen, in dem gerade erst zwei Menschen auf bestialische Art getötet worden waren.

Erneut versuchte er es unter ihrer Nummer.

Wieder nichts.

Schließlich traf Trojan eine Entscheidung.

Er wendete und fuhr zurück.

Es war zehn nach drei, als er sich auf der A114 einfädelte.

Zu dieser Uhrzeit war kaum jemand auf der Autobahn unterwegs.

Trojan drückte das Gaspedal durch.

Als er vor dem Bauernhaus in der Nähe vom Summter See hielt, sah er ihren VW-Bulli am Straßenrand stehen. Er stieg aus und schaute durch die Seitenscheibe in das Innere des Busses. Vielleicht hatte sie sich ja in ihrer Koje bereits zum Schlafen gelegt und das Handy auf lautlos gestellt.

Doch Carlotta war nicht da.

Er ging auf das Haus zu, zog den Schlüssel aus einem Asservatenbeutel hervor, schloss auf und trat ein.

Danach knipste er das Licht an.

»Carlotta?«, rief er.

Keine Antwort. Er schaute sich um, ging die Treppe hinauf und inspizierte das Obergeschoss.

Hier war niemand.

Er zückte sein Handy und rief erneut bei ihr an.

Trojan vernahm ein entferntes Klingeln.

Es kam aus dem Haus.

Seine Unruhe steigerte sich.

Er ging hinunter. Das Läuten wurde stärker.

Er sah ihren Rucksack auf dem Boden liegen. Darin klingelte es. Offenbar steckte ihr Handy darin. Er unterbrach die Verbindung, und prompt war es still.

In diesem Moment bemerkte er einen kühlen Luftzug.

Die Hintertür stand einen Spaltbreit offen.

Er trat in den Hof hinaus und knipste seine Maglite an.

Trojan näherte sich der Scheune. Er wollte das Tor öffnen, um dort nachzusehen, da fiel ihm das niedergetrampelte Gestrüpp neben dem Gebäude auf.

Er folgte der Spur und ließ den Lichtkegel wandern.

Der Pfad führte zu einem Zaun hinter der Scheune. Am Maschendraht hing ein Stofffetzen. Er sah aus, als sei er von einem T-Shirt abgerissen. War der von ihr?

Kurz entschlossen kletterte er hinauf. Schon von oben sah er die Profilabdrücke von Schuhsohlen auf der anderen Seite. Er sprang hinunter und arbeitete sich weiter durchs Dickicht vor.

»Carlotta?«, rief er in die Dunkelheit hinein.

Nichts. Nur das Echo seiner Stimme.

Nach einiger Zeit kam er zu einem Waldweg. Ratlos blieb er stehen. Das Licht seiner Stableuchte irrte umher.

Irgendetwas stimmte hier nicht.

»Carlotta!«

Abermals hallte sein Ruf wider. In der Ferne schrie ein Nachtvogel.

Er leuchtete den Weg ab. In welche Richtung sollte er gehen? Da entdeckte er wiederum ein Profil. Stammte es vielleicht von ihren Stiefeln? Oder war noch jemand vor Kurzem hier gewesen? Die Spur war jedenfalls noch frisch.

Trojan betrat das Unterholz.

Er schob Zweige beiseite, zückte seine Sig Sauer und hielt die Waffe im Anschlag. Die Maglite umklammerte er mit seiner Linken.

Schritt für Schritt schlich er voran.

Plötzlich hielt er inne.

Der Lichtkegel hatte etwas erfasst.

Trojan stieß die Luft aus.

Etwa zehn Meter vor ihm, auf einem Baumstumpf, starrte ihn etwas an.

Zwei Augenhöhlen.

Sie waren aus Wachs.

Beklommen trat er näher und leuchtete das Gebilde ab.

Es war ein Pferdekopf, kunstvoll gearbeitet, offenbar aus dem rosafarbenen Wachs von Ohrstöpseln geformt.

Das Maul des Pferds war weit aufgerissen.

Ein einzelner blutverkrusteter Zahn steckte darin.

Trojan richtete den Lauf seiner Waffe nach vorn, links und rechts.

Gebückt, die Sig Sauer schussbereit, schlich er weiter.

Auf einmal hatte er eine Lichtung erreicht.

Der Strahl seiner Stableuchte erfasste eine Person.

Sie lag am Boden.

Da war Blut.

»Carlotta!«, schrie er.

Dann rannte er los.

Sie lag am Boden ausgestreckt. Ihr Gesicht war aschfahl. Er hastete auf sie zu und kniete nieder.

Ihre Augen waren geschlossen. Ihr rechter Arm war aufgerissen, die Jacke zerfetzt.

Er berührte sie.

War sie tot?

Er fühlte ihren Puls. Fand ihn nicht.

Endlich erspürte er ein leichtes Pochen an ihrer Halsschlagader.

Trojan zog seine Jacke aus und zerrte sich das T-Shirt herunter. Er riss es mit aller Kraft in Streifen und wickelte es fest um die tiefe Fleischwunde an ihrem Oberarm.

Plötzlich schlug sie die Augen auf.

»Nils«, murmelte sie.

Er griff nach seinem Handy. »Ich rufe Hilfe.«

Er wählte die Notrufnummer. Wartete ungeduldig, bis abgehoben wurden.

Dann sprach er in den Hörer: »Nils Trojan, LKA Berlin. Schwer verletzte Person in einem Waldstück Nähe Summter See. Mühlenbecker Land. Ich schicke Ihnen die genauen Koordinaten.«

Carlotta atmete mühsam.

»Ganz ruhig«, sagte er zu ihr. »Sie schaffen das.«

Seine Finger wischten über das Display seines Mobiltelefons. Die Navigator-App öffnete sich. Das System begann zu arbeiten.

Es dauerte quälend lange.

Carlotta verdrehte die Augen, ihre Atmung war schwach.

»Bleiben Sie bei mir. Schauen Sie mich an.«

»Nils«, raunte sie.

»Nicht reden. Nur atmen. Tief atmen.«

»Aber es ist ...«

»Was?«

Die App hatte die Koordinaten erfasst, Trojan drückte auf »Senden«.

Carlottas Lippen bebten.

Er presste beide Hände auf den provisorischen Druckverband und beugte sich über sie.

Wieder verdrehten sich ihre Augen.

»Was wollten Sie mir sagen?«, fragte er. »Haben Sie etwas gesehen? Konnten Sie den Täter erkennen?«

Sie wollte sprechen, doch es gelang ihr nicht.

»Schon gut. Ich bin bei Ihnen. Der Notarzt ist unterwegs.«

Sie sog verzweifelt Luft in ihre Lunge.

»Nicht aufgeben, Carlotta. Ich bin für Sie da. Schauen Sie mich an.«

Sie rang nach Atem.

»Bienen«, raunte sie kaum hörbar.

Dann verlor sie erneut das Bewusstsein.

DREISSIG

Sonntag, 25. September, frühmorgens

Ein Polizeihubschrauber kreiste am Himmel. Das Waldstück war weiträumig abgesperrt. Forensiker waren mit der Spurensuche beschäftigt. Die Profilabdrücke der Stiefel, so viel war bisher sicher, stammten von Carlotta selbst, auch der Stofffetzen am Zaun konnte ihr zugeordnet werden. Seit Stunden wurde der Wald abgesucht und Bewohner der umliegenden Häuser befragt, jedoch noch immer ohne Erfolg.

Von dem Täter fehlte jegliche Spur.

Bis auf das Zeichen, das er ihnen selbst hinterlassen hatte.

Trojan stand vor dem Baumstumpf, auf dem er das Wachsgebilde vorgefunden hatte. Es war bereits ins Labor gebracht worden. Zum wiederholten Male besah er sich die Aufnahmen, die er davon mit seinem Handy geschossen hatte.

Der Pferdekopf. Das aufgerissene Maul. Der einzelne Zahn, der darin steckte. Die eingetrockneten Blutspuren daran. Es schauderte ihn.

»Nils?« Es war Stefanie, die auf ihn zutrat und ihn aus seinen Gedanken riss.

Er blickte sie zerstreut an.

»Ja?«

»Wie ist deine Einschätzung? War es ein gezielter Anschlag auf sie?«

»Darüber denke ich die ganze Zeit nach.«

»Es gibt zwei Möglichkeiten, nicht wahr?«

»So ist es.«

»Erstens: Der Täter kehrt aus noch ungeklärten Motiven zum Tatort zurück. Er wird von ihr entdeckt und muss schnell handeln.«

»Das ist so weit plausibel. Nur das Zeichen passt nicht ins Bild. Warum sollte er seine Wachsskulptur hier deponieren, wenn er überrascht wurde.«

»Richtig. Und das führt uns zur zweiten Möglichkeit. Er beobachtet sie während ihrer Tatortarbeit, weiß, dass sie dabei völlig allein ist, und geht danach geplant vor. In der Absicht, sie zu töten.«

»Dagegen spricht nur eine einzige Tatsache. Warum hat er die Axt lediglich gegen ihren Arm gerichtet? Denn dass der Angriff mit einer Axt ausgeführt wurde, steht mittlerweile außer Frage.«

»Hatte er vielleicht vor, sie verbluten zu lassen?«

»Das wäre denkbar.«

»Wenn du nicht gekommen wärst, dann …«

Er stieß die Luft aus. »… wäre sie wahrscheinlich nicht mehr am Leben.«

»Hast du Nachrichten aus der Klinik?«

Er nickte.

»Wie geht es ihr?«

»Sie wurde operiert und ist noch nicht ansprechbar.«

»Was sagt der Arzt?«

»Dass sie verdammtes Glück gehabt hat. Sie hätte den Arm verlieren können.«

Stefanie sah ihn schweigend an. Auch sie hielt das Verhalten der Kriminalpsychologin für fahrlässig, das war ihr anzumerken. Jeder im Team schien zu missbilligen, dass sich Carlotta völlig allein am Tatort aufgehalten hatte.

Und Trojan fiel es zunehmend schwerer, vor den anderen

Partei für sie zu ergreifen. Dabei war er nach wie vor von ihrer Kompetenz überzeugt.

Carlotta ging über gewisse Grenzen hinaus. Manchmal musste sie vor sich selbst geschützt werden. Doch der abgrundtiefe Hass dieses Mörders konnte nur mit äußerst speziellen Methoden gestoppt werden. Herkömmliche Ermittlungsarbeit reichte längst nicht mehr aus. Auch wenn der Chef anderer Meinung war, es brauchte selbstlose, geniale Persönlichkeiten wie Carlotta, um dieser Bestie das Handwerk zu legen.

Als hätte sie seine Gedanken gelesen, sagte Steff: »Du stehst weiterhin auf ihrer Seite?«

»Ja.«

»Landsberg tobt. Er ist drauf und dran, sie von dem Fall abzuziehen.«

»Das wäre ein großer Fehler.«

»Nils. Ich habe Sorge, dass du dich verrennst. Du bist ständig dabei, sie zu verteidigen. Ich finde ihre Vorgehensweise nicht nur extrem eigenwillig, sondern inzwischen völlig inakzeptabel.«

»Tut mir leid, dass wir diesmal nicht einer Meinung sind. Wirklich schade, Steff, denn wir beide haben als Ermittlerduo immer harmoniert.«

»Nur ist aus dem Duo mittlerweile ein Trio geworden.«

»Mag ja sein, aber … ich denke, Carlotta ist gerade wegen ihrer Eigenheiten eine wichtige Verstärkung für unser Team. Die Zeiten ändern sich. Verbrechen werden immer ausgeklügelter. Die Brutalität nimmt zu. Wir müssen es mit neuen Herangehensweisen versuchen, sonst haben wir das Nachsehen.«

»Und was bringt uns nun diese Verstärkung? Sie liegt schwer verletzt in der Klinik. Keiner war bei ihr, der sie schützen konnte. Das hat sie sich selbst zuzuschreiben, denn sie wollte es so.«

»Sie hatte einfach nur Pech.«

»In ihrem Rucksack lag übrigens nicht nur ihre Dienstwaffe, die sie hätte bei sich tragen müssen. Es fand sich noch etwas. Und das wird dich in Erstaunen versetzen.«

Er runzelte die Stirn. »Du hast ihre Sachen durchsucht?«

»Musste ich. Anweisung von Landsberg.«

»Es interessiert mich nicht, was sie privat …«

Stefanie fiel ihm ins Wort. »Ich meine, es sollte dich aber interessieren.«

»Also schön. Was ist es?«

»Eine Spaltaxt.«

Er holte Luft. »Wie bitte?«

»In ihrem Rucksack steckt eine Axt. Das führt uns letztlich zu der Frage: Ist Carlotta Weiss vielleicht unsere Täterin?«

»Aber das ist doch absurd. Sie lag hier, blutüberströmt. Um ein Haar wäre sie …«

»Vielleicht hat sie sich die Verletzung selbst beigebracht.«

»Stefanie. Nur weil du sie nicht leiden kannst …«

Abermals unterbrach sie ihn. »Es ist nichts Persönliches zwischen ihr und mir. Ich stelle bloß Fragen. Und die Kollegen wundern sich genauso wie ich.«

»Carlotta versucht, sich in die Denk- und Handlungsmuster des Täters hineinzuversetzen. Dazu gehört sicherlich auch, dass sie mit einem Modell der Tatwaffe experimentiert. Zugegeben, das ist sehr ungewöhnlich. Doch sie hat eine erstaunlich hohe Aufklärungsquote. Du kannst davon ausgehen, dass sie weiß, was sie tut.«

Stefanie schwieg.

Schließlich sagte er: »Wir haben jetzt nicht die Zeit, darüber zu diskutieren. Also lass uns bei den Fakten des Falls bleiben und die internen Querelen mal außer Acht lassen.«

»Okay. Wie du willst.«

Er blickte auf das Display seines Handys und betrachtete die Nahaufnahme des Zahns in dem eigenartigen Wachsgebilde.

»Gibt es Informationen aus der Rechtsmedizin?«, fragte er.

»Ja.«

»Und?«

»Semmler hat uns bestätigt, dass es sich bei den Fundstücken um menschliche Zähne handelt.«

»Zwei im Maul des Affen und einer in dem des Pferds.«

»Warum jetzt ein Pferd?«, fragte sie.

»Ich habe noch keine Theorie dazu. Es ist überaus rätselhaft.«

»Und welche Bedeutung haben die Zähne?«

»Carlotta ist der Ansicht, dass sie von jemandem stammen, den der Täter in seine Gewalt gebracht hat.«

»Und was ist deine Auffassung davon?«

»Ich fürchte, sie hat recht.«

»Das macht den Fall noch brisanter.«

»So ist es.«

»Was beschäftigt dich außerdem? Ich kenne diesen grüblerischen Gesichtsausdruck von dir.«

Trojan schloss die Foto-App und steckte das Handy ein. »Als ich Carlotta hier fand und auf den Notarzt wartete, wollte sie mir etwas mitteilen. Es war sehr schwierig für sie, weil sie völlig entkräftet war und unter dem hohen Blutverlust litt.«

Stefanie hob die Augenbrauen. »Hat sie denn den Täter erkannt?«

»Das war zumindest meine Hoffnung. Aber ich bin mir nicht sicher. Denn sie sagte bloß ein einziges Wort: Bienen.«

»Bienen?«

»Ja.«

»Wie sonderbar. Vielleicht bezog es sich auf das Bienenwachs. Die Hülle, mit der der männliche Leichnam überzogen war.«

»Möglich, ja, aber … warum erwähnt sie das ausgerechnet in diesem Moment? In größter Not, bevor sie wieder ohnmächtig wird?«

»Und wenn du noch einmal in der Klinik anrufst? Vielleicht ist sie ja inzwischen bei Bewusstsein.«

»Ich habe es dort bereits mehrmals versucht. Zuletzt vor einer Viertelstunde. Vergeblich. Man wird mich sofort informieren, sobald sie ansprechbar ist. Das hat man mir zugesichert.«

»Gut. Dann müssen wir abwarten.«

»Was hat die Befragung der Anwohner ergeben?«

»Es gibt bisher einen einzigen Hinweis, der eventuell von Bedeutung sein könnte.«

»Und der wäre?«

»Etwa fünfhundert Meter von hier entfernt ist die Landstraße. Dort befindet sich eine Bushaltestelle. Ich sprach mit dem Bewohner des Hauses, das sich direkt davor befindet, und fragte ihn, ob ihm am Vorabend oder in der Nacht etwas Verdächtiges aufgefallen sei. Er sagte mir, dass er gegen dreiundzwanzig Uhr am Unterstand der Haltestelle jemanden hat sitzen sehen.«

»Wen?«

»Ein junges Mädchen. Ungefähr vierzehn Jahre alt. Blauer Anorak, verstrubbeltes blondes Haar. So hat er sie mir beschrieben. Er fand es merkwürdig, weil um diese Zeit kein Bus mehr fährt. Als er etwa zehn Minuten später noch einmal durchs Fenster sah, war das Mädchen weg.«

»Und er hat sie nicht wiedererkannt? Sie ist nicht aus der Gegend?«

»Offenbar nicht.«

»Eine Vierzehnjährige«, murmelte er.

»Möglicherweise hat das nichts zu bedeuten. Aber wir sollten jedem Hinweis nachgehen.«

»Das denke ich auch.«

»Darum habe ich bereits die hiesigen Verkehrsbetriebe kontaktiert und sämtliche Videoaufzeichnungen aus den Bussen der betreffenden Linie angefordert. Wer weiß, vielleicht ist das fremde Mädchen ja mit dem Bus in diese Gegend gekommen.«

»Eine Vierzehnjährige«, wiederholte er.

Trojan dachte nach. Er erinnerte sich an Carlottas Worte. Erst vor Kurzem hatte sie den Mörder charakterisiert. Er erscheine ihr manchmal wie ... Was hatte sie gesagt?

»Wie ein Kind. Das sich duckt. Klein macht. Die Ohren verschließt.«

»Wovor?«

»Vor der Gewalt, die ihm selbst angetan wurde.«

»Wie lange wird es dauern, bis wir das Videomaterial sichten können?«, fragte er.

»Ich habe bei den Verkehrsbetrieben ordentlich Druck gemacht. Heute im Laufe des Tages können wir damit rechnen.«

»Sehr gut, Steff. Danke.«

EINUNDDREISSIG

Sonntag, 25. September, nachmittags

Ihre Wangen waren bleich. Die geschlossenen Augenlider zitterten. Ihr rotbraunes Haar lag auf dem Kissen, eine Strähne hing ihr in die Stirn. Trojan zog sich einen Stuhl heran und setzte sich zu ihr ans Bett.

Es war so still im Krankenzimmer, dass er meinte, seinen eigenen Herzschlag zu hören. Er betrachtete den frischen Wundverband an ihrem rechten Arm, die Kanüle, durch die das Schmerzmittel lief. Er horchte auf ihre Atemzüge.

Nach einer Weile schlug sie die Augen auf. Für einen Moment schien sie sich zu wundern, wo sie war. Dann sah sie ihn direkt an.

»Nils«, sagte sie leise.

»Wie geht es Ihnen?«

Sie holte Luft, antwortete nicht.

»Ich habe gerade mit dem Chefarzt gesprochen. Ihre Operation ist gut verlaufen. Sie werden bald wieder gesund sein.«

»Was ist passiert?«

»Erinnern Sie sich denn nicht mehr?«

Sie schwieg. Ihre Lippen waren spröde.

»Möchten Sie etwas trinken?«

Sie nickte.

Er nahm einen Wasserbecher vom Tisch und reichte ihn ihr. Sie streckte die linke Hand danach aus. Als sie sich aufzurichten versuchte, verzerrte sich ihr Gesicht vor Schmerz.

Er zögerte kurz, dann stützte er sie ab.

Sie trank.

»Danke«, murmelte sie.

Er stellte den Becher ab. »Sie sind angegriffen worden. Gestern Nacht. Nicht weit entfernt vom Tatort im Mühlenbecker Land.«

Sie ließ den Atem ausströmen.

»Ich habe Ihnen Ihr Handy, Ihre Schlüssel und Ihre Brieftasche mitgebracht.« Er zog die Gegenstände aus seiner Jackentasche und legte sie auf den Beistelltisch. »Sie haben das alles in dem Bauernhaus in der Nähe vom Summter See liegen gelassen. Sie erinnern sich doch hoffentlich?«

Sie nickte schwach.

»Ihr Bulli steht nun auf dem Parkplatz des Dienstgebäudes. Darin befindet sich auch Ihr Rucksack. Ich habe das veranlasst, damit Ihre Sachen in Sicherheit sind.«

Es entstand eine Pause.

»Carlotta«, sagte er schließlich. »Das ist jetzt sehr wichtig. Konnten Sie den Täter erkennen?«

Sie schüttelte kaum merklich den Kopf.

»Haben Sie irgendetwas gesehen?«

Keine Antwort.

»Was genau ist in der Nacht passiert?«

»Ich war im Haus. Ich habe … die Tat rekonstruiert.«

»Dafür haben Sie sich eine Spaltaxt besorgt. Ist das richtig?«

Sie blickte ihn irritiert an. »Woher wissen Sie das? Haben Sie etwa meinen Rucksack durchsucht?«

»Das war nicht meine Absicht. Aber mein Chef ließ Nachforschungen anstellen.«

Unter einiger Anstrengung brachte sie die nächsten Sätze hervor. »Ja. Ich habe mir für die Tatortuntersuchung eine Axt gekauft. Ich wollte herausfinden, was in dem Täter vorging. Er saß übrigens wieder an dem gedeckten Tisch. Er hat eine Bienenwachskerze angezündet. Nachdem er die beiden umgebracht hat. Er wünscht sich eine intakte Familie. Es ist, als würde er mit den Geistern der Toten eine symbolische Mahlzeit einnehmen. Ein Frühstück im Morgengrauen.«

Sie atmete durch. »Ich bin jeden seiner Schritte abgegangen.«

»Und dann?«

Ihre Lippen zitterten. »Geben Sie mir noch etwas Wasser, bitte.«

Er stand auf, nahm den Becher, füllte ihn unterm Hahn am Waschbecken und brachte ihn ihr.

Diesmal richtete sich Carlotta aus eigener Kraft auf. Nachdem sie getrunken hatte, stellte sie den Becher ab.

Er setzte sich wieder. »Erzählen Sie weiter.«

»Ich sah jemanden im Hof.«

»Können Sie denjenigen beschreiben?«

»Nein. Es war zu dunkel. Nur ein Schatten. Ich bin ihm gefolgt. Leider hatte ich meine Waffe nicht dabei.«

»Waren Sie hinter der Scheune?«

»Ja. Ich bin über den Zaun geklettert.«

»Wir haben Ihre Stiefelabdrücke gefunden.«

»Er ist in den Wald gelaufen. Ich bin ihm nach.«

»Sind Sie sich ganz sicher, dass es eine männliche Person war?«

»Nein.«

»Könnte es auch ein Kind gewesen sein?«

»Ein Kind?«

»Eine Jugendliche.«

»Wieso fragen Sie mich das?«

»Dazu komme ich gleich. Bitte schildern Sie mir jedes Detail.«

»Ich betrat eine Lichtung. Es war finster. Nur gelegentlich etwas Mondlicht zwischen den Wolken. Ich hatte auch keine Maglite dabei. Nicht mal ein Handy. Ich habe mich auf der Lichtung umgesehen. Danach ging alles sehr schnell. Jemand war in meinem Rücken. Und dann …« Sie brach ab.

»Es war ein Axthieb. Das haben mir die Ärzte bestätigt.«

Sie blickte auf den Verband an ihrem rechten Arm. »Ich war lange Zeit ohnmächtig, nicht wahr?«

Er nickte.

»Ich habe wohl viel Blut verloren.«

»Ja.«

»Sie haben mir das Leben gerettet.«

Schweigen.

»Jemand war also in Ihrem Rücken«, sagte er. »Sie drehten sich um. Was konnten Sie erkennen?«

»Nichts. Es ging zu schnell.«

»Denken Sie genau nach. Lassen Sie sich Zeit. Wie groß war die Person? Was hatte sie an? Irgendein Detail des Gesichts? Oder trug sie eine Maske?«

Carlotta schloss eine Weile die Augen.

Als sie ihn wieder ansah, sagte sie: »Ich erinnere mich nur an den heftigen Schmerz. Irgendwann später waren Sie bei mir. Ich weiß noch, dass ich gedacht habe: Wie gut, dass Sie zu mir halten. Sie lassen mich nicht im Stich.«

Sie schauten sich an.

»Danke«, murmelte sie. »Danke für alles.«

»Schon gut.«

Er öffnete das Foto auf dem Handy und zeigte ihr die Aufnahme des wächsernen Pferdekopfs. »Das hier habe ich gefunden. Auf einem Baumstumpf. Nur wenige Meter von der Lichtung entfernt.«

Carlotta besah sich das Foto eine ganze Weile. Sie schien

nachzudenken. »Das Zeichen des Mörders. Es ist aus demselben Wachs gefertigt. Rosa. Offenbar das Material von Ohrstöpseln.«

»Ja.«

»Zuerst ein roher Klumpen, der entfernt an einen Kinderkopf erinnert. Dann ein Affe. Nun ein Pferd. Auch jeweils die Köpfe davon.«

»Und diese herausgebrochenen Zähne. Insgesamt sind es nun drei.«

Sie gab ihm das Handy zurück. »Wollte mich die fragliche Person töten?«

»Wir können es nicht ausschließen. Zumindest wurde Ihnen eine minimale Überlebenschance gelassen.«

»Es war nur ein einziger Hieb?«

»Ja. Gezielt auf den Arm.«

»Vielleicht wurde der Täter gestört. Darum hat er den …«, sie schluckte, »… Mordanschlag nicht vollendet.«

»Gestört? Von wem? War denn noch jemand in der Nähe?«

»Offenbar nicht. Mir ist jedenfalls nichts dergleichen aufgefallen.«

»Es könnte auch eine Warnung gewesen sein.«

»Möglich, ja.«

»Sie verfolgen den Täter. Dieser wehrt sich, als er keinen Ausweg mehr sieht. Er schlägt mit der Axt zu. Sie werden ohnmächtig. Er hinterlässt das Zeichen und verschwindet. Nimmt dabei in Kauf, dass Sie verbluten könnten.«

»Eine Mischung aus geplant und ungeplant. Sehr ambivalent.«

»Ja.«

»Der Mörder kehrt mit der Tatwaffe zum Mordschauplatz zurück, um mich zu beobachten. Er formt bereits diese Figur aus Wachs. Diesmal einen Pferdekopf. Er hat auch einen einzelnen herausgebrochenen Zahn dabei und steckt ihn in die Wachsskulptur. Er ist sich nicht ganz sicher, ob er mich töten soll. Er greift mich erst an, als er sich in der Falle wähnt.«

»So sieht es aus.«

»Ja, das wäre plausibel.«

Abermals schwiegen sie.

Dann sagte er: »Als ich Sie fand, wollten Sie mir etwas mitteilen. Sie sagten nur ein einziges Wort: Bienen.«

»Bienen?«

»Ja. Vielleicht haben Sie doch etwas gesehen. Irgendetwas. Ein Merkmal an seinem beziehungsweise ihrem Gesicht, wenn es denn eine weibliche Person war. Oder an der Kleidung vielleicht.«

»Ich sagte *Bienen*?«

Er nickte. »Es wirkte sehr dringlich. Als wollten Sie es unbedingt loswerden.«

»Daran erinnere ich mich nicht mehr.«

»Versuchen Sie es.«

»Keine Ahnung, ich war … wohl sofort ohnmächtig. Dieser heftige Schmerz und danach nichts. Absolute Schwärze. Ich weiß nicht, was Bienen damit zu tun haben sollten … Habe ich das wirklich gesagt?«

»Kein Zweifel.«

»Vielleicht haben Sie sich verhört.«

»Das glaube ich nicht.«

»Jedenfalls sah ich irgendwann Sie vor mir. Und danach … wurde wiederum alles schwarz.«

»Wollten Sie eventuell über das Bienenwachs mit mir sprechen?«

»Möglich.«

»Warum ausgerechnet in diesem Moment?«

»Weil ich unter Schock stand? Ich weiß es nicht.«

»Also gut.« Trojan öffnete eine Videosequenz auf seinem Handy. »Schauen Sie sich das bitte an.«

Sie nahm das Mobiltelefon mit ihrer linken Hand und betrachtete das Video.

»Woher haben Sie das?«

»Es ist ein Überwachungsvideo der Oberhavel Verkehrsgesellschaft. Es stammt aus dem Bus der Linie 806, der in der Nähe des Summter Sees hält. Es wurde am Samstagabend aufgezeichnet. Erkennen Sie das Mädchen darauf wieder?«

Lange Zeit schaute Carlotta auf das Display. Dann schüttelte sie den Kopf. »Nein.«

»Sind Sie ganz sicher?«

»Ziemlich.«

Trojan nahm ihr das Handy ab und klickte das Video erneut an.

Es zeigte das Mädchen in dem blauen Anorak mit dem verstrubbelten blonden Haar. Sie trug einen großen Rucksack, stieg in den Bus, setzte sich auf einen freien Platz. Kurz darauf zog sie etwas aus ihrer Jackentasche hervor.

Es war eine Schachtel Ohropax. Sie nahm zwei in Watte gehüllte Ohrstöpsel heraus, zupfte die Watte ab und begann, das Wachs zu kneten.

Daraufhin stopfte sie es sich in die Ohren.

»Wie sind Sie auf das Video gestoßen?«, fragte Carlotta.

Trojan erzählte ihr von Stefanies Zeugenbefragung und dem Haus an der Bushaltestelle.

»Bis vor ungefähr einer Stunde habe ich das komplette Videomaterial gesichtet und schließlich diesen Treffer gelandet.«

Carlotta schien auf einmal hellwach zu sein. »Und der Zeuge hat das Mädchen auf dem Video wiedererkannt?«

»Ja. Ich hab es einem Kollegen vor Ort geschickt, und dieser hat den Zeugen daraufhin ein zweites Mal befragt. Er hat es eindeutig bestätigt.«

»Das Mädchen saß also am späten Samstagabend nur wenige hundert Meter vom Tatort entfernt an einer Bushaltestelle?«

»So ist es.«

»Und sie benutzt diese Ohrstöpsel.«

»Richtig.«

»Das kann kein Zufall sein.«

»Der Meinung bin ich auch.«

»Und Sie wissen anhand der Videoaufnahme, an welcher Haltestelle das Mädchen eingestiegen ist?«

»Ja.«

»Wo?«

»In Schildow, das ist eine kleine Ortschaft unweit der Berliner Stadtgrenze, mit dem Bus etwa eine halbe Stunde vom Tatort am Summter See entfernt. Und zu diesem See fuhr sie. Dorthin, wo sich Torsten und Maria Stolzhagen ihr Anwesen zugelegt haben. Sie nahm den Bus der Linie 806. Am Samstagabend. Das belegen die Aufnahmen.«

Durch Carlotta ging ein Ruck. Sie versuchte, sich die Kanüle aus dem Arm zu reißen. »Wir müssen dieses Mädchen finden. Und zwar sofort.«

»Langsam, langsam.« Sanft, aber mit Nachdruck hinderte er sie daran, sich aufzusetzen. »Sie ruhen sich aus, ich übernehme das.«

»Ich muss mitkommen.«

»Das geht nicht. Sie sind gerade erst operiert worden.«

Sie sank aufs Kissen zurück. Ihr war anzusehen, wie stark ihre Schmerzen waren.

»Nils?«

»Ja?«

»Bitte vertrauen Sie mir.«

»Das tue ich.«

»Ich weiß, ich habe einen Fehler gemacht. Ich hätte die ganze Nacht meine Dienstwaffe bei mir tragen sollen. Bewaffnet hätte ich die verdächtige Person vielleicht stellen können.«

»Jedem von uns unterläuft mal ein Fehler.«

»Was sagt Landsberg dazu?«

»Das ist unwichtig.«

»Ihre Kollegen können mich nicht ausstehen.«

»Aber nicht doch.«

Sie legte die Stirn in Falten. »Ein Kind. Ein etwa vierzehnjähriges Mädchen. Ist sie womöglich unsere Täterin? Hat sie mich mit der Axt angegriffen?«

»Es wäre erschütternd.«

»Sie fährt mit den öffentlichen Verkehrsmitteln zum Tatort.«

»Ziemlich unbekümmert, finden Sie nicht? Sie muss doch wissen, dass es Überwachungskameras gibt.«

»Vielleicht schert sie sich nicht darum. Es ist ihr egal. Diese Unverfrorenheit würde ins Bild passen.«

»Oder wir täuschen uns. Wie auch immer. Wir werden es herausfinden.«

»Ab morgen bin ich wieder dabei. Ganz egal, was der Arzt sagt. Ich darf jetzt nicht aufgeben.«

»Ganz ruhig, Carlotta. Einen Schritt nach dem anderen.«

Trojan erhob sich, nickte ihr zu und verließ das Krankenzimmer.

ZWEIUNDDREISSIG

Sonntag, 25. September, abends

Seit Stunden waren sie in der kleinen Ortschaft Schildow unterwegs. Stefanie und Trojan, Max Kolpert, Ronnie Gerber, Albert Krach und Olaf Maas hatten das Gebiet rund um die Bushaltestelle in mehrere Abschnitte aufgeteilt. Jeder von ihnen sprach in seinem Bereich Passanten an, klingelte an Haustüren und zeigte das Foto des Mädchens herum, das sie aus dem Video herausgeschnitten hatten.

Zuvor hatten sie die Aufnahmen in den Meldedaten der Einwohner durchforstet, jedoch ohne Erfolg. Schließlich kamen sie überein, die Befragungen auch auf die umliegenden Dörfer auszuweiten. Abermals teilten sie sich dafür auf.

Trojan übernahm die nordöstliche Richtung und fuhr mit seinem Dienstwagen auf der Bundesstraße 96 a weiter, bis er in einen Ort namens Schönfließ kam. Er parkte vor der Dorfkirche und näherte sich einer Gruppe von Jugendlichen, die davor herumlungerten.

Er zeigte ihnen die Aufnahme auf seinem Handy.

»Habt ihr dieses Mädchen schon mal gesehen?«

Kopfschütteln.

Trojan bedankte sich und ging weiter. Er fragte in einer Kneipe und in einem Ausflugslokal nach. Nichts als misstrauische Blicke, wortkarge Auskünfte. Kein einziger nützlicher Hinweis.

Wahrscheinlich war die Aktion zwecklos. Das Mädchen

könnte von sonst woher gekommen sein. Nur weil sie im Mühlenbecker Land in einen Bus gestiegen war, hieß das noch lange nicht, dass sie aus dieser Gegend stammte.

Dennoch beschloss er, nicht sofort aufzugeben. Er bog von der Dorfstraße in einen Weg ab. Er klingelte wahllos an ein paar Haustüren und befragte die Bewohner.

Wieder nichts.

Der Weg wurde immer schmaler, schließlich gelangte er zu einer Wiese, die an einem Waldstück endete. Offenbar gab es hier keine weiteren Häuser. Er wollte gerade umkehren, als etwas seine Aufmerksamkeit fesselte.

Am Waldrand standen mehrere Bienenkästen.

Trojan blieb stehen. Auf einmal kribbelte es in seinen Fingern. Nach wie vor erschien es ihm rätselhaft, dass Carlotta von Bienen gesprochen hatte, kurz bevor sie in Ohnmacht gefallen war.

Eine merkwürdige Unruhe ergriff ihn.

Er kehrte um und klingelte an der nächsten Haustür. Eine Frau um die sechzig, hochtoupiertes Haar, klein gemusterte Bluse, beigefarbener Rock, öffnete ihm.

»Ja bitte?«

»Trojan, LKA Berlin.« Er hielt ihr das Foto auf seinem Handy hin. »Kennen Sie dieses Mädchen?«

Ein verwunderter Blick auf die Aufnahme, dann sagte die Frau: »Nein.«

Er steckte das Handy ein. »Gibt es eigentlich einen Imker in dieser Gegend?«

»Wie kommen Sie darauf?«

»Die Bienenkästen am Waldrand. Wem gehören die?«

»Die sind von Frau Gerling.«

»Wo wohnt sie?«

»Den Weg runter, dann links in die Hauptstraße. Biegen

Sie am Pflanzencenter in den Reitweg ein. Dort ist es das letzte Haus auf der rechten Seite. Nummer 9.«

»Danke.«

Plötzlich hatte es Trojan sehr eilig. Er rannte zurück zur Dorfstraße und gab die Adresse vorsichtshalber auf der Navigations-App seines Mobiltelefons ein. Er folgte den Anweisungen auf dem Display.

Ungefähr zwanzig Minuten später stand er vor einem efeubehangenen Haus mit windschiefem Dach. Er öffnete das Gartentor und näherte sich der Haustür.

Keine Klingel. Er klopfte an.

Nichts geschah.

Er ging um das Gebäude herum. Der Garten war verwildert, Brennnesseln und Giersch in Kniehöhe.

Eine alte Frau, weißhaarig, karierte Kittelschürze, graue Wollstrümpfe, erdverkrustete Gummistiefel, hockte auf einer Bank hinterm Haus und blickte in die Abendsonne, die durch das Laub zweier Eschen fiel. Dahinter erstreckten sich Wiesen und Getreidefelder.

»Hallo?«

Keine Reaktion.

Trojan trat näher.

»Frau Gerling?«

Endlich wandte die Alte den Kopf zu ihm um. Sie betrachtete ihn neugierig aus wässrigen Augen. Ihr Gesicht war verrunzelt, er schätzte sie auf achtzig.

»Kann ich Ihnen helfen?«, fragte sie freundlich.

»Ich bin auf der Suche nach diesem Mädchen.« Er zeigte ihr das Foto. »Kennen Sie sie?«

Sie besah sich die Aufnahme lange. Dann schüttelte sie den Kopf. »Tut mir leid. Ich wüsste nicht, wer das sein sollte.« Sie schaute ihn an. »Möchten Sie vielleicht Honig kaufen?«

»Nein danke.«

»Sind Sie von der Polizei?«

»Ja.« Er zückte seinen Dienstausweis.

»Hat das Mädchen etwas verbrochen?«

»Schon möglich.«

Mühsam erhob sich die Alte von der Bank. »Kommen Sie mit ins Haus.«

»Warum?«

»Ich habe Honig für Sie.«

»Vielen Dank, aber ich möchte wirklich keinen.«

»Vielleicht eine Kerze?«

Trojan wurde stutzig.

Sie öffnete die Hintertür und winkte ihn herein.

Er folgte ihr durch die Küche in einen süßlich duftenden Raum, der mit Bienenwachskerzen vollgestellt war. Manche standen lose auf Regalbrettern an der Wand, andere lagen in geöffneten Pappkartons.

»Suchen Sie sich eine aus«, sagte die Alte.

Trojan war verblüfft. »Drehen Sie die Kerzen selbst?«

»Natürlich. Alles in Handarbeit.«

Plötzlich hatte er eine Eingebung. »Ist hier vielleicht kürzlich mal eingebrochen worden?«

»Interessant, dass Sie mich das fragen. Ich habe tatsächlich den Eindruck, dass ein paar meiner Kerzen fehlen.«

»Wie viele?«

»Zwei oder drei Kartons voll.«

»Und Sie haben das nicht gemeldet?«

»Eine Anzeige, meinen Sie?«

Er nickte.

»Die Polizei einschalten? Wegen ein paar Bienenwachskerzen? Nein. Das würde mich nur aufregen. Vielleicht habe ich mich ja getäuscht. Manchmal verliere ich den Überblick.«

»Was machen Sie mit den Kerzen?«

»Ich verkaufe Sie auf dem Wochenmarkt. Zusammen mit meinem Honig. Heutzutage läuft so vieles online. Aber das ist mir zu kompliziert.« Sie griff nach einer dicken Stumpenkerze. »Diese hier ist besonders schön.« Sie lächelte ihn an. »Ich möchte Sie Ihnen schenken.«

Trojan machte eine abwiegelnde Geste. »Aber nicht doch. Ich werde dafür bezahlen.« Er griff nach seinem Portemonnaie. »Was kostet das?«

Die Alte aber drückte ihm die Kerze entschlossen in die Hand. »Es ist ein Geschenk für Sie. Zünden Sie sie abends an und genießen Sie den Duft.«

»Das ist überaus großzügig von Ihnen. Vielen Dank.«

»Keine Ursache. Sie sind ein guter Mensch. Das sehe ich Ihnen an.«

Verlegen steckte Trojan die Kerze in seine Jackentasche. Dann reichte er der alten Frau Gerling seine Karte. »Bitte rufen Sie mich an, falls Ihnen doch etwas zu dem Mädchen einfällt.«

»Natürlich.«

»Oder zu dem mutmaßlichen Einbruch.«

»Damit möchte ich mich lieber nicht belasten.«

»Wie viele Bienenkästen haben Sie eigentlich?«

»Insgesamt sind es sieben.«

»Sie stehen alle oben an diesem Waldstück?«

»Nicht alle. Drei von ihnen habe ich am Feldrand aufgestellt, gleich hinterm Haus.«

»Darf ich sie mir ansehen?«

»Gern. Aber seien Sie achtsam. Sie dürfen das Bienenvolk nicht in Aufruhr bringen.«

»Selbstverständlich.«

Er verabschiedete sich von ihr, verließ das Haus und durchquerte ihren Garten.

Nachdenklich ging er über die Wiese hinter dem Haus. Er hielt sich am Feldrand in nördlicher Richtung. Nach etwa zweihundert Metern blieb er vor den anderen drei Bienenkästen der Imkerin stehen.

Auf einmal wurde er sich seiner tiefen Erschöpfung bewusst. Er war in der vergangenen Nacht nicht zum Schlafen gekommen.

Er checkte die App auf seinem Handy und stellte fest, dass er, wenn er querfeldein ging, schneller zu seinem Dienstwagen zurückkehren würde.

Müde ging er weiter. Schließlich erreichte er von der anderen Seite aus die Stelle, an der er schon einmal gewesen war und wo sich die übrigen Bienenvölker befanden.

Die Abendsonne stand bereits tief.

Kurz entschlossen steuerte Trojan auf das Waldstück zu. Er brauchte dringend eine Pause. Nur einen Moment ausruhen, dachte er. Er ließ sich hinter einem Holunderbusch am Stamm einer Buche nieder und schloss die Augen.

Seine Erschöpfung war so groß, dass ihm bald darauf der Kopf auf die Brust sank. Für ein paar Minuten dämmerte er ein.

Er hatte einen deutlichen Traum. Carlotta stand vor ihm, das Blut troff aus der Wunde an ihrem Arm. Sie rief ihm etwas zu, doch er konnte das Wort nicht verstehen. Sie wiederholte es, aber er vernahm nichts weiter als ein lautes Brummen.

Plötzlich war er wach.

Ein kalter Windhauch fuhr durch das Laub der Bäume, und er fröstelte.

Und da sah er es. Zwischen den Zweigen des Holunders hindurch.

Trojan traute seinen Augen nicht.

An den Bienenkästen, etwa hundert Meter von ihm entfernt, stand jemand.

Es war das Mädchen mit dem blauen Anorak. Kurzzeitig glaubte er, noch immer zu träumen.

Doch es war real.

Rasch stand er auf.

Offenbar hatte ihn das Mädchen hinter dem Buschwerk nicht bemerkt.

Und auf einmal geschah etwas sehr Merkwürdiges.

Das Mädchen öffnete den Deckel eines Kastens, nahm eines der Wabenrähmchen heraus und schüttelte es.

Ein lautes Summen und Brummen. Bienen schwirrten auf. In einer dunklen Wolke.

Das Mädchen breitete beide Arme aus.

Die schwarze Insektenwolke stob auf sie zu.

Das Mädchen lächelte.

Und plötzlich ließ sich das gesamte Volk auf ihr nieder. Wuselnde Bienen bedeckten ihren Anorak, die Ärmel, ihre Hände und sogar das Gesicht.

Staunend sah Trojan dabei zu.

Dann rannte er los.

Schon hatte sie ihn bemerkt.

Auch sie setzte sich in Bewegung.

»Halt! Stehen bleiben! Polizei!«, rief er.

Das Mädchen rannte in die andere Richtung davon. Der Bienenschwarm brauste auf. Trojan musste ihm ausweichen.

Abermals rief er: »Polizei! Stehen bleiben!«

Das Mädchen raste über die Wiese.

Trojan war dicht hinter ihr. Er setzte zu einem Hechtsprung an. Im Fallen erwischte er sie an den Beinen.

Sie stürzte. Er rappelte sich auf, wollte sie packen. Da verspürte er einen heftigen Schmerz.

Er schrie auf.

Sie hatte ihm in die Hand gebissen.

Schon war sie ihm wieder entwischt.

Erneut rannte er hinter ihr her. Sie war flink. Trojans Atem flog. Er beschleunigte.

Wieder schrie er ihr nach.

Auf einmal geriet sie ins Stolpern. Er jagte heran, streckte die Hände nach ihr aus.

Schließlich konnte er sie fassen.

Er keuchte. »Ganz ruhig! Ich werde dir nichts tun.«

Sie krümmte sich. Das Haar hing ihr wirr ins Gesicht.

»Mein Name ist Nils Trojan. Ich bin von der Berliner Kriminalpolizei.« Er zog seinen Dienstausweis aus der Tasche.

Sie reagierte nicht.

»Sag mir deinen Namen.«

Sie war bleich, atmete schwer.

»Wie heißt du?«

Keine Antwort.

»Du musst mich aufs Revier begleiten.«

Trojan zückte seine Handschellen.

Das Mädchen war wie erstarrt.

DREIUNDDREISSIG

Montag, 26. September, vormittags

»Sie wollen heute wieder arbeiten? Das ist der komplette Wahnsinn.«

Der Arzt sah sie an, als hätte sie tatsächlich den Verstand verloren.

Carlotta setzte eine entschlossene Miene auf. Der Anruf von Trojan hatte so dringlich geklungen, dass sie glaubte, keine andere Wahl zu haben.

Sie war kurz vor der Visite aufgestanden. Der Verband war gewechselt, der Arm steckte nun in einer Schlinge.

»Es ist ein beruflicher Notfall«, sagte sie.

»Die Nähte könnten reißen, Ihre Wunde platzen. Das kann ich nicht verantworten.«

»Dann entlasse ich mich selbst.«

»Ich rate dringend davon ab.«

»Es hilft alles nichts. Ich muss ins Kommissariat. Noch heute.«

»Das ist verrückt.«

»Und wenn schon. So ist mein Beruf.«

Kopfschüttelnd wandte sich der Arzt von ihr ab und verließ das Zimmer.

Sie war noch wacklig auf den Beinen. Das Schmerzmittel, das sie morgens eingenommen hatte, zeigte Nebenwirkungen. Ein wattiges Gefühl, als würde sie alles nur durch einen Schleier wahrnehmen.

Sich anzuziehen kostete sie einige Mühe. Sie musste den

Arm aus der Schlinge nehmen. Jede noch so kleine Bewegung verursachte Schmerzen.

Es dauerte lange, bis sie es endlich geschafft hatte. Sie legte sich die Schlinge wieder an. Putzte sich die Zähne und warf sich etwas kaltes Wasser ins Gesicht.

Ein letzter Blick in den Spiegel am Waschbecken, dann war sie bereit.

Sie unterschrieb bei der Stationsschwester eine Erklärung, dass sie die Klinik auf eigenes Risiko verließ, rief sich ein Taxi und steuerte auf den Ausgang zu.

Eine Dreiviertelstunde später war sie in Berlin. Wie versprochen stand ihr Bulli auf dem Parkplatz des Kommissariats in Tiergarten bereit. Sie schloss die Seitentür auf und stieg ein. Trotz aller Eile wollte sie für einen Moment innehalten. Schließlich war dieser Bus wie ein Zuhause für sie.

Sie setzte sich auf die Rückbank und atmete ein paarmal tief durch. Es war ihr unangenehm, dass ihre Sachen durchsucht worden waren. Darum kontrollierte sie den Inhalt ihres Rucksacks.

Die Spaltaxt steckte noch immer darin.

Nachdenklich fuhr Carlotta mit den Fingern über die scharfe Klinge.

Fünf Minuten später betrat sie das Dienstgebäude. Ihre Sig Sauer hatte Trojan für sie im Waffenschrank wegsperren lassen. Sie nahm sie heraus und prüfte das Magazin. Unter Schmerzen schnallte sie sich das Holster um, diesmal links, und schob die Waffe hinein.

Ob sie mit ihrer schwächeren Linken gut schießen konnte? Carlotta wusste es nicht.

Sie stieg die Treppe zu den Räumlichkeiten der fünften Mordkommission hinauf.

Trojan kam ihr im Gang entgegen.

»Da sind Sie ja.«

Sie blieb vor ihm stehen. Augenblicklich war ihr ein wenig schwindlig.

Er schien es bemerkt zu haben. »Carlotta, Sie müssen das nicht tun.«

»Ich will es aber.«

»Ansonsten können wir auch ...«

»Es ist okay.«

Der Schwindel legte sich, und sie musterte ihn. Er wirkte völlig übermüdet. Seine dunkelbraunen Augen waren umschattet.

Mit einem Mal war sie froh, hier zu sein. In seiner Nähe. Plötzlich verspürte sie den Wunsch, auf Dauer mit ihm zusammenzuarbeiten. Auch er hatte diesen Wagemut, trotz seiner Hypersensibilität, auch er schoss manchmal über seine Grenzen hinaus, selbst wenn er, wie sie vermutete, es oftmals mit der nackten Angst zu tun bekam.

Er gab alles in seinem Job, das mochte sie. Sein starker Wille, ans Ziel zu gelangen, war beeindruckend. Er war vielleicht nicht ganz so verrückt wie sie, aber das war letztlich gut.

Er gab ihr Halt.

»Sie haben das Mädchen also gefunden«, sagte sie.

»Ja.« Wie schon am Telefon fasste er es nochmals für sie zusammen. Die Imkerin, der Ort namens Schönfließ und die seltsame Prozedur an den Bienenkästen.

»Sie hatte kein Geld und keinen Ausweis dabei«, sagte er, »nicht einmal einen Schlüssel oder ein Handy. Sie spricht kein Wort. Seitdem ich sie gestern Abend mit aufs Revier genommen habe, hüllt sie sich in Schweigen.«

»Wurde sie erkennungsdienstlich behandelt?«

»Ja, aber ihre Fingerabdrücke finden sich nicht in unserem System.«

»Wurden sie mit den Spuren am Tatort abgeglichen?«

Er nickte. »Wir sind alles durchgegangen. Keine Übereinstimmungen, aber Sie wissen ja, es gibt letztlich keine Spuren. Die Täterin oder der Täter trug wahrscheinlich einen Schutzanzug, Handschuhe, offenbar auch eine Kapuze. Wir haben keine Hautfasern, kein Haar, keine Fingerabdrücke. Und in dem Wald am Summter See wurden allein Ihre eigenen Stiefelabdrücke gefunden. Dazu ein Fetzen Ihres T-Shirts. Mehr haben wir leider nicht.«

»Hmm. Das Mädchen hat also bisher kein einziges Wort gesprochen?«

»So ist es. Wir wissen nicht, wie sie heißt und woher sie kommt. Wir haben lediglich diese Videoaufzeichnung. Wenn ich sie darauf anspreche, zeigt sie keinerlei Regung. Anfangs war ich mir nicht einmal sicher, ob sie unsere Sprache versteht.«

»Haben Sie einen Aufruf in den Medien veranlasst?«

»Ja. Allerdings gab es noch keine verwertbaren Hinweise.«

»Merkwürdig. Mittlerweile sind es zwei Jugendliche unbekannter Herkunft. Das Mädchen mit den Engelsflügeln und nun sie.«

»Ein überaus rätselhafter Fall.«

»Wie verhält sich das Mädchen ansonsten?«

»Sie wirkt wie versteinert. Wenn man ihr jedoch zu nahe kommt, wird sie aggressiv.« Er zeigte ihr seine linke Hand, die mit einem Verband versehen war. »Bei dem Versuch, sie festzunehmen, hat sie mich gebissen. Ich musste ihr Handschellen anlegen.«

»Wo hat sie die Nacht verbracht?«

»Beim Jugendnotdienst.«

»Wer war bei ihr?«

»Eine Sozialarbeiterin. Auch diese konnte keinen Kontakt zu ihr herstellen. Zudem lassen wir das Mädchen rund um die Uhr bewachen.«

»Sie dürfen sie nicht unter Druck setzen.«

»Schon klar. Die Beamten sind jeweils diskret vor der Tür positioniert. Wir tun unser Bestes, um irgendwie Vertrauen herzustellen.«

»Wo ist sie jetzt?«

»Im Besprechungsraum. Den Flur runter. Die Sozialarbeiterin ist bei ihr.«

»Ich möchte mit ihr allein sein.«

»Gut.« Er schaute ihr in die Augen. »Carlotta?«

»Ja?«

»Ist es wirklich zu verantworten, dass Sie bereits wieder im Dienst sind?«

»Machen Sie sich um mich keine Sorgen.«

Er nickte ihr zu. »Falls Sie mich brauchen, ich bin in der Nähe.«

»In Ordnung.«

Er verschwand in seinem Büro.

Carlotta machte sich auf den Weg zum Sitzungsraum. Ein bewaffneter Beamter stand vor der Tür. Sie zeigte ihm ihren Dienstausweis. Dann holte sie einmal tief Luft, drückte die Klinke und trat ein.

VIERUNDDREISSIG

Das Mädchen sah tatsächlich aus wie eine Vierzehnjährige. Blasse Haut, Stupsnase, das blonde Haar halblang und verwuschelt. Sie trug denselben blauen Anorak wie auf dem Überwachungsvideo, saß zusammengesunken auf einem Stuhl. Kaum erblickte sie Carlotta, verhärteten sich ihre Gesichtszüge.

Die Frau vom Jugendnotdienst war eine energische Kurzhaarige mit ovaler Brille. Carlotta stellte sich ihr kurz vor und bat sie, im Nebenraum zu warten.

Als Carlotta mit der Jugendlichen allein war, setzte sie sich schweigend an das andere Ende des langen Konferenztischs.

Die Augen des Mädchens waren permanent auf sie gerichtet, lauernd, gespannt.

War sie diejenige, die sie in der vorletzten Nacht mit einer Axt angegriffen hatte?

Carlotta war sich nicht sicher.

Sie versuchte, den Anblick der Jugendlichen auf sich wirken zu lassen. Doch es stellte sich keinerlei Erinnerung ein, nicht die geringste Regung in ihrem Gedächtnis.

Schließlich sagte sie: »Hallo. Mein Name ist Carlotta. Du darfst mich duzen, wenn du möchtest.«

Schweigen.

»Ich arbeite für die Kriminalpolizei, aber im Moment bin ich ausschließlich als Psychologin hier. Das ist mein zweiter Beruf.«

Das Mädchen rührte sich nicht.

»Wenn du willst, kannst du mir deinen Namen sagen. Du darfst dir damit aber auch Zeit lassen. Vielleicht brauchst du noch eine Weile?«

Lauernder Blick. Keine Antwort.

»Es ist alles freiwillig, weißt du? Auch wenn dich mein Kollege in Handschellen abgeführt hat, war das nur zu seinem Schutz. Weil du ihn gebissen hast. Ich nehme an, du standst am Sonntagabend unter großem Stress.«

Sie wartete ab.

Nichts geschah.

»Nils Trojan, so heißt mein Kollege, ist keinesfalls wütend auf dich. Niemand hier ist wütend. Wir haben nur ein paar Fragen an dich, weil du in der Nähe eines Mordtatorts gesehen wurdest. An einer Bushaltestelle in dem Gebiet am Summter See. Das macht uns Sorgen, weißt du? Wir wollen ausschließen, dass du etwas mit dem Mord zu tun hast.«

Carlotta studierte die Gesichtszüge des Mädchens. Keine Mikroexpressionen. Sie war wie versteinert. Nur die Augen waren hellwach. Wahrscheinlich würde es lange brauchen, um Vertrauen zu ihr aufzubauen.

»Außerdem gab es einen Mordanschlag auf mich selbst. Vorgestern Nacht. Ich bin gerade erst aus der Klinik zurückgekehrt.«

Abermals keine Mikromimik. Nur dieser Blick, kühl, distanziert, aber stets auf der Lauer.

»Der Angriff ereignete sich nur wenige Stunden, nachdem du an dieser Bushaltestelle gesehen wurdest. Auch das macht uns Sorge.«

Das Mädchen rührte sich nicht.

Erneut wartete Carlotta ab. Dann fragte sie: »Möchtest du etwas trinken?«

Keinerlei Reaktion.

»Hast du Hunger?«

Nichts als dieser Blick.

»Du hast sicherlich schon gefrühstückt, oder? Wie war das so für dich in der Einrichtung vom Jugendnotdienst? Befremdlich? Beängstigend?«

Das Mädchen ruckte ein wenig den Kopf, kaum merklich, mehr die Andeutung einer Bewegung.

»Konntest du in der Nacht schlafen?«

Schweigen.

»Okay, du möchtest gerade nicht sprechen. Das ist vollkommen in Ordnung. Geht mir manchmal auch so. Die Welt ist oft ein kalter, unwirtlicher Ort.«

Sie ließ einige Minuten verstreichen.

Das Mädchen blieb völlig reglos.

Aber sie hielt Blickkontakt mit ihr. Und das machte Carlotta Hoffnung.

Schließlich sagte sie: »Sonntagabend. Es ist schon ziemlich spät. Gegen dreiundzwanzig Uhr. Du sitzt an dieser Bushaltestelle. Es ist dunkel. Kalt. Was geht in dir vor?«

Keine Antwort.

»Wolltest du jemanden besuchen?«

Nichts.

»Hast du auf jemanden gewartet?«

Schweigen.

»Oder warst du zu diesem Zeitpunkt noch unentschlossen?«

Stille.

Carlotta stand auf und setzte sich auf einen anderen Stuhl, näher an ihr dran.

Die Augen des Mädchens, blaugrün und wachsam, waren auf sie gerichtet.

Weitere Minuten vergingen.

»Bist du vorher ziellos in der Gegend herumgefahren? Das hab ich früher auch oft gemacht. Hab mich in den nächsten Bus gesetzt, nur um unterwegs zu sein, egal wohin. Hab die Leute beobachtet, die Straßen. Verschlossen. Fern von den anderen. Aber immerhin in Bewegung. Bloß keine Erstarrung, hab ich mir gedacht. Wenigstens so tun, als ob ich ein Ziel hätte.«

Pause.

»Damals war ich furchtbar einsam und verloren, weißt du? Es war in der Zeit, als meine Mutter gestorben ist. Viel zu früh. Ich war noch ein Teenager, so wie du.«

Ein Wimpernzucken.

»Was ist mit *deinen* Eltern?«

Ihr Blick wurde härter.

»Ist ihnen etwas zugestoßen?«

Eine winzige Regung, schwer zu deuten.

»Oder magst du sie nicht?«

Schon war die Erstarrung zurück. Das Gesicht des Mädchens war wie eine Maske, kaum zu durchdringen.

Doch Carlotta gab nicht auf. »Hast du Angst vor ihnen?«

Wieder nichts.

»Ich war früher oft auf der Flucht. Vor mir selbst. Vor dem Leben. Ich hatte eine schöne Kindheit. Nach dem Tod meiner Mutter ist alles zerbrochen. Das tut weh. Und man schämt sich dafür. Man will so sein wie die anderen. So fröhlich und unbeschwert. Aber man fühlt sich wie abgetrennt von ihnen. Das kann einen wütend machen. Und mit Wut kann man mehr anfangen als mit der Angst, nicht wahr? Angst ist passiv. Wut geht nach außen. Ich war ein zorniges Mädchen, weißt du? Und im innersten Kern meines Herzens bin ich das noch immer. Ich glaube, ich habe Psychologie und Kriminalistik studiert, um mehr über den Hass herauszufinden. Hass, der die Angst verdeckt. Welcher Mensch will schon ängstlich sein?«

Das Mädchen schaute sie an.

»Warst du auch zornig? Sonntagabend? Oder hattest du einfach nur Angst? Diese nackte, lauernde Angst, die einen um den Verstand bringen kann?«

Stille.

»Wenn ich ängstlich bin, fahre ich in meinem VW-Bus herum. Stundenlang. Werde ich müde, halte ich irgendwo an und verkrieche mich in meiner Schlafkoje. Ich hab ein paar Leuchtsterne an die Decke geklebt. Ich suche mir einen aus und stelle mir vor, dass dies der Stern ist, auf dem jetzt meine Mutter lebt. Das hilft ein wenig.«

Der Blick des Mädchens wurde weicher.

»Gibt es irgendjemanden, der dich vermisst? Den ich anrufen könnte? Jemanden, dem ich sagen kann, wo du gerade bist? Eine Freundin? Einen Freund?«

Langes Schweigen.

»Oder ist da niemand?«

Das Mädchen sah sie bloß an.

Carlotta wartete.

Der Schmerz in ihrem Arm war pochend.

Sie erhob sich von ihrem Stuhl und ließ sich auf dem Boden nieder, mit dem Rücken zur Wand.

»Komm zu mir, wenn du magst. Hier unten ist es bequemer. Ruh dich aus. Du hast viel durchgemacht. Das sehe ich dir an.«

Das Mädchen folgte ihr mit Blicken, aber sie rührte sich nicht.

»Hast du eine Lieblingsbeschäftigung? Etwas, das dir Freude macht?«

Dieser Blick. Was steckte dahinter? Was ging in ihrem Kopf vor?

»Mein Kollege hat mir erzählt, dass er dich an einem Bienenkasten gesehen hat. Du hast ihn geöffnet, und die Bienen sind um dich herumgeschwirrt. Dann haben sie sich auf dir niedergelassen. Überall. Auf deinen Armen. In deinen Haaren. Selbst in deinem Gesicht. War das schön?«

Keine Antwort.

»Magst du Bienen?«

In ihren Augen war ein Schimmern, doch sie schwieg.

»Ich hab mir neulich eine Bienenwachskerze gekauft. Ich hab sie angezündet. Dieser Duft. So anheimelnd und süß.«

Nichts.

»Kennst du die alte Imkerin aus Schönfließ? Ihr gehören die Bienenvölker. Wusstest du das? Bist du ihr mal begegnet?«

Das Mädchen blieb wachsam, aber sie rührte sich nicht.

»Ist das ein Lieblingsort von dir? Wo diese Bienen leben? Fühlst du dich ihnen nah?«

Sie ließ etwas Zeit verstreichen.

»Ist es okay, wenn ich dich Bienenmädchen nenne? Solange du mir nicht deinen richtigen Namen verrätst?«

Stille.

Dann sagte sie: »Du kannst mich doch verstehen, Bienenmädchen, oder? Du bist nicht gehörlos, das merke ich dir an. Versuchst nicht, mir von den Lippen zu lesen. Achtest auf meine Worte. Hörst auf ihren Klang. Du weißt, worum es hier geht. Du bist klug. Aufmerksam. Wach. Selbst wenn *du* es warst, die mich vorgestern Nacht angegriffen hat, können wir darüber sprechen. Denn glaub mir, auch wenn dir im Moment alles hoffnungslos erscheint, gibt es einen Ausweg. Den gibt es immer.«

Carlotta atmete durch.

»Wollen wir eine kleine Pause machen?«

Das Mädchen schwieg.

Carlotta schloss die Augen. Das Schmerzmittel machte sie benommen.

Für einen Moment sank ihr der Kopf auf die Brust.

Sie fiel in einen Sekundenschlaf.

Kurz darauf schüttelte sie sich und war wieder wach. Das Mädchen saß plötzlich ebenfalls auf dem Boden. Nur zwei Meter von ihr entfernt, die Arme um die Knie geschlungen.

Gut so, dachte Carlotta. Langsam. Schritt für Schritt. Vertrauen aufbauen.

»Wollen wir uns ein paar Fotos anschauen?«

Sie zog ihr Mobiltelefon hervor und öffnete eine der Aufnahmen, die das unbekannte Mädchen in der Rechtsmedizin zeigte. Die Nahaufnahme ihres Gesichts.

»Hier.«

Vorsichtig rückte sie näher an sie heran.

»Kennst du diese Jugendliche? Hast du sie schon mal irgendwo gesehen?«

Während das Mädchen auf das Foto schaute, studierte Carlotta ihre Gesichtszüge genau.

Doch sie konnte nichts erkennen. Keine Mikromimik, rein gar nichts, als sei ihr Gesicht aus Stein.

Sie scrollte zu der Aufnahme, die die Tattoos auf dem Rücken des toten Mädchens zeigten. »Die Tätowierungen sehen aus wie Engelsflügel. Findest du nicht?«

Keine Regung.

»Bist du ihr mal begegnet?«

Nichts als Starre.

»Sie ist tot. Sie sprang von einem Baugerüst. Bislang konnte ich nicht herausfinden, wie sie heißt, wer sie ist, warum sie das getan hat. Ich weiß über das Mädchen mit den Engelsflügeln so wenig wie über dich. Vielleicht kannst du mir ja helfen?«

Das Mädchen rührte sich nicht.

Danach zeigte ihr Carlotta ein Foto von dem Stofftier an der Nylonschnur. »Und dieses Äffchen? Kommt es dir bekannt vor?«

Schweigen.

»Es ist eine Meerkatze. Den Kopf gibt es auch aus Wachs. Hier.«

Die nächste Aufnahme. Das Mädchen zog kaum merklich die Schultern hoch.

»Die Zähne sind unheimlich, nicht wahr? Menschliche Zähne. Blutverkrustet. Im Maul eines Affen aus Wachs. Was hat das wohl zu bedeuten?«

Das Mädchen schaute erst auf das Display, dann wieder in Carlottas Augen.

»Wir haben diese Figur in einer Scheune am Mordtatort gefunden. Sie ist aus dem Wachs von Ohrstöpseln geformt worden. Verstopfst *du* dir manchmal die Ohren?«

Lauernder Blick.

»Möchtest du nichts hören von der Welt? Nichts mitbekommen? Ich verstehe das gut. An manchen Tagen, wenn es hart auf hart kommt, muss man sich verschließen.«

Stille. Die Augen ruhten auf ihr.

»Ich zeige dir jetzt Fotos von den Ermordeten. Aber keine Angst. Sie sind aus dem Melderegister. Keine blutigen Details. Wenn du nicht sprechen möchtest oder es aus irgendwelchen Gründen nicht kannst, gib mir ein Zeichen. Heb einen Finger, ja? Wenn du jemanden wiedererkennst, lass es mich wissen.«

Sie zeigte ihr Bild für Bild. Torsten Stolzhagen. Dann seine Schwester Maria. Martin Schild. Danach seine Ehefrau Rita.

Keine Bewegung. Reglose Miene.

Wie machte sie das nur? Hatte sie es einstudiert? Sie schien ihre Gesichtszüge vollkommen zu beherrschen.

Carlotta steckte das Handy wieder ein.

Plötzlich stand das Mädchen auf und trat ans Fenster.

Carlotta wartete gespannt ab.

Nichts geschah.

Schließlich erhob sie sich und ging zu ihr. Eine Weile schauten sie beide auf die Straße hinaus.

»Hast du vor jemandem Angst? Wenn du es mir sagst, kann ich dir sicherlich helfen. Wenn du weiterhin schweigst, leider nicht.«

Das Mädchen drehte den Kopf zu ihr. Wieder dieser Blick, unnahbar und wach zugleich.

Dann sagte Carlotta: »Ich habe auch Angst, weißt du? Davor, dass noch mehr Menschen umgebracht werden.«

Jetzt. Da war etwas. Eine winzige Reaktion. Ihre Augenbrauen hoben sich. Gleichzeitig spannten sich ihre Lippen an. Nur für den Bruchteil einer Sekunde.

Der Ausdruck von Furcht.

Ruhig, dachte Carlotta, nichts überstürzen.

Einige Zeit später sagte sie: »Ich möchte dir ein letztes Foto zeigen.«

Sie suchte das Bild heraus.

»Hier.«

Das Mädchen schaute auf das Display.

»Ihr Name ist Annabel Lund. Sie verschwand im Alter von vierzehn Jahren auf dem Rückweg von ihrer Schule. Das ist fünf Jahre her.«

Nichts. Als habe sie ihr Gesicht wieder vollständig unter Kontrolle.

Carlotta öffnete ein anderes Bild, dieselbe Aufnahme, nur

bearbeitet. Sie hatte Annabels Foto vor Kurzem durch eine spezielle Software laufen lassen.

»So würde sie heute aussehen. Annabel wäre jetzt neunzehn, sollte sie noch am Leben sein. Ich bin auf der Suche nach ihr. Ich habe den Verdacht, dass die Morde mit ihrem Verschwinden zusammenhängen. Schau dir das Foto bitte genau an.«

Da war es wieder. Ein kaum merkliches Hochziehen der Augenbrauen.

Für weniger als eine Sekunde.

»Kennst du sie?«

Schweigen.

Carlotta schob das Mobiltelefon in ihre Hosentasche und nahm das Mädchen fest in den Blick.

»Sag mir, was du weißt. Rede mit mir. Und ich werde dir helfen. Versprochen.«

Ihr Herzschlag beschleunigte sich. Dazu eine jähe Gefühlsregung, die sie sich nicht recht erklären konnte. Auf einmal streckte sie die Hand nach dem Mädchen aus, um sie sacht an der Schulter zu berühren.

Doch die Reaktion war heftig.

Die Jugendliche boxte sie weg, traf sie an ihrem verletzten Arm.

Ein brüllender Schmerz.

Und plötzlich stieß das Mädchen mit krächzender Stimme ein einzelnes Wort hervor: »Amygdala!«

FÜNFUNDDREISSIG

Es brauchte einige Zeit, bis sich Carlotta von dem Schrecken erholt hatte.
»Amygdala? Was meinst du damit?«
Erneutes Schweigen.
»Du kannst also sprechen. Du bist gar nicht stumm.«
Abrupt wandte sich die Jugendliche von ihr ab, kauerte sich auf dem Boden zusammen und vergrub das Gesicht in den Händen.
»Brauchst du eine Pause? Wollen wir später weitermachen?«
Sie schwieg beharrlich, würdigte sie keines Blickes mehr.
Carlotta dachte nach. Irgendetwas war schiefgelaufen. Hätte sie nicht die Hand nach ihr ausstrecken dürfen? Oder hatte es mit dem bearbeiteten Foto von Annabel Lund zu tun?
Sie redete weiterhin geduldig auf das Mädchen ein. Doch es zwar zwecklos. Sie konnte sie nicht mehr erreichen.
Nach einer Weile holte sie die zuständige Sozialarbeiterin und kam mit ihr überein, dass die Vernehmung erst im Laufe des Tages fortgeführt werden sollte.
Das Mädchen brauchte wohl dringend Ruhe. Sie wurde zurück zum Jugendnotdienst gebracht.

Am Nachmittag war Carlotta zusammen mit Trojan auf dem Weg zu der sozialen Einrichtung in Berlin-Friedrichshain, um dort einen weiteren Versuch zu unternehmen. Er saß am Steuer seines Dienstwagens, sie auf dem Beifahrersitz.

»Amygdala«, murmelte er nachdenklich, während er sie durch den dichten Feierabendverkehr steuerte. »Was wollte Ihnen das Mädchen wohl damit mitteilen?«

»Es klang wie eine Warnung. Sie war voller Zorn.«

»Und sie sagte es ausgerechnet in dem Moment, da Sie ihr das computeranimierte Foto von Annabel Lund zeigten?«

»Kurz darauf, ja. Es muss aber nicht unbedingt ursächlich damit zusammenhängen. Vielleicht war sie auch verstört, weil ich sie an der Schulter berühren wollte. Sie scheint sehr empfindsam zu sein. Man darf ihre Grenzen nicht verletzen.«

»Ist sie Annabel Lund vielleicht einmal begegnet? Weiß sie etwas über ihr Verschwinden?«

»Möglicherweise.«

»Es wäre eine Übereinstimmung. Zuerst das unbekannte Mädchen auf dem Baugerüst und nun sie.«

»Ja.«

Er warf ihr einen kurzen Seitenblick zu. »Sie müssen unbedingt mehr aus ihr herauskriegen.«

»Ich gebe mein Bestes.«

»Amygdala«, wiederholte er.

»Das ist ein Bereich im Gehirn. Man nennt ihn auch den Mandelkern. Die Amygdala ist ein Teil des limbischen Systems. Zusammen mit dem Hippocampus regelt diese Hirnregion emotionale Äußerungen. Vor allem die Entstehung von Angstgefühlen ist darin verankert.«

»Interessant.«

»Wenn die Amygdala, dieses überaus empfindliche Hirnareal, das Kommando über unser Verhalten übernimmt, gibt es nur drei Möglichkeiten: Erstarrung, Flucht oder Angriff.«

»Das sind die drei typischen Angstreaktionen, nicht wahr?«

»So ist es.«

»Wie kommt eine schätzungsweise Vierzehnjährige auf so einen spezifischen Begriff?«

»Sie ist sehr klug. Und eventuell ist sie doch älter, als sie aussieht. Manche Teenager sind in ihrer körperlichen Entwicklung weit zurück. Das könnte auch mit einem Trauma zusammenhängen, das sie erlitten hat.«

»Noch wissen wir zu wenig über das Mädchen. War sie diejenige, die Sie mit einer Axt angegriffen hat?«

»Ich bin mir nicht sicher.«

»Müssten Sie das nicht spüren? In ihrer Gegenwart, meine ich? Hat man dafür nicht einen Instinkt?«

»Während der Vernehmung habe ich deshalb immer wieder in mich hineingehorcht. Aber ich habe wirklich keine Ahnung, ob sie es war.«

»Würden Sie der Jugendlichen diese vier grausamen Morde zutrauen?«

»Es ist zu früh, um darüber eine Aussage zu treffen. Und wir dürfen uns nicht in Spekulationen verlieren.«

»Schon klar, aber ...«

»Nils.« Carlotta sah ihn an. »Warum diese Ungeduld? Möchten Sie unbedingt Ergebnisse liefern? Ich muss bei dem Mädchen sehr behutsam vorgehen, sonst erreiche ich gar nichts bei ihr.«

»Das verstehe ich ja.« Er seufzte. »Es ist nur so ... Landsberg setzt mir gehörig zu. Er macht ordentlich Druck.«

»Ist die Zusammenarbeit mit Ihrem Chef schwierig?«

»In letzter Zeit schon.«

»Woran liegt das?«

»Er hat mich im Auge.«

»Weshalb?«

»Komplizierte Geschichte.«

»Hat es mit Stefanie Dachs zu tun?«

Er sah sie überrascht an. »Wie kommen Sie darauf?«

»Sie beide gehen sehr vertraut miteinander um. Und doch ist da eine Spannung zwischen ihnen.«

Trojan richtete seine Aufmerksamkeit wieder auf den Verkehr. »Das ist Ihnen also nicht entgangen.«

»Nein.«

»Stefanie und ich ...« Er brach ab.

»Sie müssen darüber nicht reden. Aber ich ahne, dass Sie deswegen in Schwierigkeiten stecken. Unser Beruf verlangt uns viel ab. Oftmals verbringen wir mit den Kollegen mehr Zeit als mit anderen Menschen aus unserem sozialen Umfeld.«

»Ist das der Grund, warum sie zur Einzelgängerin geworden sind?«

»Das war ich schon immer.« Nach einer Pause sagte sie: »Je länger wir dabei sind, desto besser fühlen wir uns letztlich von denjenigen verstanden, die denselben Job machen wie wir. Ist es nicht so?«

Er nickte. »Ich fürchte, Sie haben recht. Meine Exfrau konnte jedenfalls im Laufe der Zeit mit meinem Job immer weniger anfangen.«

»Wie lange waren Sie verheiratet?«

»Einige Jahre.« Er lächelte sie verschmitzt an. »Aber haben Sie mir nicht erst neulich geraten, das Private aus den Ermittlungen herauszuhalten?«

Sie erwiderte sein Lächeln. »Erwischt.«

Fortan schwiegen sie.

Carlotta blickte aus dem Beifahrerfenster. Sie vermisste ihren Bulli. Doch vorläufig musste sie aufs Fahren verzichten, denn der VW-Bus hatte ein Schaltgetriebe.

Sie war schrecklich müde, hatte erneut ein Betäubungsmittel einnehmen müssen. Nach dem heftigen Stoß des Mädchens gegen ihren verletzten Arm waren die Schmerzen stärker geworden.

Am Abend würde sie den Verband wechseln müssen. Sie hatte sich in der Apotheke alles Nötige dafür besorgt.

War sie doch zu früh in den Dienst zurückgekehrt? Von den Tabletten völlig ermattet schloss sie eine Weile die Augen.

»Wir sind da«, sagte Trojan bald darauf, und sie zuckte leicht zusammen.

Er parkte vor dem Gebäude, in dem das Mädchen untergebracht worden war.

»Soll ich mit raufkommen?«, fragte er.

Sie schüttelte den Kopf. »Es ist besser, wenn ich das allein durchziehe.«

»Okay. Halten Sie mich telefonisch auf dem Laufenden. Ich unterstütze derweil die Kollegen bei den Nachforschungen im Umkreis von Schönfließ. Ich gebe die Hoffnung nicht auf, dass wir irgendetwas über die Herkunft dieses Teenagers herausfinden.«

Sie nickte ihm zu. »Viel Glück dabei.«

»Ihnen auch.«

Carlotta stieg aus und ging auf das Gebäude zu.

SECHSUNDDREISSIG

Sechs Stockwerke, kein Fahrstuhl. Das Mädchen war in der obersten Etage untergebracht. Carlotta meldete sich im Eingangsbereich der Einrichtung. Eine Mitarbeiterin zeigte ihr den Weg.

Ein Polizist war vor der Zimmertür positioniert. Carlotta grüßte ihn, klopfte an, dann trat sie ein.

Das Mobiliar war zweckmäßig und karg. Ein Bett, ein Schrank, ein Stuhl und ein Tisch. Das Fenster zum Hof war verschlossen. Gitterstäbe davor. Es war stickig in dem kleinen Raum. Das Mädchen mit den verstrubbelten Haaren hockte auf dem Boden, gegen die Wand gelehnt, die Arme um ihre Schultern geschlungen. Sie war barfuß, trug ein weißes T-Shirt und eine abgerissene Jeans.

»Hallo«, sagte Carlotta.

Die Jugendliche hob kaum den Blick. Sie wirkte apathisch, verstört.

»Darf ich mich auf dein Bett setzen?«

Achselzucken.

Immerhin eine Reaktion, dachte Carlotta und nahm auf der Bettkante Platz.

Sie öffnete ihre Tasche, nahm einen Zeichenblock und ein Kästchen mit Buntstiften heraus. Sie klappte den Kasten auf, legte den Block auf ihren Schoß und begann, mit ihrer linken Hand auf dem Blatt herumzukritzeln. Schraffuren, Schleifen, verschiedene Muster.

»Manchmal, wenn ich nervös bin«, sagte sie, »fange ich an zu zeichnen. Ich denke nicht lange über das Bild nach, sondern lasse es einfach entstehen.«

Sie kritzelte weiter.

»Weißt du, warum ich nervös bin?«

Keine Antwort.

»Weil ich Angst habe, mir könnte ein Fehler unterlaufen sein. Ich wollte dich heute Vormittag nicht unter Druck setzen. Als ich dir die Fotos gezeigt habe, bin ich wahrscheinlich zu forsch vorgegangen. Das hat dich verschreckt, aber das war nicht meine Absicht.« Sie schaute sie an. »Also lassen wir uns Zeit, ja?«

Sie nahm einen anderen Stift und arbeitete eine Kontur heraus.

Das Mädchen blickte sie an.

»Ist beruhigend«, sagte Carlotta. »Noch ist das Bild abstrakt. Vielleicht entsteht eine Figur daraus. Vielleicht auch nicht. Ich lasse die Stifte entscheiden.«

Sie zeichnete schweigend. Das Mädchen beobachtete sie dabei.

Nach etwa einer halben Stunde ließ Carlotta den Stift sinken. »Wäre es okay, wenn ich mich einen Moment bei dir ausruhe? Ich muss Schmerztabletten einnehmen, die machen mich müde.«

Keine Reaktion.

Sie legte Block und Malkasten auf den Boden, streifte ihre Schuhe ab und streckte sich auf dem Bett aus.

Sie schloss die Augen und stellte sich schlafend.

Einige Zeit später vernahm sie das Rascheln von Papier. Stifte klickten aneinander.

Offenbar hatte sich das Mädchen den Block herangezogen und strichelte nun selbst darauf herum.

Gespannt wartete Carlotta ab.

Nach einiger Zeit vernahm sie erneut ein raschelndes Geräusch. Plötzlich traf sie etwas am Kopf. Erschrocken richtete sie sich auf.

Das Mädchen hatte ihr eine zerknüllte Papierkugel zugeworfen und schaute sie lauernd an.

Carlotta nahm das Papier auf und strich es glatt.

Die Zeichnung war verblüffend gut. Mehrfarbig, bis in feine Details ausgearbeitet. Sie zeigte eine weibliche Figur, leichter Brustansatz, bekleidet mit einem Pulli und einem kurzen Rock. Nackte Beine, hochhackige Schuhe.

Nur von dem Gesicht war nichts zu erkennen. Es war vollständig von langen Haaren verdeckt, die zerzaust herabhingen. Eine Gestalt, die sich hinter ihrer Frisur versteckte, einer dichten blonden Haarmähne in wilden Zotteln, offenbar verfilzt und verklebt.

»Wer ist das?«, fragte Carlotta.

Das Mädchen sah sie nur an.

»Wen hast du gezeichnet?«

Keine Antwort.

Carlotta setzte sich auf den Bettrand.

»Bist du das auf dem Bild?«

Nichts.

»Wie ist der Name dieser Figur?«

Stille.

Sie nahm die Zeichnung, stand auf und setzte sich ebenfalls auf den Boden. Diesmal war sie darauf bedacht, genügend Abstand zu halten.

Schweigend blickten sie sich an, etwa drei Meter voneinander entfernt, das Mädchen an der Wand neben dem Schrank, sie selbst in der Nähe der Tür.

»Sag schon. Wer?«

Wieder nichts.

»Ich denke, du bist das. Du hast dich selbst gezeichnet. Warum versteckst du dein Gesicht auf dem Bild?«

Zunächst vermutete Carlotta, dass wieder keine Antwort kommen würde.

Doch dann geschah es. Das Mädchen öffnete den Mund und brachte erneut dieses Wort hervor. Es klang wie ein Fluch, den sie ausstieß: »Amygdala!«

»Das Mädchen auf der Zeichnung heißt Amygdala?«

Schweigen.

»Nennst du dich selbst so? Bist *du* Amygdala?«

Carlotta versuchte, in ihrem Gesicht zu lesen. Betrachtete die Augen der Jugendlichen. Sie waren von der gleichen grünblauen Farbe wie die ihren. Abermals verspürte sie den Wunsch, das Mädchen an sich zu drücken. Zu umarmen. Sie zu trösten.

Doch sie wahrte Distanz.

»Oder meinst du den speziellen Bereich im Gehirn? Sprichst du vom Mandelkern? Dem Hirnareal, das für unsere Angstreaktionen zuständig ist?«

Nichts als Schweigen.

»Geht es um Erstarrung? Flucht? Angriff?«

Keine Mikroexpressionen.

Wiederum war die Miene des Mädchens wie versteinert.

Erst nach einer Weile lockerte sie sich, griff zu dem Block und nahm sich einen Stift aus dem Kästchen. Sie zeichnete weiter.

Es dauerte einige Zeit. Carlotta ließ sie nicht aus dem Blick.

Hoch konzentriert strichelte das Mädchen mit einem dunklen Stift auf dem Papierblock.

Schließlich riss sie das Blatt ab und legte es, mit der Vorderseite nach unten, auf den Boden.

»Darf ich es sehen?«

Das Mädchen schaute sie reglos an.

Weitere Minuten verstrichen. Auf einmal schnippte sie das Papier zu ihr herüber.

Carlotta nahm es und drehte es um.

Ihr stockte der Atem.

Die Zeichnung war gelungen, nahezu meisterhaft. Es war die Darstellung eines Pferdekopfs. Die Augen aufgerissen. Das Maul geöffnet. Ein einziger Zahn steckte darin.

Das Werk ähnelte einer detailreichen Skizze jener Wachsskulptur, die Trojan in dem Waldstück am Summter See gefunden hatte. Dort, wo Carlotta von dem Axthieb getroffen worden war.

Ihr Herzschlag beschleunigte sich.

Sie stand auf und zog ihre Schuhe wieder an.

»Bitte entschuldige mich einen Moment.«

Eilig verließ sie das Zimmer und schloss hinter sich die Tür. Sie nickte dem wachhabenden Polizisten zu und durchschritt den Flur der Jugendeinrichtung.

Im Aufenthaltsraum griff sie zu ihrem Handy und wählte Trojans Nummer.

Er hob nach dem dritten Freizeichen ab.

»Ja?«

»Sie weiß etwas über die Morde, oder sie war es selbst.«

»Was ist passiert?«

Carlotta berichtete in knappen Worten.

Trojan klang atemlos. »Ein Pferdekopf?«

»Exakt wie jener am Tatort. Und ich habe ihr absichtlich heute Morgen nicht alle Fotos gezeigt. Das von der Wachsfigur des Affen, ja. Den Kopf des Pferds jedoch nicht.«

»Demnach verfügt sie über Täterwissen.«

»So ist es.«

»Wir müssen sie sofort einem Haftrichter vorführen. Und zwar beim Jugendgericht. Wenn sie nicht jünger als vierzehn Jahre ist, wovon ich mal ausgehe, ist sie bedingt strafmündig. Das heißt, am Jugendgericht wird man entscheiden, ob sie in Untersuchungshaft gehen muss.«

»Ich weiß. Aber warum hat sie eigentlich die Zeichnung für mich angefertigt? Was bezweckt sie damit? Sie will sich doch sicherlich nicht selbst belasten. Ich vermute, dass sie mir etwas Dringendes mitteilen möchte. Verschlüsselt. Auf ihre schweigsame, verstörte Art. Übrigens sprach sie wieder dieses eine Wort aus.«

»Amygdala?«

»Ja. Hören Sie, Nils. Ich möchte das Mädchen momentan nicht zu sehr unter Druck setzen. Sobald wir andere Behörden einschalten, wird sie sich bestimmt wieder verschließen. Geben Sie mir also ein, zwei Stunden. Vielleicht schaffe ich es ja, noch mehr aus ihr herauszukriegen. Erst dann sollte der zuständige Richter entscheiden.«

»Carlotta«, sagte er. »Ich vertraue Ihnen. Aber bitte seien Sie jetzt nicht zu nachgiebig.«

»Bin ich nicht. Deshalb mein Vorschlag: Ich führe die Vernehmung behutsam fort. Danach rufe ich Sie wieder an.«

»Brauchen Sie Verstärkung?«

»Ich komme klar.«

»Halten Sie mich unbedingt auf dem Laufenden.«

»Gut.«

Sie legten auf.

Carlotta ging zurück zu dem Zimmer des Mädchens. Der wachhabende Polizist trat beiseite. Sie atmete ein paarmal tief durch.

Schließlich drückte sie die Klinke und trat ein.

Zuerst fiel ihr das geöffnete Fenster auf.
Dann schaute sie aufs Bett und die leere Ecke am Schrank.
Sie schnappte nach Luft.
Das Mädchen war verschwunden.

SIEBENUNDDREISSIG

Sie stürzte zum Fenster. Die Gitterstäbe, durchfuhr es sie. Wie war das möglich? Offenbar war der Abstand nicht groß genug. Die Jugendliche schien sich hindurchgezwängt zu haben.

Entsetzt starrte Carlotta in die Tiefe hinunter. Doch da war niemand.

Dann fiel ihr Blick auf die Regenrinne und hinauf zum Dach. Wahrscheinlich war das Mädchen so entkommen.

Carlotta rannte aus dem Zimmer, rief dem Polizisten zu, was geschehen war.

Schon war sie an der Tür zum Treppenhaus, riss sie auf und eilte die Stufen zum Dachboden hinauf.

Eine Eisentür. Sie rüttelte an der Klinke. Verschlossen.

Carlotta zückte mit links ihre Sig Sauer. Sie trat in Position, zielte auf das Schloss und drückte ab.

Der Schuss knallte, der Querschläger jaulte.

Volltreffer. Das Schloss war zerbrochen. Sie schob die Waffe zurück ins Holster, riss die Tür auf und eilte auf den Speicher.

Links von ihr befand sich eine Dachluke.

Sie öffnete sie und versuchte, sich hochzuhangeln. Es gelang ihr nicht. Ein brüllender Schmerz, als sie ihren verletzten Arm aus der Schlinge zog.

Sie sah sich um und schob sich eine Holzkiste heran, stieg hinauf und probierte es erneut.

Unter Mühen schaffte sie es.

Carlotta kletterte auf das Flachdach hinauf. Sie richtete sich auf und sah sich um.

Da war das Mädchen. Ungefähr zwanzig Meter von ihr entfernt. Sie balancierte am Rand des Dachs entlang.

Carlotta rannte ihr nach.

Das Mädchen hatte sie bemerkt, setzte zu einem Sprung an. Schon war sie auf dem Dach des Nachbarhauses und eilte weiter.

Carlotta beschleunigte. Ihr Atem ging stoßweise. Das Dach endete. Nur einen Meter tiefer erstreckte sich das des nächsten Hauses. Also sprang auch sie.

Weiter, dachte sie, nur weiter.

Sie rannte. Vor ihr die Jugendliche. Das nächste Haus. Noch ein Dach, das niedriger war. Das Mädchen sprang, rappelte sich auf und verschwand hinter einem Schornstein.

Carlotta verfolgte sie. Ein Sprung, und sie eilte an dem Rauchfang vorbei. Schon war das Mädchen wieder in ihrem Blickfeld, nicht mehr weit von ihr entfernt.

Schneller, dachte sie, schneller.

Plötzlich verlangsamte das Mädchen. Carlotta rannte weiter, holte auf.

Vor ihnen tat sich eine Lücke zwischen den Dächern auf, knapp drei Meter breit.

Sie spurtete heran.

»Warte«, schrie sie.

Das Mädchen aber nahm Anlauf und sprang.

Kaum hatte Carlotta die Dachkante erreicht, blickte sie in den schwindelerregenden Abgrund hinab.

Der Sog der Tiefe. In ihren Adern pochte das Blut.

Nicht zögern. Den Geist freimachen. Die Angst ist nicht viel mehr als ein Gedanke. Sie musste stärker sein als ihre Furcht.

Sie wich drei Schritte zurück, dann nahm sie Anlauf und sprang.

Über dem Abgrund wollte sie beide Arme ausbreiten, doch der Schmerz in ihrer Wunde hinderte sie daran.

Sie prallte auf der anderen Seite auf. Blut sickerte durch ihren Verband. Waren die Nähte gerissen? Keine Zeit, darüber nachzudenken.

Sie raffte sich auf und stürmte weiter.

Der Vorsprung der Jugendlichen hatte sich vergrößert.

»Bienenmädchen!«, schrie sie.

Ein kurzer Blick zurück.

»Bleib stehen!«

Schon war sie hinter dem nächsten Schornstein verschwunden.

Carlotta rannte weiter. Überstieg die Barriere zwischen zwei Häusern, wand sich an dem Kamin vorbei und beschleunigte erneut.

Da vorn war sie. Sie rührte sich nicht mehr.

Carlotta hastete zu ihr.

Und dann verstand sie, warum das Mädchen vor ihr reglos verharrte.

Die Häuserzeile endete hier.

Aus der Straßenschlucht drang der Verkehrslärm zu ihnen herauf.

Auch Carlotta verharrte, ein paar Meter von ihr entfernt.

Nicht zu nahe herantreten. Langsam vorgehen. Behutsam sein. Ruhe ausstrahlen, auch wenn das im Augenblick schwierig war.

»Bienenmädchen«, sagte sie leise.

Die Jugendliche drehte sich nicht zu ihr um. In der Höhe blies ein starker Wind. Sie schien zu frieren, barfuß, nur mit T-Shirt und Jeans bekleidet.

In diesem Moment musste Carlotta an das Mädchen mit den Engelsflügeln denken.

Das Baugerüst. Die letzten Sekunden. Der Sturz.

Nein, dachte sie, sie durfte nicht wieder versagen. Das Unglück sollte sich nicht wiederholen.

Doch die Angst packte sie. Eine Lähmung in den Gliedern, und ihr Atem verflachte sich.

»Bienenmädchen«, murmelte sie erneut.

Kein Blickkontakt. Nur Starre.

Nach einer Weile setzte das Mädchen einen Schritt vor. Nun stand sie dicht am Abgrund. Ihre nackten Zehen ragten über die Dachkante hinaus.

Carlotta löste sich aus ihrer Erstarrung und setzte ebenfalls einen Schritt vor.

»Tu es nicht. Bleib bei mir.«

Keine Reaktion.

»Ich werde dir helfen.«

Nichts geschah.

»Ich kümmere mich um dich.«

Eine jähe Kopfbewegung. Das Mädchen starrte sie über die Schulter hinweg an.

»Amygdala«, presste sie zwischen den Lippen hervor.

»Ich kann verstehen, was in dir vorgeht. Du bist verzweifelt. Voller Angst. Lass mich dir helfen.«

»Amygdala.«

»Glaub mir, ich bin nicht als Polizistin hier. Ich finde einen sicheren Ort für dich. Versprochen.«

Das Mädchen richtete den Blick nach unten. Dann breitete sie die Arme aus.

»Amygdala«, raunte sie ein drittes Mal.

Carlotta ahnte, was sie vorhatte.

»Ganz ruhig«, sagte sie.

Langsam trat sie heran. Nur zwei Schritte vor.
Noch einen Schritt.
Keine ruckartigen Bewegungen, dachte sie.
Die letzten drei Meter, dann wollte sie nach ihr greifen.
Doch zu spät.
Das Mädchen sprang.

Carlotta hörte sich schreien. Sie kauerte an der Dachkante. Aber sie wagte es nicht, in die Tiefe zu schauen. Schwindel. Atemnot. Das lähmende Gefühl, erneut versagt zu haben.

Wer war sie schon, dass sie leere Versprechungen aussprach? Was konnte sie ausrichten? Welche Kraft kam gegen die Verzweiflung dieses Mädchens an?

Sie hatte Psychologie studiert, sich mit der menschlichen Seele befasst. Und nun? Was konnte sie schon bewirken? Wem war mit ihrem Wissen geholfen? Wer gab ihr überhaupt das Recht, einer verstörten Jugendlichen einen sicheren Platz zum Leben zu versprechen, wenn doch alles nur aussichtslos war?

Wieder schrie sie.

Dann erst blickte sie hinab.

Für einen Moment war sie verwirrt, dann überrascht, danach zwang sie sich zur Ruhe.

Unter ihr, etwa drei Meter entfernt, befand sich ein Balkon. Und dort war das Mädchen. Sie hob gerade einen schweren Blumenkübel an und schleuderte ihn weg. Es schepperte, Glas klirrte.

Carlotta dachte nicht länger nach. Sie richtete sich auf und sprang.

Ein unsanfter Aufprall. Fauchende Schmerzen in ihren Knien. Weiteres Blut sickerte aus ihrem Verband. Doch sie kümmerte sich nicht darum.

Der Kübel hatte die Balkontür zertrümmert.

Das Mädchen war weg.

Carlotta rappelte sich auf und stürmte durch die Lücke im Glas in die Wohnung hinein.

Ein Mann starrte sie entsetzt an.

»LKA Berlin«, schrie sie.

Sie lief an dem Mann vorbei. Ein Flur, die Wohnungstür. Sie riss sie auf.

Im Treppenhaus hörte sie das Mädchen. Sie war bereits zwei oder drei Etagen tiefer, ihre nackten Fußsohlen klatschten auf den steinernen Stufen.

Carlotta jagte hinterher. Blutspuren am Boden. Das Mädchen schien in Glasscherben getreten zu sein.

Da stolperte Carlotta auf der Treppe und fiel hin. Die Schmerzen nahmen ihr den Atem. Verdammt, verfluchte sie sich selbst, was bist du nur für eine Versagerin!

Sie kam wieder auf die Beine. Stürmte die Treppe hinunter.

Endlich hatte sie das Erdgeschoss erreicht.

Die Haustür. Sie riss sie auf, rannte auf die Straße hinaus. Sie blickte nach links, rechts, auf die andere Straßenseite.

Nichts.

Das Mädchen war entkommen.

Später Abend. Gutbürgerliches Viertel. Besserverdienende Nachbarn. Ich schaue zu den Fenstern hinauf. Noch brennt kein Licht.

Ich kenne die Wohnung dahinter. Die zwei Zimmer, die sich ein Zuhause nennen. Der Name am Schild, oben im Treppenhaus, ist mir vertraut. Vor der Tür liegt ein Fußabtreter, auf dem ein Wort eingewebt ist: Willkommen. Dabei erscheint nur äußerst selten Besuch.

Ich muss an die Welle denken. Den Farbholzschnitt von diesem Japaner, der im Schlafzimmer hängt. Ich habe mir das Motiv lange angeschaut. Es hat etwas Beruhigendes und Beängstigendes zugleich. Die Welle kann dich überspülen, der Sog dich herabziehen, und du drohst zu ertrinken. Oder aber du bewegst dich mit ihr. Du gleitest in ihrem Strom. Nimmst ihre Energie auf und lässt dich von ihr tragen.

Ein schönes Bild. Ich weiß, warum es dort hängt. Erinnerungen an glücklichere Zeiten sind damit verknüpft. Nachvollziehbar, warum es direkt gegenüber vom Bett hängt. So kann man vorm Einschlafen einen Blick auf die Welle werfen und sich wünschen, dass sie einen fortspült, weg von den Irrungen des Tages, hinein in ein Land versöhnlicher Träume. Und hoffen, nicht in gefährliche Strömungen zu geraten, hinabgezogen zu werden in die Untiefen mörderischer Fantasien.

So oder so, die heimische Wohnung sollte ein Schutzraum sein. Es ist nicht gut, immerzu in einem Auto zu schlafen. Man braucht doch ein richtiges Dach über dem Kopf. Ein Bad, eine Küche, wenigstens einen Raum zum Wohnen und einen zum Schlafen.

Ich weiß von dem Bulli, und ich weiß von der Wohnung. Ich kenne die Koje unterm Aufstelldach und das weiche Bett mit Blick auf den Hokusai.

Wie auch immer, am Ende des Tages wünschst du dir nichts sehnlicher, als endlich irgendwo angekommen zu sein.

Du hängst der vagen Vorstellung nach, es könnte jemanden geben, der auf dich wartet. Der sich freut, wenn du heimkommst. Dich in die Arme nimmt. Dir gut zuredet und sagt, dass er an dich glaubt.

Eine Illusion, nicht wahr? Du bist letztlich immer nur allein mit deinem Schmerz. Apropos Schmerzen. Was ist mit dem Verband? Muss er nicht gewechselt werden? Arterien hätten durchtrennt werden können. Es war eine Sache von Sekunden. Ein noch höherer Blutverlust, und es wäre das Ende gewesen. Nun könnte sich die Wunde infizieren. Eine Blutvergiftung droht. Auch daran kann man draufgehen.

Ja, es war ein langer, harter Tag.

Ich verstehe den Wunsch nach Erlösung. Heimkommen, ins Bett fallen und einfach nur schlafen.

Und leise hoffen, dass jemand da ist, der einen vor den bösen Geistern der Vergangenheit beschützt. Denn sie lauern in den Zimmerecken. Sie wispern in deinem Kopf.

Ich kenne diese Erscheinungen nur allzu gut. Du bist völlig erschöpft und findest doch keinen Schlaf. Vor lauter Angst bleibst du wach, setzt dich an den Tisch, um etwas Süßes zu essen. Man muss sich doch verwöhnen. Gerade wenn die Welt so hart und gemein zu einem ist. Es drängt einen, sich nachts einen warmen Vanillepudding zuzubereiten und ihn seufzend zu verspeisen. Sich Löffel für Löffel etwas Gutes zu tun.

Süß und warm rinnt der Brei die Kehle hinab. Weich werden, sich eine Schutzhülle anfuttern. Nachts den Pudding löffeln und auf die Kornblumen in der Vase schauen. Sich zum Trost eine Kerze aus Bienenwachs anzünden und den süßlichen Duft einatmen.

Ich schaue zu den Fenstern hinauf. Kenne mich gut aus in dieser Wohnung. Saß eines Nachts auf dem Bett und betrachtete das Bild an der Wand. Ein Teil von mir fühlt sich heimisch dort, der andere nicht.

Nach Hause kommen, die Tür aufschließen.

Ich weiß, wo die Waffe abgelegt wird. Es ist eine Sig Sauer, im Magazin stecken die tödlichen Kugeln.

Ich hab dort oben eine Kerze angezündet. Sie verströmt den Geruch von Honig. Ich mag diesen Duft.

Ich weiß von den Gespenstern der Vergangenheit und dem Drang, sich selbst zu verletzen. Erlösung zu suchen im Schmerz.

Es hat etwas ungemein Befreiendes, das heiße Wachs auf die nackte Haut träufeln zu lassen. Denn es ist leichter, den Schmerz auszuhalten als das Chaos im Kopf.

Ich weiß, wie es ist, wenn die Opfer schreien. Ich kenne den Schmerz, musste ihn lange genug selbst ertragen.

Du kannst dir die Ohren mit Wachs verstopfen und hörst dennoch das Bersten der Knochen, vernimmst das Sprudeln von Blut.

Es war ein langer Tag, und es wird eine kurze Nacht werden. Das Grauen nimmt seinen Lauf.

Ob du nun in einem Bus schläfst oder in einer Wohnung, die Furien sind da, sie geistern durchs Hirn.

Das Wachs ist erhitzt, es gleitet über die nackte Haut.

Es verbirgt die dunkle Seite, den verwundeten Teil in dir.

Die Amygdala hat längst entschieden. Sie befiehlt den Händen, zur Axt zu greifen.

Zeit für den Angriff, höchste Zeit, sich zu wehren.

ACHTUNDDREISSIG

Montag, 26. September, spätabends

Gegen dreiundzwanzig Uhr betrat Carlotta ihre Wohnung in der Bötzowstraße im Bezirk Prenzlauer Berg. Sie verschloss von innen die Tür, legte ihre Jacke und das Holster mit ihrer Waffe ab, ging ins Schlafzimmer, schlüpfte aus ihren Schuhen und ließ sich aufs Bett fallen.

Sie wollte schlafen, nur noch schlafen. Doch in ihrem Kopf kreisten unaufhörlich die Gedanken.

Das unbekannte Mädchen war zur Fahndung ausgeschrieben worden. Ein Foto von ihr, das Trojan nach seiner Festnahme in Schönfließ hatte aufnehmen lassen, war an sämtliche Polizeidirektionen in Berlin und im näheren Umland herausgegeben worden. Auch der Aufruf in den Medien lief an. Das Mädchen war dringend tatverdächtig, nach ihrer Flucht erst recht.

Carlotta hatte die abendliche Dienstbesprechung mit letzter Kraft durchgestanden. Vor dem versammelten Team hatte sie Bericht erstatten müssen, was ihr äußerst schwergefallen war. Bohrende Fragen von Landsberg, Schmerzen in ihrem Arm, Hitze im Gesicht, trockener Mund. Wenn sie vor einer Gruppe von Menschen sprechen musste, wurde sie fahrig und unkonzentriert. Dabei begann sie sich selbst zu hassen, was die Sache nur noch schlimmer machte.

Dazu Landsbergs affektierte Art und seine indirekten Vorwürfe, sie sei schuld daran, dass ihnen die Jugendliche entwischt sei. Die missbilligenden Blicke der anderen Teammitglieder. Das kalte Neonlicht im Raum, die schlechte Luft. Fortwährend hatte sie den Impuls verspürt, sich in ihrem VW-Bus zu verkriechen, oben in der Schlafkoje, unter den Lichtern der künstlichen Sterne.

Allein Trojan hatte ihr beigestanden.

Er war es auch gewesen, der darauf bestand, dass sie sich nach der Sitzung in die Ambulanz der Charité begab, um dort ihren verletzten Arm untersuchen und den Verband wechseln zu lassen. Zu allem Überfluss wurde sie dort von der diensthabenden Ärztin beschimpft. Sie hätte sich niemals selbst entlassen dürfen und habe absolut fahrlässig gehandelt, warf sie ihr vor. Zum Glück waren die Nähte nicht geplatzt. Aber die Wunde hatte sich entzündet.

Nun war Carlotta völlig erschöpft. Sie hatte nicht einmal mehr die Kraft, sich auszuziehen und die Zähne zu putzen. Sie nahm eine weitere Tablette gegen die Schmerzen ein, knipste das Licht aus und hoffte, dass sie wenigstens für ein paar Stunden Ruhe finden würde.

Doch sobald sie die Augen schloss, hallte fortwährend der Ausruf »Amygdala« in ihr nach. Und immerzu sah sie die beiden Zeichnungen vor sich, die das Mädchen angefertigt hatte. Die weibliche Figur, die ihr Gesicht hinter den Haaren verbarg, und die unheimliche Skizze des Pferdekopfs mit dem einen blutverkrusteten menschlichen Zahn im Maul.

Schließlich döste Carlotta für ein paar Minuten ein.

Traumfetzen zogen an ihr vorbei. Auf einmal sah sie den Mann aus dem Club vor sich. Er stützte sie. Ihre Beine waren wie aus Wachs. Er grinste sie an. Plötzlich hielt sie ihm ihre Dienstwaffe an die Stirn.

Dann raunte sie ihm zu:

Hol noch einmal tief Luft. Vielleicht ist das dein letzter Atemzug.

In diesem Moment schreckte sie hoch.

Schweiß stand auf ihrer Stirn. Sie horchte.

Es klingelte an der Tür.

Wer könnte das sein? Um diese Zeit noch?

Entkräftet sank sie auf ihr Kissen zurück.

Träumte sie etwa noch?

Nein, sie war hellwach.

Ihr Herzschlag pochte.

Wieder lauschte sie. Ihre Klingelanlage war so eingestellt, dass es zwei verschiedene Tonfolgen gab. Die eine kündigte an, dass jemand an der Haustür läutete. Die andere war für die Wohnungstür.

Letztere hatte sie gehört.

Also war jemand oben.

Schließlich schaltete sie das Licht an und stand auf. Sie ging in den Flur und schaute durch den Spion.

Im Treppenhaus war es stockdunkel.

Nach kurzem Zögern drehte sie den Schlüssel im Schloss herum und öffnete.

Auf der Fußmatte stand ein großes Paket.

Ihr Herzschlag beschleunigte sich.

Was hatte das zu bedeuten?

Carlotta knipste das Licht im Treppenhaus an und lauschte abermals.

Es war absolut still.

Misstrauisch beäugte sie das Paket.

Kurz darauf zog sie sich ein paar Latexhandschuhe über und betastete es. Dann hob sie es an.

Es war schwer. Sie trug es in die Wohnung, schloss die Tür hinter sich und stellte es auf der Kommode ab.

Danach trat sie ans Küchenfenster und blickte auf die dunkle Straße hinaus.

Sie konnte draußen niemanden erkennen, doch ihr Puls schnellte in die Höhe. Irgendetwas stimmte nicht.

Was sollte sie jetzt tun? Das Paket einfach öffnen? Oder die Waffe einstecken und die Lage vorm Haus checken?

Bleib ruhig, dachte sie. Einen Schritt nach dem anderen.

Sie ging zurück in den Flur und betrachtete den groben Karton. Er war unbeschriftet, kein Adressaufkleber befand sich darauf. Dafür war er mehrmals mit Paketband verklebt.

Sie nahm eine Schere aus der Schublade der Kommode und ritzte das Tape vorsichtig auf. Es dauerte einige Zeit, weil sie es einhändig tun musste.

Endlich hatte sie es geschafft.

Carlotta legte die Schere weg und zögerte erneut.

Schließlich hob sie den Deckel des Kartons an.

Ein beißender Geruch schlug ihr entgegen.

Sie starrte in das Innere des Pakets.

Für einen Moment war sie wie versteinert.

Dann ließ sie den Deckel fallen.

Ihre Hand zitterte, als sie nach ihrem Mobiltelefon griff und Trojans Nummer wählte.

Nach einer Weile hob er ab. »Hallo?«

Sie brachte keinen Laut hervor. Sie versuchte es, aber sie war nicht imstande zu sprechen.

»Hallo?«, fragte er wieder.

Ihr Hals war wie zugeschnürt.

»Carlotta? Sind Sie das?«

»Ja«, brachte sie schließlich unter Mühen hervor.

»Was ist los?«

»Sie müssen sofort zu mir kommen.«

»Worum geht es?«

»Das kann ich Ihnen nicht am Telefon sagen.«
»Wieso nicht?«
»Kommen Sie bitte allein.«
»Wo sind Sie?«
»Bei mir zu Hause.« Sie nannte ihm ihre Adresse, dann legte sie auf.

Als er eine halbe Stunde später vor ihrer Wohnungstür stand, wäre sie ihm am liebsten um den Hals gefallen. Sie war so zittrig und schwach, dass sie fürchtete, jeden Augenblick eine Ohnmacht zu erleiden.

»Gut, dass Sie da sind«, sagte sie mit tonloser Stimme.

Er betrat den Flur. »Was ist denn passiert? Sie sind ja ganz aufgelöst.«

Sie verriegelte hinter ihm die Tür.

Sie blickte auf die Kommode. Der Karton war weg.

Mit einem Handzeichen gab sie Trojan zu verstehen, er solle ihr in die Küche folgen. Auf dem Küchentisch standen eine angebrochene Flasche Single Malt und ein geleertes Glas. Eigentlich trank sie ja äußerst selten Alkohol. Heute Nacht aber musste es sein.

»Möchten Sie auch einen?«, fragte sie.

»Sind wir denn nicht mehr im Dienst?«

»Das ist mir egal.«

Er schüttelte den Kopf. »Für mich nichts, danke.«

Sie schenkte sich ein und stürzte den Whisky die Kehle hinunter.

Mit zittriger Hand stellte sie das Glas auf dem Tisch ab.

»Jetzt sagen Sie mir schon, was los ist.«

Sie atmete ein paarmal tief durch.

»Carlotta. Was ist passiert?«

»Es war jemand an meiner Tür. Es hat geläutet, vor ungefähr einer Dreiviertelstunde. Ich habe geöffnet und dann ...« Sie brach ab.

»Was?«

»Da war ein Paket. Es stand auf dem Fußabtreter. Doch offenbar war niemand mehr im Treppenhaus. Keine Ahnung, wer es mir gebracht hat.«

Er runzelte die Stirn. »Und wo ist das Paket jetzt?«

»Ich wusste nicht, wohin damit. Schließlich hab ich es ins Badezimmer gestellt.«

Trojan blickte sie konsterniert an.

»Die zweite Tür links«, murmelte sie.

Er wandte sich von ihr ab und ging zurück in den Flur. Sie folgte ihm.

Er blieb vor der verschlossenen Badezimmertür stehen und sah sie fragend an. »Hier drin?«

»Ja.«

»Warum haben Sie die Tür zugemacht?«

Sie schwieg.

»Ist es so schlimm?«

Statt einer Antwort fuhr sie sich mit der linken Hand über den Mund.

Er öffnete die Tür und schaltete das Licht ein.

Ihr Bad war nicht besonders geräumig. Sie hatte den Duschvorhang zugezogen.

Wortlos deutete sie darauf.

Kurzerhand riss Trojan den Vorhang auf.

Der geschlossene Karton stand in der Badewanne.

»Machen Sie ihn auf«, sagte sie leise.

Nun zögerte auch Trojan. Doch dann beugte er sich zu dem Karton hinab.

Nach einer Weile lüftete er den Deckel.

Gleich darauf glitt er ihm aus der Hand.

Der Geruch war entsetzlich.

Er wich zurück.

»Großer Gott«, stieß er hervor.

Eine Zeit lang schauten sie sich schweigend an.

Dann starrten sie beide in das geöffnete Paket.

Darin befand sich der abgetrennte Kopf eines Mannes. Er wies erste Anzeichen von Verwesung auf.

Die eine Hälfte war sichtbar, die andere von einer Schicht Bienenwachs verdeckt.

VIERTER TEIL

NEUNUNDDREISSIG

Einige Zeit verharrten sie. Jedes Mal wenn ihr Blick auf das furchtbare Leichenteil in der Badewanne fiel, krampfte sich ihr Magen zusammen. Auch Trojan sprach kein Wort. Sie hörte, wie er gepresst atmete.

Schließlich sagte sie leise: »Ich erkenne den Mann wieder.«
Trojan sah sie an, als habe er sich verhört. »Wie bitte?«
»Ich weiß, wessen Kopf das ist.«
»Kein Zweifel?«
»Ja.«
»Wer ist es?«
Sie gab sich innerlich einen Ruck. »Ich habe mit ihm getanzt. Es war in einem Club. Vor acht Tagen, um genau zu sein.«
»Sind Sie sich ganz sicher?«
»Ja.« Wiederum schaute sie auf den bizarr mit Wachs überzogenen Kopf in ihrer Wanne. Sie schmeckte bitteren Gallensaft in ihrem Mund und würgte ihn hinunter.
»Ich muss das Team informieren«, sagte Trojan und griff zu seinem Handy.
Carlotta machte eine abwehrende Bewegung. »Warten Sie. Einen Moment noch. Ich muss zuvor einiges loswerden.«
Er steckte das Handy wieder ein und sah sie fragend an.
Nach einer Pause sagte sie: »Ich hätte es Ihnen längst gestehen müssen. Es war in der Nacht, bevor ich Sie in der Rechtsmedizin getroffen habe.«

»Die Nacht vor dem Todessprung vom Baugerüst?«

»Ja. Ich wollte ausgehen. Mich einfach mal amüsieren, wie es andere Menschen in meinem Alter auch tun. Also ging ich in diesen Club in Friedrichshain.« Sie nannte ihm den Namen. »Ich war auf der Tanzfläche. Da tauchte dieser Mann auf. Später folgte er mir an die Bar. Er hat offensiv mit mir geflirtet.«

»Und es ist tatsächlich der Mann, der ...?« Er wies auf den offenen Karton in der Wanne.

Sie nickte. »Er wurde zudringlich. Ich glaube, er hat mir etwas in den Drink geschüttet. Darum sind meine Erinnerungen eher lückenhaft. Ich weiß noch, dass wir irgendwann draußen waren. Er wollte mich in ein Taxi zerren. Ich war benommen, konnte mich nicht wehren. Aber dann ...«

Carlotta atmete durch. Mit einem Mal sah sie es deutlich vor sich.

»Was?«, fragte Trojan.

Ja, dachte sie, genau so hatte es sich abgespielt. Seit Tagen grübelte sie darüber nach, und nun wusste sie es endlich.

»Reden Sie!«

»Er hat mich umklammert, sich an mich gepresst. Ich habe geschrien, doch er ließ nicht von mir ab. Da habe ich meine Dienstwaffe gezückt. Ich habe sie ihm an die Stirn gehalten.«

Trojan verzog das Gesicht. »Sie haben *was*?«

»Ich sagte zu ihm: ›Hol noch einmal tief Luft. Vielleicht ist das dein letzter Atemzug.‹ Ich war kurz davor abzudrücken.«

»Sie gehen bewaffnet in einen Club und ...? Sind Sie wahnsinnig?«

»Ich gebe zu, ich habe die Kontrolle verloren. Zu heftig reagiert. Es tut mir leid, ich hätte mich besser beherrschen sollen.«

»Was geschah dann?«

»Ich weiß es nicht. Totaler Filmriss.«

»Haben Sie denn abgedrückt?«

»Nein.«

»Wie können Sie sich so sicher sein?«

Sie deutete auf den Schädel in dem Karton. »Sehen Sie irgendwo ein Einschussloch?«

»Unter dem Bienenwachs vielleicht. Oder Sie haben ihn an einer anderen Stelle seines Körpers getroffen.«

»Ich habe ihn nicht getötet.«

»Sie hatten also Ihre Dienstwaffe dabei?«

»Ja.«

»Sie dürfen sie nicht privat tragen. Das ist eine relativ neue Vorschrift, die Ihnen doch bekannt sein sollte.«

»Ich weiß. Aber für mich ist es eine Art Notfallausrüstung. Frauen werden oft bedroht. Frauen sind häufig physischer Gewalt ausgesetzt. Wir sind von Natur aus schwächer als Männer. Darum müssen wir uns auf andere Weise helfen. Ich fühle mich jedenfalls sicherer, wenn ich die Pistole dabeihabe.«

»Und Sie haben keine Ahnung, was danach geschah?«

»Ich weiß nur, dass ich ihn nicht getötet habe. Aber ich kann Ihnen nicht sagen, wie ich nach Hause gekommen bin. Meine Erinnerung setzt erst am nächsten Morgen wieder ein. Ich bin hier aufgewacht. Hier in meiner Wohnung.«

»Und?«

»Ich war allein. In meinem Bett.«

Sie schaute ihn an. Sollte sie ihm alles erzählen? Es sich endlich von der Seele reden?

Ja, sie vertraute Nils Trojan. Er war ein guter Mensch und ein hervorragender Polizist.

Darum sollte er die ganze Wahrheit erfahren.

Zögerlich sagte sie: »Ich war … ich war unbekleidet. Auf meinem Bauch befand sich ein großes X aus Bienenwachs.

Und um meinen Hals war eine Nylonschnur geschlungen, daran hing …«, sie schluckte, »… ein Stoffäffchen.«

Stille.

Trojan musterte sie perplex.

Mit rauer Stimme fügte sie hinzu: »Es sah genauso aus wie das, welches wir dann Stunden später an dem Baugerüst gefunden haben.«

»Und wo ist dieses Beweisstück jetzt?«

Sie schlug die Augen nieder. »Ich habe es vernichtet. Verbrannt.«

Trojan atmete hörbar aus. »Warum in aller Welt haben Sie das getan?«

Sie schaute ihn verzweifelt an. »Es war ein Fehler, Nils. Und es tut mir unendlich leid. Nennen Sie es eine …«, sie suchte nach dem richtigen Wort, »… eine Kurzschlussreaktion. Ich hatte große Angst.«

»Wovor?«

»Dass ich diesem Mann etwas angetan haben könnte.«

»Haben Sie das denn?«

»Ganz sicher nicht.«

»Sie haben ihm die Waffe an die Stirn gehalten.«

»Das ist richtig.«

»Sie sagten, sie hätten ihn beinahe erschossen.«

»Das tat ich aber nicht.«

»Wie soll ich Ihnen glauben?«

»Ich stand unter dem Einfluss von K.-o.-Tropfen. Davon können wir ausgehen. Er hat mich betäubt. Aber ich habe ihn nicht umgebracht.«

»Und dieses X aus Wachs? Und der Affe? Wie erklären Sie sich das?«

»Letzten Montag dachte ich noch, ich hätte mir das Stofftier selbst um den Hals gehängt.«

»Besaßen Sie denn so eines?«

»Nein. Ich vermutete, dass ich es irgendwo unterwegs gefunden hätte. Ich war mir nicht sicher, was ansonsten alles in der Zwischenzeit passiert war. Wie schon erwähnt war ich tatsächlich in großer Angst, diesem Mann etwas Grausames ...« Sie brach ab und fuhr sich mit der Hand über die Stirn. »Hören Sie, ich habe ihm doch nicht den Kopf abgetrennt. Bitte glauben Sie mir. Es muss an den K.-o.-Tropfen gelegen haben, dass ich dermaßen verwirrt war.«

Es entstand eine längere Pause.

»Es gibt nur zwei Möglichkeiten«, sagte Trojan schließlich. »Erstens: Der Mörder, nach dem wir suchen, war bereits vor acht Tagen in Ihrer Wohnung. Er hat Sie mit seinem X markiert und Ihnen diesen Stoffaffen umgehängt.«

»Und die zweite Möglichkeit?«

Sein Blick wurde kühl. Er senkte die Stimme. »Vielleicht haben Sie mich die ganze Zeit getäuscht.«

»Wie meinen Sie das?«

Er trat einen Schritt auf sie zu. »Sind Sie eine Serienmörderin, Carlotta Weiss?«

Sie starrte ihn entsetzt an.

»Haben Sie das Ehepaar Schild und die Geschwister Stolzhagen umgebracht?«

»Um Himmels willen, nein!«

»Liegen hier in Ihrem Bad die Überreste Ihres fünften Opfers?« Er wies auf den abgetrennten Kopf in der Badewanne. »Schauen Sie nur. Die zwei Seiten eines Gesichts. Die alltägliche, für jeden sichtbare und die andere, sehr viel dunklere Seite, die sich hinter dem Bienenwachs versteckt.«

Sie war fassungslos.

»Spielen Sie darauf an, Carlotta? Ist das die Bildsprache

Ihrer Morde? Sind Sie die Wahnsinnige, hinter der wir seit einer Woche her sind?«

»Nein!«

»Jagen Sie sich selbst? Handeln Sie in geistiger Verwirrung? Ziehen Sie nachts los, um Menschen zu killen? Und mischen sich dann tagsüber in die Ermittlungen ein?«

»Für wen halten Sie mich eigentlich?«

»Ich stelle bloß Fragen. Das ist mein Job.«

»Ich bin keine Mörderin.«

Er streckte das Kinn vor. »Ich muss Sie von dem Fall abziehen. Und zwar sofort.«

Sie rang nach Luft. »Bitte tun Sie das nicht.«

»Sie sprechen von Erinnerungslücken. Bedrohen einen Mann mit Ihrer Dienstwaffe.«

»Es geschah aus Notwehr.«

»Und dann halten Sie auch noch Beweismaterial zurück, vernichten es sogar.«

»Es war ein Fehler. Das gebe ich zu.«

Pause.

Erneut blickte sie auf den Schädel des Mannes in dem Pappkarton. »Glauben Sie etwa im Ernst, ich habe mir dieses unheimliche Paket selbst vor die Tür gestellt?«

Er sah sie bloß schweigend an.

»Halten Sie es für möglich, dass ich mich selbst mit einer Axt verletzt habe?«

Trojan verzog keine Miene.

»Ich stand unter dem Einfluss einer Droge, die mir dieser Kerl in den Drink geschüttet hat. Daher die unsicheren Erinnerungen. Ansonsten bin ich im Vollbesitz meiner geistigen Kräfte. Und so viel steht nun fest: Der Täter beobachtet mich seit geraumer Zeit. Und ja, er war hier in meiner Wohnung. Er hat mir dieses Stofftier um den Hals gehängt und mich mit seinem X aus Wachs markiert, während ich schlief und wegen der Betäubung nicht aufwachen konnte.«

»Haben Sie Feinde, Carlotta?«

»Nicht dass ich wüsste.«

Er schien nachzudenken. »Das Mädchen, das uns heute entwischt ist, wäre sie denn dazu in der Lage, einem Mann den Kopf abzutrennen? Was glauben Sie?«

»Auch wenn es uns sehr grausam erscheint, können wir es nicht ganz ausschließen.«

»Haben Sie eigentlich weitere Informationen über diesen Mann aus dem Club?«

»Ja. Er hat mir eine Telefonnummer aufs Handgelenk geschrieben, dazu die Anfangsbuchstaben seines Vornamens. Ich habe letzte Woche die Nummer gewählt. Daraufhin meldete sich seine Mailbox. Er heißt Victor Breitling. Nach meinen Recherchen ist er ein Immobilienmakler.«

»All das hätten Sie mir niemals verschweigen dürfen.«

»Ich weiß.«

»Sie standen von Anfang an im Fokus des Täters.«

Carlotta nickte schwach.

»Das wirft ein ganz anders Licht auf den Fall.«

»Ich war verunsichert. Wollte mich nicht selbst belasten. Sie wissen doch aus langjähriger Erfahrung, wie Opfer reagieren, denen K.-o.-Tropfen verabreicht wurden. Sie schweigen aus Scham und Unsicherheit, geben sich lieber selbst die Schuld, als dass sie den Mut aufbringen, mit jemandem darüber zu sprechen. Leider habe ich mich ebenso verhalten.«

»Und wie soll ich das Landsberg erklären?«

Carlotta schöpfte neue Hoffnung. »Können Sie sich denn vorstellen, weiterhin mit mir zusammenzuarbeiten?«

Er hob die Schultern.

»Nils. Wichtig ist doch nur, dass wir diesen vertrackten Fall endlich lösen. Und das werden wir. Gemeinsam. Weil wir uns sehr gut ergänzen, Sie und ich.«

Carlotta sah ihm sein Zögern an. Schließlich griff er zu seinem Handy und verließ das Badezimmer.

Sie hörte, wie er leise im Flur telefonierte, konnte aber nicht alles verstehen.

Schließlich kam er zu ihr zurück.

»Der Chef und das Team werden gleich hier sein«, sagte er. »Ihre Vermutung, dass es sich bei dem Opfer um einen Mann namens Victor Breitling handelt, dem Sie in einem Club begegnet sind, werde ich vor Landsberg nicht zurückhalten können. Aber ich werde das Stofftier und das X aus Bienenwachs nicht erwähnen und auch nicht Ihre Auseinandersetzung mit Breitling. Kein Wort davon, dass Sie ihn mit Ihrer Dienstwaffe bedroht haben. Ich denke, das wird Sie entlasten.«

Carlotta war überaus erleichtert. »Danke, Nils. Das bedeutet mir unendlich viel.«

»Ich lehne mich für Sie sehr weit aus dem Fenster.«

»Ich weiß. Und das rechne ich Ihnen hoch an.«

»Von nun an gibt es keine Geheimnisse mehr zwischen uns. Haben Sie mich verstanden?«

»Ja.«

»Sie informieren mich über jeden Ermittlungsschritt, jedes noch so kleine Detail.«

»Versprochen.«

»Wenn Sie teamfähiger werden, können Sie Großes erreichen. Ansonsten bleiben Sie für immer die genialische Einzelgängerin mit fraglichem Ruf.«

Sie schluckte. »Urteilt man denn so hart über mich?«

Trojan schwieg.

Auf einmal füllten sich ihre Augen mit Tränen. Sie kam nicht dagegen kann.

Er berührte sie flüchtig an der Schulter. »Das war heute bestimmt ein großer Schock für Sie. Morgen ist ein neuer Tag.«

Da hörte sie sich fragen: »Könnten Sie mich einen Moment festhalten? Nur halten?«

Trojan legte den Arm um sie, und sie lehnte sich an ihn.

»Schon gut, Carlotta. Sie schaffen das.«

Erst nach einer Weile löste sie sich von ihm.

Dann sagte sie: »Das Wort ›Amygdala‹ will mir nicht mehr aus dem Kopf. Ich glaube, es ist für den Fall von großer Bedeutung. Es klingt so geheimnisvoll, nicht wahr? Wie eine ferne Galaxie, die noch niemand erforscht hat. Dabei ist es nur ein kleiner Bereich in unserem Gehirn. Er steuert uns. Wenn wir überaus zornig sind und nur noch Hass eine Antwort ist, übernimmt die Amygdala das Kommando.«

Trojan blickte sie nachdenklich an.

VIERZIG

Dienstag, 27. September

Gegen vier Uhr morgens fuhr Trojan mit ihr zum Kommissariat. Carlotta wollte nicht mehr in ihrer Wohnung schlafen. Nicht unter diesen Umständen.

Nach ersten Erkenntnissen handelte es sich bei dem abgetrennten Kopf tatsächlich um den des Immobilienmaklers Victor Breitling. Sie hatten seine Sekretärin erreichen können. Da sich Breitling, vierundvierzig Jahre alt und Single, eine Woche Urlaub genommen hatte, war die einzige Mitarbeiterin in seinem Büro erst am Montag darüber verwundert gewesen, dass er nicht zur Arbeit erschienen war. Seine Wohnung wurde zurzeit noch durchsucht, jedoch bisher ohne Ergebnisse. Und auch an dem Pappkarton hatten die Forensiker keine verwertbaren Spuren entdecken können.

Nun lag es an Dr. Carsten Semmler, den Leichenteil zu untersuchen. Sie hatten ihn aus dem Bett geklingelt.

Auch Carlottas Nachbarn waren von den Mitarbeitern des Teams geweckt und befragt worden. Jedoch hatte keiner von ihnen eine verdächtige Person mit einem Paket im Treppenhaus oder vor dem Eingang gesehen.

Carlotta hingegen musste sich unangenehme Fragen von Landsberg gefallen lassen. Das Vertrauen in ihre Arbeit bröckelte mehr und mehr, und das bedrückte sie.

»Bitte machen Sie sich nicht zu viele Sorgen«, sagte Trojan, als habe er ihre Gedanken erraten.

»Ich versuche es.«

Den Rest der Fahrt verbrachten sie schweigend. Schließlich hatten sie die Karthagostraße in Tiergarten erreicht.

Trojan parkte den Dienstwagen auf dem Hof, und sie stiegen aus.

»Langer Tag, kurze Nacht«, sagte er.

»Ja. Wo werden Sie schlafen?«

»In meinem Büro, auf der Klappliege. Und Sie? In Ihrem Bus?«

Sie nickte.

»Das ist ein wichtiges Refugium für Sie, nicht wahr?«

»Ja.«

»Also dann. Zwei Stunden haben wir ja noch, bis die Arbeit wieder ruft.«

»Danke«, murmelte sie. »Nochmals vielen Dank für alles. Ohne Sie hätte ich diese Nacht nicht durchgestanden.«

Er lächelte sie an. »Ruhen Sie sich ein wenig aus.«

»Sie auch.«

Carlotta sah ihm nach, bis er im Gebäude verschwunden war, dann ging sie zu ihrem Bulli, schloss die Seitentür auf und stieg ein.

Sie zog sich Jacke und Schuhe aus, nahm den Arm aus der Schlinge, klappte das Aufstelldach hoch und kletterte in ihre Koje. Sie legte das Waffenholster neben ihrem Schlafsack ab. Die Sig Sauer sollte von nun an immer griffbereit sein.

Carlotta warf einen letzten Blick zu ihrem künstlichen Sternenhimmel hinauf, dann dämmerte sie ein.

Sie träumte von einem Mädchen, das sich das Haar ins Gesicht fallen ließ.

»Wer bist du?«, fragte Carlotta.

Die Stimme des Mädchens war rau: »Erkennst du mich denn nicht?«

Carlotta musterte sie angestrengt. Ihr blondes verstrubbeltes Haar. Die Augen, der Mund und das Kinn davon verdeckt.

»Hast du mich etwa vergessen?«, kam es leise hinter den Haaren hervor.

»Wie ist dein Name?«

»Amygdala, Amygdala.« Das Mädchen ohne Gesicht stieß zweimal das rätselhafte Wort hervor.

Dann fuhr sie sich mit den Händen unter die Haarsträhnen, und auf einmal roch es modrig, nach Verderben und Tod.

»Amygdala!«, rief sie wieder. »Amygdala!«

Plötzlich rollte der Kopf eines Mannes über den Boden, eine Hälfte von einer Wachsschicht bedeckt.

Jemand sagte:

Schauen Sie nur. Die zwei Seiten eines Gesichts. Die alltägliche, für jeden sichtbare und die andere, sehr viel dunklere Seite, die sich hinter dem Bienenwachs versteckt.

Jäh wechselte die Szenerie. Carlotta war in ihrem Elternhaus. Und da war ihre Mutter. Sie trug das Kopftuch, das sie sich nach der Chemotherapie umgebunden hatte. Auch Carlottas Vater war anwesend. Sie saßen am Tisch. Carlotta blickte in ihre Frühstücksschale. Sie war voller Blut.

»Nun iss«, sagte der Vater zu ihr.

Und Carlotta tauchte den Löffel ins Blut. Es ekelte sie.

Plötzlich kam das Mädchen ohne Gesicht zu ihnen und setzte sich ebenfalls an den Tisch.

Kurz darauf waren die Eltern fort, und Carlotta war allein mit der Unbekannten.

Mit Entsetzen sah sie, wie sie ihre langen, verstrubbelten Haare in die Blutschale eintauchte.

»Mama ist tot«, sagte das Mädchen. »Begreif das doch endlich. Deine Kindheit kommt nicht mehr zurück.«

Carlotta wollte in ihr bluttriefendes Haar greifen und es ihr aus dem Gesicht streichen.

Das Mädchen aber fuhr herum. Schon sah sie die Axt in ihrer Hand. Ihre Haare wirbelten auf. Ein grinsendes, skelettiertes Gesicht kam darunter zum Vorschein.

Die Schneide der Axt raste auf sie zu.

Carlotta schrie.

Sie war wach. Atmete schwer. Lag auf ihrem verletzten Arm. Der Schmerz war höllisch. Sie drehte sich auf den Rücken und wartete ab, bis sich ihr Herzschlag beruhigt hatte.

Meine Kindheit, dachte sie. Luisa, ihre Mutter. Der Vater. Und die dritte Person. Das Mädchen ohne Gesicht.

»Nur ein Traum«, murmelte sie. »Nichts weiter als ein Traum.«

Sie zitterte vor Kälte.

Schließlich nahm sie die Waffe, kroch aus dem Schlafsack und kletterte hinunter.

Sie schaute auf das Display ihres Handys. Es war kurz vor sechs.

Carlotta dachte nach. Sie musste es schaffen. Ihre letzte Kraft aufbringen, um den Fall zu lösen.

Sie klappte das Aufstelldach herunter, setzte an der kleinen Küchenzeile einen Kaffee auf, putzte sich am Waschbecken die Zähne und spritzte sich Wasser ins Gesicht. Sie suchte ein paar frische Sachen heraus, benutzte einen Deoroller und wechselte ihren Verband, so gut sie konnte. Danach zog sie sich um.

Ab heute würde sie keine Schmerzmittel mehr nehmen, sie musste einen klaren Kopf bewahren.

Während sie auf der Rückbank ihren Kaffee trank und

nebenbei einen Energieriegel verspeiste, fuhr sie ihren Laptop hoch.

Sie öffnete die Fotos, die sie von den beiden Zeichnungen des Bienenmädchens gemacht hatte.

Besonders das Bild der weiblichen Figur, die ihr Gesicht hinter ihren Haaren versteckte, betrachtete sie lange. Erneut musste sie an ihren Traum denken.

Auf einmal verspürte sie eine starke Beklemmung. Sie griff sich ihr Handy und suchte eine Nummer heraus.

Dann schrieb sie eine knappe Nachricht:

Vater, wir müssen reden.
C.

Sie drückte auf »Senden«. Ihr Vater. Seit Monaten hatte sie sich nicht mehr bei ihm gemeldet.

Carlotta klappte das Notebook zu und verstaute es unter der Rückbank. Danach schnallte sie sich das Holster mit ihrer Waffe um, zog ihre Jacke an und setzte sich ans Steuer.

Sie probierte mit rechts ein paar Handbewegungen aus. Den Schmerz zu ignorieren und gleichzeitig die Wunde zu schonen, so war ihr Plan. Sie brauchte ihren Bus für die Ermittlungen. Ohne Luisa war sie aufgeschmissen.

Sie drehte den Zündschlüssel herum und startete den Motor. Vorsichtig legte sie den ersten Gang ein, ließ die Kupplung schleifen und gab Gas. Der Schmerz in ihrem Arm war einigermaßen erträglich.

Langsam fuhr sie vom Hof und bog in die Karthagostraße ein. Versuchshalber schaltete sie hoch bis zum vierten Gang. Keine Probleme.

Als sie sich dem Lützowplatz näherte, atmete sie auf. Sie konnte also trotz ihrer Verletzung Auto fahren.

Sie legte eine Kassette von Joni Mitchell ein. *Both Sides Now*, das Konzeptalbum aus dem Jahr 2000. Ihre Mutter Luisa hatte es geliebt.

Und sie mochte es auch. Sollten die Leute doch über ihren altmodischen Musikgeschmack lästern, ihr war es egal.

Je länger sie fuhr, desto zuversichtlicher wurde sie. Landsberg und das Team hatten zwar Vorbehalte gegen ihre Ermittlungsmethoden, aber Trojans Rückhalt gab ihr Mut.

Sie würde diesen Fall lösen. Dazu war sie fest entschlossen.

Als der schwermütige Titelsong aus den abgenutzten Boxen drang, sang sie leise mit.

Carlotta blinzelte eine Träne weg. Sie sah das Gesicht ihrer Mutter vor sich. Und plötzlich schien sie ihr zuzuraunen: *Du schaffst das, mein Kind, ich glaube an dich.*

EINUNDVIERZIG

Unter der Jannowitzbrücke hielten sich noch keine Jugendlichen auf. Dazu war es zu früh am Morgen. Doch Carlotta konnte warten. Sie saß in ihrem Bulli und behielt die Umgebung im Blick.

Gegen zehn Uhr vormittags näherte sich ein obdachloses Mädchen, das sie vom Sehen kannte. Dunkles Haar, tief in die Stirn gekämmt, weiche Gesichtszüge, kühler Blick. Ungefähr sechzehn Jahre alt.

Carlotta stieg aus und ging auf sie zu. »Hey«, sagte sie.

Das Mädchen kniff die Augen zusammen. »Was willst du?«

»Ich suche Ruby.«

»Kenne ich nicht.«

»Ich muss sie dringend sprechen.«

»Verpiss dich.«

»Mein Name ist Carlotta. Ich bin eine Freundin von ihr.«

»Ruby hat keine Freundinnen. Jedenfalls keine wie dich.«

»Also kennst du sie doch.«

»Hau ab.«

»Ich hab Geld für sie.«

»Blödsinn.«

Carlotta öffnete ihre Hand. Darauf lagen zwei Geldscheine. »Du kriegst einen davon, wenn du mir sagst, wo sie ist.«

Das Mädchen wurde misstrauisch. »Du bist ein Bulle.«

»Nur eine Freundin.«

»Lüg mich nicht an.«

Carlotta schloss die Hand. »Okay, dann nicht.« Sie wandte sich ab.

»Warte.«

Sie drehte sich zu ihr um.

»Ruby hat mal deinen Namen erwähnt.«

»Ach ja?«

»Sie sagt, du bist ganz okay.«

»Das freut mich.«

»Gib mir das Geld.«

Carlotta reichte ihr einen der Scheine. Das Mädchen steckte ihn ein.

Dann wies sie in östliche Richtung. »Geh am Spreeufer entlang. Nach zwanzig Minuten kommst du zu einer Brache. Da steht ein Bauwagen. Vielleicht hast du ja Glück und triffst sie dort.«

Carlotta bedankte sich bei ihr.

Köpenicker Straße, Nähe Schillingbrücke. Eine schmale Baulücke. Unter Mühen kletterte Carlotta über den Zaun. Ihr Arm war wieder in der Schlinge, damit sie ihn halbwegs schonen konnte.

Sie sah sich um. Offenbar handelte es sich um ein aufgegebenes Spekulationsobjekt. Den Bauwagen hatte man wohl vergessen. Er sah verwittert aus, war über und über mit Graffiti besprüht. Die Fensterläden geschlossen. Die Tür mit einem relativ neuen Schloss versehen.

Carlotta klopfte an. Dann drückte sie die Klinke. Es war abgeschlossen.

»Ruby?«, rief sie. »Ich bin es, Carlotta.«

Nichts geschah.

Sie klopfte erneut.

Nach einer Weile wurde ein Schlüssel im Schloss herumgedreht. Rubys verschlafenes Gesicht tauchte in der Tür auf.

»Du schon wieder.«

»Darf ich reinkommen?

»Nein.«

»Bitte.« Carlotta hielt ihr den anderen Geldschein hin.

Ruby schaute sie verächtlich an. »Für wen hältst du dich eigentlich?«

»Ich weiß, wie es dir vorkommen muss. Ich würde gern auf andere Art mit dir sprechen. Ohne Bestechung.«

»Aber du bist ein Bulle.«

»Ich bin als Mensch hier.«

»Verschwinde.«

Sie deutete auf ihren verbundenen Arm. »Ich stecke in Schwierigkeiten. Wäre beinahe draufgegangen.«

»Das ist doch nur Show bei dir.«

»Diesmal nicht. Willst du die Wunde sehen?«

Ruby zuckte mit den Schultern.

Dann aber nahm sie das Geld, ließ Carlotta herein und schloss hinter ihr die Tür.

Es war halbdunkel im Innern. Nur ein Streifen Tageslicht, der durch einen Riss in den Fensterläden fiel.

Ein Schlafsack auf dem Boden. Rubys Rucksack. Ein geöffneter Pizzakarton, leer bis auf eine letzte Käsekruste. Eine zerdrückte Coladose. Daneben ein angesengter Löffel, Spuren einer pulverisierten Substanz auf einem Fetzen Alufolie.

»Bist du high?«, fragte Carlotta.

»Was geht dich das an?«

»Ich kann dir helfen.«

»Das ist doch Schwachsinn.« Ruby verschränkte die Arme vor der Brust. »Also, was willst du?«

Carlotta öffnete auf ihrem Handy ein Foto von dem Mädchen mit den verstrubbelten Haaren. »Kennst du sie?«

Ein flüchtiger Blick. Dann schüttelte Ruby den Kopf.

»Wirklich nicht?«

Noch ein Blick. Carlotta versuchte, ihre Mikroexpressionen zu checken, konnte aber nichts erkennen.

»Nein. Und jetzt hau ab.«

»Ich hab nur noch eine Frage.«

»Was?«

»Es soll irgendwo ein Restaurant geben, wo sich ein paar von euch Jugendlichen gelegentlich Essensreste holen.«

Misstrauen in ihren Augen, gepaart mit Abneigung. »Woher weißt du das?«

»Von diesem Typen, der in seinem Lexus rumfährt, um obdachlose Mädchen aufzugabeln. Er bringt sie in sein Appartement. Du kennst ihn doch, oder?«

Schweigen.

»Wir haben bereits über ihn gesprochen.«

Ruby rührte sich nicht.

»Er heißt Tobias Winter.«

»Nie gehört.«

»Komm schon, Ruby. Du hast Angst vor ihm. Das habe ich dir angesehen, als er neulich unter der Brücke aufgekreuzt ist.«

»Dieser Typ hat dir das erzählt?«

»Ja.«

Sie verzog den Mund. »Glaub ihm kein Wort.«

»Hör zu. Da läuft ein Irrer mit einer Axt herum.« Sie wies auf ihren Verband. »Das hat er bei mir angerichtet. Ich wäre beinahe verblutet. Mein Kollege hat mir das Leben gerettet.«

»Der angebliche Sozialarbeiter?«

»Ja.«

»Was hab ich damit zu tun?«

»Es sind noch viel schlimmere Dinge passiert. Wenn du mir hilfst, kann ich dafür sorgen, dass all das endlich aufhört.«

Schweigen.

»Schau dir das Foto noch mal an.«

Erneut blickte Ruby auf das Bild.

Nichts.

»Wo ist dieses Restaurant?«

»Weiß ich nicht.«

»Ruby, ich kann dich hier rausholen. Wie lange willst du denn noch auf der Straße leben?«

»Dein dummes Geschwätz interessiert mich nicht.«

»Lass mich dir helfen.«

»Und wenn ich deine Hilfe nicht will?«

»Dann tu es für das Mädchen, das sich von dem Baugerüst gestürzt hat.«

»Was soll das jetzt noch bringen? Sie lebt nicht mehr.«

»Wir beide können dafür sorgen, dass ihr Tod nicht völlig sinnlos war.«

»Und wie soll das funktionieren?«

»Sie wollte mir etwas mitteilen. Ich war bei ihr, kurz bevor sie sprang. Sie raunte mir einen Namen zu. Annabel Lund. Sagt dir dieser Name was?«

Die Reaktion kam prompt. »Nie gehört.«

Carlotta zeigte ihr das computeranimierte Foto. »So würde Annabel heute aussehen. Sie ist vor fünf Jahren verschwunden. Damals war sie vierzehn.« Sie zeigte ihr auch das Original.

Ruby verzog keine Miene, als sie die beiden Bilder betrachtete.

Nach einer Pause sagte sie: »Noch so eine verlorene Seele, ja? Mach dir bloß keine Hoffnung. Die findest du auch nie wieder.«

»Ich will aber Hoffnung haben. Ich gebe nicht auf. Niemals. Also sag mir wenigstens, wo sich dieses Restaurant befindet.«

Stille.

Carlotta ließ nicht locker. »Du weißt es. Ich sehe es dir an.«

Ruby fuhr sich mit der Hand über ihren kurz geschorenen Schädel. »Das Lokal gibt es nicht mehr. Es wurde geschlossen. Später hat in dem Gebäude ein Imbiss eröffnet, aber die Leute da mögen uns nicht.«

»Du warst also auch dort?«

»Manchmal, ja. Wenn ich es vor Hunger nicht mehr ausgehalten hab. War der Koch gut drauf, hat er mir was zum Hinterhof rausgebracht. In einer Plastiktüte.«

»Und lief alles mit rechten Dingen zu?«

»Wie meinst du das?«

»Hat er dich angemacht?«

»Nein.«

»Hat er es bei anderen Mädchen versucht?«

»Keine Ahnung. Bei mir jedenfalls nicht. Die Kerle stehen nicht auf mich. Bin ihnen nicht feminin genug.«

»Wie heißt dieser Koch?«

»Weiß nicht.«

»Denk genau nach. Bitte.«

Ruby berührte ihr Nasenpiercing. »Christian, glaube ich.«

»Bist du dir sicher?«

»Ja, er hat es mal erwähnt.«

»Und der Nachname?«

Schulterzucken.

»Wann hat das Restaurant dichtgemacht?«

»Vor zwei, drei Monaten.«

Carlotta holte tief Luft. »Ruby, das ist jetzt sehr wichtig. Wie war der Name dieses Lokals?«

»Klang irgendwie deutsch.«
»Konzentrier dich.«
»Ich komme nicht drauf.«
»Und die Adresse?«
Schweigen.

Carlotta war mit ihrer Geduld am Ende. Sie trat dicht an sie heran. »Fünf Menschen wurden auf bestialische Weise umgebracht. Und das Mädchen mit den Flügel-Tattoos ist in den Tod gesprungen. Annabel Lund könnte noch am Leben sein. Wer weiß, was sie in diesem Moment durchmachen muss. Also, sag es mir endlich.«

Ruby schaute sie kopfschüttelnd an. »Du bist verrückt.«
»Mag sein.«
»Der schrägste Bulle, der mir je begegnet ist.«
»Und wenn schon.«

Schließlich nannte ihr Ruby die Adresse.

ZWEIUNDVIERZIG

Es war ein China-Bistro in der Brückenstraße, nicht allzu weit von dem Treffpunkt der Jugendlichen unter der Jannowitzbrücke entfernt.

Carlotta parkte vor der Tür und stieg aus. Sie betrat das Lokal und befragte einen der asiatischen Angestellten. Dieser verstand offenbar ihre Sprache nicht. Sie versuchte es auf Englisch, bis schließlich ein weiterer Mitarbeiter aus der Küche kam und ihr die gewünschte Information liefern konnte. Das Restaurant, das sich früher an diesem Ort befunden hatte, hieß Richards.

Zurück in ihrem Bulli, klappte Carlotta ihren Laptop auf und stellte ein paar Internetrecherchen an. Sie ermittelte den ehemaligen Inhaber des Richards, fand seine Nummer heraus und telefonierte mit ihm.

Sein Name war Siegfried Degen.

»Haben Sie mal einen Koch namens Christian beschäftigt?«, fragte sie Degen.

»Ja.«

»Wie ist sein vollständiger Name?«

»Das war der Christian Elbers. Ich hatte Ärger mit ihm.«

»Warum?«

»Er hat Essen aus unserer Küche an Obdachlose verteilt. Wenn ich nicht ohnehin pleitegegangen wäre, hätte ich ihn rausgeschmissen.«

Ein Blick ins Melderegister, und Carlotta hatte die Adresse von diesem Christian Elbers.

Ihr Herzschlag beschleunigte sich. Elbers wohnte in einer Neubausiedlung in der Otto-Braun-Straße, Nähe Alexanderplatz. Unweit von der Stelle entfernt, wo das Mädchen mit den Engelsflügeln an dem Morgen kurz vor ihrem Tod von einer Überwachungskamera gesichtet wurde.

Carlotta war ja selbst den Weg des Mädchens abgegangen. Sollte das etwa ein Zufall sein? Oder war sie endlich auf der richtigen Spur?

Sie startete ihren VW-Bus und fuhr los.

Zwanzig Minuten später war sie am Ziel. Ein unauffälliges Namensschild im ersten Stockwerk des Plattenbaus aus DDR-Zeiten.

Sie drückte auf den Klingelknopf.

Als habe jemand hinter der Tür gelauert, wurde ihr umgehend geöffnet.

»Carlotta Weiss, Kriminalpolizei.« Sie zückte ihren Dienstausweis. »Sind Sie Christian Elbers?«

»Ja.« Der dunkelblonde Mann in den Vierzigern, Schnauzbart, wache graublaue Augen, starrte sie an. »Worum geht es?«

»Erkläre ich Ihnen drinnen.«

Er führte sie ins Wohnzimmer. Der Lärm der Hauptverkehrsstraße und das Rattern der Tram drangen zu ihnen herauf.

Carlotta kam gleich zur Sache. »Ich versuche, die Identität dieser Jugendlichen festzustellen.« Sie zeigte ihm die Gesichtsaufnahme von dem Mädchen mit den Engelsflügeln.

»Und was hab ich damit zu tun?«

»Antworten Sie nur auf meine Fragen. Kennen Sie das Mädchen?«

Ein kurzer Blick auf das Foto, dann schüttelte er den Kopf. »Ich habe keine Ahnung, wer das sein sollte.«

Carlotta bemerkte die Mikroexpression in seinem Gesicht.

Ein Zucken um die Mundwinkel herum, kaum sichtbar, im Bruchteil einer Sekunde.

»Ich vermute, dass es ein Straßenkind ist, das sich am Hintereingang vom Richards, in dem Sie als Koch beschäftigt waren, Essensreste abgeholt hat.«

Wieder ein Zucken. Diesmal unterhalb der Augen. »Was ist denn mit dem Mädchen passiert?«

»Sie ist tot. Sie sprang von einem Baugerüst.«

»Das ist ja furchtbar.«

»Sie hatte sehr auffällige Tattoos.« Carlotta hielt ihm das Foto hin, das den nackten Rücken des Mädchens zeigte.

Elbers schaute nur flüchtig darauf. »Hab ich nie gesehen.«

»Aber Sie geben zu, dass Sie obdachlose Jugendliche mit Resten aus der Küche versorgt haben?«

»Ist das denn verboten?«

»Natürlich nicht. Man könnte es sogar als recht ehrenwert bezeichnen, wenn es denn ohne Hintergedanken geschah.«

»Worauf wollen Sie eigentlich hinaus?«

»Schauen Sie sich das Foto noch einmal genau an.«

»Ich kenne das Mädchen nicht.«

»Sie lügen.«

»Wie kommen Sie nur darauf?«

»Herr Elbers, warum sind Sie an einem Dienstagvormittag zu Hause?«

»Ich bin arbeitslos.«

»Das Richards hat geschlossen, und Sie haben keine neue Anstellung gefunden?«

»So ist es.«

»Diese Tätowierungen«, sie deutete auf das Foto, »gefallen sie Ihnen?«

Er wurde unsicher. Carlotta bemerkte eine pulsierende Ader an seiner Schläfe.

»Ich sagte doch bereits, ich kenne das Mädchen nicht.«
Carlotta schwieg.
Elbers trat von einem Fuß auf den anderen.
»Liegt irgendetwas gegen mich vor?«
Sie antwortete nicht.
Er betrachtete das Foto erneut.
»Darf ich das andere noch mal sehen?«
Sie zeigte ihm wortlos die Gesichtsaufnahme.
»Also schön, mag sein, dass ...« Er brach ab.
Carlotta musterte ihn.
»Möglich, dass sie mal in den Hinterhof des Restaurants kam.«
»Wann?«
»Im letzten Sommer, denke ich. Sie trug ein ärmelloses Top. Ja, jetzt erinnere ich mich. Als sie sich umdrehte, sind mir ihre Tätowierungen aufgefallen.«
»Und weiter?«
»Ich hab ihr was zu essen rausgebracht, weil sie mir leidtat. Sie glauben ja nicht, wie viel Speisen in so einem Restaurant zurückgehen.«
»Und dann?«
»Wir haben ein wenig geplaudert.«
»Worüber?«
»Ich hab sie gefragt, ob sie auf der Straße lebt.«
»Und?«
»Sie hat es bejaht. Sie sagte, sie habe seit zwei Tagen nicht mehr richtig gegessen. Und dann hat sie mich nach Geld gefragt.«
»Haben Sie ihr welches gegeben?«
»Nein, ich hab ihr gesagt, sie soll sich an eine soziale Einrichtung wenden. Und sie entgegnete, sie habe das alles bereits hinter sich. Es sei zwecklos für sie.«

»Hat das Mädchen ihren Namen genannt?«
»Ich denke, sie hat ihn beiläufig erwähnt.« Wieder schaute er auf das Foto. Sein Blick wurde weich. »Das arme Kind. Sie ist also von einem Baugerüst gesprungen?«
Carlotta nickte. Dann fragte sie: »Wie heißt sie?«
Elbers schlug die Augen nieder. »Ich muss nachdenken.«
Carlotta machte einen Schritt auf ihn zu. »Hören Sie auf, mir etwas vorzuspielen. Sie kannten das Mädchen ziemlich gut. Hab ich recht?«
»Sind Sie eine Art Hellseherin?«
»Vielleicht.«
Nach einer Pause sagte er kaum hörbar: »Sie hieß Tammy.«
Endlich, dachte Carlotta. Sie atmete durch. »Abkürzung für Tamara?«
»Ich denke, ja.«
»Und der Nachname?«
»Den hat sie mir nicht genannt.«
»Wie oft kam Tammy zum Richards?«
»Sechs-, siebenmal.«
»Wann war das genau?«
»Anfang Juni. Danach hat das Restaurant für immer geschlossen.«
»Und Sie gaben ihr jedes Mal etwas zu essen?«
»Ja.«
»Haben Sie eine Gegenleistung dafür verlangt?«
»Wo denken Sie hin? Ich hatte bloß Mitleid mit ihr.«
»Das ist nicht die ganze Wahrheit. Sie verschweigen mir etwas.«
Er wich ihrem Blick aus. »Hören Sie, ich war …« Abermals brach er ab. Schweiß perlte auf seiner Stirn.
»Was?«
»Diese Jugendlichen taten mir einfach nur leid.«

»Und Tammy besonders?«

Er nickte. »Sie wirkte verloren. Verzweifelt. Von allen verlassen.«

»Haben Sie mit ihr geschlafen?«

»Nein!«

»Aber Sie kennen ihren Namen. Kein Mensch scheint dieses Mädchen zu vermissen. Sie sind der Erste, der mir sagen kann, wie sie hieß.«

Elbers schwieg.

Carlotta beschloss, es auf die sanfte Tour zu versuchen. »Sie sind ein gutherziger Mensch, nicht wahr?«

Er wirkte verblüfft. »Ja, das bin ich.«

»Sie verspüren oft Mitleid, wenn es anderen schlecht geht?«

»So ist es.«

»Und bei Tammy war dieses Mitgefühl besonders ausgeprägt?«

Er schluckte. Schließlich sagte er leise: »Sie hat mich an meine Tochter erinnert.«

Carlotta wartete ab.

Draußen rauschte erneut eine Tram vorbei. Im Wohnzimmerregal tickte eine Uhr.

Dann sagte Elbers: »Kommen Sie mit.«

Er führte sie durch den Flur und öffnete eine Tür.

Ein Jugendzimmer. Lindgrüne Tapeten. Ein Bett mit cremefarbener Tagesdecke.

Ein einziges Stofftier darauf. Ein weißer Plüschhase mit dunklen Augen.

An der Wand eine gerahmte Fotografie. Carlotta trat näher. Sie erkannte Elbers darauf, neben ihm eine Frau in den Vierzigern, die ein lächelndes Mädchen umarmte, ungefähr fünfzehn Jahre alt.

Die Jugendliche hatte eine gewisse Ähnlichkeit mit Tammy.

Elbers räusperte sich. »Das ist das Zimmer von Lena, meiner Tochter. Sie starb vor zwei Jahren an Leukämie. Meine Frau und ich sind nicht darüber hinweggekommen. Wir haben uns getrennt. Meine Frau zog von hier weg. Ich habe in Lenas Zimmer nichts verändert. Alles ist so wie kurz vor ihrem Tod.«

Carlotta holte tief Luft. »Tammy war also bei Ihnen?«

»Ja.«

»Sie hat hier in diesem Zimmer geschlafen?«

Er nickte.

»Wie oft?«

»Vier- oder fünfmal.«

»Und das war im Juni?«

Abermals nickte er. »Ich habe ihr einen Schlüssel zu meiner Wohnung gegeben. Sie durfte sich bei mir ausruhen. Ich musste ja bis tief in die Nacht arbeiten. Aber ich schwöre Ihnen, ich habe sie nicht angerührt. Ich wollte nur, dass jemand zu Hause ist, wenn ich von der Arbeit heimkehrte. Jemand, der mich an meine Lena erinnert.«

Für eine Weile war es so still in dem Zimmer, dass es Carlotta wie in einem Traum vorkam. Wo waren die Straßengeräusche hin? Warum ratterte nicht mehr die Tram? Auf einmal meinte sie, die Gegenwart von Tammy zu spüren, so deutlich, als sei ein Teil von ihr noch am Leben.

Sie kannte diese Momente. Im Laufe ihrer Karriere, wenn sie an Mordschauplätzen war und intensiv über die Opfer nachdachte, war sie öfter von sonderbaren Erscheinungen heimgesucht worden. Die Seelen der Verstorbenen schienen zuweilen durch die Luft zu tanzen. Wie sanfte Wirbelwinde, die sie berühren wollten. Manche flüsterten ihr etwas zu. Andere stießen sie weg und lachten sie aus.

Augenblicklich war ihr, als seien Tammys Tätowierungen

kein Werk der Illusion, sondern wahre Engelsflügel, die sie streiften.

Sie hätte dieses Mädchen retten können. Wäre sie nur eine Sekunde schneller gewesen. Ein Griff an den Kragen ihres T-Shirts. Oder wenigstens ein einziges Wort, das ihr Mut gemacht hätte.

Wiederum sah sie klar vor sich, wie die Jugendliche in die Tiefe stürzte.

»Erzählen Sie weiter«, sagte sie zu Elbers.

Sein Gesichtsausdruck veränderte sich. Sie erkannte Spuren von Trauer und Verletzlichkeit darin.

»Ich erinnere mich an ein Frühstück mit ihr. Hier in meiner Wohnung. Sie war ausgeschlafen und munter. Auf einmal war mir, als gebe es wieder Hoffnung für sie. Ich habe ihr gesagt, sie kann jederzeit wiederkommen und Lenas Zimmer als ihr Zuhause ansehen.«

»Hat sie mal ihre Familie erwähnt?«

»Nein. Kein Wort davon. Ich vermute, sie hatte nicht einmal eine.«

»Irgendwelche Freunde?«

»Ich glaube, Tammy war furchtbar einsam. Ich gebe zu, ich habe ihr Foto in der Zeitung gesehen. Ja, ich wusste von ihrem Selbstmord. Dass die Polizei ihre Identität klären wollte, war mir bekannt.«

»Warum haben Sie sich dann nicht bei uns gemeldet?«

Elbers schwieg lange Zeit. Carlotta beobachtete seine Mimik genau. Sie war aufs Äußerste gespannt.

Plötzlich brach es aus ihm heraus. »Sie war in der Nacht vor ihrem Selbstmord bei mir.«

Carlotta straffte die Schultern. »Wie bitte?«

»Sie hat spätabends an meiner Tür geläutet. Sie war völlig aufgewühlt. Ich vermute, dass sie unter dem Einfluss einer furchtbaren Droge stand. Ich ließ sie herein. Fragte, was los sei. Aber sie konnte kaum sprechen. Sie hatte panische Angst.«

»Wovor?«

»Ich weiß es nicht.«

»Ist sie vor jemandem weggelaufen?«

»Kann sein.«

»Hat sie irgendeinen Namen genannt?«

»Nein. Ich stellte ihr Fragen. Doch sie war wohl zu verstört, um zu antworten. Es war kaum ein Wort aus ihr herauszukriegen. Sie sagte bloß immerzu: ›Ich will schlafen, einfach nur schlafen.‹ Also hab ich sie in Lenas Zimmer gebracht und ihr gesagt, sie solle sich ausruhen.«

»Und dann?«

»Ich hatte vor, am nächsten Morgen in aller Ruhe mit ihr zu reden, um danach zu entscheiden, wie ich ihr helfen könnte.«

Er machte eine Pause.

»Schließlich bin ich selbst zu Bett gegangen. Ich lag noch eine Weile wach, danach schlief ich ein. Ein paar Stunden später wurde ich von einem Schrei geweckt. Er kam aus Lenas Zimmer. Ich ging nachsehen. Das Fenster stand offen. Tammy war nicht mehr da.«

»Sie ist rausgeklettert?«

»So muss es gewesen sein.«

»War noch jemand in der Wohnung?«

»Nein.«

»Sind Sie sich ganz sicher? Könnte jemand hier eingedrungen sein?«

»Die Eingangstür war abgeschlossen. Der Schlüssel steckte im Schloss. Das weiß ich noch, weil ich aufgesperrt habe und runter auf die Straße gerannt bin, um nach Tammy zu suchen. Allerdings vergeblich.«

»Sie schreit mitten in der Nacht und klettert aus dem Fenster im ersten Stockwerk?«

»Ja.«

»Und wie erklären Sie sich das?«

»Vermutlich hatte sie einen Albtraum, den sie für Wirklichkeit hielt. Sie war ja schon am Abend äußerst paranoid.«

»Und das soll ich Ihnen glauben?«

»Ich habe Tammy nicht angerührt. Weder im Juni noch in jener Nacht vor mehr als einer Woche. Nicht ich war es, vor dem sie weggelaufen ist. Ganz im Gegenteil. Ich war wie ein Freund für sie.«

»Aber Sie wissen schon, wie verdächtig das erscheint? Sie haben auf den Aufruf in den Medien nicht reagiert, obwohl Sie einer der Letzten waren, der sie lebend gesehen hat.«

»Das ist mir durchaus bewusst. Ich habe auch lange Zeit überlegt, ob ich mich bei der Polizei melden sollte. Ein paarmal hatte ich das Telefon schon in der Hand, um die Nummer zu wählen, die in der Zeitung angegeben war. Doch letztlich wollte ich mich nicht selbst belasten. Mir war klar, für wen man mich halten würde.«

»Ach ja? Sagen Sie es mir.«

»Für einen Kinderschänder, der ein obdachloses Mädchen jagt und in den Tod treibt. Doch ich bin alles andere als das.«

Carlotta trat dicht an ihn heran. »Ich muss Sie vorläufig festnehmen.«

»Ich habe nichts getan.«

»Sie müssen mit aufs Revier kommen.«

»Warten Sie einen Moment.«

Carlotta fuhr mit der Hand an ihr Waffenholster. »Keine Tricks.«

»Ich habe da was für Sie. Das sollten Sie sich ansehen.«

»Was?«

»Tammy trug doch nur ein Tanktop und Unterwäsche, als sie von hier abgehauen ist. Das Top gehörte meiner Tochter. Ich habe es ihr für die Nacht gegeben. Ihre restliche Kleidung ist hier.«

Elbers öffnete einen Schrank, nahm eine Plastiktüte heraus und reichte sie Carlotta.

Sie schaute hinein. Eine dünne Jacke, ein schwarzes Minikleid und ein paar hochhackige Schuhe befanden sich darin.

»Mehr hatte sie nicht dabei. Das ist alles, was mir von ihr geblieben ist.«

»Ziemlich aufreizendes Outfit«, murmelte Carlotta.

Sie zog ihre Handschellen hervor.

Elbers wich vor ihr zurück. »Glauben Sie mir. Ich bin kein Pädophiler. Ich wollte nur helfen. Ich war wohl der Einzige, zu dem Tammy Vertrauen hatte. Sie wusste von Lenas Schicksal. Ich habe ihr gesagt, dass sie mich an mein eigenes Kind erinnert. Und ich denke, das hat ihr ein bisschen Hoffnung gegeben. Mehr konnte ich nicht für sie tun.«

Carlotta musterte ihn. Sie suchte die Wahrheit in seinen Augen. Doch alles, was sie erkennen konnte, war tiefe Verzweiflung.

DREIUNDVIERZIG

Trojan und Carlotta vernahmen den ehemaligen Koch aus dem Richards abwechselnd bis zum späten Nachmittag. Sie legten ihm Fotos von Annabel Lund und dem unbekannten Mädchen aus Schönfließ vor. Angeblich kannte er beide nicht. Und er blieb bei seiner Unschuldsbeteuerung.

Gegen siebzehn Uhr betrat Trojan den Raum hinter dem Einwegspiegel. Er hatte die letzte Vernehmung geführt.

Carlotta saß über ihren Laptop gebeugt.

»Trauen Sie ihm?«, fragte er.

Sie schwieg. Offenbar war sie tief in Gedanken versunken.

»Carlotta.«

Zerstreut schaute sie zu ihm auf. »Ja?«

Trojan wies auf den Verdächtigen im Nebenraum. »Ist Elbers so unschuldig, wie er vorgibt? Was meinen Sie? Hatte diese Tammy, deren Nachnamen wir leider noch immer nicht ermitteln konnten, tatsächlich Vertrauen zu ihm?«

»Einen Moment bitte.« Sie widmete sich wieder dem Text auf dem Bildschirm. Er trat näher. Offenbar las sie eine wissenschaftliche Abhandlung.

»Was ist das?«, fragte er.

Plötzlich stand sie auf. »Der Atem des Teufels«, sagte sie leise.

»Was?«

»Damit haben wir es die ganze Zeit zu tun.«

»Ich verstehe nicht.«

»Bei meinen Recherchen im Internet bin ich auf eine perfide Substanz gestoßen. Sie heißt Scopolamin, auch Teufelsatem genannt.«

»Was hat das mit Elbers zu tun? Sie sollten doch auf seine Mikromimik achten, während ich mit ihm sprach.«

»Habe ich längst. Ich fürchte, wir werden nicht mehr aus ihm herausbekommen.«

»Wieso nicht?«

»Letztlich ist ihm wohl nichts vorzuwerfen. Außer dass er sich längst bei der Polizei hätte melden müssen.«

»Also sagt er die Wahrheit?«

»Ich bin mir nicht zu hundert Prozent sicher. Aber ich denke, wir verschwenden unsere Zeit, wenn wir uns zu lange mit ihm abgeben. Deshalb habe ich mich inzwischen mit anderen Themen beschäftigt.«

Trojan war verblüfft. Bisher war er es gewesen, der in dieser Mordkommission das Tempo bei den Ermittlungen angezogen hatte. Doch Carlotta Weiss schien noch um einiges schneller vorzugehen. Offenkundig war sie ihm in ihren Überlegungen bereits um ein paar Schritte voraus.

»Okay«, sagte er. »Was haben Sie für mich?«

»Elbers gab zu Protokoll, dass Tammy wohl unter dem Einfluss einer Droge stand, als sie bei ihm auftauchte.«

»Das ist richtig.«

»Außerdem fragen wir uns schon länger, wie es der Täter angestellt hat, sich seine Opfer gefügig zu machen. Insbesondere die Männer. Sowohl Martin Schild als auch Torsten Stolzhagen haben kaum Widerstand geleistet, als der Mörder in deren Häuser eindrang.«

»Korrekt.«

»Ich suchte also nach einer Droge, die schwer nachweisbar ist. Denn weder im Blut von Martin Schild noch in dem von

Torsten Stolzhagen wurden Reste einer fragwürdigen Substanz gefunden.«

»Ja.«

»Allerdings fiel mir in Semmlers Obduktionsbericht auf, dass bei beiden die Nasenscheidewand verletzt wurde. Darum suchte ich nach einem Mittel, das nasal verabreicht werden kann.«

»Sie meinen ein Spray?«

»Ja. Ein Betäubungsmittel, das man in eine Sprühflasche füllen und seinem Gegner leicht in die Nase stoßen kann.«

»Und so kamen sie auf dieses …?«

»… Scopolamin. In anderen Quellen auch als Teufelsatem bezeichnet. Es kommt in Nachtschattengewächsen wie Stechapfel, Bilsenkraut, Alraune und insbesondere in Engelstrompeten vor, kann aber auch künstlich hergestellt werden. Scopolamin wirkt bei höherer Dosierung dämpfend und sorgt für einen Zustand der Apathie und Willenlosigkeit.«

»Sie glauben also, die Opfer wurden damit gefügig gemacht?«

»Ja. Nach meiner Einschätzung am Tatort reagierten sowohl Martin Schild als auch Torsten Stolzhagen wie ferngesteuert, nachdem sie den Mörder im Haus entdeckt hatten. Nach außen hin wirkten sie wohl lediglich ein wenig apathisch, doch letztlich waren sie ihrem Gegenüber völlig ausgeliefert.«

»Das ist teuflisch.«

»Im wahrsten Sinne. Und nun zu den Nebenwirkungen von Scopolamin. Noch Stunden nach der Einnahme kommt es zu Unsicherheiten in der Erinnerung, der Selbstwahrnehmung und zu Kontrollverlust. Überdies sind Halluzinationen und Paranoia möglich.«

»So wie es Elbers in Bezug auf Tammy geschildert hat.«

»Ganz genau.«

»Sie vermuten also, dass ...«

»... Tammy dieselbe Droge verabreicht wurde wie auch den Mordopfern. Darum wirkte sie auf Elbers völlig verstört.«

»Und das könnte auch der Grund gewesen sein, warum sie im Morgengrauen fluchtartig seine Wohnung verlassen hat, nämlich durchs Fenster.«

»So ist es.«

Trojan dachte nach. Dann sagte er: »Fassen wir es zusammen. Der Täter weist auf das Schicksal von Tammy hin. Er befestigt am Baugerüst, von dem sie in den Tod springt, das Stofftier und hinterlässt sein X aus Wachs. In der darauffolgenden Nacht dringt er in das Haus von Martin und Rita Schild ein und ermordet beide.«

»Auch dort finden wir so einen Stoffaffen. Und dazu das erste rätselhafte Gebilde aus Wachs.«

»Gibt es eine Verbindung zwischen Martin Schild und Tammy?«

»Das wäre denkbar.«

»Und hatte vielleicht auch Torsten Stolzhagen zu ihr Kontakt?«

»Nicht auszuschließen.«

»Zu ihr und eventuell auch zu Annabel Lund.«

»Richtig.«

»Fragt sich nur, wo.«

»Möglicherweise an demselben Ort, an dem Annabel noch immer gefangen gehalten wird.«

Trojan nickte zustimmend.

»Tammy gelang offenbar die Flucht«, sagte Carlotta. »Ob allein oder unter der Mithilfe eines anderen, wissen wir nicht. Fakt ist: Sie war völlig desorientiert. So habe ich sie selbst auf dem Baugerüst erlebt, und das deckt sich mit der Aussage von Christian Elbers.«

»Jemand hat ihr wohl zuvor das Scopolamin verabreicht.«

»Sie ist benommen, unsicher in ihrer Wahrnehmung. Verspürt Paranoia. Eigentlich ist sie in Freiheit, aber in ihrer Verzweiflung und unter dem Einfluss dieser Droge weiß sie nicht, an wen sie sich wenden soll. Sie irrt orientierungslos durch die Straßen.«

Carlotta öffnete ihre interaktive Karte auf dem Laptop.

»Schließlich kommt sie hier an.« Sie wies auf eine Markierung. »In der Otto-Braun-Straße. Sie erkennt das Hochhaus, in dem Elbers wohnt. Ein Ort, an dem sie sich offenbar früher in Sicherheit wähnte.«

Abermals nickte Trojan. »Sie klingelt an der Tür von Christian Elbers. Er lässt sie herein. Sie darf sich bei ihm ausruhen.«

»Doch in den frühen Morgenstunden schreckt sie hoch. Vielleicht ist es tatsächlich ein furchtbarer Albtraum gewesen. Das Scopolamin ist noch immer wirksam.«

»Sie klettert aus dem Fenster und rennt weiter, ziellos, verzweifelt, außer sich.«

»Wer weiß, was ihr in der Zeit zwischen Juni und ihrem Tod angetan wurde.«

»Schließlich rettet sie sich auf das Baugerüst.«

Carlotta stieß die Luft aus. »Ich werde in meiner Eigenschaft als Psychologin hinzugerufen, aber ich kann ihr nicht mehr helfen.«

»Dafür nennt sie Ihnen den Namen Annabel Lund.«

»Die wir noch immer nicht finden konnten.«

Sie blickten sich eine Weile schweigend an.

Daraufhin fragte Trojan: »Was ist mit dem unbekannten Mädchen, das Ihnen entkommen ist? Ist sie die Rachemörderin? Ein vermutlich vierzehnjähriges Mädchen? Sie ist ungefähr ein Meter siebzig groß. Das würde nach Ihren Berechnungen im Haus von Rita und Martin Schild hinkommen.«

»Denkbar.«

»Ein Opfer, das zur Täterin wird? Ist sie diejenige, die auf das Schicksal von Tammy und Annabel hinweist, zwei andere Jugendliche, die wie sie schlimmes Leid erfahren haben?«

»Es gibt zwei Möglichkeiten«, antwortete Carlotta. »Sie ist es selbst, oder sie kennt denjenigen, der dafür verantwortlich ist.«

»Vielleicht steht sie in irgendeiner Beziehung zu ihm.«

»Diese Überlegung habe ich auch schon angestellt.«

Trojan atmete durch. »Aber was ist mit Victor Breitling? Wie passt er ins Bild? Hat er sich an einer Minderjährigen wie Tammy vergriffen? Oder musste er sterben, weil er sich ausgerechnet mit Ihnen eingelassen hat, Carlotta?«

Sie wich seinem Blick aus.

Wieder einmal beschlich ihn ein schrecklicher Verdacht. War die Kriminalpsychologin, die er selbst um Mithilfe gebeten hatte, auf irgendeine Weise persönlich in den Fall verstrickt? Gab es ein Geheimnis in ihrem Leben, von dem er nichts wusste?

Es war doch merkwürdig, dass der Mann aus diesem Club, der ihr zu nahe getreten und den sie mit ihrer Waffe bedroht hatte, plötzlich zum Kreis der Opfer gehörte.

Die zwei Seiten eines Gesichts, durchfuhr es ihn. Eine Hälfte hinter Wachs versteckt, die andere frei sichtbar.

Wie bei dem abgetrennten Kopf des Immobilienmaklers.

Die Bildsprache des Mörders, dachte er. Amygdala, der Bereich im Gehirn, der das Kommando übernimmt.

Was hatte Carlotta damit zu tun?

»Das ist der Punkt, der mich besonders belastet«, entgegnete sie. »Aus irgendeinem Grund stehe ich wohl selbst im Visier des Täters.«

»Das ist überaus sonderbar.«

»Finde ich auch.«

»Haben Sie irgendeine Theorie dazu?«

»Bisher nicht.«

»Was haben Sie jetzt vor?«

»Ich muss Annabel finden. Und zwar schleunigst.«

»Wie wollen Sie das anstellen?«

Sie schwieg.

»Sagen Sie schon, Carlotta.«

»Es gibt da etwas …« Sie brach ab.

»Was?«

Sie antwortete nicht.

»Sie führen was im Schilde. Das merke ich Ihnen an.«

»Es ist nichts von Belang. Wirklich nicht.«

»Hören Sie. Wir haben erst gestern Nacht vereinbart, dass Sie mich über jeden Ermittlungsschritt auf dem Laufenden halten.«

»Ich werde Sie rechtzeitig über alles informieren. Ich muss nur … ich muss dringend allein sein, um nachzudenken.«

Schon war sie zur Tür hinaus.

VIERUNDVIERZIG

Dienstag, 27. September, abends

Sie fuhr mit ihrem VW-Bus in die Bötzowstraße. Es brauchte einige Zeit, bis sie einen Parkplatz gefunden hatte. Dann nahm sie die große Papiertüte eines Modegeschäfts vom Beifahrersitz und stieg aus.

Schon im Treppenhaus wurde sie unruhig. Vor ihrer Wohnungstür blieb sie stehen und kämpfte gegen eine Welle der Übelkeit an. Sie blickte auf den Fußabtreter, auf dem sich das Paket mit dem abgetrennten Kopf befunden hatte.

Sie gab sich einen Ruck und schloss auf.

Der Verwesungsgeruch war noch nicht gänzlich abgezogen. Unheilschwer hing er in den Räumlichkeiten. Sie stellte die Tüte ab und verharrte. Würde sie hier jemals wieder ihren Frieden finden?

Sie wusste es nicht.

Sie setzte sich auf ihr Bett und blickte gedankenverloren auf das Bild von Hokusai, die große, schäumende Welle, die ihre Mutter so sehr geliebt hatte.

Hätte sie Trojan über ihren Plan einweihen sollen? Aber der Hinweis, dem sie nachgehen wollte, war äußerst vage. Und sie durfte Nils nicht wieder enttäuschen.

Ihr Ehrgeiz verbat es ihr, sich erneut einen Fehler zu leisten.

Sie mochte Trojan. Vielleicht sogar mehr, als sie sich eingestehen wollte. Nun galt es, ihm ihre Fähigkeiten als Ermittlerin zu beweisen. Einiges war schiefgelaufen. Zudem die

Widerstände im Kollegium. Die Arroganz von Landsberg. All das verunsicherte sie.

Dazu die Angst, selbst auf der Todesliste des Täters zu stehen.

Warum gerade sie? Weshalb hatte er es auf sie abgesehen? Oder handelte es sich doch um eine Serienkillerin?

Wieder musste sie an ihren Traum denken. Die weibliche Person, die ihr Gesicht hinter den Haaren verbarg. Das Wort »Amygdala«.

Nur Mut, dachte sie. Sie musste es schaffen. Auch wenn dieser Fall äußerst vertrackt war.

Was sie jedoch vorhatte, war gewagt. Trojan könnte es ihr ausreden, wenn er Bescheid wüsste.

Sie nahm ihren Laptop hervor und betrachtete noch einmal Tammys Wegstrecke, die sie auf ihrer interaktiven Karte markiert hatte.

Wie weit war das Mädchen gelaufen? Von wo kam sie? Wo war der Punkt X, von dem aus sie sich offenbar in Elbers' Wohnung geflüchtet hatte?

Carlotta kennzeichnete eine Straßenecke, nur knapp zwei Kilometer vom Wohnsitz des Kochs in der Otto-Braun-Straße entfernt.

Dort befand sich ein Club mit dem Namen Cube.

Ihre Recherchen hatten Folgendes ergeben: Der Besitzer dieses Clubs war ausgerechnet Siegfried Degen, dem auch das Richards gehört hatte.

Degen besaß neben dem Club zwei weitere Restaurants. Er schien recht wohlhabend zu sein. Dass das Richards pleitegegangen war, entsprach nicht ganz der Wahrheit. Er hatte es abgestoßen, weil es zu wenig Rendite einbrachte.

Und noch etwas hatte Carlotta herausgefunden: Die Kollegen von der Sitte hatten im vergangenen Jahr eine Razzia im

Cube durchgeführt. Wegen des Verdachts der Beschäftigung von Minderjährigen.

Die Razzia war ohne Ergebnis verlaufen. Carlotta hatte vor einer Stunde mit dem zuständigen Einsatzleiter telefoniert.

Dieser sagte zu ihr: »Wir bekamen einen anonymen Hinweis, dass sich im Club eventuell Minderjährige aufhielten, die zur Arbeit gezwungen wurden.«

»Welcher Art von Arbeit?«

Der Kommissar wich ihrer Frage aus. »Hören Sie, das Ganze hat sich als nichtig erwiesen. Gegen den Betreiber des Clubs liegt nichts vor. Rein gar nichts.«

Doch ein weiteres Detail hatte Carlotta stutzig werden lassen. Bei ihrer Vernehmung am Nachmittag fragte sie Elbers beiläufig nach seinem Verhältnis zu seinem damaligen Chef Siegfried Degen.

Elbers sagte: »Ich mochte ihn nicht besonders.«

»Warum nicht?«

»Er war sehr überheblich. Nicht sehr fair zu seinen Mitarbeitern.«

»Kannte er eigentlich Tammy?«

Elbers wirkte überrascht. »Wieso fragen Sie?«

»Reine Routine.«

»Ich hab die beiden tatsächlich mal zusammen beobachtet. Durchs Küchenfenster im Richards. Degen war im Hof und sprach mit ihr. Ich dachte, er würde sie vertreiben, weil er es doch nicht billigte, dass obdachlose Jugendliche bei uns um Essen bettelten. Aber zu meiner Überraschung gab er ihr eine Karte.«

»Was für eine Karte?«

»Seine Visitenkarte, nehme ich an.«

»Welche Bedeutung hatte das Ihrer Meinung nach?«

»Ich weiß nicht. Vielleicht hat er ihr einen Job angeboten.«

»Um was für eine Art der Beschäftigung könnte es sich dabei gehandelt haben?«

»Ich habe keine Ahnung.«

Carlotta schaute auf die Markierungen auf ihrem Monitor. Dort war das Cube und da die Wohnung von Elbers.

Eine Wegstrecke von nicht einmal zweitausend Metern.

War Tammy im Cube gewesen? In der Nacht vor ihrem Tod? War das der Ort, von dem aus sie geflohen war?

Carlotta atmete durch.

Sollte sie doch lieber Trojan anrufen und ihm davon erzählen?

Allerdings wäre dann ihr Plan zunichte. Nils wäre garantiert nicht einverstanden mit dem, was sie vorhatte.

Denn sie wollte sich eine Tarnung zulegen.

Und die war selbst für ihre Verhältnisse ungewöhnlich.

Carlotta klappte ihren Laptop zu und ging ins Badezimmer.

Es schauderte sie, als ihr Blick auf die Wanne fiel. Der Duschvorhang war noch immer zurückgezogen. Ein Rest von Ammoniakgeruch schwebte in der Luft.

Carlotta nahm eine Schere zur Hand und stellte sich vor den Spiegel.

Es kostete sie einige Überwindung, doch dann begann sie, ihr rotbraunes Haar abzuschneiden. Schließlich griff sie zu einem elektrischen Rasierer und schor sich den Schädel, bis ihre Frisur nur noch eine Länge von sechs Millimetern hatte.

Als sie damit fertig war, zog sie sich bis auf die Unterhose aus, nahm ein schwarzes Tape hervor, biss die Zähne zusammen und klebte sich die Brüste ab. Wegen ihres verletzten Arms war es besonders mühselig.

Danach ging sie in den Flur und entnahm der Papiertüte einen schwarzen legeren Herrenanzug, ein dunkles T-Shirt mit V-Ausschnitt, eine rote Baseballmütze und weiße Sneakers.

Sie zog sich um, setzte die Mütze auf, schob den Schirm tief in die Stirn und betrachtete sich erneut im Spiegel.

Nun musste sie Mimik und Gestik einstudieren.

Nach einer Stunde Proben übte sie sich darin, auf besondere Art zu sprechen.

Dann gewöhnte sie sich einen speziellen Gang an.

Zwei Stunden später war sie bereit.

Carlotta hatte sich komplett verwandelt.

Sie sprach wie ein Mann, bewegte sich wie ein Kerl und dachte wie ein Macker.

Gegen zweiundzwanzig Uhr verließ sie die Wohnung.

Unter ihrem Jackett trug sie die Dienstwaffe.

FÜNFUNDVIERZIG

Es war ein Club der diskreten Art, unaufgeregt und dennoch stylish. Besserverdienende Gäste, reifer und gesetzt. Die Tanzfläche mehr ein Zitat. Der DJ unterkühlt, die Tracks eher langsam und melodieorientiert, eine Mischung aus Deep House und Jazz.

Ein großer Loungebereich mit Egg Chairs aus dunkelblauem Samt. Meterlange Sofas, gepflegtes dänisches Design. Ausgewähltes Publikum, entspannte Atmosphäre, man traf sich nach der Arbeit und musste morgens früh raus. Hier kam nicht jeder rein, die Zone zum Relaxen für Junggebliebene aus der Oberschicht.

Carlotta steuerte auf die Bar zu, das Eldorado einsamer Männer. Sie setzte sich an den Tresen und gab dem Barkeeper ein Zeichen.

Er kam und lächelte sie an.

Sie sprach tiefer als sonst, achtete auf ihre männliche Haltung. »Einen Wodka Martini.«

»Kommt sofort.«

Kurz darauf wurde ihr der Drink gebracht.

Sie scannte die Umgebung mit Blicken. Mehrere Krawattenträger allein vor ihren Getränken. Nur ein einziges Paar, die Frau im kurzen Schwarzen, der Mann unablässig redend. Er prahlte mit Aktiengeschäften, sie wirkte gelangweilt.

Carlotta trank.

Die Zeit verging.

Ihre Tarnung flog nicht auf, sonst wäre sie längst angesprochen worden. Eine Frau ohne Begleitung am Tresen galt als Freiwild, jedoch nicht ein Kerl mit rotem Basecap.

Da fiel ihr ein Mann in den Fünfzigern auf, hohe Stirn, wässrige Augen, maßgeschneiderter Anzug. Brioni, vermutete sie, zeitlos, elegant und edel.

Er setzte sich drei Hocker von ihr entfernt.

»Einen Cube«, sagte er zum Barkeeper.

»Wie immer gern.«

Nur wenig später wurde ihm ein Glas Bourbon auf einer weißen Serviette hingestellt.

Carlotta wurde misstrauisch. Sie ließ sich die Karte geben und studierte sie. Ein Drink namens Cube war darauf nicht vermerkt.

Fortan beobachtete sie den Mann im Brioni. Einmal nahm er das Glas weg und warf unauffällig einen Blick auf die Unterseite der Serviette.

Carlotta meinte darauf eine handschriftliche Notiz zu erkennen, bestehend aus einem Wort und einer Nummer.

Brioni nippte an seinem Cube.

Sie winkte den Barkeeper heran.

»Ja?«

»Ich hätte gern einen Cube«, sagte sie.

Der Barkeeper runzelte die Stirn: »Ich verstehe nicht.«

»Einen Cube.«

»Ist mir nicht bekannt.« Er lächelte. »Cube ist der Name des Clubs. Aber kein Drink.«

Sie gab sich männlich entschlossen. »Er steht nicht auf der Karte, aber ich will ihn trotzdem.«

»So etwas führen wir nicht.«

Sie lehnte sich über den Tresen und senkte die Stimme. »Warum bekommt der Herr neben mir einen und ich nicht?«

Kurze Irritation. »Das muss ein Missverständnis sein.«
»Wie schade.«
»Kann ich ansonsten etwas für Sie tun?«
»Nein danke.«

Kurz darauf machte Brioni eine Geste, als wolle er zahlen. Eilfertig ging der Barkeeper zu ihm.

Carlotta behielt die Szene im Auge.

Brioni zückte seine Brieftasche und warf einen Schein auf den Tresen.

Der Barkeeper bedankte sich bei ihm. »Beehren Sie uns bald wieder.«

Plötzlich gaben sie sich die Hand.

Carlotta entging nicht, was dabei noch geschah. Ein Bündel Geldscheine wechselte den Besitzer. Kaum merklich hatte Brioni dem Angestellten eine größere Summe zugesteckt.

Der Schein auf dem Tresen wanderte in die Kasse, der Rest in dessen Hosentasche.

Brioni sah noch einmal auf die Rückseite der Serviette, dann stand er auf.

Auch Carlotta zahlte.

Danach folgte sie dem Mann im feinen Zwirn zu den Waschräumen.

Als sie eintrat, war er bereits am Pissoir.

Sie checkte die Lage. Nur eine einzige Toilettenkabine war verschlossen. Ansonsten war sie allein mit ihm.

Carlotta öffnete ihren Hosenschlitz und stellte sich breitbeinig an das Becken neben ihm.

Bei ihm plätscherte es, bei ihr nicht.

Er warf ihr einen abschätzigen Blick zu. Dann drückte er die Spülung.

Danach ging alles sehr schnell. Die Kabinentür wurde aufgestoßen, ein anderer gut gekleideter Herr kam heraus, wusch sich nicht die Hände und verschwand in der Lounge.

Jetzt, dachte sie.

Sie zog mit links ihre Waffe hervor, stieß sie dem Mann im maßgeschneiderten Anzug in den Nacken und schob ihn in die Kabine.

Sie sperrte von innen ab.

Brioni keuchte. »Was … was soll das?«

Sie hielt ihm den Lauf der Sig Sauer an die Schläfe. »Ich möchte es auch haben«, raunte sie.

»Wie bitte?«

»Was auf der Rückseite der Serviette steht, will ich auch.«

»Ich verstehe nicht, was Sie meinen.«

»Die Knarre ist geladen.« Sie stieß fester zu. Sah jede einzelne Schweißperle auf seiner Stirn.

»Was wollen Sie von mir?«

»Sag mir, wie ich es kriegen kann.«

»Was denn?«

»Du hast dafür extra bezahlt. Also lüg mich nicht an.«

»Es ist nicht so einfach«, wimmerte er.

»Ich will es aber.« Dunkel war ihre Stimme, gierig und lauernd. Ein Kerl war sie, zu allem bereit.

»Bitte. Ich kann Ihnen Geld geben.«

»Ich will kein Geld. Ich will nur das, was dir der Barkeeper aufgeschrieben hat.«

Er rang nach Luft. »Es ist bloß eine Zahl. Eine … eine Nummer.«

»Eine hübsche Nummer, ja? Jung? Sehr jung?«

»Hören Sie …«

»Nimm mich mit«, wisperte sie. »Nimm mich mit zu dieser Nummer. Oder ich drücke ab. Ich schwöre dir, ich knall dich ab.«

In seinen Augen flackerte Todesangst. »Es gibt Videoüberwachung.«

»Nicht in den Waschräumen. Willst du hier sterben?«

»Nein.«

»Also gehst du vor. Und ich bin immer dicht hinter dir. Du bringst mich zu dieser Nummer.«

»Das ist nicht erlaubt.«

»Wer stellt die Regeln auf? Ich oder du?«

Er schluchzte.

»Du sagst, du hast für einen Freund mit bezahlt. Ist das klar?«

»Ja.«

»Los jetzt.«

Carlotta ließ die Waffe sinken und schob sie ins Holster unter ihrem Jackett.

Er atmete durch. Dann schloss er die Kabine auf, ging hinaus in den Waschraum und zurück in die Lounge.

Sie folgte ihm.

Er durchquerte den Saal und steuerte widerstrebend auf einen Bereich zu, der sich in der Nähe der Tanzfläche befand. Carlotta war dicht hinter ihm.

Vor einer Tür blieb er stehen.

»Keine Tricks«, murmelte sie in seinem Rücken.

Er atmete gepresst. Die Tür hatte ein elektronisches Schloss. Seine Hand verharrte über der Tastatur für die Eingabe eines Zahlencodes.

»Mach schon«, sagte sie leise.

Schließlich begann sein Zeigefinger über die Tasten zu wandern. Sie beobachtete ihn genau, während er die Ziffernfolge eintippte.

0789. Offenbar die Nummer auf der Serviette.

Die Tür sprang auf.

Carlotta drängte sich mit ihm hindurch. Nun befanden sie sich in einem Parkhaus.

Brioni eilte los. Carlotta hielt mit ihm Schritt.

»Langsam«, wisperte sie.

Er gehorchte. Gelegentlich schien er sich nach einem Fluchtweg umzuschauen.

»Eine falsche Bewegung, und du bist dran.«

»Schon gut«, sagte er atemlos. »Wir sind gleich da.«

Sie betraten das Treppenhaus und stiegen die Stufen hinauf. Carlotta blickte sich um. Allem Anschein nach gab es keine Videoüberwachung. Wie clever, dachte sie, für Diskretion war gesorgt. Wahrscheinlich handelte es sich um ein privates Parkhaus, nur für besonders zahlungskräftige Gäste reserviert.

Sie erreichten Ebene 7, passierten eine weitere Tür und gingen an den geparkten Autos vorbei, überwiegend Luxuslimousinen. Die Plätze waren nummeriert, schwarze Ziffern befanden sich an den Wänden.

Brioni steuerte auf die 0789 zu. Der gleiche Code wie am Türschloss.

Sie registrierte einen weißen Mercedes in der Parkbucht. Ein glatzköpfiger Anzugträger stand davor, breitbeinig, finstere Miene.

Auf dem Rücksitz des Wagens saß ein junges Mädchen mit blonden Locken. Stark geschminktes Gesicht, gesenkter Blick. Sie trug ein knappes Kleid mit tiefem Ausschnitt.

Es erinnerte Carlotta an das schwarze Minikleid von Tammy, das diese bei Elbers zurückgelassen hatte.

Der Glatzkopf schaute sie beide fragend an.

»Elfentanz«, sagte Brioni zu ihm.

Das Codewort, dachte sie, vermutlich auch auf der Serviette notiert.

»Zwei Leute?«, entgegnete der andere. »Was soll das?«

Brionis Stimme war rau. »Ich hab für meinen Kumpel mit bezahlt.« Er wies auf Carlotta.

Der Bewacher des Mädchens schüttelte den Kopf. »Ist nicht drin. Der Preis gilt nur für einen.«

Und dann geschah es.

Brioni zwinkerte ihm zu.

Im Nu schien der Glatzköpfige begriffen zu haben.

Eine rasche Bewegung, und etwas Schwarzes, Metallisches blitzte in seiner Hand auf.

Er ist bewaffnet, durchfuhr es Carlotta.

Mit links zückte sie die Sig Sauer. Bevor der andere schießen konnte, drückte sie ab. Der Knall hallte wider. Das Mädchen im Mercedes schrie auf.

Carlotta sah Blut. Der Glatzkopf war an der Schulter getroffen.

Sie schoss noch einmal. Er sprang weg.

Dann feuerte er aus der Deckung zwei, drei Schüsse ab. Querschläger jaulten. Seine Kugeln trafen ein anderes Auto. Die Alarmanlage sprang an.

Schon war er an seiner Fahrertür und riss sie auf. Dann saß er am Steuer. Der Motor heulte auf.

Plötzlich raste der Wagen im Rückwärtsgang auf Carlotta zu. Sie hechtete zur Seite und fiel auf ihren verletzten Arm. Der Schmerz war mörderisch.

Das Auto hatte sie nur knapp verfehlt.

Sie wälzte sich herum, die Waffe im Anschlag. Wo war Brioni? Sie sah ihn nicht. Offenbar war er außerhalb der Schusslinie.

Wieder jaulte der Motor auf. Jetzt raste der Mercedes nach vorn.

Carlotta kauerte am Boden und zielte. Doch in diesem Moment tauchte das verzerrte Gesicht des Mädchens am Heckfenster auf.

Duck dich, dachte sie, duck dich weg.

Sie hatte nur eine Chance. Allerdings war die Linke nicht ihre Schusshand.

Ein kurzes Zögern. Der Mercedes fuhr im hohen Tempo auf den Ausgang zu. Dann drückte sie ab.

Treffer.

Der Hinterreifen platzte.

Sie drückte wieder ab.

Noch ein Treffer.

Der zweite Reifen war zerfetzt.

Funken sprühten von den Felgen auf. Der Mercedes raste in ein geparktes Auto. Wieder heulte eine Alarmanlage.

Der Glatzkopf rollte sich aus der offenen Fahrertür.

Carlotta sprang auf und rannte los.

Der Glatzkopf rappelte sich auf und verschwand hinter einem Auto. Dann schoss er. Der Querschläger jaulte.

Carlotta ging in Deckung. Geduckt rannte sie weiter.

Noch zehn Meter bis zu dem Mercedes. Was war mit dem Mädchen passiert? Sie hatte keinen Sichtkontakt.

Wieder schoss der Glatzkopf. Er schien seine Position gewechselt zu haben.

Carlotta ging wieder in Deckung.

Erneut feuerte er. Eine Kugel schlug vor ihr in einer Windschutzscheibe ein. Glas splitterte.

Sie vermutete ihn hinter einem der Fahrzeuge ganz in der Nähe.

Ihr Herzschlag jagte.

Weiter, sie durfte nicht aufgeben. Noch fünf Meter.

Lag das Mädchen auf der Rückbank? Noch immer sah sie nichts.

Sie musste sich vorwagen.

Jetzt. Gebückt rannte sie los.

Es knallte. Eine Kugel pfiff an ihr vorbei.

Endlich hatte sie den Mercedes erreicht. Sie riss die hintere Tür auf. Das blond gelockte Mädchen schrie.

»Raus hier, raus«, rief Carlotta ihr zu.

Sie zog das Mädchen aus dem Wagen und brachte es hinter den anderen Autos in Sicherheit.

Plötzlich fielen keine Schüsse mehr. Nichts geschah. Sie lauschte, mit dem Mädchen versteckt hinter einem Fahrzeug. Die Alarmsirene heulte, die Jugendliche wimmerte leise.

Mit einer Geste bedeutete ihr Carlotta, still zu sein.

Was war passiert? Wo war der Typ?

In diesem Moment tauchte er vor ihr auf, nur ein paar Meter entfernt.

Entsetzt starrte Carlotta in den Lauf seiner Waffe. Das Mädchen neben ihr schnappte nach Luft.

Dann fiel der Schuss.

Es dröhnte in ihren Ohren. Für einen Moment war ihr schwarz vor Augen.

Schließlich sah sie es. Sie hatte ihn am Arm getroffen. Seine Waffe lag auf dem Boden. Er krümmte sich.

Sie stürmte auf ihn zu. »Kriminalpolizei!«

Sie zückte ihre Handschellen, warf sich auf ihn.

»LKA Berlin. Sie sind verhaftet!«

Das Schloss der Handschellen klickte.

Carlotta griff zu ihrem Handy. Sie drückte eine Kurzwahltaste.

Trojan meldete sich.

»Nils, ich brauche dringend Verstärkung.«

Sie nannte ihm die Adresse.

Dann schaute sie zu dem verängstigten Mädchen hinter dem geparkten Auto.

»Es ist vorbei«, rief sie. »Du bist in Sicherheit!«

SECHSUNDVIERZIG

Nur eine halbe Stunde später war das Gebiet rund um das Parkhaus mit Polizeifahrzeugen zugestellt. Uniformierte Beamte und die Kollegen von der Mordkommission waren am Tatort eingetroffen. Auch das Cube wurde abgesperrt. Keiner der Besucher durfte den Club verlassen. Die Angestellten wurden vernommen, weitere Verstärkung angefordert. Aus Carlottas heimlicher Undercoveraktion war ein Großeinsatz geworden.

Der Mann im maßgeschneiderten Anzug konnte gestellt werden. Der verhaftete Bewacher des Mädchens wurde wegen seiner Schussverletzungen unter Polizeiaufsicht in eine Klinik gebracht. Seine Personalien konnten noch nicht festgestellt werden.

Carlotta sprach mit Trojan und setzte ihn in aller Kürze über ihre Ermittlungen und den Schusswechsel in Kenntnis. Er wirkte verblüfft, nicht nur wegen ihrer seltsamen Erscheinung, des kurz geschorenen Haars und des Herrenanzugs. Ihre Baseballkappe hatte sie während der Schießerei verloren.

»Sie haben das alles ganz allein durchgezogen?«, fragte Nils.

»Ja.«

»Sind Sie verletzt?«

»Nein.«

»Sie hätten dabei draufgehen können.«

»Ich bin eine gute Schützin, auch mit der linken Hand.«

»Wir hätten uns zumindest zu zweit den Club ansehen können.«

»Mag sein. Aber was am Ende zählt, ist nur der Erfolg. Ich glaube, wir haben einen Volltreffer gelandet.«

Er holte tief Luft. »Okay, ich rede mit Landsberg darüber und werde Ihnen den Rücken freihalten.«

»Danke, Nils. Sagen Sie dem Chef, dass wir der Lösung des Falls einen großen Schritt näher gekommen sind. Das dürfte ihn freuen.«

»Ja.«

»Ich will nun mit dem Mädchen reden.«

»In Ordnung.«

Sie wandte sich von ihm ab.

Die Jugendliche saß in einem Mannschaftswagen, der eine Straßenecke weiter geparkt war, ein wenig abseits von dem Trubel. Eine Polizistin war bei ihr. Sie hatte ihr eine Decke umgelegt und einen Becher mit dampfendem Tee gebracht.

Carlotta stieg in den Wagen. »Ist der Jugendnotdienst informiert worden?«, fragte sie die Beamtin.

»Ja. Eine Mitarbeiterin ist auf dem Weg hierher.«

»Gut. Würden Sie uns für einen Moment allein lassen?«

»Natürlich.«

Die Polizistin ging, und Carlotta setzte sich zu dem Mädchen.

Nach einer Pause sagte sie zu ihr: »Nun hast du es durchgestanden. Du warst sehr tapfer. Ich bin übrigens Carlotta Weiss. Psychologin und Kriminalhauptkommissarin. Bitte wundere dich nicht über meine seltsame Aufmachung. Normalerweise sehe ich anders aus.«

Schweigen.

»Würdest du mir sagen, wie du heißt?«

»Liana.«

»Und wie weiter?«

»Popescu.«

»Du kommst aus Osteuropa?«

Sie nickte. »Ich bin nicht von hier.« Sie sprach ein gebrochenes Deutsch mit starkem Akzent.

»Aus welchem Land kommst du?«

»Rumänien.«

»Und wie alt bist du?«

»Sechzehn.«

»Seit wann bist du in Berlin?«

»Ich kam vor zwei Jahren. Man hat meiner Mutter gesagt, ich kriege hier eine bessere Schulbildung.«

»Wer hat das gesagt?«

»Leute kamen in unser Dorf. Sie haben Mama Geld gegeben. In Rumänien herrscht große Armut. Anfangs waren sie freundlich, aber sie sind keine guten Menschen. Haben mir die Papiere abgenommen, und ich durfte nicht mehr mit Mama telefonieren.«

»Was waren das für Leute?«

»Eine Frau aus Rumänien und ein Mann. Weiß nicht, aus welchem Land. Er hat mich mitgenommen zur deutschen Grenze. Dort war ein anderer Mann. Der mit der Glatze.«

Lianas Augen füllten sich mit Tränen.

»Gab keine Schule, nur Arbeit. Ich musste mich mit Männern treffen. Immer wieder. Manchmal am Tag, oft in der Nacht.«

»Alles wird gut, Liana. Du musst nicht mehr das tun, wozu man dich gezwungen hat.«

»Darf ich endlich zurück in meine Heimat?«

»Natürlich. Wir werden deine Mutter kontaktieren.«

»Es waren so viele Männer. Haben mich nicht gut behandelt. Weiß nicht, ob ich mich je wieder im Spiegel ansehen kann. Ist eine große Schande. Wir sind zu Hause sehr katholisch. Wird man mich dafür bestrafen?«

»Nein, Liana. Es ist nicht deine Schuld. Wo hast du Deutsch gelernt?«

»Ich habe zu Hause immer deutsches Fernsehen geguckt, viele Geschichten aus reichem Land. Ich hatte ein Wörterbuch von meiner Großmutter.«

»Du hast dir die Sprache selbst beigebracht?«

Liana nickte.

»Wo wurdest du untergebracht? Kannst du mir die Adresse nennen?«

»Ich weiß nicht. Ist eine schmutzige Wohnung in einem Hochhaus.«

»Würdest du das Haus wiedererkennen?«

Sie zuckte mit den Schultern. »Die Stadt ist zu groß. Ich wurde immer von diesem Mann mit Glatze gefahren. Der auf Sie geschossen hat.«

»Wie heißt er?«

»Ich sollte Gregor zu ihm sagen.«

»Sind noch andere Mädchen in dieser Wohnung?«

Abermals nickte sie. »Wir schlafen in Stockbetten.«

»Wie viele Jugendliche sind es?«

»Ein Kommen und Gehen. Ich habe den Überblick verloren. Gregor wechselt häufig die Wohnungen mit uns. Mal sind wir hier, mal dort. Sind es zu viele, werden wir getrennt. Wir dürfen nicht viel Kontakt untereinander haben. Und immer müssen wir arbeiten. Gregor passt auf. Ist sehr streng zu uns. Gibt uns zu essen und zu trinken. Dann fährt er uns mit dem Auto.«

»Hierher? In das Parkhaus?«

»Meistens hier. Oder dorthin, wo die Kunden es wollen. Manchmal fahren wir auch gleich zu ihren Häusern. Hübsche Häuser. Die Männer dort nennen es feiern.«

»Wie viele Kinder sind zurzeit in der Wohnung?«

»Gerade sind wir zu fünft. Andere sind auch aus Rumänien, und ein Junge ist aus Bulgarien.«

»Ein Junge auch?«

»Ja. Er muss arbeiten wie wir.«

»Waren auch mal deutsche Kinder dabei?«

»Manchmal, ja. Sie sind arm wie in Rumänien. Kommen von der Straße.«

Carlotta nahm ihr Handy hervor und öffnete ein Foto. »Liana, das ist jetzt sehr wichtig. Hast du dieses Mädchen schon mal gesehen?«

Sie zeigte ihr das computeranimierte Foto von Annabel Lund.

Liana schaute es lange Zeit an.

Dann sagte sie: »Sie hat jetzt eine andere Haarfarbe. Aber ich kenne sie.«

»Woher?«

»Sie war in einem großen Haus. Innen war alles teuer. Hübsche Möbel. Ich wurde von Gregor hingebracht. Sie war schon da.«

»Wo befindet sich dieses Haus?«

»Weiß nicht.«

»Kannst du es ein bisschen genauer beschreiben?«

Schulterzucken. »Ich habe nicht viel gesehen.«

»Wie sah die Umgebung aus?«

»Viele Bäume. Ein großer Garten.«

»Was geschah dort?«

»Ich musste mit dem anderen Mädchen tanzen. Mit dem Mädchen auf dem Foto.« Sie wies auf das Bild auf dem Display.

»Tanzen?«, fragte Carlotta.

»Sie nannten es eine Feier. Wir mussten zwei Elfen sein. Trugen Kostüme. Flügel an den Rücken.«

»Liana. Bitte denk genau nach. Hat dieser Gregor irgendwann mal erwähnt, in welchem Bezirk von Berlin das war?«

»Nein.«

»Ist dir auf dem Weg dorthin etwas Besonderes aufgefallen? Ein Wahrzeichen? Ein Straßenschild? Ein Bahnhof?«

»Ich weiß nicht. Es war dunkel, als Gregor mich hinfuhr, und dann gaben sie uns ein Mittel, das die Beine weich werden lässt. Weich wie Wachs.«

»Wer hat euch dieses Mittel gegeben?«

»Zwei Männer. Sie waren in dem Haus.«

»Würdest du sie wiedererkennen?«

»Kann sein.«

Carlotta zeigte ihr Aufnahmen von Martin Schild und Torsten Stolzhagen aus dem Melderegister. »Waren es diese Männer?«

Liana betrachtete die Fotos. »Viele Gesichter. Verschwimmen in meinem Kopf. Wenn ich bei ihnen sein soll, möchte ich sie nicht ansehen. Und dann ist Wachs in meinen Beinen, und ich weiß nicht mehr, wer ich bin.«

»Schau noch einmal genau hin. Bitte.«

Wieder sah sie auf die Bilder. »Ich bin mir nicht sicher. Kann sein, muss aber nicht. Wird man mich aus meinem Dorf verjagen, weil ich eine Sünde getan habe?«

»Das ist keine Sünde, Liana. Du wurdest dazu gezwungen. Man hat dich unter Drogen gesetzt.«

Carlotta zeigte ihr ein weiteres Foto. »Kennst du vielleicht dieses Mädchen?«

Plötzlich nickte sie. »Ja, das ist Tammy. Wir sind eine Zeit lang zusammen in einer Wohnung gewesen. Tammy ist aus Berlin. Ein Straßenkind. Jetzt sie ist verschwunden. Gregor war sehr wütend.«

»Wie ist sie verschwunden?«

»Sie ist weggelaufen. Hier. Aus dem Parkhaus. Das habe ich gehört, als Gregor telefoniert hat.«

»Weißt du, mit wem er telefoniert hat?«

»Nein.«

»Was ist mit dieser Jugendlichen?« Sie zeigte ihr ein Foto von dem Mädchen mit den verstrubbelten Haaren. »Hast du sie schon mal gesehen?«

Wiederum schaute Liana lange auf die Aufnahme. Doch dann schüttelte sie den Kopf. »Nein, hab ich nicht.«

»Ganz sicher?«

»Ich weiß nicht, wer sie ist.«

Auf einmal begann sie zu schluchzen.

Behutsam legte Carlotta ihren Arm um sie. »Ist schon gut. Du hast viel durchgemacht. Aber nun ist es geschafft. Du bekommst dein Leben zurück.«

»Ich fühle mich so schmutzig.«

Carlotta senkte ihre Stimme. »Hör mir zu: Du bist nicht schuld an alledem. Es sind diese Männer, die das Leid in die Welt bringen.«

Nur wenig später traf die Sozialarbeiterin ein. Sie wurde von der Polizistin in den Mannschaftswagen geführt. Carlotta sprach kurz mit ihr.

Dann sagte sie zu Liana: »Danke für deine Aussage. Du hast mir sehr geholfen. Wir sprechen uns morgen wieder. Danach wirst du zurück in dein Heimatdorf gefahren. Von nun an wird alles gut. Wir kümmern uns um dich. Versprochen.«

Liana nickte ihr schweigend zu.

SIEBENUNDVIERZIG

Carlotta ging zurück in den abgesperrten Club, wo sie auf Trojan traf. Sie berichtete ihm in aller Kürze, was sie herausgefunden hatte.

»Das sind erschütternde Hinweise«, sagte er. »Offenbar haben Sie heute Abend tatsächlich einen Volltreffer gelandet.«

»Was gibt es Neues bei Ihnen?«

»Die Durchsuchung der Räumlichkeiten hier und die Vernehmungen der Mitarbeiter haben noch nicht allzu viel ergeben. Aber die Kollegen sind dran.«

»Gut.«

»Nur eines wundert mich.«

»Was?«

»Wir können den Betreiber des Cube nicht erreichen.«

»Siegfried Degen?«

»Ja. Das macht mir Sorge. Er könnte von der Aktion Wind bekommen haben und Beweismaterial verschwinden lassen.«

»Ich habe erst heute Vormittag mit ihm telefoniert«, sagte sie, »und in diesem Zusammenhang seine Privatadresse ermittelt.«

»Wir sollten sofort dorthin fahren.«

»Das denke ich auch.«

Sie eilten hinaus und stiegen in Trojans Dienstwagen.

»Er wohnt in Dahlem«, sagte Carlotta.

Nils setzte das Blaulicht aufs Wagendach und fuhr los. Er

beschleunigte und raste die Grunerstraße entlang. »Wo dort genau?«

»Bussardsteig.« Sie nannte ihm die Hausnummer.

»Feine Adresse.«

»Das Cube scheint für Degen äußerst lukrativ sein.«

»Kein Wunder bei den illegalen Machenschaften.«

Auf der Mühlendammbrücke überquerten sie die Spree. Kurz darauf passierten sie die Fischerinsel. Am Spittelmarkt bog Trojan in die Lindenstraße ein und drückte das Gaspedal durch. Die Sirene heulte.

Carlotta schilderte ihm unterdessen weitere Einzelheiten aus ihrem Gespräch mit Liana Popescu.

»Die Jugendliche hat also sowohl Tammy als auch Annabel Lund auf den Fotos wiedererkannt?«, fasste er zusammen.

»Ja. Es hat sich wohl folgendermaßen abgespielt: Degen hat im Juni, als ihm noch das Richards gehörte, Tammy angeworben. Er schlug ihr vor, im Cube zu arbeiten. Vermutlich gaukelte er ihr einen gut bezahlten Job als Tresenkraft vor.«

»In Wahrheit handelte es sich aber um ein ganz anderes, nämlich furchtbar schmutziges Geschäft.«

»Richtig. Tammy stellte sich im Cube vor, in der Hoffnung auf einen Neuanfang in ihrem Leben. Doch dieser nach außen hin so harmlos wirkende Club wurde ihr zum Verhängnis.«

»Sie wurde eingeschüchtert, eingesperrt, unter Drogen gesetzt und an äußerst zahlungskräftige Freier vermittelt.«

Carlotta nickte. »Im Cube gibt es ein Getränk, das nicht auf der Karte steht. Nur spezielle Kunden sind eingeweiht. Wenn sie es bestellen, bekommen sie eine Nummer, die auf einen Platz in jenem Parkhaus verweist. Dort wartet der Bewacher – sein Vorname ist übrigens Gregor, mehr wusste Liana nicht über ihn – mit einem der minderjährigen Mädchen. Manchmal sind es sogar mehrere. Sie werden wie Ware bestellt. Auch ein bulgarischer Junge soll übrigens dabei sein.« Sie schaute Nils an. »Den Rest kennen Sie ja.«

»Dieser Gregor ist noch nicht vernehmungsfähig, wurde mir gesagt.« Er verkniff den Mund. »Auf einmal haben wir es hier mit Kinderprostitution und Menschenhandel zu tun.«

»Ein Teufelswerk.«

»Absolut abscheulich.«

»Die damals vierzehnjährige Liana wurde ihrer Mutter in Rumänien regelrecht abgekauft. Dieser wurde erzählt, dass ihre Tochter in Deutschland eine bessere Schulbildung erhält. Stattdessen erwartete Liana in Berlin die Hölle. Zwei Jahre lang war sie der Gier deutscher Männer ausgeliefert.«

»Das ist widerwärtig.«

Sie jagten über die Kreuzung an der Gitschiner Straße. Kurz darauf bogen sie mit quietschenden Reifen in die Gneisenaustraße ein. Dann fuhren sie die Yorckstraße entlang.

Carlotta atmete durch. »Liana sagte außerdem, dass sie über ein Telefonat, das Gregor geführt habe, erfuhr, dass Tammy die Flucht aus dem Parkhaus gelungen sei.«

»Das erklärt, wie sie in der fraglichen Nacht zu Elbers kam.«

»Der wahrscheinlich unschuldig ist. Nach allem, was Liana aussagte, können wir tatsächlich davon ausgehen, dass den Jugendlichen Scopolamin verabreicht wurde, um den Freiern gefügig zu sein.«

»Demnach stand auch Tammy unter dem Einfluss dieses Mittels, als ihr die Flucht gelang.«

Abermals nickte Carlotta. »Das erklärt ihr paranoides Verhalten. Im Morgengrauen klettert sie bei Elbers aus dem Fenster. Sie rettet sich auf das Baugerüst in der Schillingstraße, sieht aber keine Hoffnung mehr für ihr Leben. Niemand, an den sie sich noch wenden kann. Kein Zuhause. Keine aufrichtige Zuneigung. Ausgebeutet und von allen enttäuscht.«

»Dennoch gibt sie Ihnen kurz vor ihrem Todessprung den Hinweis auf Annabel Lund.«

»Die, seitdem sie gekidnappt wurde, vermutlich ebenfalls vom Cube aus an zahlungskräftige Freier vermittelt wird.«

»Und Liana hatte wirklich keine Zweifel, dass es sich bei der Person auf dem Foto um ihre Leidensgenossin handelt?«

»Ja. Allerdings sagte sie, Annabels Haarfarbe sei jetzt anders.«

Trojan warf ihr einen Seitenblick zu. »Wir müssen Annabel unbedingt finden. Jetzt, da der Kinderschänderring aufgeflogen ist, steht Schlimmes für sie zu befürchten.«

»Das sehe ich auch so.«

Sie hatten Schöneberg erreicht. Fuhren die Pallasstraße und die Hohenstaufenstraße hinunter. Über den Hohenzollerndamm in Wilmersdorf näherten sie sich der Clayallee.

»Man kann die Wut des Täters oder der Täterin beinahe nachvollziehen«, sagte Carlotta leise.

»Sie glauben also, dass Martin Schild und Torsten Stolzhagen Gäste im Cube waren?«, entgegnete Nils.

»Das halte ich für durchaus möglich.«

»Der Tod der beiden Frauen war demnach nur Beiwerk.«

»Die Männer sollten jeweils bei der Ermordung eines geliebten Menschen anwesend sein. Das war Teil der Strafe.«

»Bevor sie dann selbst umgebracht wurden.«

»Richtig.«

»Also will die Täterin oder der Täter letztlich auf das Schicksal von Straßenkindern, auf Menschenhandel und Zwangsprostitution hinweisen. Über die Machenschaften im Cube scheint er oder sie im Bilde zu sein.«

»So ist es.«

»Es geht um Rache.«

»Das ist wohl das Motiv.«

Trojan packte das Lenkrad fester. Das Blaulicht zuckte durch die Nacht.

»Eine Frage will mir einfach nicht aus dem Kopf. Ist das unbekannte Mädchen aus Schönfließ wirklich unsere Täterin? Eine mutmaßlich Vierzehnjährige? Ist sie zu diesen grausamen Taten fähig? Ist ihr Hass so groß? Und war sie dabei so unvorsichtig, sich dem Tatort am Summter See erneut zu nähern, obwohl sie doch wissen musste, dass es in den Bussen Videoüberwachung gibt?«

»Es bleibt rätselhaft.«

»Geriet auch sie in die Fänge des Clubbetreibers? Wurde sie ebenfalls von den Gästen im Cube missbraucht?«

»Es ist seltsam, dass Liana sie auf dem Foto nicht wiedererkannt hat.«

»Das meine ich auch. Und etwas anderes leuchtet mir noch immer nicht ein. Wie passt Victor Breitling ins Bild? Sicher, er könnte ebenso ein Freier aus dem Cube gewesen sein. Aber ist es nicht ein merkwürdiger Zufall, dass ausgerechnet Sie, Carlotta, zuvor mit ihm Kontakt hatten? Warum wurde Ihnen der Leichenteil in dem Paket zugestellt?«

»Ich weiß es nicht, Nils.«

Noch ein fragender Blick von ihm, und sie wurde unruhig. »Ich habe nichts mit der ganzen Sache zu tun. Wie oft soll ich es Ihnen denn noch sagen?«

»Ich vertraue Ihnen ja. Aber mir ist auch Folgendes bewusst: Sie stehen im Fokus des Täters. Und dieser scheint ein sehr ambivalentes Verhältnis zu Ihnen zu haben. Breitling hat Sie bedrängt, also killt er ihn. Doch dann dringt er in Ihre Privatwohnung ein und markiert Sie wie ein künftiges Opfer. Später greift er Sie sogar mit der Axt an. Wie erklären Sie sich das, Carlotta?«

Sie antwortete nicht.

Seine Stimme wurde eindringlicher. »Könnte Ihnen der Mörder in seinem früheren Leben schon einmal begegnet sein?«

Sie zuckte mit den Schultern.

»Warum ausgerechnet Sie? Welche Bedeutung haben Sie für den Killer?«

»Ich habe keine Ahnung.«

»Das Stofftier um Ihren Hals, das X aus Wachs auf Ihrem Körper. Ein Zeichen und eine Warnung. Von Anfang an ging es um Sie persönlich.«

»Das mag ja sein. Aber es ist mir schleierhaft, warum.«

»Ganz ehrlich?« Er sah sie an. »Mir kommt es so vor, als ...« Er brach ab und konzentrierte sich wieder auf den Verkehr.

»Was?«

»... als hätten Sie eine Theorie.«

Sie zögerte. Nach einer Weile holte sie tief Luft.

»Ich ...«, sie nagte an ihrer Unterlippe, »... hatte neulich in diesem Zusammenhang einen verstörenden Traum.«

»Wollen Sie mit mir darüber sprechen?«

»Ich bin mir nicht sicher.«

»Versuchen Sie es wenigstens.«

»Mir war, als sei ich in diesem Traum dem Täter begegnet.«

»Das kommt bei Ermittlungen vor. Auch mir ist das schon passiert. Die intensive Beschäftigung mit einem Fall bringt natürlich auch das Unterbewusstsein in Aufruhr. Davon verstehen Sie als Psychologin bestimmt mehr als ich.«

»Das schon, aber ...« Carlotta blickte aus dem Beifahrerfenster. Sie war völlig erschöpft und übermüdet. Ihr Arm schmerzte. Das Feuergefecht im Parkhaus hallte noch immer in ihrem Kopf nach.

»Reden Sie.«

»Man darf diese Träume nicht überbewerten.«

»Sie sollten mir dennoch davon erzählen.«

Nach einer Weile schüttelte sie den Kopf. »Die Traumbilder waren zu verschwommen. Ich kann sie nicht deuten.«

»Oder aber Sie wehren sich dagegen.«

Sie schaute ihn verblüfft an. Er ist wahrlich ein Menschenkenner, dachte sie.

Trojan fuhr mit erhöhtem Tempo durch die Villengegend in Dahlem.

Kurz darauf hatten sie das Privathaus von Siegfried Degen erreicht.

ACHTUNDVIERZIG

Es war eine zweistöckige Gründerzeitvilla, halb versteckt hinter Bäumen. Ein geschmiedeter Eisenzaun. Sie läuteten am Gartentor. Als niemand öffnete, schauten sie sich schweigend an.

Carlotta gab Trojan ein Zeichen Richtung Zaun, und er nickte. Dann kletterten sie hinüber.

Gespannt näherten sie sich dem Haus. Ihre Schritte knirschten auf dem Kiesweg. Kein Licht hinter den Fenstern. Auch die Außenbeleuchtung war ausgeschaltet. Im Carport stand ein schwarzer Porsche Cayenne SUV.

Sie gingen zur Eingangstür an der Ostseite. Auch hier war alles dunkel.

Trojan drückte auf den Klingelknopf.

Ein leises Glockenspiel erklang von innen.

Sie warteten ab.

Doch nichts geschah.

Er deutete den Weg hinunter. Gemeinsam gingen sie in den hinteren Teil des Gartens.

Sie betraten die weiträumige Terrasse und schauten durch ein Panoramafenster ins Hausinnere. Alles lag finster und verlassen da.

»Wir müssen rein«, flüsterte Carlotta. »Auch ohne Durchsuchungsbeschluss.«

»Gehen wir von Gefahr im Verzug aus.«

»Okay.«

Sie liefen an der Hauswand entlang, bis sie ein geeignetes Kellerfenster entdeckt hatten. Trojan kniete sich hin und schlug das Fensterglas mit dem Kolben seiner Waffe ein.

Er griff ins Innere, riegelte das Fenster auf und kletterte hinein. Dann reichte er ihr die Hand und half ihr dabei, ebenfalls in den Keller zu gelangen.

Trojan knipste seine Maglite an. Carlotta tat es ihm gleich.

Sie befanden sich in der Waschküche.

»Keine Alarmanlage«, murmelte sie.

»Oder sie wurde ausgeschaltet.«

Er zückte seine Waffe, hielt sie im Anschlag. Auch sie zog sicherheitshalber ihre Sig Sauer aus dem Holster hervor.

Sie verließen den Waschraum und stiegen die Kellertreppe hinauf. Sie betraten einen Flur, wandten sich nach links und befanden sich schließlich in einem geräumigen Wohnzimmer.

Sie leuchteten das Mobiliar ab.

Hier war niemand.

Sie betraten die Küche, dann das Esszimmer.

Nichts.

Trojan checkte das kleine Bad für Gäste.

Fehlanzeige.

Schließlich waren sie an der Treppe zum Obergeschoss. Im Schein der Taschenlampen gingen sie die Stufen hinauf. Oben angelangt blickten sie sich um.

Es gab vier verschlossene Türen.

»Ich gebe Ihnen Deckung«, flüsterte Carlotta.

Er nickte.

Sie hielt die Sig Sauer mit links und stützte sie auf dem rechten Unterarm ab. Die Maglite umfasste sie mit der rechten Hand. Den Schmerz in ihrem bandagierten Arm ignorierte sie.

Trojan baute sich mit erhobener Waffe neben der ersten Tür auf. Carlotta wich nicht von seiner Seite.

Schließlich öffnete er. Mit einem Satz war er drin, während auch Carlotta vorschnellte und sich an den Türrahmen drückte.

Er sicherte nach vorn, links und rechts.

Den Finger am Abzug, ließ Carlotta den Lichtstrahl umherwandern.

Es war ein kleines Schlafzimmer, edel eingerichtet. Wahrscheinlich das Gästezimmer. Die Tagesdecke auf dem Bett glatt, seidig glänzend.

Doch auch hier war niemand.

Sie gingen zurück in den Flur und näherten sich der nächsten Tür. Wieder klinkte Trojan auf, sicherte, während sich Carlotta in seinem Rücken aufhielt.

Es war das Bad.

Carlotta leuchtete die Armaturen ab, die Wanne, die Fliesen, jeden Winkel.

»Nichts«, wisperte Trojan.

Gemeinsam wandten sie sich der nächsten Tür zu.

Trojan riss sie auf, stürmte hinein, sie folgte.

Es war ein Musikzimmer. Ein E-Piano. Mischpult. Ein großer Apple-Monitor. Regale bis zur Decke, gefüllt mit Schallplatten und CDs. Offenbar hatte Degen ein aufwendiges Hobby.

Doch von ihm selbst keine Spur.

Sie verließen das Zimmer und näherten sich der letzten Tür.

Für einen Moment hielten sie inne und wechselten Blicke.

Danach glitt seine Hand langsam auf die Klinke. Er drückte sie herunter, zog die Tür auf.

Ein knarrendes Geräusch, und sie stürzten hinein.

Die Lichtkegel ihrer Maglites irrten umher.

Carlottas Zeigefinger war am Abzug. Der Lauf ihrer Waffe wanderte herum.

War jemand hinter dem Vorhang?

Nein.

Auf dem Sessel?

Nichts.

Ein breites Bett. Die Rückwand aus Leder.

Carlotta vernahm Trojans Atemgeräusche.

Das Bettzeug war glatt gestrichen.

Niemand lag darauf.

Sie atmete durch.

Wieder nichts.

Sie ließ die Waffe sinken.

»Der Vogel ist ausgeflogen«, sagte Nils.

Doch Carlottas Nerven waren aufs Äußerste gespannt.

Sie trat ans Fenster und schaute zum Garten hinaus.

Dann wurde sie stutzig.

War hinter den Bäumen nicht ein matter Lichtschein zu erkennen? Oder waren das bloß die Reflexionen ihrer Stableuchten?

»Wir sollten uns draußen genauer umsehen«, sagte sie.

»In Ordnung.«

Sie verließen das Schlafzimmer, gingen die Treppe hinunter. Im Flur öffnete Trojan die Eingangstür. Dann traten sie in den Garten hinaus.

Abermals knirschten ihre Schritte auf dem Kies. Nach einer Weile betraten sie den Rasen hinterm Haus.

»Schalten wir lieber das Licht aus«, sagte Carlotta.

Seine Maglite erlosch, ihre auch.

»Dahinten.«

Drei hohe Tannen begrenzten die weitläufige Rasenfläche. Am Stamm des einen Baums flackerte ein Licht.

Sie traten näher.

Es war eine kleine Bienenwachskerze in einem nach oben hin offenen Glas.

»Ein Windlicht«, murmelte Trojan.

Sie erhoben ihre Waffen, schalteten ihre Stableuchten wieder ein, gingen an den Tannen vorbei und erreichten das Ende des Grundstücks.

Dort befand sich ein Gartenpavillon im japanischen Stil. Ein geschwungenes Dach, eine Holztür, zwei Fenster. Die Vorhänge waren zugezogen.

Geduckt näherten sie sich der Tür.

Diesmal war es Carlotta, die ihre Hand auf die Klinke legte, und Trojan gab ihr Deckung.

Sie holte tief Luft.

Dann riss sie die Tür auf.

Wärme schlug ihr entgegen, ein süßlicher Geruch.

Sie stürmten hinein, die Waffen im Anschlag.

Flackerndes Licht von mehreren Bienenwachskerzen, die den Honigduft verströmten.

Sie standen auf einem runden Beistelltisch vor einem Bett mit Baldachin und geschlossenen Vorhängen, die sich leicht im Lufthauch bewegten.

Offenbar hatte sich der Hausbesitzer in dem Pavillon ein weiteres Schlafgemach eingerichtet. Es war wie ein Liebesnest ausgestattet, mit weichen Teppichen und runden Sitzkissen mit Samtbezügen.

Exakt in der Raummitte befand sich dieses monströse Himmelbett.

Carlottas Blick wanderte über die Kerzen auf dem Tisch. Sie waren in einem Kreis angeordnet.

Ebenfalls genau in der Mitte befand sich etwas Rosarotes.

Es war ein großes Gebilde aus Wachs, offenbar aus unzähligen Ohrstöpseln gefertigt, ungefähr zwanzig Zentimeter in der Höhe und in der Breite.

Trojan atmete in ihrem Rücken.

Sie trat näher, streifte sich Latexhandschuhe über und berührte das kunstvoll gestaltete Gebilde.

Es war ein Miniaturhaus aus Wachs, kunstvoll gestaltet, zwei Stockwerke mit Spitzdach und Turm, geöffnete Fensterläden und eine Treppe, die zu einer Veranda und der Eingangstür hinaufführte. Jedes noch so kleine Detail war fein herausgearbeitet.

Das Dach saß ein wenig schief auf den Wänden.

Carlotta betastete es.

Es ließ sich abnehmen.

Sie hob es an und erstarrte.

Im Inneren befanden sich drei herausgebrochene Zähne.

Sie schaute Trojan an.

Folgte seinem Blick.

Er musterte das Wachshaus, dann die menschlichen Zähne darin und schließlich den weißen Vorhang vorm Bett.

Carlotta legte das wächserne Gebilde ab und richtete den Strahl der Maglite auf das Himmelbett.

Beherzt schob Trojan den Vorhang zur Seite.

Ihr stockte der Atem.

Auf dem Bett lag ein unbekleideter Mann. Wachsspuren auf seiner Haut und in den Wunden an seinem Körper.

Brust und Hals waren aufgerissen.

Sie erkannte die Einschläge der Axt.

Der Kopf des Mannes war mit einem langen Ringelstrumpf überzogen.

»Ist er es?«, fragte Trojan atemlos.

Carlotta zog den Strumpf herunter.

Eine aschfahle Fratze, die Augen erloschen.

»Ja«, sagte sie. »Ich erkenne ihn vom Foto aus dem Melderegister wieder.«

Siegfried Degen war tot.

Carlotta starrte auf seinen Leichnam, dann auf das wächserne Miniaturhaus.

Das Blut schoss in ihren Kopf.

Plötzlich hatte sie eine Eingebung.

»Das ist die Lösung«, rief sie aus.

»Wie bitte?« Trojan runzelte die Stirn.

»Pippi Langstrumpf«, stieß sie hervor.

Dann eilte sie aus dem Pavillon.

FÜNFTER TEIL

NEUNUNDVIERZIG

Mittwoch, 28. September, ein Uhr nachts

Sie rannte die Strecke. Ihr Elternhaus war nur ungefähr zwei Kilometer entfernt. Eine ruhige Seitenstraße in Dahlem, in unmittelbarer Nähe zum Grunewald.

Völlig außer Atem kam sie dort an.

Carlotta verharrte am Gartenzaun.

Für einen Moment war sie wieder das junge Mädchen mit verzotteltem Haar, zierlich, verträumt, am liebsten barfuß, Schuhe engten sie ein. Gute Schulnoten, vollgekritzelte Tagebücher, eine ausfernde Fantasie. Zu der Zeit hatte sie den Traum gehabt, Schriftstellerin zu werden, las jedes Buch, das ihr in die Hände kam.

Ihre Mutter war noch am Leben. Sie saß gern mit ihr zusammen auf der Schaukel am alten Nussbaum hinterm Haus. Mama Luisa war oftmals selbst wie ein Kind, fröhlich und unbeschwert. Sie trällerte ihre Hippiesongs. Bis kurz vor ihrem Tod 2003 war sie bunt gekleidet, mit Schlaghosen und in Schnürsandalen.

Ihr Bulli, mit dem sie die halbe Welt bereist hatte, stand damals in der Einfahrt. Wenn es regnete und Carlotta nicht raus in den Garten konnte, nahm sie Zuflucht in dem Bus, las ihre Bücher in der Koje, bis die Mutter sie zum Abendessen rief.

Schon war die Erinnerung dahin, und sie verspürte eine Beklemmung in der Brust. Sie war nervös vor der Wiederbegegnung mit ihrem Vater.

Im oberen Stockwerk brannte Licht. Also war er vermutlich noch wach.

Nach einigem Zögern öffnete sie das Gartentor. Gras wucherte in den Lücken zwischen den Gehwegplatten. Als Kind war sie darüber hinweggesprungen. Hatte sich vorgestellt, dass die Ritzen tiefe Abgründe waren, in denen Monster lauerten, die ihr die Füße abreißen würden, wenn sie nicht achtsam war.

Es war ein Spiel gewesen, über das sie lachen konnte. In dieser Nacht erschien es ihr bitterernst.

Sie läutete an der Tür.

Die Sprechanlage schnarrte nur wenig später. »Wer ist da?«

»Deine Tochter«, murmelte sie.

Die Tür sprang automatisch auf. Ihr Vater war für jede technische Errungenschaft zu haben.

Sie trat ein. Als Kind war ihr das Haus größer vorgekommen. Nun war sie ein erwachsener Gast und fühlte sich erschreckend fremd an diesem Ort.

Leise schloss sich hinter ihr die Tür. Ihr Vater kam die geschwungene Holztreppe hinunter. Elegant wie eh und je, selbst in seinem blauen Bademantel sah er aus wie ein in Würde gealterter Filmstar. Dunkle Augen, graue Schläfen, volles Haar. Seine Füße steckten in weichen Pantoffeln.

»Carlotta.«

Sie rührte sich nicht.

Er blieb vor ihr stehen. Mit Abstand. Keine Umarmung. Ein abschätziger Blick.

»Wie siehst du nur aus? Was ist mit deinen Haaren passiert?«

»Hab sie abgeschnitten.«

Er kam einen Schritt auf sie zu, zögernd, dann hielt er inne.

»Warum?«

»Für einen Einsatz.«

»Und dein Arm? Wieso ist er bandagiert?«

»Lange Geschichte.«

Es entstand ein Schweigen, das ihr unangenehm war.

»Es ist ein Uhr nachts. Warum kommst du mich so spät besuchen?«

»Hab ich dich geweckt?«

»Nein.«

»Du bist wie immer lange auf?«

»Ich brauche nicht viel Schlaf.« Nach einer Pause sagte er versöhnlich. »Na komm. Setzen wir uns ins Wohnzimmer.«

Er machte Licht. Sie folgte ihm.

»Möchtest du was trinken?«

»Nein danke.«

Er nahm in seinem Lieblingssessel am Fenster Platz, sie auf dem Sofa.

Sie blickte auf eines der Fotos im Bücherregal. Ihre Mutter hielt lachend zwei Mädchen im Arm. Eines davon war Carlotta, schüchtern lächelnd wegen der Zahnspange, die ihr der Kieferorthopäde gerade verpasst hatte. Sie war wohl elf oder zwölf Jahre alt. Das andere Kind war blond wie ihre Mutter.

»Was liegt dir auf dem Herzen?«, fragte er.

»Ich hab dir eine SMS geschrieben.«

»Richtig. Ich wollte dir antworten.«

»Warum hast du es noch nicht getan?«

»Ich war ein wenig irritiert. Du hast dich lange nicht bei mir gemeldet.«

Sie ließ eine Pause verstreichen.

Dann sagte sie: »Ich möchte mit dir über Inga reden.«

Sein Blick wurde abweisend. »Komm schon, Carlotta.«

»Ich will mit dir über meine Schwester reden.«

»Nicht jetzt. Nicht mitten in der Nacht.«

»Es ist aber wichtig für mich.«

Auf seiner Stirn bildete sich eine Sorgenfalte, die sie gut an ihm kannte.

Was für ein schöner Mann, dachte sie, dieser Charakterkopf, die wachen Augen, seine sonore Stimme. War er ihrer Mutter eigentlich immer treu geblieben? Wie aufopferungsvoll er sie gepflegt hatte in den langen Monaten vor ihrem qualvollen Tod. Er schien sie sehr geliebt zu haben. Und doch umgab ihn eine Aura der Unnahbarkeit. Etwas Dunkles lauerte hinter seiner Stirn. Carlotta war nie recht schlau aus ihm geworden.

Er schlug die Beine übereinander. »Lass die Vergangenheit ruhen.«

Sie sah flüchtig auf seine nackten Waden. Muskulös und durchtrainiert. Noch mit Mitte sechzig war er in guter Form. Stand um halb sechs auf und joggte zehn Kilometer durch den Wald. Im Keller befand sich eine Rudermaschine, an der er regelmäßig trainierte.

»Nein, Papa. Tu mir das nicht an. Du hast dich verschlossen. All die Jahre hast du dich vor deinem Kummer verschlossen.«

»Und das nur, um zu überleben.«

»Du bist nicht der Einzige, der unter der Vergangenheit leidet.«

Seine Gesichtszüge entspannten sich ein wenig.

»Ich weiß, mein Kind. Das war damals alles ein bisschen viel für uns, nicht wahr? Erst stirbt deine liebe Mutter an Krebs, und nur zwei Jahre später verschwindet deine Schwester spurlos. Ich habe innerhalb kürzester Zeit meine Frau und eine meiner Töchter verloren.«

»Du sprichst von Inga, als sei sie tot.«

»Es ist eine Illusion zu glauben, dass sie noch am Leben ist.«

»Sie ist lediglich verschollen.«

»Carlotta. Du bist Polizistin. Du müsstest wissen, wie gering die Chance ist, sie jemals lebend wiederzusehen.«
Abermals schaute sie auf die Fotografie.
Von ihren Gefühlen überwältigt wandte sie den Blick ab.

Plötzlich sah sie Inga vor ihrem inneren Auge.
Ihr Jugendzimmer in diesem Haus. Ein heißer Sommerabend, das Fenster weit geöffnet. Sie saßen beide auf ihrem Bett. Inga war fünfzehn, sie siebzehn. Zwei Teenager, überwältigt von dem Verlust ihrer Mutter.
»Wo ist Papa?«, hörte sie Inga fragen.
»Er muss länger arbeiten«, antwortete sie.
»Er kommt immer später aus der Firma zurück.«
»Seine Art, mit der Trauer klarzukommen.«
»Ist schon okay«, sagte Inga, »wir beide haben ja uns.« Sie drückte ihre Hand. »Wir stellen uns einfach vor, das Haus gehört uns allein.«
»Wir haben gar keine Eltern mehr?«
»Genau. Wir sind zwei Waisen, einsam und verlassen auf dieser Welt. In einer Villa am Waldrand. Und in diesem Wald hausen wilde Tiere. Die könnten nachts über uns herfallen.«
Carlotta lief ein Schauer über den Rücken. »Das ist unheimlich.«
»Darum müssen wir zusammenhalten. Schwesternschwur?«
»Schwesternschwur.«
Sie überkreuzten ihre Finger.

»Inga kommt nicht mehr zurück«, sagte der Vater.
Aus ihrer Erinnerung gerissen zuckte sie leicht zusammen.
»Ich denke, sie ist tot«, murmelte er. »Irgendein Kerl hat sie in sein Auto gezerrt, als sie auf dem Rückweg von ihrem Musikunterricht war.« Seine Stimme war belegt. »Vermutlich

hat er sie vergewaltigt und danach umgebracht. Ihre Leiche hat er irgendwo verscharrt. Sie war fünfzehn. Das arme Kind.«

Carlotta musterte ihn. »Sie wollte mir am Vorabend ihres Verschwindens etwas mitteilen. Aber es kam nicht mehr dazu. Seitdem grüble ich darüber nach, was das wohl gewesen sein könnte.«

»Mach dich deswegen nicht verrückt.«

»Ich denke, letztlich bin ich Polizistin und Psychologin geworden, um herauszufinden, was mit Inga passiert ist. Jede Ermittlung, jede Nachforschung, jedes psychologische Profil hat im Grunde etwas mit Inga zu tun. Sie ist weder tot noch lebendig. Sie ist ein Geist. Ständig spukt sie in meinem Kopf herum.«

»Genau das ist dein Fehler. Du darfst es nicht zulassen. Musst damit abschließen.«

»Hast du denn nicht manchmal das Gefühl, sie könnte noch unter uns sein?«

»Nein. Wie ich schon sagte. Ich glaube, Inga ist tot.«

Carlotta lehnte sich vor. »Inga und ich waren an dem Nachmittag ihres Verschwindens verabredet.«

Er machte eine abwehrende Geste. »Das ist jetzt siebzehn Jahre her.«

»Ich sollte sie von ihrem Geigenunterricht abholen. Vorher hat sie mir eine SMS geschrieben. Ich weiß den Wortlaut noch genau. Sie fragte: ›Können wir miteinander reden?‹«

»Hör auf damit, Carlotta. Wie oft haben wir das schon durchgekaut?«

»Ich hab ihr nicht geantwortet. Ich war wütend auf sie. Wir haben uns am Vorabend gestritten. Ich wollte in Ruhe gelassen werden, hatte genügend eigene Probleme. Mama war gerade mal zwei Jahre tot. Ich war ein verwirrter Teenager in Trauer.«

»Ich weiß doch.«
»Und du warst selten zu Hause.«
»Ich hab mich in die Arbeit geflüchtet.«
»Ja«, erwiderte sie bitter. »Du hast dein gut florierendes Architekturbüro weiter ausgebaut.«
»Was sollte daran verkehrt sein?«
»Außerdem warst du oft auf Geschäftsreise. Das nehme ich dir heute noch übel. Gerade weil Mama so früh gestorben ist, hättest du dich um deine beiden Töchter kümmern müssen.«
Er wurde laut. »Ich musste für euch Geld verdienen. Dieses schöne Haus. Die guten Privatschulen. Später dein Studium. All das habe ich finanziert, und jetzt machst du mir Vorwürfe?«
Stille.
Ihr Vater wurde selten zornig, meistens hatte er sich unter Kontrolle. Doch wenn ihn die Wut packte, war es umso unangenehmer. Prompt verkrampfte sich ihr Magen.
»Tut mir leid«, murmelte er. »Ich wollte dich nicht anschreien. Es ist spät. Ich bin müde. Und dieses Thema tut uns beiden nicht gut.«
»Du kannst deinen Gefühlen nicht immerzu ausweichen.«
»Wie meinst du das?«
»Welche Bedeutung hat eigentlich Liebe für dich?«
»Ich verstehe nicht ganz.«
»Die Liebe zu deinen Kindern. Wie steht es damit?«
Er starrte sie an. Offenbar hatte sie ihn an einem wunden Punkt erwischt.
»Ich hab euch beide ... Inga und dich ...« Er brach ab.
»Du konntest uns deine Zuneigung nie richtig zeigen.«
»Dass deine Mutter gestorben ist, hat mir das Herz gebrochen.«
»Inga und ich waren noch Kinder. Du hättest für uns da sein müssen.«

Abermals hob er die Stimme. »Ich war doch hier. In diesem Haus.«

Carlotta zog ihr Handy hervor.

»Ich muss dir etwas zeigen. Es hat mit dem Fall zu tun, an dem ich arbeite. Ich suche nach einer Jugendlichen, die nach einer Vernehmung leider geflohen ist.«

Sie öffnete das Foto von dem Mädchen mit den verstrubbelten Haaren auf dem Display, legte das Handy auf den Couchtisch und schob es zu ihm hin.

Er nahm es und betrachtete die Abbildung.

»Ja und?«, fragte er.

»Ich konnte ihren Namen nicht herausfinden. Niemand scheint sie zu vermissen.«

»Was hab ich damit zu tun?«

Er legte das Handy zurück auf den Tisch.

Nach einer Pause brachte es Carlotta endlich hervor: »Ich glaube, dieses Mädchen weiß etwas über Inga.«

Er starrte sie an.

»Zugegeben, es klingt verrückt. Aber ich habe das merkwürdige Gefühl, dass sie meine verschollene Schwester kennt.«

FÜNFZIG

Ihr Vater schnappte nach Luft. »Wie bitte? Du meinst, sie kennt unsere Inga? Die vor siebzehn Jahren verschwunden ist?«

»Ja.«

»Wie kommst du nur darauf?«

»Lange Zeit wollte ich es nicht wahrhaben. Aber ich war von Anfang an auf eine seltsame Art von diesem Mädchen berührt.«

»Das ist doch absurd.«

»Ich habe versucht, mit ihr zu sprechen. Aber sie war verstummt.«

»Wie bist du auf sie gestoßen?«

»Im Zusammenhang mehrerer Mordfälle. Einzelheiten darf ich dir nicht verraten.«

»Das sind Projektionen. Du vermisst deine Mutter und deine Schwester, also siehst du überall Gespenster. Doch du musst dich endlich damit abfinden, dass auch Inga tot ist. Sie kommt nicht mehr zurück. So wie deine Mutter nicht aus ihrem Grab steigen kann, wird Inga vermutlich nie wieder auftauchen.«

»Bevor mir das stumme Mädchen entkommen ist, konnte ich sie wenigstens dazu bewegen, sich mithilfe von Stiften und Papier auszudrücken. Ich ließ sie Bilder anfertigen. Dabei entstand dieses Werk.«

Sie nahm das Handy und öffnete das Foto von einer der

Zeichnungen. Es zeigte die weibliche Person, die ihr Gesicht hinter ihren langen Haaren verbarg.

Abermals nahm er das Mobiltelefon und betrachtete die Aufnahme. Dann schüttelte er den Kopf.

»Carlotta, davon verstehe ich nichts. Das gehört zu deiner Arbeit als Kriminalpsychologin. Sicher, du hast große Fähigkeiten in deinem Job bewiesen. Und dafür gebührt dir meine Anerkennung. Aber ich habe keine Ahnung, was ich mit dieser Zeichnung anfangen soll.«

Sie versuchte, seine Mimik zu deuten. »Auch Inga hat manchmal ihr Gesicht hinter ihren Haaren versteckt.«

»Davon weiß ich nichts.«

»Wirklich nicht?«

»Nein.«

»Das war eine Angewohnheit von ihr. Gerade in der Zeit, nachdem Mama verstorben war.«

»Ist mir nicht aufgefallen.«

»Aber dass Inga als Teenager plötzlich pummelig wurde, ist dir nicht entgangen, oder?«

»Na ja, sie hat ein kleines Essproblem entwickelt.«

»Sie hat ständig etwas gefuttert. Und sie war kreuzunglücklich deswegen. Vor Mamas Tod war sie rank und schlank.«

»Welches Mädchen in ihrem Alter hat nicht diese Probleme? Auch du hast damals permanent auf deine Figur geachtet.«

»Du hättest dieses Signal ernst nehmen müssen.«

»Ich war damals überfordert gewesen, tut mir leid.«

»Und noch etwas ist bemerkenswert: Inga benutzte gelegentlich ein rätselhaftes Wort, wenn wir hier im Haus als Kinder gespielt haben.«

»Was für ein Wort?«

»Amygdala.«

Er runzelte die Stirn.

»Das muss sie irgendwo aufgeschnappt haben«, sagte Carlotta. »Wir haben Verstecken gespielt. Seltsamerweise noch als Teenager. Inga hatte diese Anwandlung, als sie fünfzehn war. Sie wurde dicklich, und plötzlich waren wieder Spiele für sie interessant, für die sie eigentlich viel zu alt war. Jedenfalls sind wir spätabends, wenn du noch in der Firma gearbeitet hast, durch das Haus geschlichen und haben uns irgendwo versteckt. Ich musste mitspielen. Klar, ich war ja die Ältere, ich fühlte mich für sie verantwortlich. Meistens war ich diejenige, die suchen sollte. Also bin ich durch die Räume gewandert, um Inga zu finden. Dabei sollte ich auch nach Monstern und Menschenfressern, wie sie es nannte, Ausschau halten. In jedem Schrank, hinter jeder Kommode, in jedem Winkel des Hauses konnte so ein Ungeheuer auf uns lauern. Davon war sie überzeugt. Inga hatte große Angst, dessen bin ich mir sicher. Und diese Angst hat sich auch auf mich übertragen. Und wenn du dann endlich heimgekommen bist, wenn wir deinen Wagen in der Einfahrt hörten, raunte sie mir dieses Wort zu: Amygdala.«

Er neigte den Kopf. »Liebling, das ist doch ... ziemlich weit hergeholt. Ich glaube, du bist völlig übermüdet, du kannst ja nicht mehr klar denken. Was soll das mit deinen Mordfällen zu tun haben?«

»Hör mir gut zu, Vater. Amygdala war ein Codewort. Es hieß: sich rasch irgendwo verstecken und schlafend stellen. Manchmal sagte Inga sogar zu mir, wir sollten so tun, als wären wir tot, wenn du spätabends die Haustür aufgeschlossen hast.«

Abermals starrte er sie an.

Es entstand eine Stille im Raum, die nahezu erdrückend war.

»Es war ein Spiel«, sagte er schließlich. »Das Spiel eines trauernden Teenagers. Es ist erschütternd. Doch wir sollten es nicht überbewerten.«

»Für sie war es ernst. Davon bin ich heute überzeugt.«

»Ihr beide, Inga und du, hattet schon immer eine blühende Fantasie.«

»Ist das nicht merkwürdig? Auch diese Jugendliche, nach der ich suche, benutzte das Wort wie einen Code. Sie raunte es mir in der gleichen Manier zu wie damals meine Schwester. Ansonsten blieb sie stumm.«

»Das muss ein Zufall sein.«

»Dachte ich anfangs auch.«

»Die Amygdala ist ein spezieller Bereich im Gehirn. Warum sollte das Mädchen nicht darüber informiert sein? Vielleicht wollte sie dir ja etwas über ihren Geisteszustand mitteilen.«

»Es gibt mittlerweile einen dritten Hinweis, der mich fatal an Inga erinnert.«

»Und der wäre?«

»Dazu komme ich gleich.« Sie nahm ihren Vater fest in den Blick. »Glaub mir, Papa. Es war ein Code. Eine Warnung, die mir Inga zuflüsterte. Sie wollte sich vor jemandem verstecken. Schnell unter die Bettdecke kriechen. Nichts mehr hören, nichts mehr sehen. Nichts sprechen. Und auch nichts spüren. Sich einfach tot stellen.«

Er schlug die Beine neu übereinander. Abermals schaute sie flüchtig auf seine Waden. Auf einmal wurde ihr seine Nähe unangenehm.

»Ich verstehe dich nicht, Carlotta. Du bist eine überaus kluge und erfolgreiche Frau. Du hast schon viele Kriminalfälle gelöst. Und jetzt stürzt du dich auf diesen Zufall?«

»Das ist kein Zufall. Schau dir das Foto noch einmal genau an. Das Mädchen hat eine gewisse Ähnlichkeit mit Inga.

Achte besonders auf die Haare, ihre Augen und die Gesichtsform.«

Ihr Vater lehnte sich vor und besah sich die Fotografie auf dem Display erneut. Carlotta beobachtete ihn dabei.

Er schob das Handy weg. »Wie gesagt, du siehst Gespenster.«

Sie hob die Stimme. »Weißt du mehr als ich über Ingas Verschwinden? Etwas, das du mir verheimlichst?«

Er verkniff den Mund. »Natürlich nicht.«

Sie erkannte die Zeichen der Furcht in seinem Gesicht.

In diesem Moment läutete ihr Telefon. Es war Trojan. Sie drückte den Anruf weg und schaltete das Gerät in den Flugmodus.

»War das dienstlich?«, fragte ihr Vater.

»Spielt keine Rolle.«

Sie betrachtete selbst noch einmal das Foto. Ja, es gab eine Ähnlichkeit mit ihrer verschollenen Schwester. Lange Zeit hatte sie sich gegen den Eindruck gesträubt. Allmählich aber leuchtete ihr ein, warum sie sich auf diffuse Art zu der Jugendlichen hingezogen gefühlt hatte. Weshalb es ihr vorgekommen war, es würde eine Verbindung zwischen ihnen bestehen, ein beinahe magisches Band. Insbesondere die Augen des Mädchens, der störrische Blick und die halb heruntergezogenen Mundwinkel erinnerten sie an Inga. So hatte sie ausgesehen in den finsteren Wochen kurz vor ihrem Verschwinden.

Sie steckte das Handy ein. »Ich habe immer geglaubt, es lag an der Trauer, dass Inga so verstört war. Doch es muss noch etwas anderes vorgefallen sein, das sie belastet hat. Ihre Essanfälle, der Drang, nachts den Kühlschrank zu plündern und sich mit Nahrung vollzustopfen. Ihr beinahe zwanghaftes Bedürfnis, in meiner Nähe zu bleiben. Ihre Unruhe vorm Schlafengehen. Die panische Angst vor Monstern und Menschenfressern. Wie sie mich dazu angehalten hat, Abend für Abend das Haus abzusuchen. All das deutet darauf hin, dass auf ihrer Seele ein Schatten lag. Und ich muss mir zum Vorwurf machen, die Zeichen nicht rechtzeitig gedeutet zu haben. Auch wenn ich selbst noch ein Kind war. Ich hätte mit ihr darüber sprechen sollen.«

Plötzlich meinte sie, Ingas Gegenwart zu spüren. So deutlich, dass ihr ein Schauer über den Rücken lief.

»*Amygdala! Amygdala!*«, raunte sie ihr ins Ohr.

Sie schüttelte sich.

»Ich hab sie im Stich gelassen. Hätte ich doch nur auf ihre SMS geantwortet. Ich war zu selbstgerecht. Und das nur wegen eines dämlichen Streits, an dessen Grund ich mich nicht einmal mehr erinnern kann. Wäre ich doch gleich zu ihr geeilt an jenem Nachmittag. Vielleicht hätte ich Schlimmeres verhindern können. Doch ich kam zu spät. Sie war fort. Und sie ist nie wieder heimgekehrt.«

»Dich trifft keine Schuld, Carlotta. Sie wurde höchstwahrscheinlich entführt und danach ermordet. Auch die Polizei ist davon ausgegangen. Du hast dir die Akte sicherlich kommen lassen.«

»Ja, das hab ich. Schon während meines Studiums war ich daran interessiert. Ich bin über jedes Detail informiert. Die Kollegen sind ratlos. Ein weiterer ungeklärter Fall.«

»Finde dich endlich damit ab. Wende dich dem Leben zu. Und lass die Toten ruhen.«

»Hast du das Mädchen auf dem Foto schon mal irgendwo gesehen?«

»Ist das etwa ein Verhör?«

»Bitte antworte auf meine Frage.«

»Ich kenne diese Person nicht.«

»Kommt sie dir in irgendeiner Form vertraut vor?«

»Auch das nicht.«

»Sag mir die Wahrheit, Papa. Wovor hatte Inga so große Angst?«

»Ich weiß es nicht.«

»Was verschweigst du mir?«

»Überhaupt nichts, Carlotta. Deine Nerven sind überreizt. Ich kenne diese Zustände an dir. Du hast dich überanstrengt.«

»Es gibt ein weiteres Indiz, das auf das Schicksal meiner Schwester hinweist. Und diese Tatsache kann ich nicht länger leugnen.«

Ihr Vater sprang auf. »Schluss jetzt! Ich will nichts mehr davon hören. Lass mich in Ruhe damit. Ich muss schlafen. Du kannst gerne hierbleiben, wenn du möchtest. Aber bitte verschone mich mit der Vergangenheit. Wir haben in dieser Familie weiß Gott genug durchlitten.«

EINUNDFÜNFZIG

Mittwoch, 28. September, drei Uhr morgens

Sie sank aufs Bett in ihrem ehemaligen Jugendzimmer. Ihr Vater hatte es frisch bezogen.

Sie sah sich um. Wann war sie eigentlich das letzte Mal hier oben gewesen? Es kam ihr wie eine Ewigkeit vor.

Er hatte in dem Raum nur wenige Veränderungen vorgenommen. Selbst die Fotografie von Virginia Woolf hing noch an der Wand, eine Schriftstellerin, die sie schon als Teenager verehrt hatte. Auf der Kommode stand ihre alte Musikanlage, im Regal ein paar Schallplatten, die sie von ihrer Mutter geerbt und bei ihrem Auszug nicht mitgenommen hatte. Es waren überwiegend Alben von Joni Mitchell, die sie lieber auf Kassette in Luisas VW-Bus hörte.

Das Waffenholster hatte sie abgelegt, die Sig Sauer lag griffbereit. Nur einen Moment ausruhen, dachte sie. In ihrem Kopf summte die Müdigkeit.

Sie nickte kurz ein, dann schreckte sie hoch. Sie musste zumindest Nils Bescheid geben.

Sie nahm ihr Handy hervor und schaltete es ein. Trojan hatte mehrmals versucht, sie anzurufen, wie ihr auf dem Display angezeigt wurde.

Sie rief ihn zurück.

Er hob nach dem fünften Freizeichen ab.

»Carlotta«, sagte er. »Wieso waren Sie nicht erreichbar? Und warum zum Teufel sind Sie einfach abgehauen?«

»Es tut mir leid.«

»Ist alles in Ordnung bei Ihnen?«
»Eigentlich nicht.«
»Was ist passiert?«
Sie schluckte. »Ich musste ein wichtiges Gespräch führen.«
»Mit wem?«
Sie ging nicht darauf ein. Stattdessen lauschte sie auf die Hintergrundgeräusche. Ein Stimmengewirr war zu vernehmen. »Sind Sie noch am Tatort?«
»Natürlich bin ich das. Und ich könnte Ihre Hilfe gebrauchen.«

Nach einer Pause sagte sie leise: »Hören Sie mir gut zu, Nils. Mir ist etwas eingefallen, als wir im Gartenpavillon des Clubbesitzers standen.« Sie holte tief Luft. »Es gibt ein berühmtes Kinderlied. Sie kennen es sicherlich auch. Darin heißt es: *Ich hab ein Haus, ein kunterbuntes Haus, ein Äffchen und ein Pferd, die schauen dort zum Fenster raus.*«

Schweigen am anderen Ende. Offenbar war er verblüfft.
»Sind Sie noch dran?«, fragte sie nach einer Weile.
»Ja. Wiederholen Sie das bitte.«
»Ich hab ein Haus, ein kunterbuntes Haus, ein Äffchen und ein Pferd, die schauen dort zum Fenster raus.«

Sie hörte, wie er in den Hörer atmete. »Der Strumpf. Der Ringelstrumpf über dem Kopf der Leiche. Und die Wachsgebilde. Das meinen Sie, nicht wahr?«

»So ist es. Der Mörder weist auf *Pippi Langstrumpf* hin. Am ersten Tatort hinterließ er die Wachsskulptur eines Kinderkopfs. Am zweiten einen wächsernen Affenkopf. Im Wald am Summter See fanden Sie das Haupt eines Pferds aus Wachs. Und vor ein paar Stunden, als wir den Leichnam von Siegfried Degen entdeckt haben, stießen wir auf das kleine Wachshaus. Es hat eine Veranda, genau wie in dem Kinderbuch von Astrid Lindgren.«

»Sie haben recht. Carlotta, das ist ... Es ist grandios. Sie haben damit die Bildsprache des Täters entschlüsselt. Wo sind Sie gerade? Wir müssen das genauer analysieren.«

»Lassen Sie mir bitte noch etwas Zeit. Ich muss dringend über einen anderen Aspekt nachdenken.«

»Was für einen Aspekt?«

»Etwas Persönliches.«

»Im Zusammenhang mit der Mordserie?«

»Leider ja. Ich melde mich in zwei, drei Stunden wieder. Wäre das in Ordnung?«

»Sie wollen sich jetzt, da wir kurz vor der Lösung des Falls sind, zurückziehen?«

»Ich muss einen Moment ausruhen, um einen klaren Kopf zu bekommen.«

»Sagen Sie mir wenigstens, wo Sie sind.«

»Ich rufe Sie am frühen Morgen an.«

Er erwiderte etwas, doch sie ließ das Handy sinken. Dann schaltete sie es erneut in den Flugmodus.

Sie lag auf dem Bett und starrte an die Decke.

Sich die Ohren mit Wachs verstopfen, dachte sie. Nichts mehr hören. Auch nicht sprechen. Nichts spüren.

Nur tot stellen.

Ihr Herz schlug hoch.

Auf einmal hatte sie große Angst.

Das Kinderzimmer von Inga befand sich am Ende des Flurs.

Ihr Vater hatte es komplett ausgeräumt und umgestaltet, ganz im Gegensatz zu ihrem. Es war jetzt ein Gästezimmer.

Warum hatte er das getan?

Glaubte er denn wirklich nicht mehr an ihre Rückkehr?

Schließlich gab sich Carlotta einen Ruck und stand auf.

Sie öffnete die unterste Schublade der Kommode. Ein paar von Ingas Sachen hatte sie damals nach ihrem Verschwinden darin verwahrt, um sie jederzeit bei sich zu haben. Auf diese Art hatte sie versucht, sich zu trösten. Wenn sie die Habseligkeiten an sich drückte, fühlte sie sich ihrer Schwester näher, nachts, wenn sie nicht schlafen konnte und sich nach ihr sehnte.

Ihre Hände fuhren unter die Ansammlung von T-Shirts, ein paar Stofftieren, Schreibheften, Spielzeug und einem Malblock, bis sie ein Buch ertastete.

Sie zog es heraus. Es war der erste Band der *Pippi Langstrumpf-Reihe*. Sie schlug es auf. Auf dem Vorsatzblatt war in kindlicher Handschrift ein Satz notiert:

Dieses Buch gehört Inga Weiss.

Carlottas Hand zitterte. Es war das Lieblingsbuch ihrer Schwester gewesen.

Wir haben es gut in unserem Garten, das Mädchen und ich. Wir leben mit den Jahreszeiten. Im März, während der Forsythienblüte, ist es Zeit, die Rosen zurückzuschneiden. Auch Clematis, Hortensien und Lavendel müssen beschnitten werden. Und natürlich die Obstbäume. Auf der Fensterbank ziehen wir das frostempfindliche Gemüse, Paprika, Tomaten und Gurken. In den Frühbeeten säen wir Radieschen, Kohlrabi und Rettich aus.

Im April wird gekalkt und gedüngt. Kommt der Mai, können wir die kälteempfindlichen Pflanzen nach draußen bringen. Bougainvillea, Oleander und Geranien. Wir pflanzen Tomaten, Paprika, Bohnen und Zucchini ein, dazu die Kräuter, die wir vorgezogen haben.

Im Juni steht die zweite Düngung an. Wir sind damit beschäftigt, Unkraut zu jäten, die Pflanzen zu gießen und einmal in der Woche den Rasen zu mähen. Wir ernten die Süßkirschen und schneiden den Baum zurück.

Den Juli und den August über wässern wir in den frühen Morgenstunden den Garten, danach ernten wir das Gemüse und kochen es ein.

Bricht der September an, denken wir bereits an das nächste Gartenjahr. Wir sammeln Gemüse- und Blumensamen ein, die wir in kleinen Papiertüten im Haus aufbewahren. Taglilie, Phlox, Fackellilie und Eisenhut müssen schon im Herbst ins Beet. Auch Tulpen, Krokusse und Narzissen wollen eingepflanzt werden. Sorgfältig teilen wir den Rittersporn und die Lupinen, damit im nächsten Jahr noch mehr davon gedeiht.

Im Oktober ernten wir letztes Gemüse und spätes Obst wie die Quitten. Außerdem entfernen wir regelmäßig das Laub. Dann kommt der lange Winter, und wir leben von unseren Vorräten.

Der Garten und das Haus sind unser Schutzgebiet. Die Hecken stehen hoch.

Ich will das Mädchen für immer beschützen. Es soll hier keine Schule besuchen. Ich gebe ihr selber Unterricht. Sie ist sehr begabt im Zeichnen, das fördere ich. Eine junge Künstlerin ist sie, mein ganzer Stolz.

Ich lese ihr aus meinen Lieblingsbüchern vor. Sie zeichnet, und ich modelliere meine Wachsfiguren.

Wir haben es gut in diesem Haus und in unserem Garten. Hier sind wir sicher.

Manchmal wagen wir uns weiter vor. Selten nehme ich sie im Auto mit und zeige ihr die Stadt. Es ist gefährlich dort. Zu viele Menschen, zu viele Verbrechen.

Wir sind froh, wenn wir wieder daheim sind, in unserem Schutzgebiet.

Gelegentlich unternehmen wir Wanderungen in die nähere Umgebung. Wir lieben beide die Kornblumen am Feldrand. Und wir besuchen die Bienen. Wir öffnen die Kästen und lassen sie fliegen.

Das Mädchen breitet die Arme aus, und die Bienen bedecken ihren zierlichen Körper.

Sie sieht aus wie vierzehn, dabei ist sie drei Jahre älter.

Ich weiß, warum sie nicht gerne spricht. Ich habe ihr

von der Amygdala erzählt, diesem dunklen Bereich in unserem Gehirn.

Bevor der Winter kommt, spalte ich das Holz. Ich stapele es ordentlich neben dem Haus auf.

Eines Abends holte ich die Axt aus dem Schuppen und legte sie heimlich unters Bett.

Manchmal gehe ich nachts hinaus in den Garten. Vorher warte ich, bis das Mädchen eingeschlafen ist. Auch sie verstopft sich die Ohren mit Wachs. Diese Angewohnheit hat sie von mir.

Warum muss sich ein Trauma wiederholen? Wieso konnte ich sie nicht besser beschützen?

Ich gehe zu der Stelle hinterm Kirschbaum, wo ich mein erstes Opfer begrub. Er war der Mann, dem ich vertraute. Nun ist er Dünger für die Erde. Als er noch halb bei Bewusstsein war, brach ich ihm die Zähne heraus, einen nach dem anderen.

Ich bewahre sie in einer Kiste auf.

Nur die Axt ist noch mächtiger als meine Wut.

ZWEIUNDFÜNFZIG

Carlotta legte das Buch zurück und schloss die Schublade. Sie sank aufs Bett, schaltete das Licht aus und zog die Bettdecke über ihren Kopf.

Sich tot stellen, dachte sie, nichts hören, nichts sehen und auch nichts spüren. Wann hatte das begonnen? Ab welchem Moment hatte sich die Veränderung ihrer Schwester vollzogen?

Sie krümmte sich, zog die Decke noch fester um sich herum. Die Luft wurde knapp. Mühsam atmend presste sie das Kinn auf die Brust.

Plötzlich sah sie das Gesicht ihrer Schwester vor sich. Als Fünfzehnjährige, blond wie die Mutter, verstrubbeltes Haar.

»Sprich mit mir, Inga«, murmelte sie. »Was wolltest du mir mitteilen?«

Doch schon war das Gesicht wieder verschwunden.

Ich ersticke, dachte sie, ich halte das nicht länger aus. Ihr Arm schmerzte, ein Pochen in der Wunde.

»*Amygdala*«, *sagte jemand leise.*

Carlotta erschrak, stieß die Decke weg und rang nach Luft.

Sie hörte Schritte. Draußen im Flur. Die Dielenbretter knarrten.

Mit einem Mal war sie wieder ein Kind, allein in diesem Zimmer, hilflos, ihren Ängsten ausgeliefert. Zurückkatapultiert in die Zeit ihrer Jugend.

Schweiß bildete sich auf ihrer Stirn. Die Schritte näherten sich der Tür. Erneut nahm sie die Decke und verkroch sich darunter.

Ich bin tot, dachte sie. Wenn ich mich nicht rühre, wird mir nichts widerfahren.

Doch dann geschah etwas Seltsames. Sie schien aus ihrem Körper herauszutreten. Vielleicht lag es an der Panik, dem mangelnden Sauerstoff in ihrem Blut, dem Gefühl zu ersticken.

Jedenfalls war sie auf einmal weit weg. An einem anderen Ort. Es war hell um sie herum. Gleißendes Licht. In der Ferne eine Reihe von Bäumen, die aussahen wie zusammengefaltete Regenschirme. Inga war bei ihr. Sie spürte ihre Nähe. Beide waren sie barfuß, sie trugen Shorts und T-Shirts. Es war heiß. Ihre nackten Arme berührten sich.

»Inga«, flüsterte sie.

»Carlotta.«

»Es ist wunderschön hier, nicht wahr?«

Nun erkannte sie ihre Schwester deutlicher. Sie waren Teenager. Ihre Haut gebräunt. Die Sonne stand hoch über diesen eigenartig geformten Bäumen. Ein wolkenloser Himmel. Das Geschrei von Zikaden.

Plötzlich verfinsterte sich das Gesicht ihrer Schwester. Ihre Augen verengten sich zu Schlitzen.

»Nein«, sagte sie, »ich finde es überhaupt nicht mehr schön.«

»Aber warum denn nicht?«

»Ich will nicht mehr hierherfahren.«

»Was ist nur mit dir?«

Inga entfernte sich. Carlotta rief ihr nach. Die Sonne brannte gnadenlos auf sie herab. Die Hitze machte sie schwindlig. Das Atmen fiel ihr schwer. Die schmalen Bäume warfen keine Schatten, stattdessen schienen sie in der hügeligen Landschaft aufzuglühen.

In diesem Moment hörte sie, wie die Zimmertür geöffnet wurde. Jemand kam im Dunkeln herein.

Carlotta strampelte erneut die Decke weg.

Sie schwitzte, zugleich war ihr kalt.

Ein Zittern durchlief ihren Körper.

Die Person trat näher und setzte sich zu ihr aufs Bett.

»Geh weg«, raunte sie.

Die Nachttischlampe wurde eingeschaltet. Das Licht blendete sie.

»Ganz ruhig.«

Es war ihr Vater. Er streckte die Hand nach ihr aus.

»Fass mich nicht an.«

Er verharrte. »Schon gut.« Er musterte sie. »Du bist ja ganz bleich.«

»Zypressen«, sagte sie atemlos.

»Wie bitte?«

»Es waren Zypressen.«

»Ich verstehe nicht.«

»Inga. Das Licht dort. Es war zu grell.«

Wieder streckte er die Hand nach ihr aus. Sie wich vor ihm zurück. Dann aber legte er rasch den Arm um sie und drückte sie an sich.

»Komm, mein Kind. Ich bin doch für dich da. Du darfst dich nicht so aufregen.«

Er roch nach seinem Rasierwasser, würzig, mit einem Hauch von Zedernholz. Ihr war, als wollte er sie mit seinem Duft betäuben.

Endlich konnte sie sich von ihm lösen.

»Lass mich in Ruhe, Papa. Ich bin kein kleines Kind mehr.«

»Das weiß ich doch.«

»Kannst du nicht anklopfen?«

»Es tut mir sehr leid. Ich konnte nicht einschlafen. Du hast mich aufgewühlt mit deinem ganzen Gerede von der Vergangenheit.«

Er rückte näher an sie heran. Sie fühlte sich gezwungen, jede Falte in seinem Gesicht, nahezu jede einzelne Pore seiner Haut zu betrachten.

Sie zog die Knie an die Brust und schlang den gesunden Arm darum.

Er blickte sie eindringlich an. »Was ist nur los mit dir?«

»Du nimmst mir die Luft zum Atmen.«

»*Du* bist doch diejenige, die hergekommen ist. Und das mitten in der Nacht.«

Sie versuchte, sich auf seine Mimik zu konzentrieren. »Wann genau waren wir eigentlich damals zusammen in der Toskana?«

Auf seiner Stirn bildete sich eine Furche.

»In welchem Jahr war das?«, fragte sie.

Er schwieg.

»Diese Villa, umgeben von Zypressen. Der Blick ins Tal. Die Sommerhitze. Inga und ich trugen die gleichen pastellfarbenen T-Shirts und eng sitzende Shorts. Es gab einen Pool. Inga hat sich geweigert, darin zu baden, obwohl es drückend heiß war.«

Gerhard Weiss legte die Hände in seinen Schoß. »Du meinst den Landsitz von meinem Geschäftspartner?«

»Ja. Richtig.«

»Das war nach dem Tod deiner Mutter. Wir brauchten dringend Erholung. Marius Randall und seine Frau waren so nett und haben uns dorthin eingeladen. Sie besitzen doch dieses wunderbare Haus in Santa Lucia.«

»Santa Lucia. Nun erinnere ich mich wieder.«

»Wie kommst du ausgerechnet jetzt darauf?«

»Santa Lucia«, wiederholte sie. »Damals begann es.«

»Was begann?«

»Ingas merkwürdiges Verhalten.«

»Carlotta, das haben wir doch längst besprochen. Es lag an der Trauer. Ihr wart beide sehr verstört.«

»Was ist auf dem Landsitz passiert?«

»Gar nichts.«

»Doch, Papa, es muss etwas vorgefallen sein. Als wir aus dem Urlaub zurückkamen, fing Inga an, sich nachts an den Kühlschrank zu stehlen. Die Spiele im Haus, ihre Angst. Das Wort Amygdala. All das hatte seinen Anfang in der Toskana genommen.«

Sie stand auf und drückte sich an ihrem Vater vorbei.

Auch Gerhard Weiss erhob sich. Seine Stimme bekam auf einmal eine eigenartige Färbung: »Worauf willst du eigentlich hinaus?«

»Du bist schwach, Papa.«

»Wie bitte?«

»Es kann dir doch nicht entgangen sein, wie auffällig sich deine jüngste Tochter benahm. Spätestens nach ihrem Verschwinden hättest du dir Fragen stellen müssen.«

»Das hab ich.«

»Und? Zu welchem Ergebnis bist du gekommen?«

»Dass uns das Schicksal leider unendlich viel zugemutet hat.«

»Für Mamas Krankheit kannst du vielleicht das Schicksal verantwortlich machen. Aber was Inga betrifft, willst du der Wahrheit einfach nicht ins Gesicht schauen.«

Er hob das Kinn. »Was erlaubst du dir eigentlich?«

»Arbeitest du noch mit Randall zusammen?«

»Natürlich. Er hat das meiste Geld in die Firma gesteckt. Ohne ihn hätte ich es nicht so weit gebracht. Du weißt, wie schwer ich es hatte. Du kennst meine Geschichte.«

»Klar.« Sie spürte, wie ihr die Zornesröte in die Wangen stieg. »Du hast sie mir oft genug erzählt. Der talentierte, fleißige Gerhard Weiss, der aus einfachen Verhältnissen stammt, sich hochgearbeitet hat und nun ein erfolgreiches Architekturbüro leitet.«

»Entschuldige mal, könntest du deinem Vater wohl etwas mehr Respekt entgegenbringen?«

Sie atmete durch. »Hat dein Geschäftspartner noch immer die meisten Anteile an eurer Firma?«

»Ja.«

»Ohne Marius Randall wärst du also ein Nichts.«

»Ich verbitte mir diesen Tonfall.«

»Es war überaus großzügig von ihm, uns nach Italien einzuladen. Jetzt erinnere ich mich an die Einzelheiten. Er sagte sogar zu Inga und mir, wir könnten gerne in den Herbstferien wiederkommen. Auch wir Kinder allein wären in Santa Lucia jederzeit willkommen. Er würde das für uns einrichten.«

»Was sollte daran verkehrt sein?«

»Du warst zu feige.«

»Wie?«

»Du hast dich nicht getraut, deinem Geschäftspartner unangenehme Fragen zu stellen. Und du warst nicht bereit, Inga zuzuhören.«

Er hob die Stimme. »Schluss damit! Du bist ungehörig. Marius Randall ist ein ehrenwerter Mann. Er und seine Frau haben sich aufopferungsvoll um euch gekümmert, als Luisa starb.«

Carlotta schloss die Augen. Grelle Bilder schossen durch ihren Kopf. Wie ein überbelichteter Film zogen sie an ihr vorbei. Sie sah helle Vorhänge, die sich sacht im Wind bewegten. Den gemusterten Steinboden in der Villa. Ihre nackten Füße. Sie irrte durch Flure, auf der Suche nach ihrer Schwester. Übermüdet, überhitzt. Das Kreischen der Zikaden. Inga, durchfuhr es sie. Ich muss Inga finden. Sie eilte an schweren Holztüren vorbei. Wo war sie? Hatte sie sich zur Siesta hingelegt? Die Hitze machte ihr selbst zu schaffen, ihre Fußsohlen klatschten über den Boden.

Welche Tür war es? Sie hatte die Orientierung verloren. Sie riss eine der Türen auf, und dahinter befand sich tatsächlich das Schlafzimmer von Inga. Doch das Bett war leer.

Ihr Vater war mit Randalls Frau ins Dorf gefahren. Sie wollten zusammen eine Kirche besichtigen. Inga und sie selbst waren für einen Ausflug zu müde gewesen. Auch Marius hatte gesagt, er würde lieber im Haus bleiben.

Die nächste Tür. Eine dunkle eiserne Klinke. Carlotta sah ihre Hand darauf. Sie drückte die Klinke herunter. Aber die Tür war abgeschlossen.

Heute, mit dem Abstand von siebzehn Jahren, wusste sie schlagartig, wenn sich diese Tür öffnen ließe, kämen all die bösen Geister der Vergangenheit ans Licht. Die Furien. Die Angst. Der Hass. Die Geheimnisse. Und die Scham.

Die hässliche, bohrende Scham.

Santa Lucia, durchfuhr es sie. Warum war sie nicht schon früher darauf gekommen? Sie hatte versagt. Hätte es längst durchschauen müssen. Aber sie war doch selbst noch ein Kind gewesen.

Carlotta schwankte.

Ihr Vater trat auf sie zu. Seine Hände streiften ihre Schultern.

»Beruhige dich! Tief atmen!«

Sie war einer Ohnmacht nahe.

Doch dann riss sie sich von ihm los.

»Wo ist Randall jetzt?«, brachte sie gehetzt hervor.

»Zu Hause, denke ich. Wieso?«

»In Berlin?«
»Ja.«
»Gib mir seine Adresse.«
Ihr Vater starrte sie an. »Was hast du vor?«
»Sag mir, wo er wohnt. Schnell!«

DREIUNDFÜNFZIG

Mittwoch, 28. September, vier Uhr morgens

Es war ein Haus in Heiligensee, einem Ortsteil von Reinickendorf im Nordwesten von Berlin. Idyllisch gelegen, auf einer Halbinsel zwischen der Havel und dem namensgebenden See. Das moderne Gebäude war aus weiß getünchtem Beton, viel Glas, bodentiefe Fenster.

Carlotta hatte ein Taxi genommen. Ihr VW-Bus stand noch immer vor dem Cube. Bevor sie Trojan informierte, wollte sie sichergehen, dass sie sich nicht täuschte. Noch hoffte sie, dass sich ihr Verdacht nicht bestätigen würde.

Nachdem sich das Taxi entfernt hatte, kletterte sie über den Gitterzaun, der das Grundstück umgab.

Sie schlich in der Finsternis auf den Eingang zu. Als sie sich auf etwa drei Meter genähert hatte, flammte ein Bewegungsmelder auf. Für einen Moment erschrak sie vor dem langen Schatten, der sich auf die Rasenfläche warf. Es war ihr eigener.

Sie ging weiter. Die Eingangstür war nur angelehnt. Das Schloss war defekt. Vermutlich mit einem Elektropick geöffnet, dem überaus perfiden Gerät erfahrener Einbrecher.

Carlotta zückte mit ihrer schwächeren Linken die Sig Sauer und lud sie durch. Dann schob sie die Tür mit dem Fuß auf und trat ins Innere. Sie vermied es, ihre Stableuchte einzuschalten, um nicht entdeckt zu werden.

Ruf Trojan an, meldete sich eine warnende Stimme in ihr. Doch ihre Vermutung war so schwerwiegend, dass sie die

Aktion zunächst lieber allein durchziehen wollte. Vielleicht konnte sie ja noch Schlimmstes verhindern.

Im Zwielicht erkannte sie, dass an der Alarmanlage neben der Tür eine Art Magnet angebracht war, um sie lahmzulegen.

Die Waffe im Anschlag checkte Carlotta die Räumlichkeiten im Erdgeschoss. Stille. Sie vernahm bloß ihren eigenen Herzschlag, dumpf und schwer.

Auf der Treppe ins Obergeschoss erkannte sie Blutspuren. Sie drückte sich an der Wand entlang und schlich hinauf.

Eine der Türen in der oberen Etage war nur angelehnt. Ein schmaler Lichtstreifen drang durch den Spalt. Hol Verstärkung, verdammt, warnte erneut ihre innere Stimme.

Doch plötzlich war ihr, als hätte ein dunkler Bereich in ihrem Gehirn längst das Kommando übernommen.

Sie nahm an der Wand Position, atmete dreimal tief durch, dann riss sie die Tür auf und wirbelte hinein.

Der Lauf ihrer Waffe bewegte sich in alle Richtungen. Ein kupfriger Geruch schlug ihr entgegen. Überall Blutlachen. Das Bett. Die Decke. Der Teppich am Boden. Die Einrichtungsgegenstände. Das gesamte Zimmer war mit Blutspritzern übersät.

Randalls Frau lag auf dem Bett. Beinahe zur Unkenntlichkeit entstellt.

Carlottas Magen drehte sich um, dann entschied sie sich zum Rückzug.

Sie eilte die Treppe hinunter. Gerade wollte sie zum Handy greifen, um Trojan zu alarmieren, da vernahm sie ein leises Geräusch.

Sie hielt inne und lauschte.

Es klang mechanisch.

Wie ein entferntes Surren.

Erneut nahm sie Deckung, dann schlich sie weiter. Hinter dem Wohnzimmer befand sich ein weiterer Flur.

Lautlos schob sich Carlotta an der Wand entlang. Am Ende des Flurs gab es eine Tür. Ein kaum wahrnehmbarer Lichtstreifen darunter.

Noch fünf Schritte. Vier.

Ihr Herz hämmerte.

Drei Schritte, zwei.

Auf einmal spürte sie, wie ihre Kräfte nachließen. Die Schmerzen in ihrem verletzten Arm raubten ihr schier den Atem. Ihre linke Hand, mit der sie die Sig Sauer umklammerte, fühlte sich taub an.

Ruhig, dachte sie. Langsam. Du musst das nicht tun. Ruf Trojan an. Lass ihn das übernehmen.

Doch wie ferngesteuert streckte sie die Hand nach der Klinke aus.

Leise öffnete sie die Tür.

Eine Kellertreppe. Blutige Schleifspuren darauf.

Das Surren war nun stärker vernehmbar. Was war das bloß?

Stufe um Stufe schritt sie hinunter. Ihr Finger am Abzug.

Schließlich war sie unten angelangt. Zu ihrer Linken befand sich ein schmaler Gang. Neonröhren an der Decke.

Langsam arbeitete sie sich vor.

Das mechanische Geräusch wurde lauter. Carlotta suchte Schutz an der Wand. Blut auf dem Betonboden, Spritzer. Sie schob sich weiter vor, bis sie an den Rand einer Maueröffnung gelangte. Offenbar war hier eine Tür herausgenommen worden. Sie verharrte. Dann preschte sie vor. Sicherte nach vorn, rechts und links.

Vor ihr tat sich ein Kellerraum auf, ungefähr fünfzehn Quadratmeter groß. Ihre Augen weiteten sich. Sie machte eine

Bewegung aus. Das mechanische Geräusch, es kam von einer überdimensionalen Tischplatte.

Carlotta setzte einen Schritt vor.

Es war offenkundig ein Hobbyraum. Zugestellt mit einer Miniatur-Eisenbahnanlage. Bunte Häuser, ein Tunnel, zwei Bahnhöfe. Ein Güterzug bewegte sich schnarrend über die kleinen Gleise.

Blutspritzer auf dem künstlichen Grün der Spielzeuglandschaft.

Entsetzt trat Carlotta näher.

Der Zug verschwand im Tunnel. Kurz darauf rauschte er wieder hinaus.

Auf einem der offenen Waggons lag ein abgetrennter Finger. Auf dem nächsten noch einer.

Das Blut war frisch.

Carlotta schlich zurück in den Gang, folgte den Spuren. Etwa zehn Meter weiter vernahm sie ein weiteres Geräusch. Es war ein leises Stöhnen.

Gepresst atmend näherte sie sich dem nächsten Kellerraum.

Sie überstieg eine Blutlache, in der ein dritter Finger lag. Ein goldener Ehering steckte daran.

Danach waren es nur noch ein paar Schritte, und sie wirbelte erneut vor, die Waffe im Anschlag.

Dieser Raum war kleiner. Am hinteren Ende befand sich ein Holzverschlag. Ein Vorhängeschloss vor der Tür.

Im Inneren des Verschlags kauerte ein blutüberströmter Mann. Es war Marius Randall. Er war nackt. Eine klaffende Wunde am linken Arm. Blutströme an der rechten Hand, an der die Finger fehlten. Auch sein Oberkörper war verletzt.

Er war nur noch schwach bei Bewusstsein, starrte Carlotta an.

»Helfen Sie mir«, raunte er.

Sie war sich nicht sicher, ob er sie erkannte.

Sie versuchte, das Schloss zu öffnen, doch vergeblich.

Abermals hielt sie inne.

Der Raum am Ende des Ganges, durchfuhr es sie. Ich muss den gesamten Keller sichern.

Langsam zog sie sich zurück. Die letzten Meter. Eine angelehnte Feuertür vor ihr.

Plötzlich schurrte etwas dahinter. Dumpf kreischend. Wie Eisen, das über Beton geschleift wurde. Es war ein entsetzliches Geräusch. Hörte sich an, als würde die Klinge einer Axt über den Boden gezerrt werden.

Mattes Neonlicht hinter dem Türspalt. Zentimeter um Zentimeter arbeitete sich Carlotta an der Wand entlang.

Der Lauf ihrer Sig Sauer zitterte. Die linke Hand war noch immer wie taub. Der Schmerz in ihrem rechten Arm pochte. Wahrscheinlich war bei einer heftigen Bewegung die Wunde aufgeplatzt. Der Verband fühlte sich feucht an.

Durchhalten, dachte sie, du schaffst das.

Nun war sie dicht an der Tür.

Sie schob den Fuß in den Spalt. Zählte innerlich bis drei, dann stieß sie die Tür auf und stürmte mit erhobener Waffe hinein.

Auf einmal krachte es, Funken sprühten. Das Letzte, was sie sah, waren ein Sicherungskasten an der Wand und die Klinge einer Axt, mit der die Elektrik zertrümmert wurde.

Kurz darauf war der Keller in Dunkelheit getaucht. Absolute Finsternis.

Schwer atmend versuchte Carlotta, die Orientierung zu bewahren. Wo war der Killer? Wo war die Axt?

Sie tappte ziellos umher, die Pistole umklammert.

Danach ging es sehr schnell. Ein Stoß von hinten, und sie spürte etwas Kaltes in ihrem Nacken.

Sie hörte eine leise Stimme in ihrem Rücken. »Lass die Waffe fallen.«

Carlotta zögerte. Die Schneide der Axt bohrte sich in ihre Haut.

»Mach schon«, raunte die Stimme.

In Sekundenbruchteilen wägte Carlotta ihre Möglichkeiten ab. War sie in der Lage, den Gegner hinter ihr zu entwaffnen? Sie kannte die Tricks, hatte sie auf der Polizeiakademie gelernt. Ein überraschender Tritt, eine Hebelbewegung und blitzartig den Angreifer über die Schulter werfen. Oft genug hatte sie es trainiert. Doch nur mit rechts. Würde sie es auch mit der schwächeren Linken schaffen?

Sie musste es versuchen.

Doch zu spät. Sie schrie auf. Ein stechender Schmerz, als ihr der verletzte Arm auf den Rücken gedreht wurde. Ein Schlag auf ihre linke Hand, und die Waffe entglitt ihr.

Krachend fiel sie zu Boden.

Plötzlich spürte sie, wie ihr etwas aus der Hosentasche gezogen wurde.

Meine Handschellen, durchzuckte es sie.

Eine weitere jähe Bewegung, und sie schlossen sich klickend um ihre Handgelenke.

Carlotta war gefesselt.

VIERUNDFÜNFZIG

Es war stockdunkel um sie herum. Hilflos taumelte sie umher. Da bekam sie einen Stoß und verlor das Gleichgewicht. Sie konnte sich nicht abstützen und fiel auf ihre Schulter.

Carlotta schrie auf.

Dann hörte sie, wie die Axt über den Betonboden scharrte. Das Geräusch fuhr ihr durch Mark und Bein.

Sie rang nach Luft.

Schließlich vernahm sie erneut die Stimme in der Finsternis: »Eine Kriminalpsychologin, ja? Hauptkommissarin dazu? Was für eine beachtliche Karriere.« Es klang verächtlich.

»Wer bist du?«, fragte sie. Mittlerweile war sie sich nicht mehr sicher, ob sie mit ihrem Verdacht richtiglag. Denn diese Stimme war so rau und hasserfüllt, dass sie ihr gänzlich fremd erschien.

»Wer ich bin?«, kam es höhnend zur Antwort. »Willst du es noch immer nicht wahrhaben?«

Die Hände hinterm Rücken gefesselt, Schmerzen in den Armen und Beinen, versuchte sie voller Todesangst, in der Düsternis irgendeinen Schemen auszumachen, doch vergeblich.

Plötzlich verspürte sie einen Lufthauch. Die Axt, durchfuhr es sie.

Entsetzt kauerte sich Carlotta auf dem Boden zusammen.

Polternd schlug die Klinge der Axt dicht neben ihr gegen die Wand. Der Putz bröckelte. Staub wirbelte auf.

»Nein«, schrie sie. »Nein!«

Keuchend erwartete sie den nächsten Schlag.

Doch auf einmal war es totenstill. Nicht einmal Randalls Stöhnen aus dem anderen Kellerraum war zu hören. Wahrscheinlich war er längst verblutet.

Ängstlich harrte sie dessen, was wohl als Nächstes geschah.

Da wurde ein Streichholz angerissen. Der Docht einer Kerze flammte auf. Der schmerzlich vertraute Geruch von Bienenwachs umhüllte sie. Die Kerze wurde vor ihr auf den Boden gestellt.

»Wer ich bin, willst du wissen? Sieh mich an.«

Ihre Augen gewöhnten sich nur langsam an das flackernde Licht. Allmählich machte sie die Umrisse einer Gestalt aus. Die Schuhe steckten in Plastiküberziehern, die Hosenbeine waren blutbespritzt. Carlotta erkannte einen hellen Overall von der Art, wie sie ihn selbst bei Durchsuchungen trug.

Ihr Blick wanderte weiter. Blutflecken auch auf dem Oberkörper. Die Hände in Latexhandschuhen umklammerten den langen Stiel einer Spaltaxt. Frisches Blut an der Klinge.

Das Haar der Person war unter einer weißen Kapuze verborgen.

So hatte sie keine Spuren an den Tatorten hinterlassen. Sie steckte von Kopf bis Fuß in einem Schutzanzug.

Endlich wagte es Carlotta, ihr ins Gesicht zu schauen.

Es fiel ihr schwer, in den verhärmten Zügen einen geliebten Menschen wiederzuerkennen. Der Mund war verkniffen. Die Augen stumpf. Die Wangen eingefallen.

Doch es gab keinen Zweifel.

Aus dem Mädchen, mit dem sie einmal vergnügt herumgetollt war, dem fantasievollen Kind, das die Abenteuer von

Pippi Langstrumpf nachspielte und das Elternhaus in eine Villa Kunterbunt verwandeln wollte, sich eine Meerkatze namens Herr Nilsson als Spielgefährten und ein Pferd auf der Veranda wünschte, war eine Serienkillerin geworden.

Sie erkannte ihre Schwester.

Die Frau mit der Axt war Inga.

Nach einer längeren Pause sprach Carlotta leise ihren Namen aus.

»Bist du überrascht?«, fragte Inga.

»Ich kann es noch immer nicht glauben.«

»Du bist die Nächste«, sagte ihre Schwester mit heiserer Stimme. »Ich hätte dich schon im Wald erledigen sollen. Und danach ist Vater an der Reihe. Auch er muss sterben.«

»Tu das nicht.«

»Glaubst du ernsthaft, dass ich dich verschonen werde?«

»Inga.«

»Du warst nicht für mich da. Du hast einfach weggesehen. Dabei hättest du wissen müssen, was mit mir los war.«

»Ich war noch ein Kind.«

»Das war ich auch.«

»Erzähl mir, was passiert ist.«

»Hast du jemals darüber nachgedacht, warum ich Unmengen von Essen in mich hineingestopft habe?«

»Ich nehme an, du wolltest etwas verbergen. Ich glaube, du hast dich entsetzlich geschämt. Damals war mir das alles noch nicht klar. Heute bereue ich meine Unwissenheit.«

»Den Keim in mir wollte ich verbergen. Den furchtbaren Keim.«

»Inga, es tut mir so leid.«

»Ich war schwanger. Und das als Fünfzehnjährige.«

Carlotta holte Luft. »Und der Vater ist wirklich …?«

»Du hast ihn gerade gesehen. Beziehungsweise das, was noch von ihm übrig ist.«

»Marius Randall hat dich …?«

Inga nickte. »Ja. In seinem Haus in Santa Lucia.«

»Und dann? Was geschah dann?«

»Ich hab die Schwangerschaft lange Zeit geleugnet.«

»Wusste Randall davon?«

»Er hat es wieder und wieder bei mir versucht. Auch hier in diesem Haus. Aber sein kleiner Engel wurde ihm zu dick. Und schließlich hat er es durchschaut. Er hat mir gedroht. Er sagte: ›Ich lasse dich umbringen.‹ Es gebe Menschen, die er dafür bezahlen werde, mich zu töten. Mich und den Rest meiner Familie, wenn ich nur ein Sterbenswort über die Schande verliere. Und obendrein gab er mir die Schuld. Er sagte, ich hätte ihn verführt. Er stellte es tatsächlich so dar, als sei ich das Monster und nicht er.«

»Und das Kind?«

»Er wollte, dass ich es wegmachen lasse. Aber dafür war es zu spät.«

»Wo warst du all die Zeit, Inga?«

»Er hat mich ins Ausland verschleppt. Nach Amsterdam. Dort musste ich das Kind anonym zur Welt bringen. Danach sollte es in die Obhut des Jugendamts gehen.«

»Du wurdest überall gesucht. Es war ein Vermisstenfall. Wie hat er das vertuschen können?«

»Mit Geld. Wie immer mit Unsummen von Geld. Er hat eine Bekannte in Holland dafür bezahlt, dass sie mich in ihrer Wohnung versteckt hielt. Als ich achtzehn wurde, hat er mir gefälschte Papiere besorgt, eine neue Identität verpasst. Auch das hat ihn viel Geld gekostet. Und glaub mir, er hätte einen Killer auf mich angesetzt, wenn ich mich nur in eure Nähe gewagt hätte. Er wollte auch Vater vernichten. Er hat gedroht, dass er ihn aus der Firma rausschmeißen wird. Ich hab jahrelang um mein Leben gefürchtet. Und um das Leben von Marissa.«

»Marissa?«

»Du kennt sie bereits. Mein armes stummes Mädchen.«

»Das Kind, das wir verhaftet haben?«

»Ja. Sie ist meine Tochter.«

»Du hast das Kind behalten?«

»Ja. Ich hab es all die Jahre vor ihm versteckt. Diese Frau in Holland hatte Mitleid mir mir. Ich durfte es bei ihr großziehen. Marissa sollte nicht in die Hände von Fremden geraten. Ich wollte sie beschützen. Wir beide lebten immerzu in großer Angst.«

»Marissa ist also …?«

»Sie ist deine Nichte. Siebzehn Jahre alt, obwohl sie viel jünger aussieht.«

FÜNFUNDFÜNFZIG

Carlotta starrte sie an.
Nach einer Pause sagte sie leise: »Egal was du getan hast, du bist meine Schwester. Und das wird immer so bleiben.«

»Hör auf damit. Es gibt keine Liebe für mich. Schon lange nicht mehr.«

»Es tut mir unendlich leid, was dir widerfahren ist.«

»Nun kennst du die Wahrheit. Und musst sterben.« Inga ließ die Klinge über den Boden scharren und war im Begriff, die Axt in die Höhe zu stemmen.

Carlotta duckte sich weg. »Warte!«

Ihre Schwester hielt inne, blickte abschätzig auf sie herab. »Glaubst du etwa, ich habe Mitleid mit dir?«

»Wo ist deine Tochter jetzt?«

»Du willst es hinauszögern. Ich durchschaue dich. Das sind nur Tricks.«

»Geht es Marissa halbwegs gut? Ist sie in Sicherheit?«

»Mach dir um sie keine Sorgen.«

»Weiß sie von deinen Morden?«

»Natürlich weiß sie es.«

»Sie ist noch ein Kind.«

»Ich kümmere mich um sie. Trotz allem bin ich eine gute Mutter. Ihr wird niemals mehr ein Leid geschehen.«

»Mein Kollege hat sie in Schönfließ verhaftet. Was hatte sie dort zu suchen?«

»In der Nähe gibt es ein wunderschönes Haus mit einem großen Garten.«
»Wem gehört das Haus?«
Inga packte den Stiel der Axt fester. »Genug geredet.«
»Bevor du mich umbringst, will ich jede Einzelheit wissen.«
Sie stieß einen verächtlichen Laut aus. »Was hast du denn noch davon?«
»Ich möchte meine Schwester verstehen. Meine geliebte Schwester, die ich seit Jahren vermisse. Ich will begreifen, warum sie zu einer Serienmörderin wurde.«
»Du bist Psychologin. Du willst mich nur durchleuchten.«
»Rede, Inga. Leg die Axt weg und sprich mit mir.«
»Nein, Carlotta. Du wirst mich nicht überlisten.«
»Das ist auch nicht meine Absicht. Sprich mit mir. Und danach kannst du tun, wonach dir ist.«
»Mir ist danach, dir den Schädel zu spalten.«
»Woher dieser Hass?«
»Du hast Karriere gemacht. Mir war nichts dergleichen vergönnt.«
»Wem gehört das Haus bei Schönfließ, von dem du sprachst?«
»Einem Mann.«
»Wie heißt er?«
»Sein Name war Constantin Frey.«
»Ist er etwa auch tot?«
»Ja. Er war der Erste, den ich umgebracht habe.«
»Warum? Was hat er dir angetan?«
»Ich lernte ihn in Holland kennen, als Marissa dreizehn war. Ich lebte unter einem anderen Namen. Dafür hatte Randall ja gesorgt. Ich habe eine Ausbildung zur Gärtnerin gemacht.«
»Du hast die Natur schon immer geliebt.«

»Mag sein. Jedenfalls verdiente ich meinen Lebensunterhalt damit, die Gärten reicher Leute zu pflegen. Marissa half mir dabei. Sie hat nie eine Schule besucht. Ich hab sie selbst in allem Nötigen unterrichtet.«

»Sie ist sehr klug. Ich hab versucht, mit ihr zu sprechen. Trotz ihrer Neigung zum Mutismus ahnte ich ihre hohe Intelligenz. Und sie ist eine überaus begabte Zeichnerin.«

»Mutismus, ja?«

»Das ist der Fachbegriff für diese Störung.«

»Marissa ist nach und nach verstummt. Und das hat mir Kopfzerbrechen bereitet.«

»War dieser Constantin Frey daran schuld?«

»Ja. Er war einer der Reichen, um dessen Garten ich mich gekümmert habe. Ein deutscher Geschäftsmann in Holland. Er hat sich frühzeitig zur Ruhe gesetzt. Er lud mich mehrmals in sein Haus ein, war sehr nett zu mir. Seine Frau war jüngst verstorben. Er wirkte sehr einsam auf mich. Ich mochte ihn. So kamen wir uns näher. Er gab mir Halt. Auch Marissa schien sich anfangs in seiner Nähe wohlzufühlen.«

»Hat er dir Versprechungen gemacht?«

»Er wollte mich heiraten.«

»Hast du eingewilligt?«

»Nein. Aber ich blieb bei ihm. Ich sehnte mich nach Schutz. War permanent in Angst vor Marius Randall. Doch auch ich wollte ein Leben haben. Und bei Constantin fühlte ich mich zumindest für eine Weile sicher.« Sie holte tief Luft. »Eines Tages erzählte er mir, dass er noch ein Haus in Deutschland besitze, ausgerechnet in der Nähe von Berlin. Er fragte mich, ob ich mir den Garten mal anschauen wolle.«

»Ist es das Haus in der Nähe von Schönfließ, das du erwähnt hast?«

»Ja. Wir fuhren zu dritt dorthin. Der Garten ist wie ein

Paradies. Damals war er noch recht verwildert. Doch fortan sorgte ich dafür, dass er prächtig gedeihen konnte. Ich verliebte mich in dieses Stück Erde. Glaubte, meinen Frieden dort zu finden. Schließlich ließen wir uns dauerhaft bei Schönfließ nieder. Wir waren eine Art Familie. Lebten insgesamt drei Jahre zusammen. Es war ein trügerisches Glück.«

»Dein Wohnort war also in den letzten drei Jahren nur einige Kilometer von mir entfernt?«

»Ja.«

»Inga. Warum bist du nie zu mir gekommen?«

»Aus Angst. So ein Gefühl brennt sich tief in dein Gehirn ein. Ich musste mich noch immer vor Randall verstecken. Ständig war ich vor ihm auf der Hut. Ich konnte nachts nicht schlafen, hatte Albträume. Und ich wusste, dass ich Vater und dir völlig entfremdet war. Ihr hattet mich doch sicherlich längst abgeschrieben.«

»Nein.«

»Mach mir nichts vor, Carlotta.«

»Vater glaubte vielleicht nicht immer daran, aber ich …« Inga unterbrach sie schroff. »Für euch beide war ich tot.«

»Das ist nicht wahr.«

»Du hast also ernsthaft an meine Rückkehr geglaubt?«

»Ich hab nie ganz ausgeschlossen, dass ich dich irgendwann wiederfinden würde.«

»Egal. Ich habe nur äußerst selten Ausflüge nach Berlin unternommen. Aber ich wusste, wo du wohnst. Stand sogar manchmal vor deiner Tür. In schwachen Momenten stellte ich mir vor, wie es wäre, wenn wir uns wiedersehen.«

»Hättest du nur den Mut dafür aufgebracht.«

»Ich hielt es für sinnvoller, mich wieder in meinem fernen Garten zu verkriechen. Hinter den hohen Hecken fühlte ich mich halbwegs geschützt.«

»Und dann? Was ist passiert?«

»Allmählich bemerkte ich, wie sich Marissa veränderte. Ihre Zeichnungen wurden immer morbider. Sie entwarf krude Comicstrips, wahre Horrorgeschichten. Und sie sprach nicht mehr. Kein Wort war aus ihr herauszubekommen. Zudem übernahm sie meine Angewohnheit, sich die Ohren mit Wachs zu verschließen. Da kam mir ein furchtbarer Verdacht.«

»Das Trauma hat sich wiederholt?«

Inga nickte. »Es wurde an die nächste Generation weitergegeben. Und das erschien mir wie ein Fluch.«

»Constantin Frey war ein Pädearast?«

»Ja. Ich hasse mich noch immer dafür, dass ich auf ihn hereingefallen bin. Aber er hat es auch äußerst geschickt angestellt. Er hat mich lange umgarnt und mir seine Liebe vorgetäuscht, um endlich an sein wahres Ziel zu gelangen. Meine Tochter.«

»Wie konnte er es so lange vor dir verbergen?«

»Ich nahm Schlaftabletten. Anders fand ich keine Ruhe. Eines Nachts verzichtete ich darauf. Und so fand ich es heraus. Constantin hat sich regelmäßig in Marissas Zimmer geschlichen. Er war lediglich an jungen Mädchen interessiert. Die Verbindung mit mir ist er nur eingegangen, um an Marissa heranzukommen.«

»Darum hast du ihn umgebracht.«

»Ja, Schwesterherz«, erwiderte sie sarkastisch. »So war es.«

»Die Zähne in den Wachsgebilden …?«

»Sie sind von ihm. Ich hab sie ihm einzeln herausgebrochen.«

»Und nach deinem ersten Mord musstest du weitertöten.«

»Ganz genau, Frau Kriminalpsychologin«, stieß sie verbittert hervor.

»Wieso das Cube? Wie bist du auf diesen Club gestoßen?«

»Ich denke, du ahnst es bereits.«

»Constantin Frey war häufig dort zu Gast?«

»Ja. Bevor in mir der Plan heranreifte, ihn zu töten, hab ich ihn einige Zeit beobachtet. Ich bin ihm nachgefahren. Er sagte mir, er wolle Freunde besuchen. Nannte es ›seine Skatabende‹. Wie ich herausfinden musste, waren es wahrlich interessante Spieleabende. Er, Martin Schild und dieser Torsten Stolzhagen kannten sich. Sie haben sich im Cube kennengelernt. Gelegentlich haben sie gemeinsam Partys veranstaltet und sich dafür die Dienste dieser armen Mädchen erkauft. Reiche Männer, die meinen, für Geld alles zu bekommen.«

»Warum mussten die Frauen sterben?«

»Sie haben weggesehen, Carlotta, so wie du. Du bist zwar Psychologin geworden, aber für das Schicksal deiner Schwester warst du blind.«

»Ich sagte doch bereits, ich war damals selbst noch ein Kind.«

»Hättest du auf meine SMS geantwortet und wärst du nur rechtzeitig gekommen, hättest du mich vielleicht noch vor Marius Randall retten können. Vor ihm und all den anderen Kerlen in dieser verdorbenen Welt. Aber du hast mich nicht beachtet. Immer standst du im Mittelpunkt. Bei unserer Mutter und auch bei unserem Vater. Nie hast du mir Fragen gestellt. Ich war dir letztlich egal.«

»Das stimmt nicht.«

»Du hättest merken müssen, was mit mir los war.«

»Inga, es tut mir leid, wenn ich …«

»Nun ist es zu spät.«

Carlotta starrte sie an. »Warum eigentlich Victor Breitling?«

»Er hat dich bedrängt und betäubt, und das musste bestraft werden.«

»Du warst in dem Club? In der Nacht, als ich tanzen war?«
»Ja. Ich bin dir gefolgt. Ich war auch in deiner Wohnung. Wenn ich will, kann ich jedes Schloss knacken, ohne Spuren zu hinterlassen.«

»Du hast mir das Stofftier um den Hals gehängt und mich mit Wachs markiert, während ich hilflos und betäubt war?«

Inga nickte.

»Warum nur? Wir sind doch Schwestern.«

»Nicht mehr. Für mich bist du nur noch jemand, der gekillt werden muss.«

Carlotta war fassungslos. »Inga!«, stieß sie erstickt hervor.

Doch ihre Schwester sah eiskalt auf sie herab. »Ich hab auch mein Zeichen an dem Baugerüst hinterlassen. Ich erfuhr von dem schrecklichen Selbstmord der Jugendlichen aus den Nachrichten. Du hättest diesem Mädchen namens Tammy helfen müssen.«

»Ich hab es versucht.«

»Du hast versagt.«

»Sei nicht so selbstgerecht!« Ein Zittern durchlief ihren Körper. Dann fragte sie: »Warst du es eigentlich, die Tammy zur Flucht aus dem Cube verholfen hat?«

»Ja. Nur leider vergeblich. Die Befreiungsaktion lief aus dem Ruder. Tammy war von den Drogen, die man ihr verabreicht hatte, völlig neben sich. Sie ist aus dem Parkhaus gerannt, ohne dass ich noch etwas für sie tun konnte.«

»Du warst in diesem Parkhaus, in dem die Mädchen wie Ware angeboten wurden?«

»Genau.«

»Auch ich war dort. Undercover. Ich hab mich als Freier ausgegeben. Getarnt als Mann.«

»Das war auch mein Trick. Wir sind uns trotz allem recht ähnlich, Carlotta. Wenn wir uns etwas in den Kopf gesetzt haben, ziehen wir es gnadenlos durch. Mein Ziel ist es, all diese Mädchen zu befreien. Straßenkinder aus Berlin. Jugendliche aus Osteuropa. All die verlorenen Seelen. Ich habe noch viel vor mir. Du jedoch arbeitest auf der falschen Seite. Die Polizei kann nichts gegen die Verbrechen ausrichten, die täglich an diesen Kindern verübt werden.«

»Ich habe immerhin dafür gesorgt, dass das Cube hochgenommen wurde.«

»Das ist der falsche Weg. Hass kann nur mit Hass beantwortet werden. Sämtliche Freier aus diesem Club sollen sterben.«

»Du bist verrückt.«

»Sei jetzt still.« Sie hob die Axt.

Carlotta krümmte sich auf dem Boden zusammen. »Warte. Eines muss ich noch wissen.«

»Was?«

»Tammy gab sich als Annabel Lund aus. Weißt du etwas über Annabel?«

Ein teuflisches Lächeln glitt über das Gesicht ihrer Schwester. »Sie ist bei mir.«

Carlotta traute ihren Ohren nicht. »Wie bitte?«

»Annabel wurde damals gar nicht gekidnappt. Sie ist von zu Hause abgehauen. Ihr Vater ist ihr zu nahe gekommen. Sie war angewidert von ihm und hatte furchtbare Angst. Auch Annabel hat eine Weile auf der Straße gelebt. Doch nach einiger Zeit geriet sie ebenfalls in die Fänge von dem Cube-Betreiber Siegfried Degen. Mir ist es zu verdanken, dass sie befreit wurde.«

»Wie hast du das angestellt?«

»Wie schon bei dem Versuch, Tammy da herauszuholen, gab ich mich im Cube als Freier aus.« Sie streifte ihre Kapuze ab. Auch sie hatte sich das Haar kurz geschoren. »Ich kann handeln wie ein Kerl. Manchmal denke ich sogar wie ein Macker. Du musst überzeugend auftreten, dann kommst du an dein Ziel.«

Sie ist genauso wie ich, dachte Carlotta. Nur viel extremer. Siebzehn Jahre in Angst. Und dann eine verhängnisvolle Begegnung mit einem Mann, dem sie vertraute. Das entsetzliche Leid schien ihr den Verstand geraubt zu haben.

Was konnte sie nur tun? Was noch sagen, um sie zur Vernunft zu bringen?

»Auf diese Weise gelang es mir, Annabel zu retten«, fuhr Inga fort. »Es war nicht ganz einfach, wegen der Bewacher, die für das Cube arbeiten. Aber es ist mir geglückt.«

»Wir sind uns wirklich sehr ähnlich. Aber du … Inga, du hast es gewaltig überzogen. Und ich flehe dich an. Hör an dieser Stelle auf. Wirf die Axt weg. Du musst diese Rachsucht stoppen. Sie frisst dich innerlich auf.«

»Ich tue das Richtige. Ich morde für diese armen Kinder. Bedauerlich, dass ich Tammy nicht retten konnte. Bei ihr ist es mir nicht gelungen. Aber glaub mir, all die anderen werde ich noch befreien, und du wirst mich nicht davon abhalten.«

»Es ist gibt andere Lösungen. Und weitaus bessere. Das Cube wird geschlossen. Die Verantwortlichen erhalten ihre gerechte Strafe, sie gehen in den Knast.«

»Du bist verblendet, Carlotta. Siehst du denn nicht, was ich bisher erreicht habe? Ich sorge für Annabel wie eine Mutter. Auch für Tammy wäre ich da gewesen. Nur leider hatte sie keine Hoffnung mehr. Offenbar wusste sie nicht, dass Annabel längst in Sicherheit ist. Denn das wäre auch ihr Ausweg gewesen.«

»Das ist kein Ausweg. Annabel ist bestimmt schwer traumatisiert. Sie braucht dringend Hilfe.«

»Sie ist schon seit längerer Zeit bei uns. Seitdem ich Constantin umgebracht habe, hat sie ein neues Zuhause bei Marissa und mir. Und sie erholt sich von all dem, was sie durchmachen musste. Sie will bei uns bleiben.«

»Du lässt ihr ja keine andere Wahl«, erwiderte Carlotta empört. »Du hältst sie gefangen.«

»Bei mir hat sie es gut. Sie darf täglich hinaus in meinen Paradiesgarten. Ich beschütze sie vor dieser bösen Welt. Noch viele weitere Kinder sollen in meinem Garten spielen. Gebrochene Mädchen, deren Wunden bei mir heilen sollen. Ich will eine gute Mutter für sie sein. Für sie alle. So wie ich es auch für Marissa bin.«

»Inga. Überleg doch nur mal, was du allein bei Marissa angerichtet hast. Sie hat sich in der Nähe eines Tatorts aufgehalten. Wahrscheinlich wollte sie dich vom Morden abbringen. Noch kannst du den Wahnsinn stoppen. Wenn du jetzt aufgibst, werde ich mich beim Staatsanwalt für dich einsetzen.«

»Es gibt kein Zurück, Carlotta. Die Zeit der Unschuld ist längst vorbei.«

Entschlossen wuchtete Inga die Axt in die Höhe und holte zum finalen Schlag aus.

Carlotta ahnte, dass dies die letzte Sekunde ihres Lebens war.

SECHSUNDFÜNFZIG

MITTWOCH, 28. SEPTEMBER, ZWEI STUNDEN ZUVOR

Trojan hielt sein Mobiltelefon in der Hand. »Hallo? Carlotta? Sind Sie noch dran?«

Doch sie hatte aufgelegt. Er wählte sofort ihre Nummer und rief sie zurück. Allerdings meldete sich bloß die Mailbox.

»*Lassen Sie mir bitte noch etwas Zeit*«, hatte sie gerade eben zu ihm gesagt. »*Ich muss dringend über einen anderen Aspekt nachdenken.*«

»*Was für einen Aspekt?*«

»*Etwas Persönliches.*«

»*Im Zusammenhang mit der Mordserie?*«

»*Leider ja.*«

In seinen Fingern kribbelte es. Der Täter weist auf das Kinderbuch von Astrid Lindgren hin, dachte er. Carlotta hatte es entschlüsselt. Ein Geniestreich.

Aber sie schien noch mehr zu wissen.

Er versuchte erneut, sie zu erreichen. Jedoch vergeblich.

»*Ich muss einen Moment ausruhen, um einen klaren Kopf zu bekommen.*«

»*Sagen Sie mir wenigstens, wo Sie sind.*«

»*Ich rufe Sie am frühen Morgen an.*«

Das waren ihre letzten Worte gewesen, bevor sie das Telefonat abrupt beendet hatte.

Warum musste sie nur so eigenwillig sein?

Landsberg trat auf ihn zu. Die Spurensicherung in der Villa von Siegfried Degen war in vollem Gange.

Der Chef verwickelte ihn in ein längeres Gespräch. Trojan sollte ihm Einzelheiten liefern. Es dauerte annähernd dreißig Minuten, bis Nils ihn über das Notwendige in Kenntnis gesetzt hatte.

»Und wo ist unsere Profilerin?«, fragte Landsberg kühl. »Nimmt sie sich wieder Sonderrechte heraus?«

»Chef, wir haben ihr viel zu verdanken. Sie ist speziell, aber überaus effizient. Und jetzt entschuldige mich bitte.«

Er wandte sich ab, verließ den Tatort und eilte zu seinem Dienstwagen. Er stieg in den BMW und dachte nach.

Etwas Persönliches. Im Zusammenhang mit der Mordserie. Außerdem hatte sie erwähnt, dass sie dringend mit jemandem sprechen musste.

Mit wem nur?

Er erinnerte sich daran, wie er sie erst kürzlich gefragt hatte: »*Könnte Ihnen der Mörder in seinem früheren Leben schon einmal begegnet sein?*«

Sie hatte mit den Schultern gezuckt.

Daraufhin hatte er gesagt: »*Das Stofftier um Ihren Hals, das X aus Wachs auf Ihrem Körper. Ein Zeichen und eine Warnung. Von Anfang an ging es um Sie persönlich.*«

»*Das mag ja sein. Aber es ist mir schleierhaft, warum.*«

Doch jetzt hat sie einen konkreten Verdacht, durchfuhr es ihn. Und dem geht sie nach. Sie ist sich noch unsicher. Womöglich ist sie befangen. Darum will sie mich aus der Sache heraushalten.

Kurz entschlossen rief er im Kommissariat an. Das gesamte Team der fünften Mordkommission war vor Ort in Zehlendorf, deshalb ließ er sich mit einer anderen Dienststelle verbinden. Eine Mitarbeiterin, deren Namen ihm nicht geläufig war, bat er um die Meldedaten von Carlotta Weiss.

Kurz darauf sagte die Kollegin am Telefon: »Sie wohnt in Prenzlauer Berg, in der Bötzowstraße.«

»Das weiß ich bereits. Hat sie Angehörige?«

»Ihre Mutter ist tot. Der Vater lebt noch. Und über ihre Schwester ... einen Moment ...«

Schweigen am anderen Ende. Er hörte das Klappern einer Computertastatur.

Danach wurde das Gespräch fortgesetzt. »Zu ihrer Schwester Inga Weiss liegt eine ältere Vermisstenanzeige vor. Sie ist seit siebzehn Jahren verschollen.«

Trojan runzelte die Stirn. Er fand es merkwürdig, dass Carlotta nichts davon erwähnt hatte.

Allerdings neigte sie ohnehin nicht dazu, viel von ihrem Privatleben preiszugeben.

»Wie heißt der Vater?«, fragte er.

»Gerhard Weiss.«

»Lebt er in Berlin?«

»Ja.«

»Geben Sie mir seine Adresse.«

Es war ein Haus in Dahlem, nicht weit von Degens Villa entfernt.

Als Trojan aus seinem Dienstwagen stieg, kribbelte es noch heftiger in seinen Fingern. Ein für ihn beinahe untrügliches Zeichen dafür, dass er auf der richtigen Spur war.

Dennoch hoffte er, dass er nicht falschlag. Sein Instinkt sagte ihm, dass er sich beeilen musste.

Er klingelte am Gartentor.

Kurz darauf wurde er eingelassen, was ihn zu der nächtlichen Uhrzeit überraschte.

Er durchschritt den Vorgarten. Ein gut aussehender Mann in den Sechzigern, mit einem blauen Bademantel bekleidet, öffnete ihm die Tür. Es hatte nicht den Anschein, als sei er soeben aus dem Schlaf gerissen worden. Im Gegenteil, er wirkte hellwach.

Nils zückte seinen Dienstausweis und kam gleich zur Sache: »Trojan, Kriminalpolizei. Sind Sie Gerhard Weiss?«

»Ja. Was wollen Sie?«

»Ich bin auf der Suche nach Ihrer Tochter.«

»Carlotta?«

»Ja. Ich bin ein Kollege von ihr. Können Sie mir sagen, wo Sie ist?«

»Worum geht es denn?«

»Aus ermittlungstechnischen Gründen darf ich Ihnen keine Einzelheiten nennen. Nur so viel: Carlotta und ich sind mit den Ermittlungen in einer höchst brisanten Mordserie beschäftigt. Ihre Tochter ist heute Nacht von einem Tatort verschwunden. Ich vermute, dass Sie in privaten Schwierigkeiten steckt, die überdies mit den Mordfällen zu tun haben könnten.«

Gerhard Weiss schüttelte den Kopf. »Ich will damit nicht belästigt werden.«

Er war im Begriff, die Tür zu schließen, doch Trojan stellte seinen Fuß dazwischen.

»Sie verheimlichen mir etwas. Das sehe ich Ihnen an.«

Carlottas Vater schwieg.

»Ist sie hier?«

»Nein.«

»Irgendeine Ahnung, wo sie sich aufhalten könnte?«

Erneutes Schweigen.

»In Carlottas Interesse sollten Sie sich als kooperativ erweisen.«

»Ist sie denn in Gefahr?«

»Sagen *Sie* es mir.«

Weiss war offenbar irritiert. Nach einer Weile stieß er die

Luft aus. »Also schön. Sie war vor Kurzem bei mir. Sie ist mit dem Taxi weggefahren.«

»Wohin?«

»Das geht Sie nichts an.«

»Wollen wir das auf dem Revier klären?«

»Was erlauben Sie sich eigentlich?«

»Ich kann Sie vorläufig festnehmen.«

»Und was liegt gegen mich vor?«

Trojan packte ihn am Kragen seines Bademantels. »Wie viel bedeutet Ihnen das Leben Ihrer Tochter eigentlich?«

Weiss riss sich von ihm los. »Meine Familie hat nichts mit dieser Mordserie zu tun.«

Trojan wurde hellhörig. »Darüber hat Carlotta also mit Ihnen gesprochen?«

Der andere senkte den Blick. »Sie war sehr aufgewühlt. Aber ich glaube, sie irrt sich.«

Nils trat dicht an ihn heran. »Reden Sie!«

Weiss verschränkte die Arme vor der Brust. »Sie will mit meinem Geschäftspartner sprechen. Aber glauben Sie mir, das sind reine Privatangelegenheiten.«

»Wie heißt Ihr Geschäftspartner?«

»Marius Randall.«

»Wo wohnt er?«

Carlottas Vater machte eine abwehrende Geste. »Von mir erfahren Sie nichts mehr.«

Trojan hatte genug von ihm.

Im Auto telefonierte er erneut mit dem Kommissariat. Eine Minute später hatte er Randalls Adresse.

Trojan raste in seinem BMW über die Clayallee und den Hohenzollerndamm. Dort bog er auf die Stadtautobahn ein und beschleunigte.

Am Dreieck Charlottenburg scherte er auf den rechten Fahrstreifen aus und jagte in Richtung Tegel. An der Ausfahrt Schulzendorfer Straße nahm er ein wenig den Fuß vom Gas.

Sein Blaulicht zuckte durch die Nacht.

Mit quietschenden Reifen bog er in die Straße Am Dachsbau ein. Je mehr er sich dem Ziel näherte, desto stärker wurde das Kribbeln in seinen Fingern.

Er schaltete die Sirene aus und löschte das Blaulicht, verlangsamte und bog in die nächste Straße ein.

Das Zifferblatt auf den Armaturen zeigte 4:43 Uhr an, als er vor Randalls Haus hielt.

Es war in völlige Dunkelheit getaucht.

Er stieg aus und eilte auf den Eingang zu.

Im Schein seiner Maglite erkannte er, dass das Schloss aufgebrochen war. Er trat ein.

Fünf Minuten später erfasste der Strahl seiner Stableuchte den halb zerstückelten Leichnam einer Frau im oberen Stockwerk.

Zurück im Erdgeschoss griff er zu seinem Handy, um Verstärkung anzufordern.

In diesem Moment wurde er stutzig.

Er vernahm gedämpfte Geräusche. Es klang wie ein verhaltenes Stimmengewirr.

Trojan näherte sich der Kellertreppe.

SIEBENUNDFÜNFZIG

Carlotta warf sich herum. Das Kerzenlicht flackerte. Sie spürte den Lufthauch. Die Klinge der Axt verfehlte ihren Kopf nur um Zentimeter. Sie sah zu Inga auf. Das Gesicht ihrer Schwester war verzerrt.

Die Pistole, dachte sie. Ihre Sig Sauer lag auf dem Boden, nur drei Meter von ihr entfernt. Doch mit den auf ihrem Rücken gefesselten Händen war es ihr unmöglich, die Waffe zu ergreifen.

Sie schrie, als sie den nächsten Schlag kommen sah. Sie rappelte sich auf und sprang weg.

Ein Krachen, und die Axt schlug gegen die Wand.

Inga holte erneut aus. Carlotta wollte vorpreschen und ihrer Schwester den Kopf in den Bauch rammen, doch schon sauste die Axt auf sie zu.

Im letzten Augenblick konnte sie zur Seite hechten.

Drei Sekunden später, und Inga stand breitbeinig vor ihr, die Axt in die Höhe gestemmt.

Das ist das Ende, durchfuhr es Carlotta.

Die Klinge schnellte auf sie zu. Sie duckte sich weg.

Plötzlich dröhnte es in ihren Ohren.

Ein Knall.

Sie fand sich auf dem Boden wieder.

Ihr Herzschlag raste.

Wo war Inga?

Wieder knallte es. Das war die Munition einer Pistole.

Plötzlich machte sie einen Lichtstrahl aus.

»Kriminalpolizei!«, brüllte jemand.

Der dritte Schuss schlug in der Wand ein.

Carlotta schaute zu ihrer Schwester hin. Sie war am Bein verletzt. Eine Schusswunde, aus der Blut sickerte. Sie krümmte sich auf dem Boden. Jemand war bei ihr und legte ihr Handschellen an.

Carlotta begann zu zittern. Folge des Adrenalins in ihrem Blut.

Nur ein Schock, versuchte sie sich zu beruhigen.

Ihre Schwester schrie, fluchte, ihr stand Schaum vorm Mund.

Carlotta wollte etwas sagen, doch ihre Stimme brach.

Sie rang nach Luft.

Dann blickte sie zu der Gestalt auf, die plötzlich in den Keller gestürmt war und geschossen hatte.

Da erst erkannte sie den Mann mit der Sig Sauer in der Hand.

»Nils«, murmelte sie.

Trojan kniete neben ihr nieder. »Carlotta. Sind Sie verletzt?«

»Es ist okay.«

»Wer ist diese Frau?«

Sie zitterte nun am ganzen Körper.

Er versuchte, ihre Handschellen zu lösen.

»Wer ist es?«, fragte er noch einmal.

Es brauchte eine Weile, bis sie wieder zu Atem gekommen war.

Schließlich erwiderte sie leise: »Ein Mensch, den ich noch immer liebe.«

EPILOG

Vier Wochen später

Es war ein strahlender Oktobernachmittag. Das Laub der Bäume in dem parkähnlichen Garten hatte sich verfärbt. Das Haus mit der farbenfroh getünchten Fassade, den Erkern und zwei Türmen leuchtete im schräg stehenden Sonnenlicht auf.

Es machte einen friedlichen Eindruck. Jedes Mal wenn sie hierherkam, und das war oft in letzter Zeit, musste Carlotta an die Villa Kunterbunt aus einem gewissen Kinderbuch denken. Vielleicht war dies ja letztlich ein guter Ort für die zwei Jugendlichen, die sie besuchen wollte. Beide Mädchen hatten beschlossen, sich in dem Heim in Kladow ein Zimmer zu teilen.

Langsam ging sie auf den Eingang zu. Heute war endlich ein schmerzfreier Tag für sie. Die Fleischwunde an ihrem Arm war nahezu verheilt. Auch die nächtlichen Albträume, die sie seit dem Vorfall in dem Keller in Heiligensee verfolgten, ließen allmählich nach. Die Traumbilder verblassten, die Flashbacks der Todesangst verloren an Schärfe.

Jeden Morgen nach dem Aufwachen beschloss sie, ihr Tagwerk in kleinen Schritten anzugehen und mutig nach vorn zu schauen. Es gab Menschen, die es im Augenblick schwerer hatten als sie. Und um die wollte sie sich kümmern. Deshalb fuhr sie häufig mit ihrem Bulli in diese Gegend an der Havel im Nordwesten von Berlin.

Am Vormittag noch war sie im Zoo gewesen, um Floyd

einen Besuch abzustatten. Leider war es im Pinguinhaus recht voll gewesen, dennoch hatte sie sich einen Weg an die Panzerglasscheibe bahnen können, vorbei an lärmenden Kindern und ihren Eltern. Wieder einmal war es ihr vorgekommen, als habe der Königspinguin sie sogleich erkannt und sei allein deshalb freudig auf sie zugeschwommen.

Sie beschloss, ihn ein anderes Mal aufzusuchen, wenn es leerer war und sie ihm alles erzählen konnte, was sie erlebt hatte. Aber letztlich fühlte sie sich nicht mehr so einsam und verloren wie noch vor ein paar Wochen.

Denn nun hatte sie eine wichtige Aufgabe und das Gefühl, gebraucht zu werden. Und zwar nicht als Ermittlerin, sondern als Mensch.

Sie betrat das Gebäude und meldete sich bei der Leiterin der Einrichtung in deren Büro. Karin Herald, eine wohlig korpulente Frau in den Vierzigern mit einem freundlichen Gesicht, begrüßte sie lächelnd.

»Hallo, Frau Weiss.«

»Guten Tag.«

Carlotta ließ das übliche Eingangsgeplänkel über sich ergehen. Small Talk war noch immer nicht ihre Stärke.

Schließlich fragte sie: »Wie geht es den beiden?«

»Den Umständen entsprechend ganz gut. Annabel ist erstaunlich gefasst. Marissa hat – nun ja – ihre Schwierigkeiten bei der Eingewöhnung, aber ich bin zuversichtlich, dass sie bald mehr Vertrauen fassen kann.«

»Spricht sie mit Ihnen?«

»Eigentlich nicht.«

»Wirkt sie sehr apathisch?«

»Oftmals, ja.«

»Und Annabel will tatsächlich nicht zu ihrer Mutter zurück?«

»Nein. Sie kann es ihr nicht verzeihen, dass sie von den sexuellen Übergriffen des Vaters nichts mitbekommen haben will.«

»Wir haben Annabels Vater verhaftet.«

»Das ist gut so. Und ich kann nachvollziehen, dass Annabel wohl noch einige Zeit braucht, bis sie bereit ist, sich mit ihrer Mutter auszusprechen.«

»Sie ist jetzt neunzehn. Ich finde es richtig, dass sie ihre eigenen Entscheidungen trifft.«

Karin Herald nickte. »Sie will ihr Abitur nachholen. Schritt für Schritt möchte sie sich ihr Leben zurückerkämpfen.«

»Sie scheint sehr stark zu sein.«

»Ja. Sie nimmt regelmäßig an den Einzelgesprächen und der Gruppentherapie teil.«

»Und Marissa? Ist sie bereit für psychologische Unterstützung?«

Frau Herald wiegte den Kopf. »Sie braucht wohl etwas länger.«

»Das hatte ich befürchtet.«

»Machen Sie sich nicht zu viele Sorgen. Marissa wird es schaffen. Ihre Therapeutin nimmt sich sehr viel Zeit für sie.«

»Gut.«

Carlotta zögerte. Auf der Fahrt hierher war sie noch fest entschlossen gewesen, es zur Sprache zu bringen. Doch auf einmal kamen ihr Zweifel. Würde sie das Vorhaben durchziehen können? War sie nicht viel zu verschroben dafür?

Die Heimleiterin lächelte sie an: »Möchten Sie mir etwas mitteilen?«

»Ja.«

»Nur zu.«

Sie holte Luft. »Wissen Sie, ich habe wirklich ernsthaft darüber nachgedacht, ob ich nicht ...« Sie brach ab.

Karin Herald sah sie freundlich an.

Schließlich vollendete Carlotta ihren Satz »… das Sorgerecht für meine Nichte übernehmen sollte.«

»Lässt sich das denn mit Ihrem Beruf vereinbaren?«

»Wie meinen Sie das?«

»Sie sind doch oftmals im Dauerdienst. Soweit ich informiert bin, müssen Kripoleute zum Teil rund um die Uhr ermitteln.«

»Andere Kollegen haben auch Familien. Der Job ist hart, aber es gibt ein Privatleben.«

Karin Herald legte die Stirn in Falten. »Sie sollten sich das auf jeden Fall in Ruhe überlegen. Sie müssen nichts überstürzen. Marissa hat es gut bei uns. Alles braucht seine Zeit.«

»Marissas Mutter, meine Schwester, wird höchstwahrscheinlich zu einer lebenslangen Haftstrafe verurteilt.«

»Das ist mir bekannt.«

»Meine Nichte hat also nicht nur mit diesem Trauma zu kämpfen, sondern auch mit den Vorfällen aus der Vergangenheit. Sie wurde nicht aus Liebe geboren. Und ich würde ihr diese Liebe gern … zeigen … wenn ich es nur irgendwie kann.«

»Ihre Mutter hat ihr Liebe gegeben. Auch wenn sie eine Serienmörderin ist.«

»Glauben Sie das wirklich?«

»Ich denke schon.« Nach einer Pause fügte die Sozialarbeiterin hinzu: »Marissa freut sich über Ihren Besuch. Jedes Mal.«

»Tatsächlich?«

»Ja. Sie sind jetzt schon für sie da. Mit all der Liebe, zu der Sie fähig sind. Also gehen Sie zu ihr. Sie kennen ja den Weg.«

Carlotta klopfte an die Tür im dritten Obergeschoss.

»Ja?«, meldete sich eine Stimme dahinter.

Sie trat ein.

Das Zimmer war lichtdurchflutet. Durch die Fenster gab es einen herrlichen Blick in den Garten.

Annabel Lund saß auf dem Bett an der rechten Wand. Ihr Haar war nicht mehr pechschwarz gefärbt wie an dem frühen Morgen nach Ingas Verhaftung, als Carlotta und Trojan sie aus dem Haus in der Gegend von Schönfließ befreit hatten. Es war wieder natürlich brünett. Und auch ihr Gesicht war längst nicht mehr so schmal und ausgemergelt wie noch vor vier Wochen, als die Polizeibeamten sie zusammen mit Marissa in Sicherheit gebracht hatten.

Wer nicht wusste, was sie in den letzten fünf Jahren seit ihrem Verschwinden durchgemacht hatte, könnte sie für einen gewöhnlichen Teenager halten, dunkle Augen, ein paar Sommersprossen, scheues Lächeln.

»Hallo«, sagte Carlotta zu ihr.

»Guten Tag, Frau Weiss«, erwiderte sie förmlich. Auf Carlottas Angebot, sie zu duzen, war sie schon bei ihren letzten Treffen nicht eingegangen.

Carlotta schaute zu ihrer Nichte, die auf dem Bett an der linken Wand saß. Ihr Haar war noch immer so verstrubbelt wie bei ihrer ersten Begegnung, ihr Blick wach und lauernd wie gewohnt.

»Hallo, Marissa«, sagte sie.

Es entstand ein Schweigen, das ihr unangenehm war.

Wie um die Situation zu retten, stand Annabel auf und wies auf den runden Tisch an einem der Fenster. »Wollen Sie sich nicht setzen?«

Carlotta nickte ihr dankbar zu und nahm Platz.

»Komm doch zu uns, Marissa«, sagte Annabel und setzte sich ebenfalls.

Erst nach einigem Zögern erhob sich Marissa vom Bett und ließ sich auf dem dritten Stuhl nieder.

Carlotta öffnete ihren Rucksack und nahm eine gefüllte Papiertüte heraus. »Ich hab euch Blaubeermuffins mitgebracht.«

»Danke«, murmelte Annabel.

Carlotta ahnte, dass die beiden das Gebäck erst anrühren würden, wenn sie wieder gegangen war. Jedes Mal wenn sie herkam, brachte sie etwas zu essen mit, mehr aus Verlegenheit und weil sie glaubte, dass sich das so gehörte. Wäre sie als Psychologin hier, würde sie sich nicht diese Umstände machen. Mit dieser Geste aber wollte sie andeuten, dass sie aus privaten Gründen anwesend war. Sie hoffte, dass die Jugendlichen es verstanden.

Sie räusperte sich. »Und? Wie war euer Tag bisher?«

Annabel legte ihre Hände auf den Tisch, zog sie aber gleich wieder zurück. Ihre Fingernägel waren komplett abgekaut. Offenbar schämte sie sich dafür.

»Ganz gut«, murmelte sie. »Wir haben heute Tischtennis gespielt. Marissa ist bei Schmetterbällen ein Ass. Unschlagbar.«

Carlotta lächelte ihre Nichte an. »Großartig.«

Marissa schwieg.

»Ich soll dich übrigens von deiner Mutter grüßen«, sagte Carlotta. »Ich hab sie im Gefängnis besucht. Sie vermisst dich sehr. Sie hat sich von ihrer Operation gut erholt. Man musste ihr eine Kugel aus dem Oberschenkel entfernen. Sie ist jetzt in Untersuchungshaft, weißt du? Ihr Anwalt setzt sich dafür ein, dass auch du bald zu ihr darfst.«

Marissa sah sie bloß an. Keinerlei Regung in ihrem Gesicht. Doch ihre Augen blieben wachsam.

»Wenn du möchtest, können wir zusammen hinfahren. Sobald das möglich ist, meine ich.«

Stille.

Wieder war es Annabel, die das Schweigen durchbrach.

»Ich für meinen Teil möchte keinen Kontakt mehr zu meiner Mutter haben.«

»Das ist vollkommen in Ordnung«, sagte Carlotta.

»Sie war neulich hier.«

»Und?«

»Ich fand es furchtbar. Ich wollte damals nur weg von meiner Familie, und auf einmal tut sie so, als wäre nichts vorgefallen. Rein gar nichts.«

»Du kannst frei entscheiden.«

»Ich will sie nicht mehr sehen.«

Carlotta erinnerte sich schmerzlich an die langen Vernehmungen, die sie mit Annabel im Kommissariat hatte führen müssen. Nachdem sie als Vierzehnjährige wegen der Übergriffe ihres Vaters von zu Hause weggelaufen war, kam sie zunächst eine Zeit lang bei einer Bekannten in Frankfurt unter. Dort war sie mit Drogen in Kontakt geraten. Anschließend zog es sie nach Berlin zurück. Sechs Monate lang lebte sie, trotz der Vermisstenanzeige, unerkannt mit anderen obdachlosen Jugendlichen in einem Abbruchhaus in der Nähe der Jannowitzbrücke. Dort erzählte ihr eine Freundin, dass man im Cube gutes Geld verdienen könne. Dieser ominöse Club aber wurde ihr erst recht zum Verhängnis.

Carlotta fand es noch immer unfassbar, dass die Polizei sie damals nicht gefunden hatte.

Schließlich sagte sie: »Mein eigentlicher Grund, warum ich hergekommen bin, ist, euch zu sagen, dass es mittlerweile an die vierzig Verhaftungen im Zusammenhang mit der Schließung des Cube gab. Wir konnten noch nicht alle ›Besucher‹ namentlich zurückverfolgen, aber wir arbeiten daran. Siegfried Degen ist tot, seine Mitarbeiter wurden verhaftet. Und wir haben eine Wohnung ermitteln können, aus der weitere Jugendliche befreit werden konnten.« Sie sah Annabel an.

»Das ist deiner ausführlichen Aussage zu verdanken. Ich bin froh, dass du so mutig warst. Danke nochmals dafür.«

Annabel nickte bloß. Marissa schwieg.

»Und noch etwas wollte ich euch erzählen. Es hat sich endlich ein Angehöriger von Tammy gemeldet, die du, Annabel, ja im Cube kennengelernt hast.«

Sie blickte auf. »Ja? Wer denn?«

»Ein Onkel von ihr.«

»Warum hat er sich nicht bei der Polizei gemeldet? Sie haben mir doch erzählt, dass es einen Aufruf in den Medien gab.«

»Er ist schwerer Alkoholiker. Lebt in seiner eigenen Welt. Er sagte uns, er habe nichts mitbekommen. Jedenfalls wohnte Tammy wohl ein paar Jahre bei ihm.«

»Sie hat nie über ihn gesprochen. Ich weiß nur, dass ihre Eltern früh gestorben sind und sie lange Zeit in Heimen verbracht hat, bis sie davon genug hatte und nur noch auf der Straße lebte.«

»Es war ganz sicher keine gute Zeit bei ihrem Onkel. Wir versuchen, auch ihn strafrechtlich zur Verantwortung zu ziehen.«

»Arme Tammy.«

»Ja.«

Abermals entstand eine längere Pause.

Carlotta spürte, dass ihre Nichte sie fortwährend anschaute. Ihr war, als wollte sie ihr etwas ohne Worte mitteilen. Sie deutete die Blicke als ein vorsichtiges Abtasten, als Ringen um Vertrauen.

Wie lange würde es dauern, um zu diesem Kind durchzudringen?

Sie wusste es nicht.

Dennoch brachte sie den Mut auf, sie zu fragen: »Möchtest du vielleicht das nächste Wochenende zusammen mit mir verbringen? In meiner Wohnung? Ich könnte das mit Frau Herald abklären. Vorausgesetzt, du bist einverstanden.«

Marissa reagierte nicht.

Doch plötzlich bewegte sie kaum merklich den Kopf.

Carlotta war überrascht. »Ist das ein Ja?«

Die zierliche Siebzehnjährige mit dem verstrubbelten Haar, die um einiges jünger aussah, nickte stärker.

Carlotta lächelte. »Okay, schön.«

Erleichtert blickte sie aus dem Fenster. Die Herbstfarben leuchteten.

»Was haltet ihr davon, wenn wir ein bisschen rausgehen?«, fragte sie. »Ein Spaziergang im Garten?«

»Gerne«, erwiderte Annabel.

Und Marissa nickte erneut.

Trojan fuhr in die Sonntagstraße in Friedrichshain. Er stieg aus seinem altersschwachen VW Golf und sah nachdenklich an der Fassade des Altbaus hinauf. Dann trat er auf die Eingangstür zu.

Er drückte den Klingelknopf.

Nichts geschah.

Er versuchte es noch einmal.

Schließlich meldete sich ihre Stimme durch die Sprechanlage: »Ja bitte?«

»Ich bin es. Nils.«

Es verstrichen ein paar Sekunden.

Endlich schnarrte der Summer.

Sie empfing ihn an ihrer Wohnungstür. Trug Sweatpants und ein ausgewaschenes T-Shirt. Das Haar hatte sie sich wie so oft zu einem Pferdeschwanz gebunden.

»Steff«, murmelte er.

»Was gibt es?«

»Darf ich reinkommen?«

Sie nagte an ihrer Unterlippe. Dann nickte sie.

Sie führte ihn in die Küche. »Möchtest du einen Kaffee? Ich habe gerade frischen aufgesetzt.«

»Gern.«

Stefanie füllte einen Becher für ihn, goss Sojamilch dazu und streute eine Prise Kardamom darauf. »So magst du ihn doch, oder?«

»Ja. Hab ich von dir. Früher hab ich ihn überwiegend schwarz getrunken.«

Sie lächelte schwach. »Ich weiß.«

Stefanie reichte ihm den Kaffee, und sie tranken schweigend.

Er wartete auf ein Angebot von ihr, sich zu setzen, doch sie sah ihn bloß an. Schließlich nahm er dennoch am Küchentisch Platz. Nach einer Weile sagte er: »Du warst in letzter Zeit sehr reserviert mir gegenüber.«

Eine Falte bildete sich auf ihrer Stirn. Mit einem Seufzer setzte sie sich zu ihm. »Ich wollte während der Ermittlungen nicht darüber reden.«

»Worüber?«

Lange Pause.

»Was ist los, Steff?«

Sie wich seinem Blick aus. »Ich habe jemanden kennengelernt.«

Er war geschockt. »Wann?«

»Vor etwa zwei Monaten.«

»Und das sagst du mir erst jetzt?«

»Ich musste nachdenken.«

Ich Idiot, durchfuhr es ihn. Ich hätte längst darauf kommen müssen.

»Ist es etwas Ernstes?«

»Ja.«

»Steff, ich …« Er atmete durch.

Sie blickte ihn an. »Du hast mich hängen lassen.«

»Wie meinst du das?«

»Ich hatte das Gefühl, ich müsste immerzu auf dich warten.«

»Das verstehe ich nicht.«

»Im Ernst, Nils? Diese Wohnung zum Beispiel. Ich habe sie unseretwegen gemietet. Ich habe dir vorgeschlagen, hier einzuziehen.«

»Ja schon, aber … das kam ziemlich überraschend für mich.«

»Und das hab ich hingenommen. Wie manch anderes auch.«

»Ich weiß nicht, was …«

»Du hast immer gesagt, wir halten es unkompliziert.«

»Und du warst damit einverstanden.«

»Nach außen hin. Doch in mir drin sah es anders aus.«

»Unkompliziert hieß doch nicht, dass wir … wir waren fest zusammen.«

»Waren wir, ja. Und ich wollte dir auch Zeit lassen. Dabei habe ich mir schon seit Langem mehr Nähe gewünscht.«

Er schwieg.

»Es hat mir auf Dauer nicht gutgetan, meine Bedürfnisse zurückzuhalten. Zwei verschiedene Wohnungen, Heimlichtuereien im Job. Dann sah ich dich bei unserem letzten Fall auch noch zusammen mit dieser Schwertkampflehrerin.«

»Aber da war nichts. Überhaupt nichts.«

»Du hast mir nie erzählt, was wirklich in dir vorgeht.«

»Stefanie, ich hab … mein Bestes versucht. Ich bin …«, er holte Luft, »… in der Vergangenheit oft enttäuscht worden. Ich habe leider schlechte Erfahrungen gemacht.«

»Das verstehe ich ja. Aber ich bin es leid, immerzu Rücksicht auf andere zu nehmen. So zu tun, als sei alles in Ordnung. Ich hab es satt, dass jeder in meinem Umfeld glaubt, ich sei stets gut gelaunt, würde positiv denken und ließe andere gern an meinem Optimismus teilhaben. Das ist bei Weitem nicht so.«

»Es tut mir leid.« Er wollte die Hand nach ihr ausstrecken, ließ es aber bleiben. »Ich hätte auf dich mehr achtgeben sollen.«

»Wir hatten trotz allem eine gute Zeit.«

»Wollen wir nicht …? Wenn du mir noch eine Chance gibst … Ich meine, das klingt so endgültig.«

»Ist es auch. Glaub mir, Nils, ich wurde zunehmend unglücklicher.«

»Warum hast du es nie erwähnt?«

»Ich habe gedacht, das wird schon. So wie ich immer Probleme angegangen bin. Aber das ist die Steffie von früher. Menschen ändern sich. Ich habe mir fest vorgenommen, mehr auf meine eigenen Bedürfnisse zu achten.«

Es entstand ein längeres Schweigen.

»Wer ist es?«, fragte er leise.

»Eigentlich geht dich das nichts an.«

»Jemand aus dem Kommissariat?«

Sie schüttelte den Kopf. »Kein Bulle. Ich brauche mehr Abstand zum Job. Das ist die Lösung für mich.«

Trojan stellte den Kaffeebecher ab. Dann stand er auf. »Ich wünsche dir nur das Beste, Steffie. Wirklich. Du hast alles Glück der Welt verdient.«

Sie erhob sich ebenfalls. »Danke, Nils. Das wünsche ich dir auch.«

Nach einer Pause fragte er: »Sind wir denn bei den Ermittlungen noch ein Team?«

»Klar«, murmelte sie beiläufig.

»Das klang aber nicht sehr überzeugend.«

»Nils. Auch Leute, die es nicht so deutlich aussprechen, fühlen sich manchmal ausgebrannt. Wir haben alle unsere Höhen und Tiefen.«

»Bist du denn auch noch dabei, wenn das Team dauerhaft verstärkt wird?«

Sie hob die Augenbrauen. »Bleibt sie denn bei uns?«

»Du sprichst von Carlotta?«

»Ja.«

»Ich weiß nicht. Hängt deine Entscheidung davon ab?«

Sie verzog keine Miene. »Es ist nichts Persönliches zwischen ihr und mir. Wir machen alle einen guten Job. Und von nun an wird es einfacher sein. Zumindest, was uns beide betrifft. Wir müssen vor Landsberg nichts mehr verheimlichen.«

»Ja, du hast wohl recht.«

Nach einer Pause nickte er ihr zu und wandte sich zum Gehen.

Sie folgte ihm in den Flur. Er war bereits an der Tür, als sie seinen Arm berührte: »Nils?«

»Ja?«

Sie schien mit sich zu ringen. Auf einmal umarmte sie ihn. »Mir ist die Entscheidung alles andere als leichtgefallen«, murmelte sie.

Er drückte sie an sich. »Gibt es denn kein Zurück?«

Sie löste sich von ihm und sah ihn lange an.

Dann schüttelte sie den Kopf.

Er fuhr mit seinem Wagen ziellos durch die Gegend. Er fühlte sich ausgepumpt und leer. In seinem Brustkorb ein Schmerz. Zugleich war ihm, als würde ihm die Einsamkeit die Kehle zudrücken.

Er wollte auf dem Handy in der Freisprechanlage eine

Kurzwahltaste antippen. Die Nummer seiner Tochter. Doch dann fiel ihm ein, dass es in Kanada gerade sechs Uhr morgens war.

Nach vorne denken, befahl er sich. Nur nicht in Selbstmitleid verfallen. Einen Schritt nach dem anderen.

Was stand als Nächstes an?

Die Vernehmungen im Zusammenhang mit dem Cube waren noch nicht abgeschlossen. Bisher waren längst nicht alle Freier ermittelt worden.

Er entschied, ins Kommissariat zu fahren.

Plötzlich aber musste er an die Kinder denken.

Sie brauchten dringend Hilfe.

Trojan wendete und fuhr in Richtung Kladow.

Als er in die Straße einbog, in der sich das Heim befand, sah er ihren VW-Bus. Er scherte in die Parklücke hinter dem Bulli ein, stieg aus und betrat den Garten, der das Anwesen umgab.

Das Sonnenlicht glitzerte im Laub der Bäume.

Abrupt blieb er stehen.

Etwa hundert Meter von ihm entfernt sah er Carlotta zusammen mit dem Mädchen namens Annabel und mit ihrer Nichte Marissa. Sie waren in ein Gespräch vertieft. Trojan wollte nicht stören.

Nach einer Weile verabschiedete sich die Kriminalpsychologin von den beiden. Es gab eine scheue Umarmung zwischen ihr und ihrer Nichte.

Die Mädchen verschwanden in dem Gebäude, und Carlotta ging in die andere Richtung.

Sie lächelte, als sie ihn bemerkte.

»Hallo«, sagte sie.

»Hallo. Wie geht es den beiden?«

»Es braucht seine Zeit. Ich hab mir vorgenommen, sie öfter zu besuchen. Und ich hab Marissa zu mir nach Hause eingeladen. Sie ist einverstanden.«

»Das ist gut.«

»Ja. Ich bin erleichtert. Ich weiß seit gerade mal vier Wochen, dass ich eine Nichte habe. Es stellt mein Leben auf den Kopf.«

»Hmm.«

»Wollten Sie auch gerade zu ihnen?«

Er nickte.

»Sie sehen angespannt aus.«

»Ist schon okay.«

»Schlechten Tag erwischt?«

»Ja. In meinem Privatleben läuft es nicht besonders gut.«

Sie schaute ihn an, als ahnte sie bereits, worum es ging.

»Möchten Sie darüber reden?«

»Vielleicht ein andermal.« Dann sagte er: »Ich habe übrigens mit Landsberg gesprochen.«

»Worüber?«

»Ich hab ihn gefragt, ob er sich vorstellen kann, dass Sie dauerhaft bei uns bleiben. Falls Sie das überhaupt möchten.«

»Wäre er denn einverstanden?«

»Ja.«

»Das überrascht mich. Er wirkte nicht gerade von mir überzeugt.«

»Ich hab mich sehr für Sie eingesetzt.«

»Das ist lieb von Ihnen, Nils. Warum tun Sie das?«

»Wenn ich mal aufhöre, wenn ich von allem genug hab, wären Sie meine ideale Nachfolgerin.«

Sie lachte. »Nils Trojan denkt ans Aufhören? Das glaube ich nicht.«

»Halten Sie mich für besessen?«

»Um ehrlich zu sein, ja. Sie sind beinahe so verrückt wie ich. Sie können nicht ohne den Job.«

»So weit ist es ja noch nicht. Aber bis dahin würde ich mich freuen, wenn wir auch in Zukunft gemeinsam ermitteln.«

Sie schlug für einen Moment die Augen nieder. »Darüber müsste ich erst nachdenken.«

»Natürlich.«

»Sie wissen ja, ich arbeite nicht gern im Team.«

»Ist das noch immer so? Menschen ändern sich, wurde mir erst heute gesagt.«

»Ein Zweierteam wäre wunderbar.«

»Nur Sie und ich?«

Sie lächelte. »Wie auch immer. Auf jeden Fall möchte ich Ihnen danken.«

»Wofür?«

»Sie haben mir das Leben gerettet. Und das schon zum zweiten Mal. In diesem Wald wäre ich beinahe verblutet, und nun …«

»Es war äußerst knapp.«

»Ja. Ich hätte das nicht allein durchziehen dürfen. Es war ein Fehler von mir.«

»Mag sein. Dennoch verstehe ich Sie gut. Es ging immerhin um Ihre Schwester. Und wenn es sich um die eigene Familie dreht, handeln wir nicht immer rational.«

Sie schwieg.

»Ich habe noch eine Frage.«

»Ja?«

»Wie groß ist Inga?«

»Ein Meter einundsiebzig. Wieso?«

»Sie haben die Körpergröße der Mörderin bereits am ersten Tatort ermitteln können. Das ist beachtlich.«

»Es war eine Schätzung.«

»Dennoch. Mein Respekt.«

Pause.

»Waren Sie bei ihr?«, fragte er. »In der Untersuchungshaft?«

Sie nickte.

»Und?«

»Es ist nicht einfach für mich. Sie ist meine Schwester, aber sie hätte mich beinahe umgebracht.«

»Es war sehr mutig von Ihnen, sie zu besuchen.«

Erneutes Schweigen. Dann sagte sie: »Ich muss los.«

»Okay. Darf ich Sie zu Ihrem Wagen begleiten?«

»Na klar.« Abermals lächelte sie.

Sie schlenderten zur Straße zurück.

»Sie sind heute sehr charmant zu mir«, sagte sie.

Auch er lächelte. »Wann kann ich denn mit Ihrer Entscheidung rechnen?«

»Ich gebe Ihnen in ein paar Tagen Bescheid. Wäre das in Ordnung für Sie?«

»Ja.«

Sie nahm den Schlüssel aus ihrem Rucksack und schloss die Fahrertür auf.

Danach hielt sie inne und blickte ihm tief in die Augen. »So oder so. Ich habe das Gefühl, dass uns noch viele Abenteuer bevorstehen.«

»Wie meinen Sie das?«

Sie antwortete nicht.

Er versuchte, ihr verschmitztes Lächeln zu deuten.

Auf einmal entdeckte er in ihren Gesichtszügen das verletzliche Kind, das sie einmal gewesen war. Vor seinem geistigen Auge sah er sie im Garten ihres Elternhauses spielen, ausgelassen und fröhlich, zusammen mit ihrer Schwester Inga. Er dachte an die Villa Kunterbunt.

Und dann kam ihm all das Blut in den Sinn, das in den letzten Wochen geflossen war.

Es versetzte ihm einen Stich.

Carlotta stieg ein, zog die Tür hinter sich zu und startete den Motor.

Trojan sah ihr nach, bis der klapprige VW-Bus mit dem Namen Luisa um die nächste Straßenecke verschwunden war.